D1666235

MARTINA STROLZ

HOTEL MIMOSA

MARTINA STROLZ

HOTEL MIMOSA
Die Tränen der Königin

ROMAN

MS

Erste Auflage 2018

© Martina Strolz

Alle Rechte vorbehalten.

Umschlaggestaltung: Martina Strolz

Satz: Martina Strolz

Fotos, Illustrationen: istockphotos.com

Druck: Kösel GmbH & Co.KG, Altusried-Krugzell, Deutschland

ISBN: 978-3-200-05936-8

www.martinastrolz.at

FÜR BASIL & SARDES

1

Mit quietschenden Reifen kam der vom Alter gezeichnete, blassgelbe Mercedes auf dem regennassen Asphalt zum Stehen.

„Hotel Mimosa, Achtquellengasse. Bitte schön", murrte der Taxifahrer. Während seine Mutter, Fiona Schnabel, dem Mann ein paar Scheine in die Hand drückte und sich wieder einmal nicht sicher war, wie viel Trinkgeld angemessen wäre, schaute Karl über den Gehsteig zum Eingang des Hotels. Seine Augen wanderten von Stockwerk zu Stockwerk an dem Gründerzeithaus nach oben. Der Verputz war schmutzig grau und ließ nur noch erahnen, dass das Gebäude recht stattlich gewesen sein musste. Von den Säulen und Simsen, die einst als hübsche Verzierung gedacht waren, bröckelten Teile aus dem Gips. Insgesamt schaute das sechsstöckige Haus wie eine fulminante Hochzeitstorte aus, die zu lange an der Wärme gestanden war.

Durch eine Bewegung im obersten Stockwerk wurde Karls Aufmerksamkeit kurz abgelenkt. Ein Fenster wurde geräuschvoll geschlossen und ein grimmig dreinblickender, bärtiger Mann schaute zu ihm herab. Als Karl zurückstarrte, wurde der Vorhang energisch zugezogen. Karl kniff die Augen zusammen und steckte die Hände in seine ausgebeulten Hosentaschen. Das war eine seiner liebsten Gesten: Hände verstecken.

Nun standen sie also vor ihrer neuen Heimat auf unbestimmte Zeit. Mama hatte sich von Papa getrennt. Nach vielen Monaten zermürbender Streitereien war es zum finalen Krach gekommen. Schrecklich war es gewesen. Vorletzte Woche dann hatte seine Mutter begonnen, drei Koffer mit Kleidung und Wäsche zu packen und zwei Umzugskisten mit ihren sonstigen Habseligkeiten vollzustopfen. Gemeinsam mit Alma, Karls kleiner Schwester, waren die drei fürs Erste bei Tante Tilly, einer Freundin seiner Mutter, untergekommen. Die Wohnung von Tante Tilly war klein. So klein, dass man sich auch mit größter Mühe kein bisschen aus dem Weg gehen konnte und bald alle voneinander genervt waren.

Tante Tilly war eine reizende und hilfsbereite Person, aber nach nur wenigen Tagen hatte sie Mama gebeten, sich um eine eigene Wohnung zu kümmern. „Damit wir Freunde bleiben", hatte sie gesagt. Mama wollte sehr gerne die Freundin von Tante Tilly bleiben. Sie fühlte sich im Moment recht einsam und verlassen, obwohl ja sie diejenige gewesen war, die ihren Mann verlassen hatte. Der Haken an der Sache war nur, dass Mama kaum Geld hatte und auch keinen Job. Und Tilly war – wie immer – selbst zu knapp bei Kasse, um Mama finanziell unter die Arme zu greifen. Der Traum von einer eigenen Wohnung war also momentan nicht zu verwirklichen.

Am vergangenen Dienstag war Tante Tilly ganz aufgeregt von ihrer Arbeit im Friseursalon nach Hause gekommen und hatte Mama vom Hotel Mimosa erzählt. Dort, so hatte eine Kundin ihr berichtet, bestand die Möglichkeit, für einen längeren Zeitraum kleine Wohnungen zu mieten. Es sei zentral gelegen und gar nicht teuer. Mama hatte sich das Hotel am nächsten Tag angesehen und für angemessen befunden – zumindest für ihren schmalen Geldbeutel und die verfahrene Situation, in der sie steckte. Und nun waren sie hier.

Der Taxifahrer stieg aus, ging um das Auto herum und hieb einmal hart mit seinen großen, klobigen Händen gegen den klemmenden Kofferraumdeckel. Knarzend sprang dieser auf und der Mann wuchtete ihre Habseligkeiten auf den Gehsteig. Freundlich nickte er den drei am Trottoir Gestrandeten zu. Dann fuhr er davon.

Fiona Schnabel wies Karl an, den großen Koffer mit den Rollen zu übernehmen. Sie selbst hob ächzend eine der Umzugskisten an, und Alma bekam den Auftrag, auf der Straße im Nieselregen auf den Rest aufzupassen. Alma protestierte zwar, Fiona aber ignorierte ihre Tochter und marschierte sehr entschlossen auf den Eingang des Hotels zu. Das war ungewöhnlich genug, denn Entschlusskraft war normalerweise nicht ihre Stärke.

Unter einem vergilbten, grünblauen Baldachin befand sich eine Drehtür mit einer abgewetzten Handreeling aus Messing. Die Fenster waren schmutzig grau und irgendjemand hatte mit dem Finger ein „A" auf eine der staubigen Scheiben gemalt. „A" wofür? Armselig? Anfang vom Ende? Abgesandelt?

Karl drückte gegen die Tür und versuchte, nicht mit den Rollen des Koffers im Drehmechanismus hängen zu bleiben. Während er sich noch damit abmühte, war seine Mutter schon an der Rezeption angelangt und sprach mit dem Mann hinter dem Tresen. Mit einem Fingerzeig deutete sie Karl, beim Koffer und dem Karton zu warten und rauschte wieder nach draußen, um die weiteren Gepäckstücke unter Dach zu bringen.

Karl hatte Zeit, einen ersten Eindruck von der Hotellobby zu gewinnen. Schön war sie nicht. Abgewohnt. Das war wohl das beste Wort für diesen Ort. „A" wie abgewohnt also. Abgewohnt, aber nicht unsympathisch. Irgendwie wirkte es sogar gemütlich. Gegenüber dem Rezeptionstresen aus dunklem Holz befand sich eine schmale Aufzugstür. In der klein dimensionierten Halle standen ein paar niedrige auf Hochglanz polierte Tische, um die mit rosa Samt bezogene altmodische Sessel gruppiert waren, die sich sowohl im Farbton als auch im Stil fürchterlich mit dem lila-violetten, abgetretenen Teppich schlugen.

„Wenigstens muss man sich hier um den Bezug keine Gedanken machen, wenn man sich hinsetzt", dachte Karl, während er die Flecken auf den Sesseln betrachtete, die ihn teilweise an die Umrisse von Ländern erinnerten. Italien konnte er jedenfalls ganz deutlich erkennen.

Rechts neben der Aufzugstür und dem ausladenden Treppenaufgang, der in die oberen Stockwerke führte, stand ein auffällig großer Gummibaum. Die Wände hatten einen dunkelgrünen Anstrich, was die Halle noch enger erscheinen ließ. Dort, prominent platziert, hingen billige Nachdrucke von teuren Ölgemälden. Karl zog überrascht die Augenbrauen hoch. Was für ein Zufall! Das waren tatsächlich Porträts der Florentiner Familie der Medici, die er deshalb erkannte, weil er sie gerade in der Schule durchgenommen hatte. Karl war fasziniert von diesem Familienclan, der einstmals so mächtig gewesen war. Am spannendsten fand er, dass die meisten von ihnen auffällig krumme Nasen gehabt hatten. Und trotz all ihres Geldes war es den Medicis nicht gelungen, die Künstler ihrer Zeit zu bezirzen, ihnen schönere Nasen in ihre Gesichter zu malen. Oder waren die Medicis in Wahrheit noch viel hässlicher gewesen und die Maler hatten ohnehin versucht, das Beste aus ihren Modellen herauszuholen?

Neben den Medicis hing ein halbblinder Spiegel mit verschnörkeltem Goldrahmen. Karl konnte sich selbst sehen: einen groß gewachsenen Jungen von vierzehn Jahren mit nachlässig verstrubbelten, dunklen Haaren und einem fein gezeichneten Gesicht, bernsteinfarbenen Augen und einer Stupsnase. Sommersprossen übersäten seine Stirn. Karl war ein außerordentlich hübscher Junge, was ihm selbst allerdings völlig egal war. Er legte keinen Wert auf Äußerlichkeiten. Er hatte den breiten Mund seiner Mutter geerbt, den er jetzt, überrascht von seinem eigenen Anblick an diesem schäbigen Ort, zu einem frechen Grinsen verzog. Karl streckte sich selbst die Zunge heraus.

Karl saß der Schalk im Nacken, aber er gab ihm nur selten die Gelegenheit, von dort hervorzukommen. Karl traute sich nicht viel zu. Auch Witze nicht. Meistens war Karl selbst sehr überrascht, wenn der Schalk aus seinem Versteck lugte und ihm eine lustige Entgegnung einflüsterte. Und während noch alle um ihn schallend lachten, fragte Karl sich, ob tatsächlich er selbst die Ursache dieser Heiterkeit sein konnte.

Karl fühlte sich oft wie derjenige, der es gerade nicht aufs Siegertreppchen schaffte. Er war groß, aber sein Freund Luis war ganze vier Zentimeter größer. Er war ganz gut in der Schule, aber er gehörte nicht zu den Besten. Er konnte ganz passabel Skateboarden, aber beim Backslide fiel er zumeist vom Brett. Er mochte Musik, aber er hatte keine Lieblingsband. Er fand Edith aus seiner Klasse toll, aber verliebt war er nicht in sie. Er las gerne dicke Bücher, aber er merkte sich die Titel nicht. Er konnte gut mit seinem Taschengeld umgehen und sogar einen Teil in sein Sparschwein retten, aber für eine Playstation würde es nie reichen. Er fand sich langweilig, aber ihm fiel nichts ein, was er dagegen hätte tun können. Er vermisste seinen Papa, aber seine Mama hatte beschlossen, dass das im Moment nicht von Belang sei.

Und da kam seine Mutter auch schon wieder mit dem zweiten Umzugskarton. Sie stöhnte vernehmlich. Alma war immer noch zum Aufpassen am Gehsteig verdonnert. Während Mama auf ihrem Absatz kehrt machte, wanderten Karls Augen weiter und blieben am Rezeptionisten hängen, der ihn seinerseits offensichtlich schon die ganze Zeit beobachtet hatte und ihn nun freundlich anlächelte. „Na, junger Mann, herzlich willkommen im Mimosa. Wie heißt du denn?"

Es war schwer zu beurteilen, was an seiner Aussprache unangenehmer war: die übertriebene Betonung aller Zischlaute oder seine hohe Fistelstimme. Das Lächeln des großen, hageren Mannes war jedoch sehr breit und einnehmend.

„Ich bin Karl", entgegnete Karl höflich, aber wie immer viel zu leise, und trat näher an den Tresen. Als er merkte, dass der Rezeptionist ihn nicht verstanden hatte, wiederholte er seinen Namen etwas lauter. Ein eigentümlicher Geruch ging von der groß gewachsenen Gestalt aus – irgendwie nach Eukalyptus und Hustenbonbons. Der Rezeptionist streckte Karl seine mächtige Hand entgegen.

„Ich bin der Herr Josef", stellte er sich vor und zwinkerte Karl mit seinen kleinen, schwarzen Äuglein unter buschigen, grauen Augenbrauen zu.

Fiona Schnabel kam, nun mit der motzenden Alma im Schlepptau, wieder herein. Manchmal, wenn Karl Alma ansah, schien es ihm, als würde er sich selbst ins Gesicht blicken, so sehr glichen sich die Kinder. Oft wurden sie für Zwillinge gehalten, obwohl Alma zwei Jahre jünger war als Karl. Und blöderweise war sie sogar einen Hauch größer als er, was ihn besonders ärgerte.

Alma hatte, untypisch für ein Mädchen ihres Alters, ebenso kurze Haare wie Karl. Ihre Augen waren einen Tick heller, schimmerten manchmal sogar grünlich, und sie legte viel Wert auf ihr Äußeres. Ihre Kleider wechselte sie mindestens zweimal pro Tag, sehr zum Missfallen von Mama, die keine Lust hatte, allzu viel ihrer freien Zeit mit Waschen und Bügeln zu verbringen. In ihre Sneakers fädelte sie mit Vorliebe verschiedenfarbige Schnürsenkel, sonst trug sie nur schwarz oder weiß, aber niemals gemeinsam in einem Outfit.

Alle zwei Tage lackierte Alma ihre Nägel um. Von grün nach gelb, zu pink, zu blutrot und zurück reichte die Palette. Hätte ihre Mutter es erlaubt, wären Almas kastanienbraune Haare ebenso oft wie die Nägel farblichen Veränderungen unterworfen worden. Aber da ging leider gar nichts. Mama ließ nicht mit sich diskutieren.

Alma, die nichts mehr verachtete als ihren altmodischen Namen, wollte Bloggerin werden und zwar bald, denn dann hätte sie gute Chancen, eine der jüngsten dieser hippen Spezies zu werden. Allein über das Thema, über welches sie bloggen wollte, war noch keine Entscheidung gefallen. Es wechselte täglich – mehrmals. Ihren Bruder fand Alma einfach nur popelig, stillos und doof.

Jetzt blitzte Alma Karl feindselig an: „Und der feine Karl

darf hier im Trockenen rumstehen, während ich seinen Koffer tragen muss. Da, nimm den gefälligst selbst!", fauchte sie.

Karl zuckte mit den Schultern, griff nach dem Gepäckstück, und Mama verdrehte die Augen. „Könnt ihr nicht ein einziges Mal ohne Streiten auskommen? Kommt jetzt, ich zeig euch unsere Wohnung. Die ist oben im dritten Stock." Und an den Rezeptionisten gewandt: „Herr Josef, kann ich für die Kinder zwei extra Schlüssel haben? Sie kommen meist zu unterschiedlichen Zeiten aus der Schule. Das würde sehr helfen, zumal ich hoffentlich in der nächsten Zeit immer wieder Vorstellungsgespräche haben werde und die Kinder alleine zurechtkommen müssen."

Herr Josef lächelte zuvorkommend und sagte: „Sind die zwei denn Zwillinge? Sie ähneln sich so sehr. Hihi! Das mit dem Schlüssel hab ich mir schon so ähnlich gedacht, Frau Schnabel. Hier habe ich einen für die junge Dame und der hier", er beugte sich zu Karl hinab, „der hier ist für den jungen Herrn Karl." Bedeutungsvoll hielt er Karl einen schäbigen Schlüssel vor die Nase, an dem – anders als bei den Schlüsseln von Alma und Mama – kein schwerer Messinganhänger mit der eingravierten Nummer 315 schlackerte. An Karls Schlüssel war lediglich ein Klecks roten Lacks angebracht.

Herr Josef hatte eine seiner buschigen Augenbrauen hochgezogen, und als Karl nach dem altmodischen Schlüssel greifen wollte, wanderte die Augenbraue noch weiter nach oben. Karl runzelte die Stirn. Bekam er nun den Schlüssel oder nicht? Herr Josefs Blick war eigenartig bedeutungsschwanger und ernst, um nicht zu sagen feierlich. Er legte den Schlüssel in Karls ausgestreckte Hand und schloss dessen Finger, mit seinen eigenen, zu einer Faust um das kalte Metall.

Mama und Alma, beschäftigt mit den Gepäckstücken, hatten von dieser fast zeremoniellen Übergabe nichts bemerkt und steuerten auf den Aufzug zu. Karl drehte sich um die eigene Achse und versuchte, mit ihnen Schritt zu halten. Gemeinsam bugsierten sie die Koffer und Schachteln in die enge Kabine. Als die Lifttüren sich schlossen, sah er, dass Herr Josef ihm mit seinen Blicken gefolgt war.

„Was hat denn der Alte für eine komische Stimme?! Abgefahren! Außerdem würde ich es sehr schätzen, wenn ich mal nicht für den Zwilling von dem da gehalten würde", ätzte Alma, als sich der Lift rumpelnd in Bewegung setzte. Aber keiner entgegnete etwas. Mama war sichtlich nervös und aufgeregt, weil sie nicht einschätzen konnte, wie die Kinder gleich auf die Wohnung reagieren würden, und Karl drehte gedankenverloren seinen Schlüssel in der Hand hin und her. Er hatte Alma gar nicht zugehört.

Der dritte Stock hielt nicht mehr, als die Halle versprochen hatte. Seit vielen Jahren war in dieses Hotel offensichtlich nicht mehr investiert worden. In der Mitte des Ganges war der Teppich abgelaufen und seine ehemals lindgrüne Farbe war einem schmutzigen Grau gewichen. Daran konnte man deutlich erkennen, dass die Bewohner immer die gleichen Wege wählten, wenn sie kamen und gingen. Die Wände waren gelblich verfärbt. Auch hier hingen billige Drucke: keine Porträts wie im Erdgeschoss, sondern Wiener Stadtansichten der Jahrhundertwende. Auf jedem Bild stand die Jahreszahl seines Entstehens.

Fiona Schnabel, die den Weg von der Besichtigung in der letzten Woche kannte, steuerte zielstrebig nach links.

309, 311, 313, 315. Die geraden Nummern befanden

sich auf der gegenüberliegenden Seite. Die Ziffer 315 war verschnörkelt und opulent verziert direkt auf die Tür gepinselt.

„Seid ihr bereit?" Mama kramte in ihrer Handtasche nach dem Schlüssel. „Wo ist er denn nur? Der muss doch da drin sein!"

Alma kicherte: „Echt jetzt? Krass! Keine fünf Minuten her und schon findest du ihn nicht mehr. Typisch Mama!" Sie hielt ihrer Mutter ihren eigenen Schlüssel vor die Nase.

Im selben Moment hatte diese in den Tiefen ihrer Tasche jedoch gefunden, wonach sie gesucht hatte, präsentierte ihn klimpernd und steckte ihn ins Schloss. Hielt dann aber abrupt inne und wandte sich mit einem bedauernden Gesichtsausdruck noch einmal um: „Kinder, ich tue mein Möglichstes, damit wir hier nicht allzu lange wohnen müssen. Ihr wisst, es geht jetzt nicht anders. Machen wir das Beste daraus", seufzte sie und stieß die Tür mit einem Ruck auf.

Karl hatte wesentlich Schlimmeres erwartet, Alma rümpfte die Nase. Es muffelte nach Teppichreiniger und abgestandener Luft. In einen kleinen Vorraum war nachträglich eine Kochnische eingebaut worden. Sie passte weder in Größe, noch in Farbe. Als wäre sie zufällig von einem Möbelpacker hier abgestellt worden, blockierte sie den halben Zugang zur Tür ins nächste Zimmer. Ein Flickenteppich lag auf Linoleum, links ging es in ein kleines Bad, in dem eine Badewanne, ein Waschbecken und ein WC Platz fanden. Mehr als eine Person würde sich allerdings nicht in diesem Raum aufhalten können. In Karls Fantasie entspann sich bereits eine Vision des täglichen Kampfes mit Alma, wer in der Früh als Erster ins Bad durfte. Alma brauchte immer ewig. Für nichts, wie Karl fand.

Eine weitere Tür führte vom Gang aus in einen engen Raum, mit einem sehr hohen, schmalen Fenster, durch das nicht viel Licht hereinfiel, das jedoch den Blick auf einen kleinen Innenhof freigab, in dem ein einsamer, um diese Jahreszeit kahler Kastanienbaum wuchs, unter dem ein noch einsamerer Gartenstuhl stand. Dieses Zimmer war für Karl bestimmt. Es befand sich ein schmales Bett darin. Eine wackelige Kommode und ein herunterklappbarer Schreibtisch, für den es allerdings keinen Stuhl gab, komplettierten die abgegriffene Möblierung. Wenn man das Schreibpult herunterklappte, musste man mit dem Bett als Sitzgelegenheit Vorlieb nehmen. Auf dem Fensterbrett war nachlässig ein dort angeklebter Kaugummi abgekratzt worden.

Und dann gab es in der schwummrigen Wohnung noch ein größeres Zimmer mit einem Doppelbett, für Mama und Alma. Von diesem überraschend freundlichen, hellen Raum öffneten sich zwei doppelflügelige Fenster zur Achtquellengasse.

Karls Aufmerksamkeit wurde als Erstes von einem für diesen Ort exotischen Objekt angezogen: In der Nähe des rechten Fensters stand ein großer Vogelkäfig mit einem ausgestopften Vogel, dessen Federn schwarz-grün schillerten. Als Karl näher trat, bemerkte er, dass eigenartigerweise Vogelfutter im Käfig lag. Die kleine Tränke war jedoch ausgetrocknet. Die Augen des Vogelpräparates glänzten hell und fast lebendig. Zwei große Schränke, ein Tisch mit vier Holzstühlen, ein abgewetzter Ohrensessel mit rot geblümtem Bezug und eine Stehlampe vervollständigten das Mobiliar.

Die Wände des Zimmers waren kahl. Keine Medici, keine Stadtansichten. An einigen Stellen konnte man jedoch an hellen Rechtecken erkennen, dass dort einmal Bilder gehangen hatten. In diesem Zimmer war alter Parkettboden verlegt, der deutlich knarzte, wenn man darüberging. Karl probierte es solange mit Hingabe an verschiedenen Stellen aus, bis seine Mutter ihn genervt anschaute. In der Mitte des Raumes hing – als einzige Erinnerung an glanzvollere Zeiten – ein staubiger Kristallluster. Zwei Glühbirnen waren trüb.

Alma streckte Karl die Zunge heraus, weil er nicht bei Mama im großen Bett schlafen durfte, aber Karl war es ohnehin lieber, ein eigenes Zimmer zu haben. Da war ihm zumindest ein wenig Ruhe von seiner Schwester gewiss. Alma streifte die Schuhe ab und warf sich aufs Bett.

„Alma, wie wäre es mit Helfen?", wurde sie sofort von Mama ermahnt, aber Alma entgegnete nur kurz, die Matratze ausprobieren zu wollen. Karl wusste genau, wie die Diskussion enden würde und suchte das Weite, was sich in der Enge der Wohnung als recht widersinniges Unterfangen erwies.

Er machte sich ans Auspacken. Das war gar nicht so einfach, denn wenn er seinen Koffer in sein Zimmer stellte, war kein Platz mehr, um die Schubladen der Kommode zu öffnen. Also schleppte er den Koffer wieder in den Vorraum, was allerdings Mama und Alma daran hinderte, ihre eigenen Sachen ins Bad zu bringen. Alle stießen sich die Zehen an Gepäckstücken und Umzugskartons, stolperten, schimpften und fluchten und waren erleichtert, als endlich alles eingeräumt und erledigt war.

Es war 19 Uhr. Alma lag wieder auf dem Bett und wies

mit der ihr eigenen Dramatik auf ihren knurrenden Magen hin: „Ich sterbe gleich! Mir ist schon ganz schlecht."

„Ja, Mama, ich habe richtig Kohldampf", unterstützte sie Karl, der normalerweise viel tat, um nicht der gleichen Meinung wie Alma sein zu müssen. Aber es ließ sich nicht leugnen. Auch er hatte großen Hunger.

Da der kleine Kühlschrank in Wohnung 315 noch gähnend leer war, beschloss Mama, mit den Kindern Pizza essen zu gehen. Auf der dem Hotel Mimosa gegenüberliegenden Straßenseite befand sich eine kleine Pizzeria mit Namen „Da Fredo", die Alma während des Wartens am Gehsteig bei ihrer Ankunft entdeckt hatte. Das „Da Fredo" wurde von einer netten Patchworkfamilie aus Albanien geführt, die sich – wie immer in solchen Fällen – benahm wie eine typisch italienische Großfamilie aus dem Raum Neapel. Die Pizza war gut und die Laune hob sich merklich, als alle satt waren.

Beim Nachtisch, den sie sich mit den Kindern teilte, ging Mama noch einmal die Stationen der U-Bahn durch, die sie morgen auf dem Weg in die Schule benutzen mussten. Da ihre gesamte Lebenssituation im Moment auf so wackeligen Beinen und außerdem völlig in den Sternen stand, in welchem Teil der Stadt sie einen Job finden würde, hatte Mama – zu Karls Erleichterung – vor ein paar Tagen beschlossen, dass die Kinder vorerst weiterhin ihre alte Schule besuchen sollten. Die Kehrseite der Medaille war allerdings ein sehr langer Schulweg, quer durch vier Wiener Bezirke.

„Einmal umsteigen von der U1 in die U6 und dann den Bus der Linie 47A. Soll ich euch das aufschreiben oder merkt ihr euch das?"

„Nein, Mama, wir haben es jetzt kapiert", grinste Alma.

„Na gut, dann lasst uns zurück ins Hotel gehen. Ich bin müde und ihr müsst morgen eine halbe Stunde früher aufstehen als sonst."

„Und was sollen wir frühstücken?", wollte Alma entrüstet wissen.

„Ich habe noch Butterkekse in meiner Handtasche", entgegnete Mama.

„Und seit wann sind die dort drin?", fragte Karl schnell dazwischen, da er es mit dem Ablaufdatum immer sehr genau nahm. Als er keine Antwort bekam, war ihm das auch recht. Karl hatte ohnehin keinen Hunger in der Früh und war froh, wenn seine Mutter ihn nicht dazu drängte etwas zu essen.

Sie zahlten und gingen. Es nieselte noch immer und der kalte Novemberwind fegte verwelkte Blätter durch die Straße.

Als Karl im Bett lag, konnte er nebenan die Stimmen von Mama und Alma hören. Über was sie redeten, war nicht zu verstehen. Karl blickte an die Decke, wo sich die Umrisse eines alten Wasserschadens abzeichneten. Die ganze Situation war eigenartig. Irgendwie schwammig. Wie ging denn nun alles weiter? Würde Mama schnell einen Job finden? Wahrscheinlich war ein Schulwechsel in naher Zukunft doch nicht zu vermeiden. Was, wenn sie ans entgegengesetzte Ende der Stadt ziehen würden? Was wäre dann mit seinem besten Freund, Luis? Würde der ihn durch einen anderen Klassenkameraden ersetzen? Und Karl vermisste Papa. Warum konnte nur nicht alles wieder so sein wie früher? Dann müssten sie auch nicht in einem Hotel wohnen. Und schon gar nicht in so einem schmuddeligen.

Karl hörte die Schritte von jemandem, der über den Hof ging. Seine Absätze klackten über den Asphalt. Dann schlief er ein. Karl konnte in seinem Traum, in dem ihm ständig die U-Bahn vor der Nase wegfuhr und er zu spät zur Schule kam, nicht ahnen, dass der Fremde unten im Hof stehengeblieben war und zu seinem Fenster hochblickte.

2

Wie Karl vorhergesehen hatte, war seine Absicht, in der Früh als Erster ins Bad zu gehen, für Alma bereits eine Kriegserklärung. Sie keppelte und keifte, während er sich die Zähne putzte. Um Nerven zu sparen, verzichtete Karl darum darauf, sich vor dem Spiegel zu kämmen und zog sich in seinem Zimmer an. Mama war noch im Pyjama. Um 9 Uhr hatte sie ihren ersten Vorstellungstermin in einem Schuhgeschäft, wo eine Verkäuferin gesucht wurde.

Sie mahnte die zwei Kinder zur Eile, drückte Alma die versprochenen Kekse in die Hand, streichelte Karl übers verwuschelte Haar und verabschiedete die zwei mit den Worten: „Wünscht mir Glück! Ich hab euch lieb. Kommt pünktlich nach Hause und trödelt jetzt nicht auf dem Schulweg! Husch!"

Karl schlenderte die Achtquellengasse entlang. Es hatte aufgehört zu regnen, aber der kalte Wind pfiff immer noch durch die Gassen. Wien im November war nicht besonders einladend. Die Sonne ließ sich fast nie blicken. Die Menschen stülpten ihre Mantelkrägen nach oben, versenkten die Hände tief in den Taschen und zogen die Schultern Richtung Ohren, um das bisschen Wärme in ihren Kleidern so lange wie möglich zu konservieren, bevor die feuchte Umgebungskälte den Körper erreichte.

Die Achtquellengasse war eine lange Straße inmitten eines Bezirkes, der gerade aus der Mode kam. Die hippen, jungen Wiener waren weitergezogen. Die Bobos brachten ihre Kinder nun einige Straßen weiter in die Privatkindergärten und schlürften ihren Matcha Latte in kleinen, auf Vintage gestylten Lokalen und in alten umgebauten Hinterhoffabriken im zweiten Bezirk. In der Achtquellengasse blätterte der Lack ab: an den Häusern, an den Straßenschildern, an den Nägeln der Damen, die hier vor Kurzem noch selbst hipp gewesen waren und nun unfreiwillig in Pension geschickt wurden, weil ihre Arbeitsstätten entweder geschlossen oder von großen Handelsketten geschluckt wurden. Der Charme der Straße bestand nur noch in ihren vier kleinen Parks, in denen drei der ursprünglich acht Brunnen, die der Straße ihren Namen gegeben hatten, tatsächlich noch mit Quellwasser gefüllt waren.

Karl sah auf die Uhr, erschrak und beschleunigte seinen Schritt.

Am Vormittag waren in der Schule alle seine Klassenkameraden sehr neugierig gewesen. Natürlich hatten die Kinder in Karls 4b mitbekommen, dass er mit seiner Mutter und seiner Schwester zu Hause ausgezogen war und jetzt im Hotel wohnte. Die meisten von ihnen stellten sich das Leben im Hotel sehr idyllisch vor, kannten sie es doch nur von Urlaubserinnerungen, wenn sie mit ihren Familien die

Ferien in Griechenland oder Italien verbracht hatten. Keiner konnte sich tatsächlich ein Bild machen, als Karl seine ersten Eindrücke vom Leben im Hotel schilderte. Im Mimosa gab es keinen Wellnessbereich, kein überbordendes All-you-can-eat-Buffet und Hallenbad schon gar nicht.

Ansonsten war der Schultag recht unspektakulär und schien heute besonders lange zu dauern.

Karl musste sich mit seinem ganzen Gewicht gegen die Drehtür stemmen, als er das Hotel wieder erreichte. Drinnen war es wohlig warm. Er kramte nach seinem Zimmerschlüssel.

Herr Josef schaute von seiner Arbeit auf und winkte Karl zu sich. „Nun, Karl, wie war die erste Nacht in unseren Gemäuern?"

„Ganz okay", zuckte Karl mit den Schultern. Er verspürte keine Lust auf Konversation mit dem alten Mann. Er hatte Hunger und wollte wissen, ob seine Mutter den Job bekommen hatte.

„Ich muss dir noch was sagen, Karl. Es hat nämlich eine ganz besondere Bewandtnis mit deinem Schlüssel, musst du wissen." Herr Josef beugte sich tief über den Rezeptionstresen zu Karl hinab, sodass der Eukalyptusduft, der ihn umgab, unangenehm in Karls Nase kitzelte. „Ich weiß nicht, wie ich das sagen soll. Der Schlüssel ist kein gewöhnlicher Schlüssel und eigentlich sollte ich ihn gar nicht aus der Hand geben, aber mit diesem Schlüssel kannst du –"

Der alte Herr wurde jäh unterbrochen, als die Drehtür mit großem Schwung von außen angeschoben wurde und eine sehr dicke Dame, in noch voluminöserem Mantel mit einem ausgestopften Fuchs um den Hals, in die Halle platzte. „Frau Direktor Esterhazy!" Josefs Stimme kiekste im Falsett.

„Herr Josef, guten Tag. Ich wollte mal wieder nach meinem Lieblingshotel schauen. Haben Sie Post für mich?" Frau Direktor Esterhazy hatte eine unangenehm laute Stimmte, die gut zu ihrem Äußeren passte. Zielstrebig stöckelte sie auf Herrn Josef zu. Von Karl nahm sie keinerlei Notiz.

Karl nützte die Gelegenheit zu entwischen und lief die breite Treppe, die in die oberen Etagen führte, hinauf. Er vermied es, auf den Lift zu warten, um nicht unter Umständen von dieser Frau Direktor angesprochen zu werden.

Seltsam war allerdings die Sache mit dem Schlüssel, die Herr Josef erwähnt hatte, aber das würde sich wohl auch das nächste Mal klären lassen. Jetzt wollte er erst mal wissen, ob Mama gute Neuigkeiten wegen des Jobs hatte und ob sie bald wieder in eine richtige Wohnung ziehen könnten.

Karl eilte im dritten Stock den Gang entlang und stutzte plötzlich. Er hatte bei ihrer Ankunft gestern gar nicht bemerkt, dass eine sehr schmale Tür direkt neben ihrer Wohnungstür in der Wand eingelassen war. Karl trat näher heran und legte sein Ohr an das Holz. Drinnen war ein leises Brummen und Rauschen zu hören. Das musste wohl irgendein Maschinenraum sein. Angeschrieben war jedenfalls nichts. Karl zuckte mit den Schultern und wandte sich wieder zur Tür mit der 315.

Obwohl er seinen Schlüssel griffbereit hatte, klopfte er an der Wohnungstür. Er versuchte, am Klang von Mamas Schritten zu erahnen, ob sie die Stelle bekommen hatte oder nicht. Als sie die Tür öffnete und er ihr Gesicht sah, brauchte sie gar nichts mehr zu sagen. Sie sah traurig aus.

„Hallo Mama, hat wohl nicht geklappt", murmelte Karl.

„Nein, Karl. Da waren so viele." Sie schluckte. „Und viele waren jünger. Sie haben eine genommen, die schon mal in einem Schuhgeschäft gearbeitet hat." Mamas Stimme klang resigniert und sie wechselte schnell das Thema: „Hast du Hunger? Ich mach uns ein paar Nudeln. Alma kommt erst in einer Stunde."

Während sie die Frage stellte, holte sie bereits einen Topf aus dem Oberschrank, füllte ihn mit Wasser, öffnete eine Packung Salz, eine Packung Nudeln, eine Fertigsauce und begann zu kochen. Lustlos stocherten beide in der Pasta herum.

Nach dem Essen beschloss Karl, die Etagen des Hotels zu erforschen, bevor er anfangen wollte, Biologie zu lernen. Mama, die gerade das Geschirr abwusch, nickte ihm zu und ließ ihn gehen.

Karl wandte sich nach links und folgte dem Gang, der ein paar Zimmertüren weiter einen Knick machte. Dort war es etwas düster, weil einige der Glühbirnen in ihren Messinghalterungen kaputt waren. Die Zimmernummern gingen bis 338 und am Ende des Ganges war eine Notausgangstür, die – laut darauf befestigter Skizze – in ein Stiegenhaus führen sollte. Unsinnigerweise war sie jedoch fest verschlossen oder einfach nur dermaßen eingerostet, dass sich die Klinke nicht bewegen ließ.

Karl drehte um und schlenderte vorbei an ihrer Wohnung in die andere Richtung. Auf dieser Seite des Ganges befanden sich alle Zimmer bis hinunter zur Nummer 300. Nachdem es auch hier nichts Aufregendes zu entdecken gab, stieg Karl ins nächste Stockwerk hoch. Es sah ähnlich aus wie unten.

Links alle Wohnungen und Zimmer bis 438, rechts runter bis 400. Karl begann sich zu langweilen, stieg aber trotzdem noch einen Stock weiter nach oben.

Um den ganzen Gang zu erforschen, reichte es nicht, vom Treppenabsatz nach links und rechts zu blicken. Durch die U-Form des Gebäudes musste Karl jeden Gang bis zum Ende ablaufen.

In jedem Stockwerk hingen die gleichen Bilder an den Wänden. Der, der sie hier aufgehängt hatte war wohl davon ausgegangen, dass sich Gäste des Hotels nur in ihrer eigenen Etage aufhielten und diese dekorative Nachlässigkeit nicht auffallen würde. Karl jedoch war ein aufmerksamer Junge. So leicht entgingen ihm keine Details.

Am Ende des Ganges in der fünften Etage stutzte er. Hier war die gleiche schmale Holztür wie die, die er vor dem Mittagessen neben der eigenen Wohnungstüre gefunden hatte. Wieder lauschte er angestrengt an der Tür: das gleiche Brummen und Rauschen wie schon zuvor. Welchen Zweck erfüllten diese Maschinenräume im Hotel? Oder aber, so überlegte Karl weiter, warum gab es aus Gründen der Logik nicht in jedem Stock eine Tür und einen Maschinenraum, sondern nur in jedem zweiten? Und warum einmal eher in der Mitte des Ganges und einmal ganz am Ende? Er würde Herrn Josef danach fragen.

Karl stieg wieder hinunter in den dritten Stock. Vielleicht erlaubte ihm Mama ein wenig fern zu sehen. Biologie konnte warten.

Während er in seiner Hosentasche nach dem Schlüssel kramte, kam er vor der 315 zum Stehen, sperrte auf und wollte gerade eintreten, als sein Blick die Wand neben der

Tür streifte. Wie ein Blitz durchfuhr ihn der Schreck. Die schmale Tür, die er beim Heimkommen entdeckt hatte, war weg! Als wäre sie nie dagewesen. Karl trat näher an die Wand und strich mit der Handfläche über die raue Tapete. Das hier war eindeutig nur eine kalte Wand, keine Tür. Weit und breit war keine Tür.

„Karl?", rief Mama von drinnen. „Bist du das?"

„Ich komme gleich, muss noch was schauen", rief Karl zurück. Er zog die Tür von außen wieder ins Schloss, rannte den Gang entlang Richtung Stiegenhaus und hastete wieder in den fünften Stock bis an den Ort, wo er Minuten zuvor die Tür gefunden hatte. Atemlos blieb er stehen. Die Türe hier oben hatte sich keinen Zentimeter bewegt. Karl rüttelte wie ein Irrer an der Türklinke, aber die wollte sich nicht rühren. Ein unheimliches, schwer zu fassendes Gefühl machte sich in Karl breit.

Hä?! Was zum Teufel war in diesem Hotel los? Karl rannte los und nahm im Laufschritt immer mehrere Stufen auf einmal, um so schnell wie möglich wieder nach unten zu kommen. Dort pochte er heftig an die Tür und stürmte an Mama, die ihm aufmachte, vorbei ins große Zimmer.

Mama hatte Tee gemacht. Alma, die inzwischen auch zu Hause war, beugte sich über ihre Hausaufgaben. Draußen regnete es schon wieder.

Außer sich vor Aufregung, warf Karl sich auf den geblümten Ohrensessel und stieß aufgeregt hervor: „In diesem Hotel stimmt was nicht! Hier verschwinden Türen und tauchen plötzlich in einer anderen Etage wieder auf!"

Almas Blick verriet begründete Skepsis. Sie tippte sich an die Stirn und sagte verächtlich: „Aha! Und ein rosa Kaninchen hoppelt auch am Gang herum. Richtig? Mama, ich glaub, jetzt spinnt er völlig!" Sie kicherte.

Auch Mama schüttelte ungläubig den Kopf, tadelte aber ihre Tochter: „Alma, bei uns spinnt gar keiner! Karl, du hast sicher die Stockwerke miteinander verwechselt. Magst du einen Tee? Wenn ja, es steht auch Honig in der Küche."

Tee! Wie sollte Karl jetzt Tee trinken? Er schüttelte energisch den Kopf und holte entrüstet Luft, um noch etwas zu sagen.

„Also, Karl, sei jetzt bitte noch ein wenig ruhig, bis Alma fertig ist mit den Hausübungen, dann spielen wir eine Runde Monopoly. Gut?"

Da keiner seine Geschichte hören wollte und er zum Stillsein verdonnert worden war, entschied sich Karl, doch einen Tee zu trinken, rührte ordentlich süßen Honig hinein und balancierte ihn vorsichtig wieder zum Ohrensessel, den er mit dem Bein voran Richtung Fenster schubste. In seinem Kopf fuhren die Fragen Karussell. Hatte er sich alles eingebildet? Er wusste doch, was er gesehen hatte!

3

Karl hatte schlecht geschlafen. Die ganze Nacht hatte er von Türen geträumt, die immer, wenn er sich ihnen näherte, direkt vor seiner Nase zuknallten. Besonders erholt war er in der Früh daher nicht. Mama stellte ihm ungefragt eine

Schale mit Müsli vor die Nase. Frühstück. Auch das noch! Eigentlich wollte er zuerst gar nicht essen, aber als ihn Mama bat, zumindest einen Löffel zu versuchen, schmeckte es doch so annehmbar, dass er alles aufaß.

Karl war sehr gespannt, was ihn am Gang des Hotels erwarten würde. Und ein bisschen mulmig war ihm auch zumute. Er konnte nicht einmal begründen, warum. Wahrscheinlich hatte er sich gestern von etwas täuschen lassen, für das es ganz sicher eine einfache Erklärung gab. Er zog sich in Windeseile Schuhe und Jacke an, schulterte seinen Rucksack, küsste Mama nachlässig zum Abschied und stürmte in den Hotelflur.

Also, wo war nun die wandernde Tür? Karls Blick hastete von links nach rechts. Die Tür war nicht zu sehen. Rasch rannte er den Gang entlang. Auch dort befand sich keine Tür. Also flitzte er in den fünften Stock ans Ende des Ganges. Da war sie, die Tür! Hatte sich seit dem Vortag natürlich keinen Millimeter bewegt. Eingemauert in die Wand stand sie da. War wohl auch immer hier gewesen und nirgends sonst. Hatte er sich gestern wirklich so täuschen lassen? Karl rüttelte mehrmals vergeblich an der Klinke und schüttelte ungläubig den Kopf.

Dann drehte er sich um, nahm diesmal den Lift nach unten, hastete durch die Halle und rannte auf die Achtquellengasse. Er kam sich blöd vor. Was war gestern nur mit ihm los gewesen? Halb erleichtert und halb enttäuscht ging er die Straße entlang.

Eine wandernde Türe, das wäre schon ein tolles Abenteuer gewesen!

Als er mittags wieder die Halle des Hotels betrat, redete Herr Josef gerade auf eine kleine Gruppe Franzosen ein, die wissen wollten, wie sie zum Prater kämen. Unbemerkt spazierte Karl, am dritten Stock vorbei, in den fünften. Irgendetwas störte ihn an der Geschichte. Er konnte nicht einmal genau erklären, was. Ein allerletztes Mal wollte er sich nun doch noch vergewissern, dass die Tür nur eine ganz normale Tür war. Die Frage hatte ihn die ganzen Schulstunden über beschäftigt. Karl bog ums Eck und erstarrte.

Die Tür war im fünften Stock, genau wie in der Früh. Aber nicht dort, wo sie um 7 Uhr 30 gewesen war, sondern auf der gegenüberliegenden Seite des Ganges. Sie schmiegte sich in die Mauer, als wäre sie nie woanders gewesen.

Karls Herz klopfte bis zum Hals. Er setzte einen Schritt vor den anderen und schlich vorsichtig an die Tür heran, so als könnte sie ihn jederzeit anspringen, wenn sie bemerkte, dass er sich näherte. Von drinnen brummte und summte es. Zumindest das schien ihm beinahe schon vertraut. Karl wagte es kaum, an die Klinke zu greifen, tippte mehrmals mit dem Zeigefinger daran und versuchte, als nichts passierte, die Klinke zu betätigen. Öffnen ließ die Tür sich auch diesmal nicht.

Fieberhaft überlegte Karl, was zu tun sei. Mama glaubte ihm nicht, Alma etwas zu erzählen war überhaupt keine Option. Mist. Mist. Mist. Wer könnte ihm nur helfen? Und dann fiel ihm einer ein. Na klar! Er musste unbedingt mit Herrn Josef über diese Sache reden. Karl rannte zum Aufzug und drückte auf den Knopf ins Erdgeschoss. Ruckelnd setzte sich der alte Lift in Bewegung. Viel zu langsam für Karls Ungeduld. Im Stakkato drückte er auf den Knopf für die

Lobby. Der Lift fuhr deswegen leider kein bisschen schneller. Als er unten ankam, wurde die Tür von außen aufgezogen und Mama stieg mit einem erstaunten Gesichtsausdruck zu Karl in den Lift. „Wo willst du denn hin? Komm, ich habe ein Grillhähnchen für uns gekauft. Wir essen, solange es noch heiß ist. Wie war es in der Schule?" Und mit einem Seitenblick auf Karls Gesicht fügte sich noch hinzu: „Geht es dir nicht gut, du schaust so komisch?"

Karl schüttelte den Kopf und murmelte: „Alles okay, hab nur viele Hausaufgaben."

Während sie zur Wohnung gingen, Mama mal wieder ihren Schlüssel ewig in ihrer Tasche suchen musste und ununterbrochen von Stellenanzeigen und Jobangeboten redete, die sie am Vormittag durchforstet hatte, hörte Karl nur mit halbem Ohr zu. Seine Gedanken waren zwei Stockwerke höher.

Es dämmerte schon, als Karl endlich die Wohnung verlassen konnte. Die Hausübungen waren gemacht und Mama hatte darauf bestanden, ihn seine Englischvokabeln abzuprüfen. Die ganzen vier letzten Lektionen! Mühsam war das. Und Karl saß auf Nadeln.

Alma hatte nach der Schule ihre beste Freundin besucht und würde erst später kommen. Das kam Karl gerade recht.

Sie würde Fragen stellen, wenn sie herausfände, dass Karl etwas Geheimnisvolles entdeckt hatte, und er wollte dieses Abenteuer vorerst für sich behalten. Mama stellte glücklicherweise keine Fragen. Sie war momentan zu sehr mit sich selbst und ihrer Jobsuche beschäftigt.

Karl drückte ungeduldig auf den Liftknopf. Der Lift stand im sechsten Stock und war dort offensichtlich blockiert. Irgendjemand stieg ein oder aus, hatte womöglich noch Gepäck dabei, das er auslud. Das alles dauerte Karl viel zu lange. Er ließ den Lift Lift sein, sauste den Gang entlang zum Stiegenhaus und sprang, mehrere Stufen auf einmal nehmend, hinunter.

Herr Josef blickte erstaunt auf, als Karl die letzten paar Meter auf ihn zurutschte und sich gerade noch mit den Händen an der Theke abstützen konnte. „Hoppla, da ist einer aber schnell unterwegs!"

„Herr Josef, was ist das für eine wandernde Tür?" Ohne Einleitung platzte Karl mit seiner drängenden Frage heraus. Seine Wangen waren gerötet vor Aufregung und Ungeduld.

„Ha! Hast du es etwa schon herausgefunden? Das ging aber schnell!" Herr Josef lächelte vergnügt. „So schnell wie du war – so weit ich weiß – noch keiner. Ich hätte gedacht, du brauchst mindestens eine Woche. Na, dann komm mal mit. Ich mach dir einen Kakao, wir setzen uns dort drüben hin und ich erzähle dir, was ich weiß."

Karl nahm auf einem der abgewetzten rosa Sesseln Platz. Während er ungeduldig wartete, schaute er zu den Gemälden der Medicis. Cosimo de Medici schien mit jedem Auge in eine andere Richtung zu blicken. Ob man wohl mehr wahrnahm, wenn man nicht nur geradeaus sehen konnte?

Herr Josef kam mit einer Tasse dampfenden Kakaos und setzte sich auf den gegenüberliegenden Sessel. „Also, junger Freund, du hast eines der am besten gehüteten Geheimnisse des Hotels entdeckt: die brummende Lotte."

„Die brummende Lotte? Die Tür hat einen Namen?"

„Aber natürlich. Die Dinge verlieren ihren Schrecken, wenn sie einen Namen haben. Diese Tür wandert durchs Hotel wie eine alte Frau. Einmal hierhin, einmal dorthin. Man weiß nie so ganz genau, wo sie ist. Ich glaub, sie selbst auch nicht", gluckste der hagere Rezeptionist. „Manchmal ist sie auch wie vom Erdboden verschluckt. Man kann nach ihr rufen, aber sie kommt nicht. Und plötzlich dreht man sich um und sie steht hinter einem, wenn man sie am wenigsten erwartet."

Karl fand die Tatsache, dass die Türe einen Namen hatte, ganz und gar nicht beruhigend. Ganz im Gegenteil. „Was ist hinter der brummenden Lotte? Ist dahinter ein Raum?"

„Das, mein Junge, kann ich dir nicht sagen. Ich weiß es selbst nicht. Aber es gab Leute, die behaupteten, dass sie schon hinter die Tür geschaut hätten. Es gibt einen Schlüssel, aber er funktioniert nicht bei jedem. Ich habe es jedenfalls nie geschafft, das Schloss aufzusperren."

„Darf ich es einmal ausprobieren? Darf ich den Schlüssel haben?", wollte Karl aufgeregt wissen. Hier tat sich ja gerade ein kolossales Abenteuer auf!

Herr Josef lächelte belustigt: „Du hast ihn doch schon. Ich habe ihn dir selbst gegeben."

Elektrisiert sprang Karl auf. Sein Kakao schwappte bedenklich in der Tasse. „Was! Mein Schlüssel sperrt die Lotte auf? Warum haben Sie das nicht gleich gesagt?"

„Es war keine Gelegenheit. Und manche Dinge muss man sich auch selbst erarbeiten. Wollte mal sehen, ob du überhaupt draufkommst, dass es hier ein wenig anders läuft als in anderen Hotels."

Karl ließ sich wieder auf den Sessel plumpsen und erinnerte sich, was Herr Josef zuvor gesagt hatte. Es gab also Menschen, die in dem geheimnisvollen Raum gewesen waren. „Und was haben die Leute erzählt, die schon hinter die brummende Lotte gesehen haben?"

„Jeder berichtet von anderen Dingen. Manche erzählen Trauriges, manche Lustiges und manche gar nichts, weil sie einfach verschwinden."

„Verschwinden? Wie verschwinden? Die Menschen verschwinden?! So richtig für immer?" Ein Schauer durchlief Karl.

„Ja, manche kommen nicht wieder heraus. Aber das passiert nur selten." Herr Josef schien nicht besonders davon berührt zu sein, dass hier im Hotel Menschen verloren gingen.

Karl wollte noch mehr wissen. Er konnte kaum noch stillhalten: „Wieso habe ich den Schlüssel bekommen? Wieso nicht Alma oder Mama?"

„Das hängt mit deinem Zimmer zusammen. Ich darf den Schlüssel nur demjenigen geben, der den kleinen Raum in der 315er-Wohnung im dritten Stock bewohnt. So einfach ist das."

„Wer hat das bestimmt?" Irgendwas kam Karl hier sehr merkwürdig vor.

„Es gab da einen alten Brief. Da stand das drin. Ich habe ihn nie gesehen, aber mein Vorgänger hat mir eingebläut, mich daran zu halten. Er war auch plötzlich weg eines Tages

– mein Vorgänger UND der Brief. Also halte ich mich daran. Will nicht unbedingt auch verschluckt werden von diesem Haus."

Karl hatte über die spannende Konversation ganz vergessen, seinen Kakao zu trinken, aber jetzt brauchte er die süße Stärkung dringend. In großen Schlucken trank er die Tasse leer. Der Kakao schmeckte gut.

„So junger Mann." Herr Josef erhob sich. „Jetzt muss ich wieder an die Arbeit. Den Rest musst du schon alleine herausfinden. Nur Mut. Wird dich nicht gleich in der ersten Woche fressen, das Mimosa." Er zwinkerte.

Mit einem zwiespältigen Gefühl aus Angst und Neugier in der Brust eilte Karl nach oben. Er durchkämmte mehrmals jeden Gang und jedes Stockwerk, aber die brummende Lotte konnte er nicht finden. Auch nicht im sechsten Stock, den er auf seiner Suche nun zum ersten Mal betrat. Dort oben waren nur wenige Wohnungstüren zu finden. Die Wohnungen mussten hier größer sein. Zum ersten Mal fiel Karl auch auf, dass er in all den Stockwerken noch nie irgendwelche Menschen gesehen hatte. Hinter manchen Türen rumorte etwas. Mal konnte man die Stimme eines Moderators aus dem Fernsehen hören, mal ein Husten, aber zu sehen war nie einer.

Dann hallte plötzlich Mamas Ruf durch die Gänge. Das Abendessen war fertig und es war Zeit, ins Bett zu gehen. Die Geschichte mit Lotte und dem Schlüssel behielt Karl für sich. Im Moment wollte er diese atemberaubende Neuigkeit weder mit Mama, aber schon gar nicht mit Alma teilen.

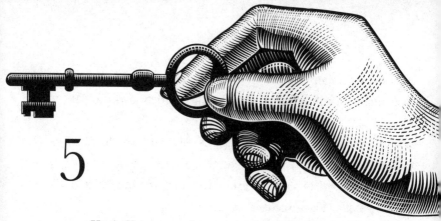

5

Karls Konzentration am nächsten Tag ließ sehr zu wünschen übrig. Seine Hausübungen fetzte er in Rekordzeit in seine Hefte. Seine Mutter rümpfte zwar die Nase, mäkelte jedoch nicht herum, weil sie glaubte, der Umzug und die Trennung von Papa säßen bei Karl noch tief. Da wollte sie die Zügel fürs Erste lieber locker lassen und nachsichtig sein.

Als die Streitereien mit Papa, damals noch in der gemeinsamen Wohnung, überhand genommen hatten, hatte Karl nicht verstanden, um was es eigentlich genau ging. Die Themen hatten ständig gewechselt. Und irgendwann hatte er auch nicht mehr verstehen wollen, um was es ging. Er wollte sich weder auf die Seite seiner Mutter schlagen, noch auf die seines Vaters. Er wollte einfach nur seine Ruhe. Und dass die beiden aufhörten zu streiten. Aber sie hatten nicht aufgehört. Und als Mama, Alma und er selbst vor zwei Wochen ausgezogen waren, da war Karl zunächst fast froh. Nicht weil er seinen Vater verlassen musste, sondern weil das Zanken nun ein Ende hatte. Er vermisste Papa. Und zwar wie verrückt! Die wenige Zeit, die sein Vater allein mit ihnen verbracht hatte, war immer großartig gewesen. Papa war kein Haudegen. Er war sehr introvertiert. Man musste lange graben, um zu ihm durchzukommen. Aber wenn man das erst einmal geschafft hatte, konnte man alles von ihm haben.

Andreas Schnabel war klein, hatte wache dunkle Augen und schulterlange dunkle Haare, die er auch, als es schon lange nicht mehr modern war, zu einem Zopf zusammenband. „Ist Biologe, schaut aus wie ein Biologe", konstatierte Oma von Zeit zu Zeit etwas abschätzig.

Papa hatte einen feinen Humor und – das traute man ihm eigentlich gar nicht zu – konnte wunderbar andere Menschen imitieren.

Seit sie im Mimosa wohnten, telefonierte Karl täglich mit ihm. Zum Glück hatte Karl sein eigenes Handy, so musste er Mama nicht fragen, ob sie ihm ihres borgte. Es war Karl unangenehm. Jedes Mal, wenn er mit seinem Vater telefonierte, kam er sich Mama gegenüber wie ein Verräter vor. Er wollte nicht, dass Mama glaubte, er würde Papas Partei ergreifen.

39

Papa spielte den Lustigen am Telefon, aber Karl spürte, dass Papa nicht lustig zumute war. Papa war natürlich auch traurig über die Trennung von seinen Kindern. Gerade gestern erst hatten sie ausgemacht, sich nächstes Wochenende zu treffen. Papa, Alma und er. Mama wusste davon und hatte es kommentarlos hingenommen.

Mama hatte also ganz recht mit ihrer Annahme, dass ihr Noch-nicht-Exmann ihrem Sohn abging. Der Grund allerdings, warum Karl seine Hausübungen so schlampig erledigt hatte, war ein ganz anderer. Karl wollte die brummende Lotte finden.

„Ich geh noch mal kurz raus", rief Karl Mama über die Schulter zu und zog die Tür hinter sich ins Schloss.

„Wohin?", rief ihm Mama noch nach, aber das hörte

Karl schon nicht mehr. Fest umklammerte er seinen rostigen Schlüssel und tigerte den Gang entlang. Keine brummende Lotte im dritten Stock. Karl nahm sich den zweiten Stock vor. Sein Herz schlug bis zum Hals, als er sie sah. Denn hier, am Ende des linken Gangs hockte sie. Langsam näherte sich Karl der Tür und ließ sich davor nieder. Fast andächtig fuhr Karl mit den Fingerspitzen über das alte Holz. An manchen Stellen war der Lack etwas abgesplittert. Von innen vernahm er das sonore Brummen. Die Klinke war rostig und ließ sich nicht bewegen.

Um den Schlüssel ins Schloss stecken zu können, musste Karl ein schwingendes Metallplättchen zur Seite schieben. Neugierig spähte er mit einem Auge durch das Schlüsselloch. Drinnen war zwar ein dumpfes Licht wahrnehmbar, aber erkennen konnte Karl nichts. Mit zitternden Händen steckte er den Schlüssel ins Schloss. Er musste ihn ein paarmal hin- und herbewegen, bis er das Gefühl hatte, er wäre nun ganz eingerastet. Mit einem leisen Klacken ließ sich der Schlüssel drehen und das Schloss öffnen. Der Junge verstaute den Schlüssel sorgsam in seiner Hosentasche. Das Abenteuer konnte beginnen.

Karl war unglaublich aufgeregt. Er hielt die Luft an. Langsam zog er die Tür auf. Ein karger Raum lag dahinter. Obwohl die Tür recht niedrig war und Karl den Kopf ein- ziehen musste um hindurchzugehen, hatte der Raum innen eine normale Höhe. Karl konnte sich wieder aufrichten. Er sah sich um.

Viel gab es allerdings nicht zu sehen. In der Mitte des Raumes stand ein quadratischer Holztisch. Er sah aus wie ein alter Küchentisch. Stühle standen keine in dem Raum. Das sonore Geräusch im Raum war nun deutlicher zu hören und Karl war, als würde der ganze Raum im Gleichklang mit dem Brummen vibrieren. Das war angenehm und furchterregend, denn es verlieh dem Raum etwas Organisches, gleichsam als würde er leben. Es war warm. Die fensterlosen Wände waren in dunklem Schultafelgrün gestrichen.

An der Decke hing eine einfache Glühbirne – ohne Lampenschirm – in ihrer nackten Fassung. Die dunkle Farbe der Wände schluckte das wenige Licht fast zur Gänze. Es dauerte einige Sekunden, bis sich Karls Augen gut an das Dämmerlicht gewöhnt hatten. Karl untersuchte den Tisch genauer und entdeckte eine Schublade. Er zog sie auf, fand aber nichts außer einem Stück weißer, abgebrochener Schulkreide. Er legte sich auf den Boden und untersuchte die Unterseite des Tisches, konnte aber nichts Auffälliges erkennen. Die Enttäuschung war groß. Das also war hinter der brummenden Lotte? Ein leerer Raum mit dunklen Wänden? Mit einem Tisch ohne weiterem Geheimnis. Außer dem eigentümlichen, ungeklärten Brummen war ja nun hier offensichtlich kein Abenteuer zu erwarten. Natürlich war es unheimlich, dass die Tür und der Raum im Hotel umherwanderten, aber wenn es sonst nichts zu entdecken gab, dann war das doch ein bisschen wenig, befand Karl.

Noch einmal ging er die Wände ab, klopfte mal hier und mal dort, aber der Klang erschien ihm an allen Seiten gleich. Und die Wand fühlte sich überall wie eine ganz normale Wand an.

Wie um alles in der Welt sollten in so einem Raum Menschen verschwinden? Das war ja wohl der größte Quatsch des Jahrhunderts! Herr Josef war wirklich nicht ernst zu nehmen. Machte so ein Riesentrara um diese Kammer: viel Lärm um nichts.

Karl setzte sich eine Weile auf die Tischkante und wartete. Nichts passierte. Es surrte und brummte und vibrierte und sonst … nichts. Nach etwa einer halben Stunde wurde es Karl zu blöd. Sollte der Herr Josef doch andere Kinder schrecken! Er würde sich nicht mehr von dem alten Mann foppen lassen. Großes Geheimnis! Pah! Von wegen. Karl rutschte vom Tisch und ging Richtung Tür. Dann drehte er sich noch einmal um und ließ seinen Blick noch ein letztes Mal durch den Raum gleiten.

Und da: Plötzlich entdeckte er doch etwas. War das zuvor auch schon da gewesen? Wie konnte er das übersehen haben? Rechts von der brummenden Lotte stand etwas mit Kreide an die Wand geschrieben. Es war nicht gut lesbar und leicht verwischt. Karl trat näher heran: „ENDLICH BIST DU GEKOMMEN."

Karl schluckte. War er damit gemeint? Hatte das jemand extra für ihn geschrieben: weil ja nur er den Schlüssel besaß, der die Tür entsperrte? Und wenn ja, wer hatte das geschrieben? Und wann? Karl war sich rückblickend nun fast sicher, dass bei seinem Eintritt noch nichts an der Wand gestanden hatte. Er steckte einen Finger in den Mund, befeuchtete ihn und rubbelte an den Buchstaben. Ja, das war mit Kreide geschrieben und ließ sich ganz leicht entfernen. Und die Kreide lag in der Schublade. Das hatte er noch einmal kontrolliert.

„Hallo?", rief Karl vorsichtig fragend in den Raum. „Hallo! Ist da jemand?" Als er keine Antwort bekam, wurde

Karl angst und bange. Immer leiser wurde seine Stimme. „Wer hat das geschrieben? Wer … ist … da? Hallo?"

Und plötzlich hielt er es keine Sekunde länger in der kleinen Kammer aus. Ihm war als bekäme er plötzlich keine Luft mehr. Er musste sofort hier raus. Weg von diesem unheimlichen Ort. Zurück in die Sicherheit des Normalen. Zurück zu Mama. Karl stolperte durch die brummende Lotte in den Hotelgang, warf die Tür mit einem Knall hinter sich zu und rannte, ohne sich noch einmal umzusehen, in den dritten Stock hinauf.

Es vergingen zwei Tage, ohne dass etwas passierte. Karl hatte mehr als nur ein mulmiges Gefühl und traute sich nicht mehr, nach der geheimnisvollen Tür zu suchen. Zu sehr saß ihm der Schreck immer noch in den Gliedern. Reden wollte er auch nicht darüber.

Herrn Josef ignorierte er jedes Mal bis auf ein halbherzig gemurmeltes „Grüß Gott", wenn er mit eingezogenem Kopf hastig durch die Lobby ging und sich an der Rezeption vorbeidrückte. Auch wenn Herr Josef offensichtlich das Gespräch mit Karl suchte, wimmelte ihn Karl jedes Mal ab. „Muss lernen" oder „Muss in die Schule" waren seine schludrig hingeworfenen Ausreden.

Die Stimmung zwischen Mama und Alma wurde mit jedem Tag im Mimoa gereizter. Die Wohnung war zu klein. Sie saßen sich gegenseitig zu sehr auf der Pelle und gingen sich immer mehr auf die Nerven.

Mama hatte nun schon mehrere Vorstellungsgespräche hinter sich und war jedes Mal abgeblitzt. Sie war zu nervös aufgetreten, hatte an ihrer guten Bluse herumgezupft, und die Unsicherheit war ihr ins Gesicht geschrieben gewesen. Die ihr eigene Schusseligkeit, welche sie sonst so sympathisch wirken ließ, war bei den Gesprächsrunden natürlich völlig fehl am Platz. Und die Auswahl an alternativen Bewerberinnen für den jeweiligen Job zudem groß. Fiona Schnabels Rivalinnen waren jünger, besser ausgebildet und viel lockerer im Umgang mit den Personalverantwortlichen. Keine von ihnen brauchte den Job so dringend wie sie. Und so kam Mama mit einer nach der anderen Absage ins Hotel Mimosa.

Diese Rückschläge trugen natürlich auch nicht gerade zu einer besseren Atmosphäre bei. Alma teilte zwar gerne mit Mama das Bett, aber auf Dauer fehlten ihr doch ihre eigenen vier Wände. Immer öfter hackte Alma auf Karl herum, weil der sein eigenes Zimmer hatte, auch wenn es noch so klein war. Sie hatte ihm mit einiger List schon allerhand Tauschhändel angetragen, aber ihr Bruder hatte sich nicht darauf eingelassen. Auch nicht, als Alma ihm das immer sehr großzügige Weihnachtsgeld von Oma, dessen Höhe sie ja noch nicht einmal kannte, im Voraus angeboten hatte. Alma sprang im Quadrat.

Karl freute sich nun schon sehr auf das kommende Wochenende mit Papa. Er lechzte nach Tapetenwechsel.

Vielleicht würde sich auch eine Gelegenheit finden, seinem Vater von der brummenden Lotte zu erzählen.

Der Freitag kam rasch. Alma und Karl nahmen nach der Schule den direkten Weg zu ihrer alten Wohnung und damit zu Papa. Ausnahmsweise in seltener Eintracht.

Andreas Schnabel empfing sie an der Wohnungstür. In seinen Augen glitzerte es verdächtig. Und auch Karl und Alma hatten einen Kloß im Hals stecken.

„Hey, Rasselbande! Schön, dass ihr hier seid!", rief Papa bemüht fröhlich aus und umarmte beide auf einmal.

„Ist ja schon gut", versuchte Alma die gefühlsdusselige Situation, die ihr unangenehm war, zu überspielen. „Karl muffelt etwas. Kannst du uns loslassen?"

Karl knuffte Alma in die Seite und grinste: „Du muffelst selber!"

In der Wohnung allerdings roch es lecker. Papa hatte zur Feier des Tages Lasagne gemacht. Er wollte den beiden Kindern, die dieses Gericht liebten, eine Freude machen. Papa war kein guter Koch, aber Lasagne bekam er hin. Immer besser sogar. Sie ließen es sich schmecken und lehnten sich, nachdem sie alle viel zu viel davon gegessen hatten, mit vollen Bäuchen zurück. Die Stimmung war gut. Karl erzählte, was es Neues in der Schule gab, Alma berichtete von einem YouTuber, den sie gut fand. Papa hörte aufmerksam zu und stellte viele Fragen, ließ die Kinder aber an keinen Neuigkeiten von sich selbst teilhaben. Weder Karl noch Alma trauten sich nachzuhaken. Eigentlich wollten sie nicht wissen, ob und was sich in Papas Leben seit ihrem Auszug verändert hatte.

„Na, und wie ist es euch im Hotel ergangen?", wollte Papa dann wissen. Alma und Karl wechselten einen kurzen Blick.

Wer sollte erzählen und was. Keiner von beiden wollte Mama in den Rücken fallen. Es war seltsam. Sie waren hier in der hellen, freundlichen Wohnung, die Mama mit Liebe eingerichtet hatte, und Mama selbst verbrachte das Wochenende in dem schäbigen Loch in der Achtquellengasse.

„Na ja", versuchte es Karl vorsichtig, „so richtig toll ist es nicht. Es ist halt etwas klein und manchmal …"

„Manchmal hört man Karl durch die Wand furzen, weil die so dünn ist!", unterbrach ihn Alma, um die unangenehme Situation zu brechen. Karl prustete los. Papa musste auch grinsen.

Die Kinder retteten sich auf familiär harmloseres Terrain, erzählten von ihrem neuen, viel zu langen Weg in die Schule und davon, welche Gestalten sich in den U-Bahnstationen herumtrieben. Die Themen Hotel und Mama wurden ganz gezielt großräumig umschifft.

Am Nachmittag studierten Alma und Karl das Kinoprogramm, reservierten drei Tickets für zwei direkt aufeinanderfolgende Filme und danach stand ihr Lieblings-Chinese auf dem Programm. Zweimal Menü 14 und einmal Nummer 86.

Dass alles etwas oberflächlich und nicht ganz echt war, war irgendwie unangenehm. Es kratzte wie ein Pullover aus hundertprozentiger Schafwolle. Aber wenn es einen friert, zieht man ihn doch an. Hauptsache, sie waren für zwei Tage raus aus dem muffigen Hotel und mussten nicht über ihre Situation und Mamas verzweifelte Suche nach einem Job nachdenken.

Sonntagvormittag allerdings blitzte durch den schönen Schein dann doch die Realität. Papa war frische Semmeln holen gegangen. Wie immer beim Bäcker Stadl ums Eck.

Und wie immer hatte er die dunkelsten Handsemmeln aus dem Korb geordert, die am knusprigsten aussahen. Und wie immer acht Stück. Für jeden zwei.

Aber diese Rechnung konnte natürlich nicht aufgehen. Und als Alma, Karl und auch Papa jeweils ihre zwei Brötchen gegessen hatten, lagen Mamas knusprige Handsemmeln noch im Brotkorb. Ein Schweigen entstand. Alle drei hatten den Fehler gleichzeitig bemerkt.

„Normalerweise wäre das Mama passiert, bei ihren Rechenkünsten", sagte Karl leise.

Alma schaute ihren Bruder traurig an. Resigniert stützte Papa den Kopf die Hände: „Tut mir leid, ich wollte nicht die Stimmung ruinieren. Ich habe nicht nachgedacht beim Einkaufen." Und nach einer Weile, in der jeder seinen Gedanken nachhing, wagte er sich noch weiter vor: „Sagt mal, wie geht es euch denn wirklich?"

Alma schluchzte laut auf. Der Seufzer hatte sich tief in ihr drin angestaut und wollte nun gehört werden. Karl war bestürzt. Seine Schwester kehrte ihr Innerstes sonst nicht nach außen. Aber wenn nun schon der Moment der Wahrheiten war, dann beschloss er, ihn auch zu nützen.

„Was glaubst du denn, wie es uns geht?" Karls Stimme klang belegt. „Von uns verlangt ihr immer, dass wir uns zusammenreißen und nicht streiten. Und brav sind. Und keine Schimpfwörter verwenden und nicht fluchen!" Seine Stimme drohte zu kippen, aber er machte tapfer weiter. „Aber Mama und du, ihr dürft alles. Schreien und brüllen und fluchen und alles hinschmeißen. Und wir müssen alles anhören und mitmachen und jetzt auch noch in so einem verdammten Hotel wohnen, in dem wir gar keinen Platz zu dritt haben." Karl verlor jetzt endgültig die mühsam aufrechterhaltene Fassung und fing an zu weinen. Er krallte seine Finger in seine Haare und versteckte sein Gesicht hinter seinen am Tisch aufgestützten Unterarmen. Heiße Tränen rannen über seine Wangen. Er konnte sie nicht aufhalten. Und wollte es auch gar nicht.

Dafür hatte Alma sich wieder im Griff und holte ihrerseits zum Angriff aus. „Ja, genau! Wieso macht ihr einfach, was ihr wollt? Du hättest uns ruhig schon früher fragen können, wie es uns geht! Oder was wir wollen! Oder ob wir es lustig finden, dass ihr euch trennt und Mama jetzt einen Job suchen muss! An uns habt ihr überhaupt nicht gedacht. Zu einer Familie gehören auch Kinder. Unsere Meinung zählt genauso viel wie eure!"

Papa schaute bestürzt von einem zum anderen. Er rang nach den richtigen Worten und musste mehrmals neu beginnen. „Ihr … Ach, Kinder … Wenn ihr wüsstet, wie schwer mir die Entscheidung gefallen ist … Und eure Mutter war immer so … so schwierig halt. Aber ihr werdet sehen, wenn erst einmal Gras über die Sache gewachsen ist, dann geht es uns allen wieder besser. Ich –"

Weiter kam er nicht. Karl explodierte. Viel zu schnell sprang er von seinem Stuhl auf, knallte mit dem linken Oberschenkel von unten an die Tischplatte, die sich mit einem lauten Rumps aus einem ihrer Beine löste. Karl schrie vor Schmerz laut auf. Das Tischbein fiel um, Holz splitterte und die Tischplatte krachte zu Boden. Alle Dinge, die auf dem Tisch gestanden waren, wurden in die Luft katapultiert. Porzellan klirrte. Kakao ergoss sich auf den Parkettboden und Marmelade triefte in die Kissen des nahe stehenden Sofas.

Die zwei übrig gebliebenen Semmeln kullerten am Boden aus dem Brotkorb und drehten eine Ehrenrunde, bevor sie unter der Kommode zum Liegen kamen. Karl hatte sich auf den Teppich fallen lassen und drückte beide Fäuste gegen die schmerzende Stelle am Schenkel. Er stöhnte. Papa stürzte zu seinem Sohn: „Karl, Mensch, zeig mal, wo es weh tut!"

Nur Alma saß noch auf ihrem Sessel. Im ersten Schreck hatte sie mit weit aufgerissenen Augen laut aufgeschrien. Doch nun, plötzlich, musste sie anfangen zu lachen. Lauthals lachte und lachte sie. „Hahaha, dieser blöde Tisch! Ich pack es nicht! Hahaha!"

Papa hatte mittlerweile den wimmernden Karl in seine Arme geschlossen und schaute entrüstet zu seiner Tochter: „Alma, Karl hat echte Schmerzen. Ich finde das gerade gar nicht lustig!" Aber auch Karls Wimmern hatte sich in ein Kichern verwandelt. Fast verschluckte er sich. Wusste noch nicht ganz, ob er nicht doch weinen sollte. Sein Oberschenkel brannte wie Hölle. Und dann stimmte auch er in Almas Lachen ein. Sie lachten und lachten. Es passierte, was so oft passiert, wenn Emotionen hochkochen. Der Schmerz, den die zwei Kinder nicht ertragen konnten, verwandelte sich in eine brüllende Lustigkeit, die sie die Ursache des Schmerzes für den Moment vergessen ließ. Und schließlich konnte auch Papa nicht anders und stimmte mit ein.

Der alte Eichentisch hatte ihnen den Tag gerettet. Mama hatte ihn einst am Flohmarkt erstanden. Sie hatte sich auf den ersten Blick in ihn verliebt. Genau so einen Tisch hatte sie immer haben wollen. Dabei war er gar nichts Besonderes. Groß war er und schwer. Aus altem Eichenholz, mit gedrechselten Beinen. Aber, so verteidigte ihn Mama, die Tischplatte erzählte eine Geschichte. Von vielen Gerichten, die auf ihr gestanden hatten. Von zu heißen Kochtöpfen, die abgestellt worden waren. Und von Rotwein. Hier war gefeiert worden. Die Tischplatte zeigte eine Landschaft der Lebensfreude und des geselligen Beieinanderseins.

Mama hatte lange mit dem Verkäufer am Naschmarkt verhandelt und einen guten Preis erzielt. So hatte sie zumindest gemeint. Erst zu Hause hatte sie bemerkt, dass der Tisch wackelte. Und zwar nicht nur ein bisschen. Er war eine Katastrophe. Beim Essen schwappte ständig etwas aus den Tellern, wenn wieder Bewegung in den Tisch gekommen war. Es war, als würde er ein Eigenleben führen und ständig darauf aus sein, die um ihn versammelte Familie aus dem Gleichgewicht zu bringen. Papa hatte allerhand versucht, ihm das Wackeln zu unterbinden. Leider waren seine handwerklichen Fähigkeiten recht begrenzt. Der Tisch wackelte, wann immer ihm danach war. Mama aber hatte sich in den Kopf gesetzt, den Tisch zu verteidigen und ihren Kauf zu rechtfertigen. Sie liebte den Tisch, wie sie regelmäßig erklärte. Und so fand sich der Rest der Familie Schnabel damit ab, dass der widerspenstige Tisch bleiben würde. Bis zu eben jenem Wochenende, als Alma und Karl ihren Vater besuchten.

Gemeinsam räumten Alma und Papa die Verwüstung auf. Karl hatte sich mit einem Coolpack, das er auf den frisch erblühten blauen Fleck auf seinem Schenkel platziert hatte, aufs Sofa verzogen und schälte die Kissen aus ihren marmeladig triefenden Überzügen.

Alma sagte eins ums andere Mal: „Karl, echt, du bist so ein Held. Jetzt ist der Tisch endlich kickbox. Das hättest du schon viel früher machen sollen. Haha. Da bekommst du den Weltmeistertitel im Tisch-k.o.-Schlagen. Karl, the Master of Disaster."

„Sehr witzig, Alma. Das tut echt weh", entgegnete Karl, musste aber dabei grinsen.

Den Rest des Wochenendes ließen die drei ruhiger angehen. Sie hatten einen Campingtisch aus dem Keller ins Esszimmer geholt und veranstalteten eine Spiele-Challenge. Mama hasste Gesellschaftsspiele, aber mit Papa ließen sich solche Matches gut austragen. Er spielte gern und hatte den nötigen Ehrgeiz, seine Kinder nicht absichtlich gewinnen zu lassen. Champion des Wochenendes wurde Karl, der von Papa feierlich eine Packung Schokobananen als Preis über-reicht bekam.

Als Karl und Alma am Sonntagnachmittag – wie ausgemacht – gegen fünf Uhr in die Achtquellengasse zurückmarschierten, hatten die zwei Kinder aufgrund ihrer Fröhlichkeit ein schlechtes Gewissen, weil Mama ja das ganze Wochenende allein im Mimosa verbracht hatte.

Diese Sorge erwies sich allerdings als voreilig und unbe-gründet, denn ihre Mutter begrüßte sie überschwänglich und fröhlich. Sie hatte mit Tante Tilly zwei vergnügliche Abende und das Wochenende damit zugebracht, die leidige Jobsuche weit von sich zu schieben und sich zu erholen.

Als Karl am Abend im Bett lag, fiel ihm auf, dass er mit Papa gar nicht über die brummende Lotte gesprochen hatte. Es war in all dem Trubel einfach keine Gelegenheit dazu gewesen. Er nahm sich jedoch vor, sie noch einmal zu suchen. Mit jedem Tag, der seit seinem Besuch dort vergangen war, hatte der Schrecken ab- und seine Abenteuerlust nun doch wieder zugenommen. Vielleicht hatte er in dem kleinen Raum einfach etwas Essenzielles übersehen. Während er in Gedanken alle Details seines Besuchs in der Kammer noch einmal rekonstruierte, schlief er ein.

7

Über Nacht hatte es geschneit. Trotz des Spätherbstes ein recht ungewöhnliches meteorologisches Ereignis für Wien. Aber eine schöne Überraschung. Karl liebte Schnee. Er liebte es, die Stadt auf diese ganz besondere Art zu hören, wenn der frisch gefallene Schnee den Lärm verschluckte und den Geräuschpegel dämpfte. Weit öffnete Karl das schmale Fenster zum Innenhof und lugte hinunter. Der Kastanienbaum trug seine weiße Last mit Gleichmut, und quer über den Hof führte eine einzelne Spur weiter Schritte von der Tür im Hinterhaus bis zum Hoftor, das auf die Achtquellengasse führte. Karl stutzte. Wer benützte wohl diesen inoffiziellen Weg auf die Straße hinaus? Warum nahm er nicht den Aufzug oder das Stiegenhaus, wie alle anderen? Und war diese Tür zur Notstiege letztens nicht verschlossen gewesen?

Schnell wischte er alle Fragen beiseite. Er wollte so rasch wie möglich hinaus in die Welt, bevor die vielen Menschen und Autos den jungfräulichen Schnee in grauen Schneematsch verwandelten, der aus Sicht vieler Wiener nur dazu taugte, die Schuhe zu ruinieren.

Als Karl mittags nach Hause kam, war es ein paar Grad wärmer geworden. Es hatte wieder begonnen zu regnen und der Schnee war gänzlich geschmolzen. Karl war bis auf die Socken nass. Seine Schuhe zog er deshalb schon vor der Wohnung aus und ließ sie am Gang stehen, um im Vorraum keine Pfütze zu hinterlassen.

Seine Mutter hatte ausgesprochen gute Laune. Am Vormittag hatte sie ein Vorstellungsgespräch in einem Beauty-salon absolviert und war mit zwei weiteren Bewerberinnen in die engere Auswahl als Empfangsdame gerutscht. Um sich beim zweiten Gespräch von ihrer besten Seite zeigen zu können, lackierte sie sich nun die Nägel in fast schwarzem Rot. In ihren Haaren steckten große Lockenwickler.

„Hallo mein Schatz! Wie war dein Tag? Komm, gib mir einen Kuss. Soll ich dir die Nägel auch lackieren?", plapperte sie übermütig.

„Nein danke, Mama, ausnahmsweise kein Lack!", grinste Karl und verzog sich in sein Zimmer, um den Panther von Rilke auswendig zu lernen – die heutige Deutschaufgabe. Schnell war er auch mit den restlichen Aufgaben fertig. Um nicht wieder im Dunstkreis Mamas Überschwang zu landen, öffnete er leise sein Zimmer, schlich auf Zehenspitzen zur Eingangstür hinaus, überlegte kurz, ob er seine nassen Schuhe anziehen sollte, und marschierte schließlich – nur in Socken – den Gang entlang.

Keine wandernde Tür im dritten Stock. Auch nicht im zweiten, vierten oder fünften! Im sechsten Stock schloss der bärtige Mann, den Karl schon am ersten Tag von der Straße aus gesehen hatte, schnell seine Wohnungstür, als er sah, dass der auf Socken geräuschlose Karl um die Ecke bog. Der Bärtige musste wohl auch auf dem Gang unterwegs gewesen sein.

Aber wo versteckte sich denn heute nur die brummende Lotte? Karl durchsuchte jedes Stockwerk aufs Genaueste. Als er schon aufgeben wollte, entdeckte er sie endlich. Sie befand sich im dritten Stock, direkt neben dem Aufzug. Karl schaute sich um, ob ihn auch niemand beobachtete und erst als er sicher war, dass die Luft rein war, nahm er seinen Schlüssel aus der Tasche, steckte ihn ins Schloss und drehte um. Vor Aufregung hielt er die Luft an. Würde ihn wohl eine neue Nachricht an der Wand erwarten?

Plötzlich hörte Karl Schritte im Stiegenhaus neben dem Aufzug. Jemand stieg die Treppen herauf. Um nicht entdeckt zu werden, riss Karl hektisch die Türe auf und trat schnell ein. Die Tür fiel ins Schloss.

„Hä?!" Ein Schrei entfuhr seiner Kehle. Karl stand nicht wie erwartet in dem kleinen, düsteren Raum, sondern in einem Garten, der sich bis an den Horizont erstreckte. Es war warm, wie an einem lauen Vormittag im Sommer. Der Himmel war blau, unterbrochen durch ein paar Schäfchenwolken, Vögel zwitscherten auffällig laut und die Bienen summten. Irgendwo hörte er etwas plätschern.

Vorsichtig ging Karl in den Garten hinein. Alle paar Schritte drehte er sich um, um zu sehen, ob die Tür noch da war. Aber beide, sowohl Tür als auch Wand, schienen unverändert und immer noch in sicherer Entfernung, um sie mit ein paar Sprüngen schnell wieder erreichen zu können.

Karl bemerkte, dass er immer noch in Socken umherging, zog sie aus und steckte sie in die Taschen seiner Hose. Barfuß setzte er seinen Weg fort. Immer weiter ging er in den üppig blühenden Garten hinein.

Hatte er ihn zuerst als großes Ganzes wahrgenommen, begann er nun, Details zu entdecken. Karl fiel auf, dass die Pflanzen in diesem Garten keine waren, die er kannte. Es gab bunte Blumen, die er allesamt nicht benennen konnte. Nicht, dass er sich übermäßig gut mit Blumen auskannte, aber das hier waren keine Margeriten, Glockenblumen oder Löwenzahn. Manche von ihnen waren fast durchsichtig wie Glas, andere schimmerten wie nasser Tau. Wieder andere wuchsen gerade in die Höhe, um sich dann breit zu verzweigen und sich in großen tellerartigen Blüten der Sonne entgegenzustrecken. Einer Sonne? Nein! Als Karl nach oben blickte, strahlten ihm zwei Sonnen aus gegenüberliegenden Himmelsrichtungen entgegen. Ein Schmetterling flog an Karl vorbei. Er war so groß wie eine Frisbeescheibe, rot-violett und gemustert wie ein Zebra. An seinen Fühlern blinkte und blitzte es wie bei einem startenden Flugzeug.

Plötzlich fuhr Karl zusammen, als er ein hohes, aber lautes Brummen hinter sich vernahm. Er drehte sich um und konnte gerade noch einer Horde Flugameisen ausweichen, die pfeilschnell in strenger Formation unterwegs war und deren Flugbahn er offensichtlich durch seine Anwesenheit störte.

Die Luft glitzerte. Große Bäume standen im Garten. Manche von ihnen hatten blaue Blätter, andere wiederum grüne oder rote. Bei einem der größeren Bäume standen die durchsichtigen Adern der Blätter in dicken Wülsten hervor.

Ein schimmernder Saft pulsierte hindurch. Karl versuchte, einen breiten Baum – mit lila Rinde – mit beiden Armen zu umfassen, aber der Stamm war viel zu dick. Dafür hätte es mindestens dreier Karls bedurft.

Er konnte sich gar nicht sattsehen. Ein großer Käfer kreuzte seinen Weg und erregte seine Aufmerksamkeit. Er war giftgrün und stank fürchterlich. Karl machte einen großen Bogen um ihn und ging weiter.

Er ging und ging. Immer tiefer in den Garten hinein. Dennoch sicherte Karl alle paar Meter seine Position. In der Ferne sah er immer noch die brummende Lotte. Das beruhigte ihn und ermutigte ihn nicht stehen zu bleiben. So viel gab es zu bestaunen! Längere Zeit beobachtete er eine Schnecke mit purpurrotem Haus, die an einer mannshohen Blume emporkroch. Dabei sang sie ein sentimentales Lied. Karl konnte es deutlich hören und musste laut lachen. Singende Schnecken! Wenn er das jemandem erzählte! Man würde ihn glatt in die Psychiatrie stecken. Karls Lachen erschreckte die Schnecke. Rasch zog sie sich in ihr Haus zurück. Karl hielt sich die Hand vor den Mund. Das hatte er nicht gewollt. Mucksmäuschenstill wartete er, bis die Schnecke vorsichtig einen Fühler aus dem Haus streckte, wohl um zu sehen, ob die Luft rein war. Da Karl sich nicht bewegte, erschien auch der zweite Fühler und schließlich kroch die ganze Schnecke wieder aus ihrem roten Häuschen. Sie setzte ihren Weg fort und fing auch bald wieder an zu singen. Vorsichtig, um sie nicht noch einmal zu erschrecken, schlich Karl auf Zehenspitzen weiter. Es war so schön hier.

Nach einer Weile setzte sich Karl ins Gras. Überall in der Wiese lagen bunte Steine, wie Glasperlen verstreut. Da er ja barfuß umherspazierte, schmerzten seine Füße etwas. Er wollte ihnen eine Pause gönnen. Karl war ganz ruhig und nahm die Pracht der Landschaft in sich auf. Auf dem warmen Erdboden sitzend spürte er, dass der Garten leise vibrierte und summte. Er erkannte es als das Brummen der wandernden Türe wieder. Karl fühlte sich sehr wohl in dieser Umgebung. Er wurde müde, sank in die weichen Graspolster, wollte nur ein wenig vor sich hindösen, schlief aber dann doch ein.

Nach einer ganzen Weile erst erwachte er von einem Geräusch. Es dauerte ein paar Augenblicke, bis ihm wieder bewusst wurde, wo er eigentlich war. Er richtete sich auf und versuchte herauszufinden, was ihn geweckt hatte. Es war ein Schluchzen und Rascheln gewesen. Karl war mit einem Schlag hellwach. War hier sonst noch jemand? Oder war das ein Tier? Womöglich ein wildes? Nervös blickte er sich um und versuchte, in dem kniehohen Gras die Deckung nicht zu verlieren. Das Rascheln kam aus der Richtung des breiten Baumes, den er zuvor umarmt hatte. Zunächst konnte Karl nichts erkennen, aber dann sah er, dass ein Wesen aus der Baumkrone herunterkletterte.

War das zuvor auch schon dort oben gesessen? War er die ganze Zeit beobachtet worden? Karl bekam eine Gänsehaut. Das Wesen kletterte behände und gekonnt von Ast zu Ast Richtung Erde und blickte sich immer wieder um. Es schien jedoch nicht zu bemerken, dass Karl mittlerweile wach geworden war. Zu gut war er versteckt im hohen Gras.

Es war ein wunderschönes Geschöpf. Ein Mädchen, das irgendwie durchsichtig aussah und mindestens zwei Köpfe größer war als Karl. Trotzdem wirkte es zerbrechlich und feingliedrig. Seine Haut schimmerte hell. Ein flirrendes Glitzern, wie frischgefallener Schnee im Sonnenlicht, umschwirrte es. Das Mädchen hatte ein hellblaues, flatterndes Gewand und schneeweiße, lange Haare, die fast bis zu seinen Knöcheln reichten. Karl wusste nicht, ob er verzaubert sein oder Angst haben sollte. Denn nur weil das Wesen so schön war, dass es einem fast den Atem raubte, hieß es noch lange nicht, dass es ihm freundlich gesonnen war.

Mit einem letzten Satz sprang das große, anmutige Mädchen auf die Erde. Es reckte den Kopf, schaute in seine Richtung. Nun kam es auf ihn zu. Karl duckte sich weiter ins Gras, aber das Mädchen schien ohnehin genau zu wissen, dass er hier war. Seine Schritte waren zögerlich und vorsichtig. Auch das schöne Wesen wusste offensichtlich nicht so ganz, was es von dem Eindringling zu erwarten hatte. Trotzdem kam es langsam immer näher, bereit, sich jederzeit schnell zurückzuziehen. Es war nun so nah, dass es sehen konnte, dass Karl nicht mehr schlief. Das Mädchen blieb stehen.

Die beiden blickten sich an. Es war noch größer, als Karl gedacht hatte. Und Karl nahm wahr, dass sie älter war, als er zunächst geschätzt hatte. Es war eine junge Frau. Ihr Körper bebte und zuckte unruhig. Ihre Augenlider flatterten und während sie Karl direkt anblickte, wirkte sie wie eine Getriebene. Aus der Nähe konnte er noch besser sehen, wie wunderschön sie war. Sie hatte große, grüne Augen, doch diese strahlten unendliche Traurigkeit aus. Aber es lag nicht allein Traurigkeit darin. Ihr Blick war auch ängstlich und flehentlich. Sie hob die Hand, führte sie zitternd nach oben. Erst jetzt sah Karl, dass ihr eine Träne über die zarte Wange lief. Sie pflückte die Träne mit ihren langen, schmalen Fingern, bückte sich und hielt sie nun Karl entgegen. Karl wollte das Herz zerspringen, so leid tat ihm dieses ätherische Wesen. Er setzte sich auf, streckte ihr die Handfläche entgegen und nahm, was sie ihm geben wollte. Die Träne war ein hellblauer, tropfenförmiger Kristall. Karl schloss seine Finger zur Faust und blickte wieder auf.

Aber da – wie von einem Windstoß verweht – wurde das schöne Wesen gebeutelt und lief in großen Schritten wieder davon.

„Warte!", rief Karl ihr hinterher, sprang auf und rannte der Schönen nach. Sie aber war zu schnell. Er konnte sie nicht einholen. Obwohl sie in großen Windungen, ohne festes Ziel, über die Wiese fast zu fliegen schien, konnte er sie auch nicht erreichen, als er versuchte, ihr den Weg abzuschneiden. Mit ihren langen Beinen war sie unerreichbar für ihn. Sie hatten bereits eine ordentliche Strecke zurückgelegt. Karl ging langsam aber sicher die Puste aus. Nach einer Weile musste er stehen bleiben und konnte nur zusehen, wie sie verschwand. Ihre langen Haare wehten hinter ihr her, ihr Kleid flatterte um ihren Körper. Sie drehte noch einmal den Kopf zu ihm um und warf ihm einen kurzen, flehentlichen Blick zu, dann war sie zwischen den Bäumen verschwunden.

Karl drehte den Kristall zwischen den Fingern hin und her. Wer war sie nur? Sie war zu ihm gekommen und hatte ihm ihre Träne gegeben. Wollte sie ihm zeigen, wie traurig sie war? Hatte sie ihm darum ihre Träne in die Hand gedrückt? Hatte sie ihm auch die Kreide-Nachricht an die Wand der kleinen Kammer geschrieben? Warum war sie nur so unsagbar bedrückt? Es war doch so schön hier. So bunt, so sanft, so friedlich. Karl wollte am liebsten selbst anfangen zu weinen. Die Erinnerung an dieses Gesicht hielt ihn in seinem Bann. Er spürte, dass es Zeit war zu gehen. Die Schöne war ja selbst von ihm weggerannt, wollte sich nicht noch mehr offenbaren. Sie zu suchen war wohl zwecklos.

Vielleicht wusste Herr Josef etwas über sie. Karl ging nachdenklich den weiten Weg bis zur Tür zurück.

Seine Gedanken waren schwer. Würde er überhaupt hierher zurückkommen können? Die Tür hatte sich zweimal öffnen lassen und zweimal hatten ihn gänzlich unterschiedliche Dinge erwartet. Einmal war es eine enge Kammer gewesen, einmal ein weiter Garten. Konnte man beeinflussen, wohin die Tür sich öffnete?

Diese traurigen Augen der schönen Frau! Was wollte sie nur von ihm? Mittlerweile war Karl bei der brummenden Lotte angekommen. Leicht ließ sie sich öffnen. Er wollte etwas ausprobieren. Karl trat hinaus in den dunklen, muffigen Gang, schob die Tür bis auf einen Spalt zu, wartete kurz und riss sie mit einem Ruck wieder auf. Der Garten lag immer noch hinter der Tür. Noch einmal schob er sie zu, ließ sie diesmal aber ins Schloss fallen – den Schlüssel bereits in der Hand –, um sie wieder zu öffnen. Doch im selben Moment schon konnte er die Klinke nicht mehr fassen. Sie wurde durchsichtig, er griff wie durch Luft. Die Tür selbst wurde ebenfalls immer blasser und nach wenigen Sekunden stand er vor einer undurchdringlichen Wand. Die brummende Lotte war weitergewandert.

Karl öffnete die Faust seiner linken Hand. Da lag der glitzernde, hellblaue Kristall in Form einer Träne. Karl steckte ihn in die Hosentasche und rannte durch alle Gänge des Hotels. Die brummende Lotte jedoch konnte er nicht mehr finden. Als er gründlich in jedem Stockwerk nachgesehen hatte, nahm er den Lift hinunter zu Herrn Josef. Der musterte ihn verwundert. Karl war immer noch barfuß und draußen war es immerhin winterlich kalt.

„Bisschen hitzig, der junge Herr!", schmunzelte er.

„Hä, ach so." Karl zog hastig die Socken aus der Hosentasche, passte dabei aber auf, dass der Kristall weder herausfiel, noch für Herrn Josef sichtbar wurde. Dieses Kleinod wollte er lieber fürs Erste für sich behalten. „Herr Josef, wissen Sie etwas von der traurigen Frau mit den grünen Augen? Hat davon schon einmal einer etwas erzählt?"

Herr Josef runzelte die Stirn und schüttelte den Kopf. „Eine Frau? Traurig? Nein, davon habe ich noch nie etwas gehört! Erzähle doch mal genauer."

In diesem Moment betrat Frau Esterhazy die Lobby. Sie blickte Karl streng an. Kinder mochte sie nicht besonders. Herr Josef nahm Haltung an und Karl drückte auf die Taste des Aufzugs. Herr Josef wusste ohnehin nichts, das ihm weiterhelfen konnte. Karl fuhr in den dritten Stock und öffnete die Wohnungstür. Er war sehr nachdenklich. In seinem Zimmer bemerkte er auf der Anzeige seines Weckers, dass kaum Zeit vergangen war, seit er die Wohnung verlassen hatte. Dabei war er so lange in dem märchenhaften Garten umherspaziert. Ja, er hatte doch sogar ein Schläfchen gehalten. Wie konnte es sein, dass hier die Zeit stehen geblieben war?

Am nächsten Morgen suchte Karl eine ganze Weile seine Schuhe, bis ihm endlich wieder einfiel, dass diese ja noch am Gang vor der Wohnung standen. Hoffentlich waren sie getrocknet. Er öffnete die Tür und schlüpfte hinein. Im rechten Schuh raschelte es. Rasch zog er seinen Fuß wieder heraus und griff überrascht hinein. Es lag ein kleiner, zerknitterter Zettel darin. Karl faltete ihn auseinander und erstarrte. Mit energischer Schrift standen dort nur vier Worte in großen Blockbuchstaben: „MISCH DICH NICHT EIN." Ein kalter Schauer lief Karl über den Rücken.

Erst auf der Straße bemerkte Karl, dass es in der Nacht wohl schon wieder geschneit hatte. Der Rest des Tages aber war eine wirkliche Katastrophe. Zuerst der Zettel in seinem Schuh. Dann eine unangekündigte mündliche Prüfung in Physik, bei der Karl nur herumstottern konnte, um mit resigniertem Kopfschütteln vom Professor wieder in die Bank geschickt zu werden. Schließlich der lange Schulweg zurück ins Hotel und als Krönung des Ganzen: Mama war aufs Übelste gelaunt. Sie hatte die Stelle als Empfangsdame in dem Schönheitssalon nicht bekommen und ließ, ganz gegen ihre sonstige Gewohnheit, ihre schlechte Laune an den Kindern aus. Dabei hatte sie es sich selbst zuzuschreiben, dass sie den Job nicht bekommen hatte. Sie hatte sich die falsche Zeit notiert und war eine ganze Stunde nach den anderen Bewerberinnen im Salon erschienen. Sie hätte sich selbst ohrfeigen können. Immer wieder passierten ihr solche Dinge.

Nichts konnten die zwei Kinder ihr recht machen. Alma bröselte beim Essen unter den Tisch, Karl dachte nicht daran, seinen Teller in die Kochnische zurückzutragen, nachdem er fertig gegessen hatte. Alma konnte beim Abprüfen ihren Biologiestoff nicht und schlussendlich regte sich Mama über die Tintenflecken an Karls Händen auf, als ob er etwas dafür konnte, dass seine Füllfeder am Vormittag ausgelaufen war. Das Gekeife nahm kein Ende. Schlussendlich waren alle drei so schlecht gelaunt, dass Alma ohne Gruß zu ihrer Freundin Reißaus nahm, Mama sich ihre Kopfhörer auf die Ohren stülpte, um laute Musik zu hören, und Karl die Wohnung verließ, um nach der traurigen Frau aus dem wunderbaren Garten zu suchen.

Zwar lag ihm die Warnung vom Zettel immer noch im Magen, aber mit seiner momentanen Wut im Bauch entwickelte sich bei ihm ein Jetzt-erst-recht-Gefühl. Er ließ sich von niemandem vorschreiben, was er zu tun hatte. Schon gar nicht von jemandem, der feige anonyme Drohungen in seine Schuhe steckte. Trotzdem war er auf der Suche nach der brummenden Lotte heute etwas vorsichtiger, lauschte am Treppenabsatz und vor jeder Ecke in den Gängen, ob außer ihm jemand im Stockwerk war.

Schließlich war er doch erleichtert, dass er bisher niemandem begegnet war, als er die wandernde Tür endlich am Ende des fünften Stocks entdeckte.

Rasch schob er das Metallplättchen zur Seite, öffnete das

Schloss mit seinem Schlüssel und schlüpfte hindurch. Die Tür klappte hinter ihm zu und er stand im Inneren eines dämmrigen Raumes, in dem es unsagbar laut und ganz rhythmisch hämmerte. Direkt vor Karl bewegten sich riesige Zahnräder aus Metall ineinander. Durch eine schmutzige, runde Scheibe fiel fahles Licht herein. Am Boden lag Staub. Karl konnte seine eigenen Fußtritte hinter sich sehen. Hier war außer ihm schon seit sehr langer Zeit keiner mehr gewesen.

Das Klacken dröhnte in seinem Kopf. Boom-Boom-Boom, Boom-Boom-Boom hämmerte es auf sein Hirn ein. Karl hielt sich zunächst die Ohren zu, erinnerte sich dann aber, dass ein benutztes Taschentuch in seiner Hosentasche steckte. Er riss zwei kleine Fitzelchen ab, wutzelte sie zusammen und steckte sie, so gut es eben ging, in die äußeren Gehörgänge. Der Lärm war immer noch immens, wurde aber zumindest etwas erträglicher.

Karl blickte sich nun sorgfältiger um. Der Raum war annähernd quadratisch, hinter Karl befand sich die Tür, links war eine Wand mit einem sehr großen Kippschalter, rechts das schmutzige Fenster und direkt vor Karl befand sich die mechanische Vorrichtung mit den sich drehenden Zahnrädern.

Karl stutzte und überlegte. Nach ein paar Sekunden fiel ihm ein, an welchen Ort ihn dieser Raum erinnerte. Alma und er waren einmal für ein Wochenende mit Mama und Papa in Prag gewesen. Dort gab es einen Kirchturm, den man besteigen konnte. Und weil Kinder so etwas im Allgemeinen immer sehr spannend finden, hatten sie es natürlich auch gemacht mit dem Ziel, sich die Stadt von oben anzusehen. Im Turmzimmer hatte es einen Raum gegeben, in welchem die Uhrenmechanik gewartet wurde. In dem Raum, in dem er sich nun befand, sah es so ähnlich aus wie damals in Prag.

Nachdem er mit dem Ärmel seines Pullovers die Scheibe sauber gewischt hatte, spähte Karl zum Fensterchen hinaus. Nun konnte er etwas besser durchsehen.

Nein, das hier war kein Uhrturm. Zumindest lag unter ihm keine Stadt. Karl blickte von oben auf ein Zimmer. Tisch, Stühle, eine urige Stube. Und dort unten saßen Menschen. Wenn das also kein Uhrturm war, was war das dann? Der Uhrkasten einer Standuhr?

Aber Moment! Wie konnte das sein? Waren die dort unten Riesen oder war er plötzlich zum Zwerg mutiert? Karl hätte locker in die Hand eines der unten Sitzenden gepasst. Da er sich jedoch fühlte wie immer und keine Veränderung an sich wahrgenommen hatte, ging er davon aus, dass das dort unten tatsächlich Riesen waren.

Und als er die Szene, die sich am Tisch abspielte, genauer betrachtete, merkte er, dass die Riesen sich viel zu schnell bewegten. Sie aßen Suppe wie im Zeitraffer. Sie redeten nicht miteinander. Alle vier, ein alter Mann neben einem etwas jüngeren, eine gleichaltrige Frau und ein kleiner Junge, saßen über ihre Teller gebeugt und schöpften Suppe in ihre großen Münder. Hap. Hap. Hap. Genau im Takt des lauten Klackens der Uhr. Die vier waren altmodisch gekleidet. Sie trugen grobes Arbeitsgewand. Durch zwei Fenster fiel Sonnenlicht in die Stube und Karl konnte draußen Wiesen erkennen. Allerdings war seine Sicht immer noch etwas getrübt durch das verschmierte Fenster vor ihm.

Boom-Boom-Boom, dröhnte die Uhr. Es war schier unerträglich. Warum bewegte sich hier alles so schnell? Wenn jedes Hämmern einer Sekunde entsprach, dann vergingen hier mindestens drei Sekunden in einer.

Eine Weile lang schaute Karl den Riesen zu. Was für eine unglaubliche Hast! So schnell zu essen konnte unmöglich gesund sein. Mama ermahnte Karl immer, langsamer zu essen, das sei bekömmlicher. Aber so schnell, wie die da unten, hatte selbst Karl noch nie eine Mahlzeit verschlungen.

Dann blickte er sich wieder im Uhrenkasten um. Karl bemerkte eigenartige Zeichen neben dem Kippschalter auf der linken Seite. Die hatte er in dem trüben Licht zunächst übersehen. Er ging näher hin. Bei genauerer Betrachtung waren die Zeichen gar nicht mehr so eigenartig. Sie waren nur nicht deutlich lesbar, weil der Staub sich in der Gravur abgesetzt hatte. Karl holte tief Luft und blies kräftig. Der Staub wirbelte wild umher und Karl musste sich schnell abwenden, um keine Staubkörner in die Augen zu bekommen. Als er wieder zur Wand schaute, standen da zwei Sätze. Rechts vom Kippschalter stand: „VERWEILE IN DER EILE", links davon: „EILE EINE LANGE WEILE". Der Schalter war nach links geklappt.

Karls Neugier regte sich. Vielleicht ließ sich der Schalter ja auch in die andere Richtung umklappen. Zuerst versuchte er es ganz vorsichtig, aber der Schalter schien zu klemmen. Er stemmte sich mit aller Kraft dagegen. Keine Chance. Karl nahm zwei Schritte Anlauf und warf sich mit der Schulter gegen den Schalter. „Aua!", jaulte er laut auf. Das hatte weh getan. Trotzdem blieb der Schalter auf der linken Seite eingerastet.

Karl sah sich noch einmal im Zimmer um. Hier war nichts, was ihm bei seinem Experiment hätte helfen können.

Er ging zurück ans Fenster und sah den riesigen Menschen wieder beim hastigen Schlingen zu. Die Hände steckte Karl, wie immer, in seine Hosentaschen. Gedankenverloren spielte er mit dem Tränenkristall darin.

Und plötzlich blitzte in ihm eine Idee auf. Vielleicht könnte ja der Kristall etwas bewirken! Er hielt ihn vorsichtig zwischen den Fingern und richtete ihn versuchsweise gegen den Kippschalter – wie einen Zauberstab. Nichts.

Dann berührte er den Schalter ganz leicht mit dem Kristall. Als wieder nichts passierte, kam er sich lächerlich vor, aber zum Glück beobachtete ihn ja keiner.

Etwas ratlos drehte er sich in Richtung Uhrwerk. Wegen des Lärms konnte er nicht klar denken. Er musste das Getöse irgendwie abstellen. Was, wenn er den Kristall in die Zahnräder einklemmte? Damit riskierte er, dass der Kristall unter der Masse der schweren Mechanik einfach zerbröselte. Aber sonst sah er keine Möglichkeit, diese dröhnende Raserei zu beenden. Er wollte es versuchen. Karl ging zwei Schritte auf die Zahnräder zu, stellte sich auf die Zehenspitzen und legte den Kristall schnell zwischen zwei Zähne eines der kleineren Räder. Gerade schnell genug, um seine Finger wieder herausziehen zu können. Boom-Boom-Boom klackten die Räder weiter bis zu der Stelle, an der der Kristall lag und nun tatsächlich die Mechanik blockierte. Stille. Nur in Karls Kopf hallte das Getöse noch nach: Boom-Boom-Boom.

So schnell er konnte, sprang er zum Fenster. Auch unten im Raum war alles stehen geblieben. Der alte Mann hatte die Augen zu wie auf einem Foto, bei dem im falschen Moment abgedrückt worden war. Die Bewegung des Jungen war eingefroren, als er den Löffel gerade in den Mund stecken wollte. Ein Tropfen Suppe hing starr in der Luft. Der Mann und die Frau saßen mit dem Rücken zu Karl, bewegten sich aber ebenfalls kein bisschen mehr. Karl atmete schnell und aufgeregt. Er hatte die Zeit angehalten. Wahnsinn!

Aber was sollte er jetzt weiter tun? Da er nicht wusste, wie er den Kristall wieder aus den Zahnrädern bekommen sollte, weil er befürchtete, sich seine Finger einzuquetschen, machte er das Einzige, was in diesem Raum zu tun noch möglich war. Er rannte wieder zum Kippschalter und sprang noch einmal mit voller Wucht dagegen. Karl hatte nicht erwartet, dass sich der Kippschalter nun ohne Mühe bewegen lassen würde. Schmerzhaft prallte er gegen die Wand. Karl sah buchstäblich Sterne. Das würde einen riesigen blauen Fleck abgeben. Schon wieder! Der letzte blaue Fleck vom Oberschenkel war auch noch nicht abgeheilt.

Aber lange hatte er nicht Zeit, über seine Schmerzen nachzudenken, denn die Uhrenmechanik setzte sich wieder in Bewegung. Mehrere Relais klappten um, die Zahnräder quietschten und ächzten. Sie begannen, sich wieder zu drehen und ineinander zu greifen. Allerdings nun in die andere Richtung. Das setzte zum Glück den Kristall von selbst wieder frei. Er klimperte unbeschadet zu Boden. Da der Kippschalter jetzt auf der anderen Seite stand, arbeitete das Uhrwerk viel langsamer.

„Eile mit Weile. Tja, so geht das", flüsterte Karl. Er hob den Kristall auf und steckte ihn wieder in seine Hosentasche. Dann warf er einen Blick nach unten. Dort wurde wieder weitergegessen. Nun wäre sogar Mama mit der Essgeschwindigkeit zufrieden gewesen.

Karl hatte das Gefühl, dass es hier für ihn nichts mehr

zu tun gab. Allerdings gab ihm das Geschehene neue Rätsel auf und der Lärm, der – wenn auch langsamer – wieder eingesetzt hatte, bereitete ihm nach wie vor Kopfschmerzen.

Was hatte das Uhrenzimmer mit der schönen Traurigen zu tun? Bestand überhaupt ein Zusammenhang? Karl blickte sich noch einmal in dem kargen Uhrenraum um und verließ ihn dann durch die wandernde Tür.

Fast schon hatte er die dicke Luft in der Wohnung vergessen, wurde aber gleich wieder daran erinnert, als er Mama und Alma im Wohnzimmer keifen hörte.

„Karl! Na endlich! Komm, wir müssen etwas besprechen!" Na, bravo. Genau darauf hatte er jetzt eigentlich keine Lust.

Und dann kam es Schlag auf Schlag.

„Also, Karl, Alma sagt, du hättest ihren Zirkel kaputt gemacht. Weißt du, Karl, ich habe keine Lust, unser knappes Budget damit zu belasten, dass ihr nicht auf eure Sachen aufpasst!", schimpfte Mama.

Karl schaute Alma entrüstet an. „Hä! Spinnst du? Ich habe deinen Zirkel gar nicht in der Hand gehabt."

„Aha, und warum ist er dann kaputt?", ätzte seine Schwester und funkelte ihn böse an. Sie hatte Mamas schlechte Laune schon den ganzen Nachmittag ertragen müssen und war nun selbst auf hundert.

„Weiß ich doch nicht, warum deine Sachen kaputt sind. Wirst du schon selbst gemacht haben, du blöde Kuh!"

„Karl, bei uns gibt es keine Kühe in der Familie!", ermahnte ihn Mama scharf.

„Stimmt doch. Ich habe ihren Zirkel nicht gehabt und basta!"

Alma streckte Karl die Zunge heraus und setzte sich ihre Kopfhörer auf, um sich aus Mamas Schusslinie ziehen zu können.

Karl wurde es ebenfalls zu bunt. Er stampfte wütend in sein Zimmer. Mama rief ihm noch etwas hinterher, das entfernt nach „Schuhe aus dem Weg räumen" klang, Karl beschloss jedoch es zu überhören.

9

Krachend schlug er die Tür seines Zimmers ins Schloss. Ein kleines Stückchen Verputz fiel direkt neben dem Türstock auf den dunklen Parkettboden. Blöde Mama, blöde Alma, blöde Welt. Am liebsten wäre er abgehauen. Er wusste allerdings nicht wohin. Und wenn man abhaut, ist es wahrscheinlich von Vorteil, wenn man zumindest eine leise Ahnung hat, welche Richtung man einschlagen kann.

Zu Papa könnte er gehen. Aber Mama würde natürlich im Handumdrehen darauf kommen, dass er zu ihm unterwegs war. Und obwohl sie sich seit geraumer Zeit weigerte, mit Papa zu reden, würde sie ihn sofort anrufen. Dann würde sie schimpfen und schreien und Papa wieder die ganze Schuld geben. Und Papa würde zurückschimpfen und irgendwann einfach auflegen. Dann würde Papa Karl um des lieben Friedens willen zurück zu Mama schicken.

Karl warf sich auf sein Bett. Wie im Reflex zog er sein

einziges Kuscheltier, Friedl, eine rotgetigerte Plüschkatze, zu sich und steckte die Nase in ihr abgewetztes Fell. Alle anderen Kuscheltiere hatte Mama beim Auszug ausgemistet. Dafür wäre er nun wirklich zu alt, meinte sie. Und irgendwie hatte sie auch recht. Wenn sein Freund Luis vorbeikam, musste Friedl nun vorsorglich in die Kommode verschwinden. Wäre ja zu peinlich gewesen, wenn Luis seinen felligen Vertrauten gesehen hätte.

Da lag Karl nun. Heulen untersagte er sich. Nur Mädchen heulten. Und das sogar mit System. Wenn Alma die Schleusen aufdrehte, bekam sie alles, was sie wollte. Das beobachtete Karl immer wieder mit großem Interesse. Manchmal hatte er Alma sogar im Verdacht, nur zu heulen, um ihre Macht über Mama, vor allem aber ihre Macht über Papa auf die Probe zu stellen. Zuerst füllten sich die großen, graugrünen Kulleraugen mit Tränenseen, die sekundenlang drohten überzuschwappen, und dann presste Alma die Lider nur ein klein wenig zusammen, gerade so viel, dass die Tränen in großen Tropfen über die Backen rannen, um dann schwer und theatralisch auf ihr T-Shirt zu tropfen und dort dunkle Flecken zu hinterlassen. Gleichzeitig zog sie die Mundwinkel gerade so weit nach unten, dass ihr hübsches Gesichtchen nicht entstellt war, und die untere Lippe stülpte sie wenige Millimeter nach außen.

Für Karls Empfinden war ihre theatralische Show leicht zu durchschauen, denn sobald der große Wunsch, der bisher verweigert worden war, in Reichweite rückte, war Alma viel zu schnell wieder fröhlich. Unglaublich, dass Mama und Papa immer wieder auf dieses billige Spiel hereinfielen!

Karl zog Friedl fester an sich. Draußen dämmerte es schon, aber Karl hatte keine Lust, aus seiner weichen Kuschelhöhle aufzustehen und das Licht anzuknipsen. Er wollte hier liegen bleiben und schmollen. Außerdem war er gespannt, wer als Erstes klein beigeben würde. Meistens kam Mama und schaute noch einmal nach ihm, wenn der große Krach vorbei und der erste Ärger verraucht war. Dann hatte sie verloren. Es kam einem Schuldeingeständnis gleich. Er, Karl, würde nie aus seinem Zimmer kommen. Da konnten die draußen noch so lange warten.

Plötzlich hörte Karl ein leises Scharren unter der Kommode. Zuerst dachte er, er hätte sich getäuscht, aber nein, da war es schon wieder. Krzkrz, krzkrz. Ganz leise, wie das Scharren eines Spitzmaus-Fußes auf einem leeren Karton. Was konnte das sein? Karl vergaß schlagartig seine Wut. War dort ein kleines Tier? Hier im dritten Stock? Langsam bewegte sich Karl aus seiner kuscheligen Ecke. Er hielt inne, wollte die Maus nicht verschrecken. Wenn es überhaupt eine Maus war. Egal was es war, er würde es fangen und unter seinem Vergrößerungsglas begutachten. Vielleicht konnte er es auch in einen Meerschweinkäfig einsperren und füttern. Schon lange hatte er sich ein Haustier gewünscht, aber Mama erlaubte keines. Wenn ohne sein aktives Zutun plötzlich eines da war, konnte selbst seine Mutter nichts dagegen haben.

Auf den Knien rutschte Karl weiter. Verräterisch knackste das Holz des Parketts. Sofort hörte das Scharren auf. Karl wartete eine Weile und rutschte vorsichtig weiter. Gleichzeitig sah er sich nach etwas um, das er über das Tier stülpen konnte. Auf der Kommode stand ein leeres Wasserglas.

Karl machte sich lang und griff vorsichtig danach. Nur jetzt keinen Fehler machen! Sonst würde die Maus oder was es war, wieder in ihrem Loch verschwinden. Während er wartete, bis das Scharren wieder zu hören war, klopfte sein Herz wild vor Aufregung. Da, schon wieder das leise Krzkrz. Karl befand sich nun direkt vor der Kommode und ließ sich flach auf den Boden gleiten, das Glas in der Hand, bereit, schnell zu handeln. Er spähte unter die Kommode. Im Schatten des Kommodenbeins bewegte sich etwas.

Plötzlich erstarrte es. Was auch immer es war, es hatte Karl entdeckt. Jetzt hieß es rasch zu reagieren. Das Glas war gerade groß genug, um unter die Kommode zu passen. Wie der Blitz schoss Karls Hand vor und stülpte das Glas über das Was-auch-immer-es-war. Vorsichtig zog Karl das Glas auf dem Parkett zu sich her und äugte hinein.

Er traute seinen Augen nicht. Da war keine Maus unter dem Glas. Es war etwas anderes. Es war etwas, das Karl noch nie gesehen hatte und nur aus Geschichten kannte. Es war ein kleiner Wicht! Sah aus wie ein kleiner Mensch. Nicht größer als sein Zeigefinger. Mit strubbeligem Haar, das unter seiner violetten Mütze keck hervorlugte, und einem dichten, wuscheligen Bart, wie es sich für kleine Wichte eben gehört. Er trug hellblaue Kleidung und einen breiten schwarzen Gürtel. Seine winzigen Füße steckten in spitzen braunen Stiefelchen.

Der kleine Wicht trat mit aller Kraft von innen gegen das Glas. Er schien fast so wütend zu sein wie Karl erst Minuten zuvor. Karl blieb der Mund offen stehen. Er schaute und staunte. Er war sich nicht sicher, ob er wach war oder träumte. Vorsichtig klopfte Karl gegen das Glas. Aber das machte den kleinen Mann nur noch rabiater. Er ballte seine kleinen Hände zu Fäusten und drohte Karl. Karl prustete los. Das sah zu putzig aus.

Entschlossen drehte der kleine Wicht sich weg und verschränkte beleidigt die Arme. Karl sprang auf und holte sich ein Blatt Papier von seinem Schreibtisch. Langsam schob er es unter das umgedrehte Glas und vorsichtig, damit der nicht stolperte, auch unter den kleinen Wicht. Dann drehte er das Glas mit dem untergeschobenen Blatt mit einem Ruck um, und das Männchen plumpste auf den Glasboden.

Das machte den Wicht zwar nicht weniger wütend, aber wenigstens konnte er jetzt nicht mehr wegrennen, weil die Wände des Glases zu glatt und zu hoch waren, um daran emporzuklettern.

Karl hauchte ein „Hallo! Hallooooo!" ins Innere des Glases. Der kleine Wicht wollte nicht antworten, setzte sich auf dem Boden des Glases hin und tat so, als ignoriere er Karl. „Hallo, kleiner Wichtel!", versuchte es Karl nun etwas lauter.

Aber offensichtlich brachte dieser Ausdruck bei dem kleinen Kerl das Fass zum Überlaufen: „Ich bin kein Wichtel! Ich bin ein Zwerg, jawohl, ein Zwerg bin ich. Nenn mich niemals Wichtel, du ungehobelter, ungezwirbelter, ungeheuerlicher Mensch! Wichtel sind Abschaum, jawohl! Du hast keine Ahnung von gar nichts, du Mensch du!" Die Stimme des kleinen Männchens überschlug sich.

Karl zuckte zurück. Mit so viel Verachtung hatte er nun nicht gerechnet. Trotzdem war er neugierig und unglaublich aufgeregt.

„Okay, okay, ist ja gut. Dann bist du halt ein Zwerg! Was

machst du hier in meinem Zimmer? Ich hab so etwas wie dich noch nie gesehen." Er überlegte: „Gibt es noch mehr von deiner Sorte? Baust du Stollen und so Zeugs, wie die Zwerge in den Märchen? Was isst ein Zwerg? Das ist so cool! Wir werden eine Menge Spaß miteinander haben." Karl übersah in seiner Aufregung, dass der Zwerg keinerlei Freude über all seine tollen Ideen zeigte und fuhr fort: „Soll ich dir ein kleines Bettchen bauen? Ich kann es hier auf die Kommode stellen. Möchtest du mal mit in die Schule kommen? Luis wird Augen machen. Wahnsinn!" Es sprudelte nur so aus Karl heraus und vor lauter Euphorie vergaß er beinahe aufs Atmen.

„Pah, was glaubst du eigentlich, du Mensch du! Glaubst du, du könntest mich ausstellen, wie ihr es mit den Tieren im Zoo macht? Vergiss es! Lass mich sofort aus diesem Glas hier, sonst wirst du es bereuen! Ich verzaubere dich in irgendwas. Und das wird dir gar nicht gefallen! Dafür werde ich Sorge tragen!"

Karl riss die Augen auf. Das hier wurde ja immer aufregender: „Du kannst zaubern? Echt wahr?" Die Angelegenheit war ihm nun doch nicht mehr ganz geheuer. Er hatte bisher nicht geglaubt, dass es Zwerge gab, aber wenn es sie nun tatsächlich gab, vielleicht konnten sie dann auch tatsächlich zaubern. Vorsichtig stellte er das Glas am Schreibtisch ab, setzte sich auf die Bettkante und stützte das Kinn auf die Arme, damit er den Kleinen in seinem gläsernen Gefängnis besser beobachten konnte.

Der Zwerg funkelte ihn böse an. „Du sollst mich rauslassen, habe ich gesagt", knurrte er.

Karl überlegte kurz: „Verschwindest du wieder, wenn ich dich rauslasse?"

„Darauf kannst du einen fahren lassen!", zischte der Zwerg grimmig.

„Oh, nein, bitte bleib noch ein wenig! Ich hab noch nie einen Zwerg gesehen. Bitte, bitte bleib noch. Nur eine halbe Stunde. Ich möchte dich so viel fragen." Und nach einer Pause: „Vielleicht kannst du mir auch was vorzaubern. Bitte, bitte, bitte, bitte! Was möchtest du dafür?"

Der Zwerg schien seine Möglichkeiten abzuwägen. Er schaute Karl skeptisch an und sagte dann hoheitsvoll: „Na gut, aber ich bleibe nur eine halbe Stunde. Dafür bringst du mich danach in den nächsten Supermarkt!"

Karl nickte heftig. Gleich ums Eck war ein Supermarkt.

Es war nicht allzu weit bis dorthin. Er wusste zwar noch nicht, wie er heute nochmals an seiner wutschnaubenden Mutter vorbei auf die Straße kommen sollte, aber das war jetzt zweitrangig. Behutsam kippte er das Glas zur Seite und ließ den kleinen Kerl auf den Schreibtisch rutschen.

„Ich heiße Karl, und du?"

„Ich weiß, dass du Karl heißt", ignorierte der Zwerg die Frage von Karl.

„Woher weißt du das? Und überhaupt, was ist mit dir? Hast du keinen Namen?"

„Hier, in diesem Haus, wird oft genug herumgeschrien. Ich kenne alle Namen. Ihr seid ziemlich laut, ihr Menschen", schnaubte der Kleine verächtlich. Und nach einer Pause fügte er an: „Gnorks."

„Wie bitte?"

„Ich heiße Gnorks", wiederholte der Zwerg. Er schien jetzt nicht mehr so wütend wie zuvor, war jedoch meilenweit davon entfernt, liebenswert zu sein.

„Gnorks? Das klingt ja lustig."

„Entschuldige mal bitte, junger Mann. Mein Name ist nicht ‚lustig', er hat eine lange Tradition."

„Oh, sorry. Und du kannst richtig zaubern? Wieso zauberst du dich nicht einfach in den Supermarkt, wenn du zaubern kannst?", fragte Karl neugierig.

„Hör mal, zaubern ist nicht so einfach, wie ihr Menschen euch das vorstellt. Ich kann Dinge verzaubern, hin- oder wegzaubern, aber immer nur für andere, nicht für mich selbst." Und nach einer kurzen Pause fragte Gnorks: „Hast du Hunger?"

„Nein!", antwortete Karl, dem im Moment so gar nicht nach Essen war, sondern eher nach Antworten auf seine tausend Fragen. Aber das interessierte Gnorks nun seinerseits nicht. Er legte sein Gesicht in tiefe Falten und schien unter großer Kraftanstrengung die Luft anzuhalten. Es knallte und rauchte ein wenig und plötzlich war, wo vorher noch nichts war, ein ziemlich verkohlter Maikäfer, der nach verbranntem Haar stank.

Gnorks bemerkte nachlässig: „Der war für dich, aber jetzt hast du ja plötzlich keinen Hunger mehr." Und gierig machte er sich – ohne groß auf Manieren zu achten – daran, am Bein des Käfers zu nagen.

Karl zog angeekelt eine Augenbraue hoch und besann sich auf die kurze Zeitspanne, die ihm mit dem Zwerg noch verbleiben würde. „Seit wann bist du eigentlich unter meiner Kommode?", beeilte er sich zu fragen.

„Sieben Jahre", schmatzte Gnorks. „Aber ich wollte gerade ausziehen. Ihr seid mir viel zu laut. Das nervt."

„Sieben Jahre! Warum habe ich dich nicht schon früher bemerkt, und warum warst du ausgerechnet bei mir?"

Gnorks war schwer zu verstehen, als er mit einem kleinen Messer, das er aus seiner Jacke gezogen hatte, den Panzer des Maikäfers aufsäbelte und die besten Stücke seines verkohlten Mahls hinunterschlang, während er schmatzend antwortete:

„Ich bin alt. Wenn Zwerge alt werden, gehen sie zu den Menschen. Dort ist es warm und sicher, weil ihr zu blöd seid, um uns zu entdecken. Nur die Viecher, die ihr in euren Wohnungen haltet, sind gefährlich für uns. Katzen können uns riechen und fressen uns, wenn sie uns erwischen. Darum habe ich mir ein Heim ohne Katze gesucht." Und nach gut vernehmbaren Rülpser: „Aber ihr drei streitet mir zu viel. Hier halte ich es nicht mehr aus. Weißt du eigentlich, wie laut Menschenstimmen für uns Zwerge sind?" Gnorks schaute Karl vorwurfsvoll an und unterbrach sein Gemetzel an dem toten Käfer.

„Entschuldige", flüsterte Karl. „Jetzt, wo ich das weiß, kann ich ja leiser sein. Bitte, bleib doch hier. Wir könnten viel Spaß miteinander haben."

„Papperlapapp! Wenn du nicht schreist, schreit deine Schwester oder deine Mutter oder irgendein anderer Mensch in diesem Hotel."

„Aber, ich könnte …"

„Vergiss es", winkte Gnorks ab. „Nein, ich gehe. Du kannst einem ja fast leid tun bei dem ganzen Gezeter hier mit deinen Weibern, aber mein Entschluss steht fest. Außerdem muss ich ohnehin nach sieben Jahren ein neues Heim suchen. Das ist ein altes Zwergengesetz. Sieben Jahre an einem Ort sind genug. Ich geh erst mal in den Supermarkt und suche mir dort eine neue Familie, mit der ich mitgehen kann". Ein schelmisches Grinsen überzog sein Gesicht. „Einkaufskörbe sind tolle Transportmittel, musst du wissen. Fällt keinem auf, dass ein Zwerg drin sitzt zwischen Radieschengrün und Salatblättern. Die Gemüseabteilung ist ein perfektes Versteck, um die Familie zu wechseln."

„Gnorks, bitte, bitte, bitte, bitte bleib bei mir. Ich würde alles tun, damit du es bei mir gemütlich hast. Ich verrate auch niemandem, dass du hier wohnst." Karl bettelte verzweifelt darum, Gnorks umzustimmen. Auch wenn der kleine Mann eher grimmig als freundlich zu sein schien, so wäre er doch etwas, was Karl ganz für sich allein haben könnte und käme einem Haustier fast schon nahe, auch wenn Karl natürlich keine Sekunde daran dachte, Gnorks davon zu erzählen, dass er ihn mit einem Hamster oder Meerschweinchen verglich.

Vielleicht könnten sie sogar richtige Freunde werden und es bestand die Möglichkeit, dass Gnorks alle möglichen tollen Dinge für Karl herbeizaubern könnte. Karl redete sich den Mund fusselig. Doch Gnorks ließ sich nicht erweichen. Sein Entschluss zu gehen war gefasst, und Zwergenentschlüsse waren offensichtlich so unumstößlich wie Mamas „Nein", wenn es darum ging, während der Schulzeit mal länger aufbleiben zu dürfen.

Allerdings bewirkte die Bettlerei doch etwas bei Gnorks, der inzwischen satt war und die Überreste des Käfers achtlos zur Seite geschoben hatte. Der Zwerg fühlte sich sehr geschmeichelt, dass dermaßen um sein Bleiben geworben wurde.

Mit einer ausladenden Armbewegung, die sehr huldvoll von ihm ausgeführt wurde, meinte er gönnerhaft: „Nun gut, ich werde zwar nicht bleiben, aber ich gewähre dir einen Wunsch. Wünsch dir was, ich zaubere es herbei. Aber sei achtsam, was du dir wünscht. Wünsche, die in Erfüllung gehen, können auch zu einem Fluch werden. Was hier ist, bleibt hier und geht auch nicht mehr weg. Da hat sich schon so manch einer im Nachhinein über seinen Wunsch gegrämt. Ich kannte einmal einen, der hat sich den größten Haselnusseisbecher der Welt gewünscht. Dann ist er darin erfroren."

Karl starrte Gnorks skeptisch an. Trotzdem, der Vorschlag war ja nun einmal ein brauchbarer Kompromiss. Ein Wunsch. Fieberhaft begannen in Karls Kopf die Gedanken zu kreisen. Ein Wunsch, ein Wunsch. Was denn nur? Was Großes, das war klar. Etwas, mit dem er viel Spaß haben würde. Für lange Zeit am besten. Etwas, das er sich selbst nicht leisten konnte. Er begann laut zu denken: „Mmh, vielleicht ein neues Fahrrad. Eines mit siebenundzwanzig Gängen. Oder einen Laptop. Nein, doch lieber eine Playstation. Ja genau. Das ist das Beste. Ich nehme …"

„Stopp", unterbrach ihn Gnorks. „Das macht doch keinen Sinn. Oder kannst du mir mal erklären, wie du deiner Familie beibringen willst, dass plötzlich so ein Dings in deinem Zimmer steht? Die glauben doch, du hättest das Zeugs geklaut."

Das hatte Karl nicht bedacht. Der Zwerg hatte recht. Aber das machte die Sache nur umso schwieriger. Was sollte er sich denn nun wünschen, wenn er es hernach gar nicht genießen konnte. Karl grübelte und zermarterte sich das Gehirn. Er kam einfach auf keinen grünen Zweig. Plötzlich schoss ihm die Idee durch den Kopf, die wohl jedem in den Sinn kommt, wenn er einem Wesen gegenübersteht, das einem die Erfüllung eines Wunsches in Aussicht stellt: nämlich, das absolute

Maximum aller Wünsche herauszuholen. „Ich wünsch mir eine Wunscherfüllungs-App!"

Gnorks schaute ihn entgeistert an: „Was redest du denn da? Was soll denn das sein?"

„Naja, das ist ein kleines Programm, das auf meinem Handy installiert ist. Und wann immer ich einen Wunsch habe, spreche ich den in mein Handy und der Wunsch erfüllt sich in Sekundenschnelle. Die App ist natürlich zeitlich unbegrenzt und lässt sich auf jedes weitere Handy, das ich mal haben werde, übertragen. Klasse Idee! Oder?"

Gnorks brauchte ein paar Augenblicke, um die Ungeheuerlichkeit dieses Begehrens zu verdauen, dann verzog er das Gesicht und stieß hervor: „Sag mal, spinnst du? Das ist ja die größte Frechheit, dir mir jemals widerfahren ist. Ich gebe dir den kleinen Finger und du reißt mir den ganzen Arm aus! Das sind unendlich viele einzelne Wünsche in einem! Drei Wünsche darfst du von mir aus haben, mehr nicht."

„Fünfundzwanzig!"

„Vier, maximal!"

„Zehn! Bitte, bitte, bitte."

„Fünf! Mein letztes Wort."

„Na gut, fünf sind besser als nichts. Cool!" Karl war zufrieden.

„Aber", Gnorks grinste böse, „ich entscheide, welche Wünsche ich dir erfüllen werde. Du kannst quasi einen Antrag bei mir stellen. Ich werde dann von Mal zu Mal entscheiden, ob ich den Wunsch erfüllen werde."

„Wie soll ich denn einen Antrag stellen?" Karl war recht skeptisch.

„Na von mir aus mit dieser App, von der du vorher geredet

hast", erklärte der Zwerg gönnerhaft. „Und jetzt bring mich in den Supermarkt!"

„Moment noch, Gnorks. Ich habe noch eine Frage. Du bist doch schon seit sieben Jahren hier. Kennst du die traurige Frau mit den grünen Augen, hier im Hotel?"

Gnorks schaute verdutzt und fragte vorsichtig: „Was weißt du davon? Wie schaut sie genau aus?"

„Naja, sie hat ganz helle Haut und schimmert irgendwie durchsichtig. Wunderschön ist sie. Sie lebt in einem Garten hinter der brummenden Lotte."

Während Karl redete, hatten sich Gnorks Augen geweitet. „Oha, du warst also schon in ihrem Garten?"

„Du kennst sie?"

„Natürlich kenne ich sie. Das ist Mimosa."

„Die heißt wie das Hotel?" Karl kicherte.

Gnorks hingegen blieb ernst und nahm eine feierliche Haltung an. „Nein, sie heißt nicht wie das Hotel. Sie ist das Hotel. Sie lebt durch das Hotel. Aber in Wahrheit ist sie …", Gnorks machte eine bedeutungsvolle Pause, „… die Königin von Omnia."

„Die Königin von Omnia?" Nun war es an Karl zu staunen. „Sie ist eine Königin? Sie hat gar nicht wie eine Königin ausgeschaut. Zumindest hatte sie keine Krone auf dem Kopf!"

„Pfff", stieß Gnorks aus, aber seit er von Mimosa redete, war seine Stimmung merklich sanfter geworden. „Ihr Menschen mit euren festgefahrenen Maßstäben. Krone! Omnia ist die Anderwelt. Sie liegt parallel zu eurer Welt. In der Anderwelt ist nichts wie in eurer Welt. Es ist eben anders. Dort zählen andere Werte. Dort ist alles möglich. Die Anderweltler beschränken sich nicht selbst durch irgendwas. Auch ohne Krone – Mimosa ist die mächtigste Königin, die du dir vorstellen kannst. Ihre Macht reicht weit aus Omnia hinaus bis in die Menschenwelt. Durch dieses Hotel strömt ihre Macht in eure Welt. Mit anderen Worten: Mimosa atmet ihre Künste durch dieses Hotel in eure Welt hinaus."

„Was macht sie denn in „unserer" Welt?"

„Mimosa ist die Fantasie, die Achtsamkeit, die Kreativität, die Muße. Mimosa ist die Liebe und die Behutsamkeit. Mimosa ist die Ausgeglichenheit und die Ruhe in sich selbst. Sie ist das Alpha und das Omega. Sie ist der Kreis, der sich schließt. Mimosa ist die Freiheit zu tun, was man will, nicht was man soll oder muss. Sie ist der freie Lauf der Gedanken und die Unendlichkeit der Wünsche. Sie kennt keinen Horizont. Was Grenzen sind, weiß sie nicht einmal. Sie ist …, sie ist bunter als jeder Regenbogen. Sie ist schillernder als frisch gefallener Schnee im Sonnenlicht. Ihr Gemüt ist ein Opal, der in allen Farben spielt." Der kleine, grimmige Zwerg war tatsächlich ins Schwärmen geraten.

„Wow!" Karl verstand nicht alles, was Gnorks ihm erklärte, aber er wollte jetzt keine dumm wirkenden Fragen stellen. Nur eines wollte er wissen: „Aber sag, wieso ist sie so traurig?"

„Weil es Mächte in eurer Welt gibt, die ihre Fähigkeiten und damit Mimosa selbst vernichten wollen. Verstehst du das?!" Gnorks riss die Augen auf: „Diese bösen Mächte wollen Mimosas Einfluss in eurer Welt zerstören. Sie wollen, dass Omnia untergeht wie Atlantis!"

„Was?! Atlantis?" Das ging jetzt wirklich über Karls Verständnis. Er wohnte in einem verrückten Hotel, das irgendwie lebte, eine Königin hatte und eine wandernde Türe. Und nun sollte sogar Atlantis mit ins Spiel kommen und tatsächlich einmal existiert haben!

Aber Gnorks wischte seinen Ausruf mit einer Handbewegung beiseite. Nebensächlichkeiten! Auf Atlantis wollte er gar nicht näher eingehen. Er schüttelte energisch den Kopf. „Mimosa geht es gar nicht gut. Sie ist geschwächt und traurig. Und wenn sie traurig ist, dann wird sie krank. Traurigkeit ist in ihrem Dasein nicht vorgesehen. Sie verblüht dann wie eine Blume, die von Herbstwinden umgeweht wird. Ach, es ist zum Verzweifeln!" Das Schicksal von Mimosa rührte den Zwerg und nahm ihn sichtlich mit.

Auch Karl wurde ganz klamm ums Herz, wenn er an die schöne, junge Frau dachte. „Warum hilft ihr denn keiner? Da sind doch andere Wesen hinter der brummenden Lotte! Ich habe Riesen gesehen."

„Ha, einer Mimosa kann man nicht so einfach helfen. Sie lässt sich nicht helfen. Sie ist die absolute Macht der Anderwelt. Es ist nicht vorgesehen, dass niedere Wesen ihr helfen. Sie haben keine Erlaubnis ihr beizustehen. Erst wenn Mimosa jemandem ihre Tränen als Zeichen gibt, darf er ihr helfen. Ach, es ist ein Jammer!"

Karl schluckte. Und dann noch einmal. Er hatte plötzlich einen Kloß im Hals. Eine Träne als Zeichen? Er kramte in seiner Tasche und hielt dem Zwerg seinen Kristall unter die Nase. „Ähm, meinst du so was? Das hat sie mir gegeben."

„Waaaas?! Du hast einen Tränenkristall bekommen? Ich halt es nicht aus!" Gnorks wurde starr vor Erstaunen und Ehrfurcht. Er begann zu flüstern, als ob das Folgende nicht für Jedermanns Ohren gedacht wäre und geheim gehalten werden müsste: „Sie hat dir die Erlaubnis gegeben ihr zu helfen! Weißt du, was das heißt? Du musst die Verantwortung und die Bürde mit ihr mittragen und die Königin selbst und damit das Hotel retten!" Gnorks stampfte auf. „Warum ausgerechnet du? Kannst du irgendwas Besonderes? Du bist nicht einmal ein Wesen aus der Anderwelt! Ich versteh das nicht!" Der Zwerg wurde wieder lauter. „Du hast ja nicht einmal die Fähigkeit zu zaubern. Warum hat sie nicht mich ausgesucht? Ich wäre um einiges nützlicher und erfahrener, als so ein stinknormaler Bub wie du."

Karl fand diese Aussage nicht gerade nett, zuckte aber mit den Schultern, als würde es ihm nicht viel ausmachen. Er wusste nichts dagegenzusetzen. „Ich weiß das ja auch nicht, sie hat mir den Kristall einfach so gegeben. Ich habe sie ja nicht darum gebeten. Was soll ich denn jetzt tun?" Karl war einigermaßen verwirrt und die Aufgabe, die sich plötzlich vor ihm aufgerollt hatte, erschien ihm selbst viel zu groß. „Wo soll ich denn anfangen und gegen wen geht es hier eigentlich? Wer sind denn die, die Omnia zerstören wollen?"

„Schhhht. Nicht so laut. Diese Wände haben Ohren. Es ist nicht gut, von den dunklen Mächten zu reden. Es wohnt hier ein Mann in der sechsten Etage. Der ist einer der Drahtzieher. Und diese Frau Esterhazy! Die hat auch ihre Finger mit drin. Ich glaube, die will das Hotel verschachern und abreißen lassen. Dann wird hier was Neues hingebaut und aus ist's mit der Anderwelt!"

„Meinst du den Mann mit dem Bart?" Karl schauderte. Dieser Mann war ihm unheimlich. Genau diesen Mann als Widersacher zu haben, erschien ihm doch wie ein Kampf

„David gegen Goliath". Was sollte er gegen einen Erwachsenen schon ausrichten können?

Gnorks nickte eifrig: „Ja, genau das ist er. Er hat sich vor längerer Zeit als Herr Grau eingemietet. Er ist böse und hintertrieben. Besser, er kommt dir nicht auf die Schliche. Mann, Mann, Mann! Wieso hat Mimosa nicht mir die Träne gegeben? Ich hätte es mit ihm aufnehmen können." Gnorks stampfte mit dem Fuß auf.

Karl hatte da so seine Zweifel, ob der nur fingerlange Zwerg bei der Sache tatsächlich viel hätte ausrichten können, aber immerhin hatte der den Vorteil zaubern zu können und er selbst natürlich nicht. Ihm wurde mulmig. Dann fiel ihm der Zettel in seinem Schuh wieder ein. Er erzählte Gnorks davon.

Der Zwerg schluckte: „Oje, dann weiß der Grau schon zu viel. Nicht gut. Das ist gar nicht gut! Lass dich ja nicht von ihm ertappen, wenn du die brummende Lotte betrittst!"

„Und der Herr Josef? Was ist mit dem? Ist der einer von den Guten oder einer von den Bösen?"

Gnorks machte eine abwertende Handbewegung. „Harmlos! Der weiß ein bisschen was, aber der kennt keine Einzelheiten. Ich würde mal sagen, der ist in Ordnung. Hilfe wirst du dir aber keine erwarten dürfen, mein junger Herr", äffte Gnorks den schrulligen Rezeptionisten mit hoher Stimme nach. „Du hast übrigens zuvor die Riesen erwähnt. Was hast du denn bei denen gemacht?"

Karl berichtete von seinem Erlebnis in der Standuhr. Erzählte, wie es ihm schließlich geglückt war, die Zahnräder anzuhalten und die Zeit neu einzustellen und somit wieder zu verlangsamen. Gnorks wiegte bedächtig seinen kleinen Kopf hin und her. Sein langer Bart schwang ebenso bedächtig mit.

Er schien zufrieden mit dem Ergebnis. „Vielleicht bist du doch nicht so schlecht als Retter der Anderwelt. Das hast du schon mal gut gemacht. Der Grau – oder sollte ich besser sagen, das Grauen – hat wohl die Zeit beschleunigt. Genau solche Dinge machen Omnia nämlich kaputt: Hast und Eile."

Karl kam eine weitere Frage in den Sinn: „Sag mal, wenn nur ich einen Schlüssel für die brummende Lotte besitze, wie kommt dann der Grau durch die wandernde Tür?"

„Wer sagt denn, dass es nur einen Schlüssel gibt? Außerdem solltest du wissen, dass der Grau auch schon mal in deinem Zimmer gewohnt hat. Vielleicht hat er sich den Schlüssel nachmachen lassen. Wer weiß das schon? Irgendwann ist er dann in den sechsten Stock gezogen. Da ist wohl die Aussicht besser."

„Gnorks, du musst hierbleiben. Du weißt so viel über Omnia. Du könntest mir helfen, Mimosa zu retten. Bitte, bitte bleib!"

Energisch schüttelte Gnorks den Kopf. „Nein, kann ich nicht. Du vergisst, wer die Träne bekommen hat. Das warst du und nicht ich. Ich darf dir nicht helfen. Und ich habe schon viel zu viel verraten von Dingen, die du selbst hättest herausfinden müssen. Es ist an der Zeit zu gehen. Wie lange hat der Supermarkt noch offen?"

„Zwanzig Minuten. Kann ich dich irgendwie erreichen, wenn du weg bist?"

„Nein, aber du hast ja die App. Verwende deine fünf Wünsche klug. Es werden nicht mehr. Lass uns jetzt gehen!"

Karl zog sich eine Kapuzenjacke über, steckte den kleinen Kerl vorsichtig in die Jackentasche und schlich mit ihm aus der Wohnung. Im großen Zimmer lief der Fernseher.

Am Rückweg vom Supermarkt wusste Karl nicht recht, wie er sich fühlen sollte. Die Verabschiedung von Gnorks war viel zu schnell gegangen. Während der ganzen Zeit, die dieser in seiner Jackentasche gewesen war, hatte er nicht mit ihm reden können und im Supermarkt selbst war Gnorks gleich hinter dem wuscheligen Blattgrün eines Bio-Karottenbunds verschwunden. Er hatte sich nur noch kurz zu Karl umgedreht und ihm aufmunternd zugewinkt.

Der Auftrag, Mimosa zu retten, war Karl mittlerweile mehr als nur unheimlich. Was sollte er denn genau ausrichten? Und: Wie sollte er diese große Mission vor seiner Mutter und Alma geheim halten? Denn dass er ihnen davon erzählen konnte, war ausgeschlossen. Sie würden ihm nicht glauben. Ärger lag in der Luft.

Zu Hause angekommen, schlich Karl leise in die Wohnung. Der Fernseher lief immer noch. Mama hatte inzwischen ein kaltes Abendbrot zubereitet. Zum Glück hatte sie nicht bemerkt, dass Karl weggewesen war. Als er die Tür zu seinem Zimmer schließen wollte, rief seine Mutter gerade zu Tisch. Nach dem heftigen Streit vom Nachmittag wunderte sich keiner, dass Karl so schweigsam an seinem Platz saß und kaum etwas aß. Mama hatte ein schlechtes Gewissen, weil sie die Querelen angezettelt hatte und Alma interessierte sich sowieso nicht für ihn.

Als Karl später wieder in seinem Zimmer war und seinen Pyjama anzog, fiel sein Blick auf die Überreste des Maikäfers. Angeekelt nahm er ein Taschentuch und beseitigte den letzten Beweis, dass Gnorks hier gewesen war.

Plötzlich fiel ihm die versprochene Wunsch-App wieder ein. Er zog sein Handy aus der Hosentasche und fand ein neues Icon auf seinem Display: eine hellblaue Zipfelmütze auf rotem Grund. Er öffnete die App.

Ein blinkendes Mikrofon poppte auf. Darunter stand geschrieben: „Sprechen Sie Ihren Wunsch laut aus!" Das war alles. Karl traute sich nicht, auf das Mikrofon zu drücken und etwas zu sagen. Es stand schließlich kein Wunsch an. Wer wusste schon, wann er seine fünf Wünsche-Optionen noch brauchen würde. Er musste sie für später aufsparen. Fünf Wünsche kamen ihm – angesichts der Größe der Aufgabe, die vor ihm lag – ohnehin verdammt wenig vor. Wie sollte er das nur schaffen?

Die Anderwelt hing von ihm ab. Und in gewisser Weise würde auch die Menschenwelt darunter leiden, wenn er versagte. Und dann war auch noch der bärtige Mann hinter ihm her, der ihm schon bei der Ankunft unheimlich gewesen war. Das alles verursachte Karl Bauchschmerzen. Wenn er doch nur jemanden hätte, der ihm beistehen könnte oder mit dem er zumindest über diese wahnwitzige Geschichte reden konnte. Aber so ganz ohne Unterstützung fühlte er sich doch recht einsam.

10

„Mau, Mau …, Mau!" Karl träumte von einer Katze. Er wollte sie gerade von einem hohen Baum retten, aber selbst die untersten Zweige hingen so hoch, dass er unmöglich hinaufklettern konnte. So sehr er sich auch streckte und versuchte, die Äste durch Springen zu erreichen, es ging einfach nicht. Die Katze maunzte weiter. Sie war rot-weiß getigert wie Friedl, sein Stofftier. Und genau wie bei diesem war ihr linkes Ohr an der obersten Spitze ganz weiß, als hätte sie es in einen Topf mit Sahne getaucht. Das Maunzen klang nicht einmal besonders ängstlich, es war vielmehr recht fordernd.

„Hör mal, Katze, ich kann nicht zu dir raufklettern. Ich muss eine Leiter holen oder irgendetwas anderes, damit ich die untersten Äste erreichen kann. Warte hier." Die Katze miaute weiter, sie konnte ohnehin nichts anderes tun als warten.

Karl lüpfte für einen Moment ein Augenlid. Über den Traum mit der Katze war er halb aufgewacht. Es musste früher Morgen sein. Draußen war es noch dämmrig und sein Wecker hatte noch nicht geklingelt. Karl drehte sich noch einmal um, zog sich die Decke bis zur Nase und versuchte wieder einzuschlafen.

„Mau, Mau." Die Katze miaute immer noch.

Aber Moment! Karls Gehirn kam langsam auf Touren.

Wie konnte das sein? Träumte er immer noch? Hatte er nur geträumt, wach zu sein und war es gar nicht. Karl rieb sich die Augen.

„Mau."

War Karl gerade noch sehr schläfrig gewesen, so wachte er nun schlagartig auf. Gerade als er sich aufsetzen wollte, sprang die Katze auf seinen Bauch.

Sie befand sich tatsächlich in seinem Zimmer!

Karl starrte das Tier an. Es war die gleiche Katze wie die aus dem Traum. Rotweiß getigert, ziemlich verratzt, mit einem weißen Fleck an der linken Ohrspitze. Nein, das war keine gepflegte, verwöhnte Hausmietze, das hier war ein Straßenkater, der schon den einen oder anderen Kampf hinter sich hatte. Zumindest sah sein Fell ziemlich zerzaust und mitgenommen aus.

„Mau." Aber freundlich war er. Er kam ganz nah an Karls Gesicht und leckte ihm mit seiner rauen Zunge über die Nase. Karl grinste und streichelte den Kater, der laut zu schnurren begann. Wo konnte das Tier nur herkommen? Die Wohnung lag im dritten Stock. Die Äste des Baumes vor seinem Zimmer waren selbst für einen sehr wagemutigen Katzensprung viel zu weit entfernt und seine Zimmertür war geschlossen. Während Karl noch nachdachte und die Katze streichelte, wurde das Tier wieder unruhig, begann erneut zu miauen, sprang auf den Boden und lief Richtung Türe. Sie schien genau zu wissen, wohin sie wollte. Karl schlug die Decke zurück, stieg aus dem Bett und öffnete die Tür. Schnurstracks lief die Katze in die Küche, als wäre sie schon immer hier gewesen und wüsste, wohin sie zu gehen hätte.

Dort schaute sie Karl zuerst auffordernd an und tappte

dann in Richtung Kühlschrank. Karl begriff: Die Katze hatte Hunger. Katzenfutter war natürlich keines da, aber Milch war im Kühlschrank. Karl goss vorsichtig eine Untertasse voll und mit laut vernehmbarem Schlabbern machte die Katze sich darüber her. Karl hockte sich neben sie, wartete gespannt, was als Nächstes kommen würde, und dachte nach. Plötzlich zuckte er zusammen. Der Parkettboden im großen Zimmer knarzte vernehmlich und schlagartig wurde Karl bewusst, was als Nächstes kommen würde. Oder besser, wer: Mama! Oh Mann! Das würde ganz sicher den nächsten Ärger geben. Wie sollte er seiner Mutter nur erklären, was es mit der Katze auf sich hatte? Zumal er ja selbst nicht wusste, woher die Katze kam. Die Tür ging auf. Fiona Schnabel schlurfte an der Küche vorbei zum Bad. Sie schien noch schlaftrunken, dennoch befahl ihr ihr siebter Sinn, den Kopf zu drehen und Karl einen Blick zuzuwerfen. Bis die Situation, die sich Fiona zeigte, in ihr Bewusstsein sickerte, dauerte es ziemlich genau zwei Sekunden.

„Karl!", keuchte sie. „Was genau machst du da?!"

„Ich glaub, sie hat ziemlichen Hunger, Mama."

„Karl! Wo kommt die Katze her?!"

„Mama, ich kann es dir nicht genau sagen – sie war plötzlich bei mir im Zimmer, heute in der Früh!"

„Sag mal, willst du mich veräppeln? Glaubst du, ich bin bescheuert? Gib mir sofort eine Antwort, woher das Tier kommt! Hast du sie von der Straße aufgelesen? Die ist ja total zerfleddert."

„Mama, ehrlich, ich weiß es nicht!"

Auch wenn seine Mutter oft mit ihm schimpfte, weil Karl nachlässig und unorganisiert war und sie manchmal ihre liebe Not mit dem Jungen hatte, so war sie doch fest davon überzeugt, dass er ein ehrliches Kind war. Außerdem hatte Karl Glück, dass seine Mutter Katzen liebte und ihm bisher nur verboten hatte, eine zu besitzen, weil eine Wohnung ohne Auslauf einfach nicht der richtige Ort für eine Katze war. Mama kniete sich neben Karl und der schlabbernden Katze nieder. Nachdenklich betrachtete sie beide abwechselnd und fügte, zwar etwas leiser, aber immer noch sehr aufgeregt hinzu: „Karl, ich weiß nicht, was hier vorgeht und vielleicht will ich es auch gar nicht genau wissen, aber du kannst diese Katze nicht behalten, das weißt du hoffentlich! Gib ihr zu fressen und dann schau, dass du sie dahin bringst, woher du sie geholt hast."

„Aber Mama, ich …", hob Karl an.

„Kein Aber. Karl, du bringst die Katze am Nachmittag dorthin zurück, wo sie bis gestern war. Ich wecke jetzt Alma auf und gehe dann ins Bad. Bitte zieh dich an und mach dich für die Schule fertig. Wäre ja noch schöner, dass du auch noch zu spät kommst."

Karl konnte es am Mittag gar nicht erwarten, nach Hause zu kommen. Es hatte schon wieder geschneit und er eilte vergnügt den Gehsteig der Achtquellengasse entlang. Nahm immer wieder Anlauf und schlitterte auf dem eisigen Asphalt dem Hotel entgegen. Er freute sich sehr auf die Katze, obwohl er wusste, dass das Glück ihres Zusammenseins nur von kurzer Dauer sein würde. Wohin er sie bringen sollte, war ihm auch nicht klar. Er hatte ja keine Ahnung, woher sie gekommen war. Aber das war jetzt alles nebensächlich. Jetzt würde die Katze erst mal ausgiebig gestreichelt und verwöhnt werden. Karl hatte extra einen Umweg auf sich genommen und Katzenfutter in einem Geschäft für Tiernahrung besorgt.

Gutgelaunt flitzte er an Herrn Josef vorbei, drehte am Treppenabsatz aber doch noch einmal um und rannte zum Rezeptionisten zurück.

„Na, junger Mann, schon wieder so eilig? Was haben wir denn für neue Abenteuer erlebt?", wollte der alte Mann neugierig wissen. Aber Karl war nicht auf ein Plauderstündchen aus und auf keinen Fall wollte er mit Herrn Josef die neusten Entwicklungen in Sachen „Rettung von Omnia" besprechen. Also griff er zu einer dreisten Lüge.

„Nichts Besonderes. Hinter der brummenden Lotte befindet sich immer nur der gleiche kleine Raum. Ich komme nicht weiter. Vielleicht ist hinter der wandernden Tür nur so was wie eine Abstellkammer, die im Hotel herumrutscht."

Herrn Josefs Gesichtsausdruck war zu entnehmen, dass er Karl kein Wort glaubte, aber vornehm wie er war, äußerte er sich nicht dazu. „Aha, na gut und was kann ich sonst für dich tun?"

„Ähm, Herr Josef, wissen Sie vielleicht, ob jemandem hier im Haus eine Katze entlaufen sein könnte? Ich glaube, ich habe in einem der Gänge eine gesehen. Bin mir aber nicht ganz sicher." Karl log, dass sich die Balken bogen. Normalerweise machte er das nie. Er war grundehrlich. Diese frei erfundene Geschichte verbuchte er unter Notlüge. Seine Freude über die Katze war einfach zu groß.

„Eine Katze! Um Gottes Willen! Lass das bloß nicht Frau Direktor Esterhazy hören. Die hat eine ganz starke Katzenhaarallergie. Wo genau, sagtest du, war die Katze?"

Karl wurde rot. Ihm fehlte eindeutig Routine, um glaubhaft lügen zu können.

„Im dritten Stock oder vielleicht auch im vierten. Es war mehr ein Schatten. Ich bin mir nicht einmal sicher, ob es überhaupt eine Katze war", stotterte er herum und überlegte fieberhaft, über welche Hürden er im weiteren Gespräch noch stolpern könnte.

Herr Josef zog die Augenbrauen nach oben. Auch wenn er manchmal einen etwas tattrigen Eindruck machte, schien er Karls wackelige Geschichte genau zu durchschauen.

„Karl, wenn du die Katze ganz zufällig finden solltest, im Erdgeschoss gibt es ein kleines Zimmer, das steht schon seit ein paar Jahren leer. Dort ist es etwas feucht und man kann den Raum unmöglich an Gäste vermieten. Also, wenn die Katze nochmal bei dir auftaucht, dann könnte man sie dort eventuell eine Zeit lang unterbringen. Zumindest so lange, bis man sie ins Tierheim bringt. Von dem Zimmer könnte die Katze auch in den Innenhof. Müsste ja auch mal austreten können, nicht wahr?! Vorausgesetzt, der Schatten war tatsächlich eine Katze." Herr Karl legte den Kopf zur Seite und hob die Augenbrauen bedeutungsvoll. Karl seufzte erleichtert. Hier bahnte sich doch tatsächlich eine Verschwörung zwischen ihnen an. Er stieg auf das Spiel ein.

„Ähm, also, ja, wenn ich die Katze noch mal sehen sollte,

dann bringe ich sie in das Zimmer. Also, äh, wenn es eben nicht nur ein Schatten war. Welche Nummer hat es denn, das Zimmer?"

„Es ist die Vier. Moment, ich gebe dir den Schlüssel mit, dann kannst du die Katze gleich dort hinbringen. Solltest du sie noch einmal sehen, meine ich natürlich." Herr Josef zwinkerte Karl zu.

Karl bedankte sich, schnappte sich den Schlüssel und polterte in den dritten Stock. Er hatte Glück, es war keiner da. Aber wo war die Katze hin?

Er musste ein Weilchen suchen, denn der getigerte Kater hatte es sich auf dem Kasten im großen Zimmer bequem gemacht und beobachtete Karls Suchaktion aus sicherer Höhe, ohne sich jedoch bemerkbar zu machen. Seine Pfötchen hatte er nach innen gerollt. Er schien sich da oben wohl zu fühlen. Karl musste lachen.

„Hey, wie lange willst du mich noch nach dir suchen lassen? Ich habe schon befürchtet, Mama hätte dich auf die Straße gesetzt. Hast du Hunger? Ich habe dir was zu essen mitgebracht. Schau mal, das wird dir schmecken, glaube ich."

Als die Katze das Rascheln des Trockenfutters in der Schachtel hörte, hüpfte sie mit einem großen Satz vom Schrank und machte sich gierig über das Fressen her. Karl schaute ihr zu und wartete, bis sie fertig war.

Bereitwillig ließ sich das Tier von ihm aufheben und zum Ohrensessel tragen. Dort setzte sich Karl die Katze auf den Schoß und streichelte sie, bis diese zufrieden schnurrte.

„So, und was machen wir jetzt mit dir, kleine Mietze?

Soll ich dich ins Erdgeschoss bringen? Mama hätte jedenfalls keine Freude, wenn du hier wohnen würdest. Bleib mal kurz hier am Sessel, ich esse auch schnell was und dann schauen wir uns dieses Zimmer Nummer Vier mal an."

Karl schälte sich aus dem Sitz und schob die Katze in die entstandene angewärmte Kuhle, wo sie sich sofort zusammenrollte. Dann machte er sich ein Butterbrot und steckte einen Apfel in seine Hosentasche. Dabei sah er auch einen Zettel, den Mama in die Küche gelegt hatte und den er bis dahin übersehen hatte: „Bin mit Tante Tilly unterwegs. Später Nachmittag zurück. Mach dir was zu essen und die Hausübungen. Am Abend gehen wir auf eine Pizza. Hab euch lieb. Bussi, Mama."

Na gut, wenn das so war, hatte er also erst mal keinen Stress. Alma war bei ihrer Freundin. Das hatte sie in der Früh angekündigt. Karl ging zurück ins große Zimmer, nahm die Katze auf den Arm, klemmte sich das Katzenfutter unter den anderen und gemeinsam machten sie sich auf den Weg ins Erdgeschoss. Karl lauschte in den Flur. Nichts und niemand war zu hören.

Im Erdgeschoss wandte er sich nach links und suchte die Tür mit der Nummer Vier, was gar nicht so leicht war. Offensichtlich war hier nicht nur ein Zimmer feucht und unbewohnbar. Der Teppich im Gang strömte einen muffigen Geruch aus und die Türnummern waren kaum zu lesen, weil der Lack Blasen schlug und von den Türen blätterte. Als er die Zwei gefunden und eine Sechs erahnte, nahm er an, dass die Tür mit der Nummer Vier aus Gründen der Logik dazwischen liegen musste. Die Zahl an dieser Tür war beim besten Willen nicht mehr zu entziffern.

Karl setzte die Katze ab, die artig wartete, während er den Schlüssel aus der Tasche zog und aufsperrte. Puh! Drinnen war es nicht sehr einladend. Es roch nach Schimmel und die Einrichtung war abgewetzt und alt. Das Zimmer war ein kleiner Raum mit abgerissenen Vorhängen und einem abgezogenen Bett, aus dessen Matratze die Sprungfedern herausragten. Bad gab es keines. Dieses Zimmer teilte sich die Nasszelle wohl mit anderen Zimmern am Gang.

Der Katze schien es nichts auszumachen, dass es hier so schäbig war. Sie inspizierte alle Ecken des Raumes, sprang dann auf die Fensterbank und schaute neugierig hinaus. „Na, musst du mal raus, Mietze? Warte, ich lass dich auf den Hof. Aber komm wieder und lauf nicht weg." Karl öffnete das knarzende Fenster und die Katze spazierte mit erhobenem Schwanz in den Hof. Sie suchte sich im Schnee tatsächlich gleich einen Platz, an dem sie zu scharren begann. Als sie ihr Geschäft verrichtet hatte, drehte sie noch eine Runde im Hof, sprang am Stamm des Baumes hoch und kletterte bis zu den ersten Ästen. Als Karl sie rief, machte sie einen Satz, eilte zurück durch den kalten Schnee und hüpfte ins Zimmer.

Karl ließ das Fenster angelehnt und hoffte, dass die Katze so schlau sein würde, das Fenster mit den Pfoten aufzuziehen, wenn sie hinausmusste. Dann schüttete er etwas vom trockenen Katzenfutter auf eine alte Zeitschrift, die auf dem Nachtkästchen lag. Er stutzte. Die Zeitschrift war vierzehn Jahre und damit gleich alt wie er selbst. War es möglich, dass so lange keiner in diesem Zimmer gewesen war?

„So, Mietze, ich geh jetzt mal meine Hausübungen machen und dann komme ich wieder zu dir zurück." Karl wandte sich zum Gehen, sah noch, wie die Katze sich auf der zerfledderten Matratze ausstreckte und damit begann, sich gründlich abzulecken. Er verließ den Raum.

12

Karls Blick schweifte, eher zufällig, den Gang entlang, als er die brummende Lotte entdeckte. Hatte sie auf ihn gewartet? Das Ganze war doch bestimmt kein Zufall! Karl ging zu ihr hinüber und lauschte an der Tür: das immer gleiche, inzwischen vertraute, Summen und Brummen.

Als er jedoch den Schlüssel ins Schloss stecken wollte, zögerte er und eilte noch einmal zurück zum Zimmer Nummer Vier. Warum sollte er denn seinen neuen Katzenfreund nicht mitnehmen ins Abenteuer? Erstens war die Katze so brav, dass die Wahrscheinlichkeit, dass sie weglief, nicht sehr groß war und zweitens war sie auf so wunderliche Art erschienen, dass sie vielleicht mit Mimosa irgendetwas zu tun hatte. Es war jedenfalls einen Versuch wert. Außerdem fühlte sich Karl etwas mutiger, wenn ihn nun ein Gefährte mit ins Ungewisse begleiten würde.

Die Katze blickte auf, als die Tür geöffnet wurde. Karl rief leise nach ihr und schon sprang sie vom Bett und trabte an. Brav folgte sie ihm zur wandernden Tür. Karl streichelte ihr kurz über den Rücken: „Eigentlich bist du eine komische Mietze. Du benimmst dich wie ein Hund. Katzen laufen einem nicht hinterher. Aber umso besser. Ich sperre jetzt die

Lotte auf, vielleicht kannst du mir ja helfen. Kennst du die traurige Königin?"

Während er noch mit der Katze plauderte, hatte er die Tür mit seinem Schlüssel geöffnet und machte einen Schritt in einen sehr dunklen Raum. In der Zuversicht, dass es gleich heller werden würde, wenn er sich erst an die Dunkelheit gewöhnt hatte, ging er einen weiteren Schritt vorwärts. Hinter ihm klappte die Tür ins Schloss. Karl hoffte, dass die Katze immer noch da war. Sehen konnte er sie nicht.

Karl sah überhaupt nichts. Gar nichts. Er hob die Hand vor die Augen, aber nicht einmal die konnte er erkennen. Er bewegte die Finger und es war ihm, als gehörten sie nicht mehr zu seinem Körper, da er sie zwar spüren, aber nicht sehen konnte. Vorsichtig tapste er weiter. Der Boden war eben, aber es lag Geröll im Weg. Er konnte es spüren, wenn er dagegen stieß. Unheimlich war das. Unheimlich und ganz still – was noch unheimlicher war.

Noch ein Schritt und noch ein Schritt.

Die Katze schmiegte sich dicht an Karl. Auch ihr schien die Situation nicht ganz geheuer zu sein. Konnten Katzen bei Dunkelheit denn nicht gut sehen? Warum sah auch die Katze nichts? Dies musste die finsterste Höhle der ganzen Welt sein. Eine Höhle, in die sich nie ein Lichtstrahl verirrt hatte. Eine Höhle, an deren Ein- und Ausgängen sogar das Licht kehrt machte und sich durch keine Ritze hereindrängen wollte. Düsternis ohne Ende. Und ohne Licht keine Hoffnung.

Karl spürte das ganz deutlich und es war, als würde seine Seele von der schwarzen Finsternis umklammert. Trotzdem suchten sich seine Füße mühsam einen Weg. Sein Atem ging schwer und seine Schritte wurden immer langsamer. Müdigkeit senkte sich auf ihn. Am liebsten hätte er sich einfach hingesetzt und wäre nie mehr aufgestanden. Die Dunkelheit drückte ihn nieder. Selbst der Gedanke umzukehren und durch die Lotte ans Licht zurückzukehren, war zu schwer, um auch nur gedacht zu werden. Plötzlich war ihm alles egal. Karl schlurfte noch ein paar Schritte, dann blieb er stehen. Er wartete, dass sein Wille ihm eine Richtung vorgeben würde, aber da war kein Wille mehr. Nur Finsternis.

Plötzlich spürte Karl an seinem Bein, dass die Katze sich anspannte. Sie hatte etwas bemerkt. Irgendetwas war nicht so, wie es sein sollte. Mit der Anspannung kehrte ein Hauch Leben zurück zu Karl. Und mit ihm die Neugier. Kaum wahrnehmbar hörte nun auch Karl ein Geräusch. Es war ein leises Wimmern oder Schluchzen. Karl setzte sich vorsichtig wieder in Bewegung. Zwar hatte er Angst, aber Angst war immer noch besser als diese Lähmung, die ihn gerade eben noch gefesselt hatte.

„Hallo?", wisperte Karl in die Dunkelheit. „Hallo? Ist da wer?", etwas lauter. Aber er bekam keine Antwort.

Das Wimmern wurde deutlicher. Da weinte jemand.

„Hallo, wer ist denn hier?"

Nun verstummte das Geräusch. Karl tastete sich in die Richtung, aus der das Wimmern gekommen war. Dann blieb er wieder stehen um zu lauschen. Da war es wieder, dieses unterdrückte Schluchzen. Er vernahm es deutlich. Da war jemand, der nicht weinen wollte und doch nicht anders konnte. Karl kannte das erniedrigende Gefühl nur zu gut und der, der da weinte, tat ihm leid.

Karl flüsterte in die Dunkelheit: „Hey, ich bin Karl. Ich bin mit meinem Kater hier. Warum weinst du? Kann ich dir helfen?" Seine Worte schienen die Schleusen des unsichtbaren Wesens nun allerdings vollends zu öffnen. Aus dem unterdrückten Schluchzen wurde ein lautes, hässliches, herzzerreißendes Heulen. Wer auch immer da weinte, verfiel in Schnappatmung und rang hechelnd nach Luft. Es klang schrecklich. Und noch schrecklicher, weil Karl kein Bild zu diesem Geräusch hatte. Karl tastete sich weiter vor. Wenn er die Hand ausstreckte, würde er das Ding vielleicht berühren können. Aber ihm fehlte der Mut. Er hatte ja keine Ahnung, wer oder was so verzweifelt schluchzte.

Die Katze spürte er zum Glück immer noch nah bei sich. Karl beschloss erst einmal abzuwarten, bis das Etwas zur Ruhe finden würde. Es dauerte eine ganze Zeit, dann wurde der Atemrhythmus langsamer und das Schluchzen regelmäßiger. Schließlich verebbte es fast ganz. Ab und zu wurde noch tief Luft eingesogen.

„Hey, du, wer bist du?", flüsterte Karl noch einmal.

Aber da fing das Schluchzen von Neuem an. Offensichtlich war das die falsche Frage gewesen.

„Kann ich dir helfen?", fragte Karl.

„Nein", kam eine piepsige Stimme zurück. „Keiner kann mir helfen."

„Aber warum denn nicht? Magst du mir nicht sagen, wer du bist?"

Fast trotzig kam die Antwort: „Ich bin ein Niemand! Lass mich in Ruhe."

„Niemand ist ein Niemand. Jeder ist etwas oder jemand", entgegnete Karl und war sehr stolz auf seine schlagfertige Antwort.

Aber seine Schlauheit nützte gar nichts. Das Etwas wurde

jetzt erst richtig zornig: „Du hast ja keine Ahnung! Vor dir war schon so einer mit Bart hier und hat es mir genau erklärt: Ich bin niemand, denn keiner hat mir einen Namen gegeben. Ich bin ein Nichts. Ich bin ein Niemand und ein Nichts, und Nichts und Niemand haben keine Bedeutung und sind nicht wichtig. Also bin ich auch nicht wichtig. Und keiner kümmert sich um mich, weil es mich gar nicht gibt. Und niemand braucht mich, weil ich keinem abgehe. Und niemand vermisst mich, weil keiner weiß, dass ich hier bin."

„Hä, das verstehe ich nicht." Karl war verwirrt.

„Ich bin ein Wort ohne Namen!", schleuderte ihm ein wütendes Etwas entgegen.

Ein Niemand oder ein Nichts mit so einer Wut im Bauch kann eigentlich nicht nichts sein, dachte Karl bei sich, traute sich aber nicht, das seinem Gegenüber laut zu entgegnen, weil er fürchtete, es würde dann noch zorniger werden.

„Warst du denn einmal etwas?", fragte er vorsichtig.

„Nein", jammerte es aus der Finsternis. „Ich war noch nie etwas und ich werde nie etwas sein." Und nach kurzer Pause: „Du bist ein Mensch, oder? Und du hast eine Katze mit. Ich kann sie riechen. Die Katze ist eine Katze und ein Baum ist ein Baum. Grün ist grün und böse ist böse. Kalt ist kalt und eine Ohrfeige tut weh. Das Meer ist nass und groß und der Mond ist weit weg und hell und manchmal ganz voll. Sternschnuppen fliegen durch die Nacht. Der Eifelturm schaut aus, als wäre er eine Antenne ins Weltall. Das Gras kitzelt an den Füßen, wenn man barfuß geht, und der Schnee schmilzt, wenn die Sonne lange genug scheint. Es gibt Fische, die schlafen, ohne dass sie sich hinlegen, und schlafende Menschen, die schnappen im Schlaf nach Luft wie Fische. Eine Mutter hat Kinder und Babys machen in die Windeln. Ein Apfel kann sauer sein oder süß und doch bleibt er ein Apfel. Honig ist immer süß. In der Schule lernt man manchmal wichtige Dinge, aber die Pause ist am schönsten. Zu Weihnachten kommt das Christkind und es gibt sogar einen Gott, auch wenn den keiner sehen kann und er keine Antworten gibt, so gibt es doch Menschen, die an ihn glauben können. Es wird Krieg geführt wegen Öl und Geld. Zivilisten sterben. Soldaten auch. Die Lichter in der Stadt gehen an und wieder aus. Kartoffeln haben Augen, obwohl sie nichts sehen können. Menschen aber sehen Kartoffeln, obwohl sie unter der Erde heranwachsen. Autos fahren schnell und manchmal bricht ein Vulkan aus. Berge verhindern die Sicht über die Ebene und viele Kinder mögen Schokoladeeis am liebsten. Wenn die Sonne untergegangen ist und der Himmel sich zu verfärben beginnt, dann glaubt man in jeder Sekunde, man hätte nun alle Farbnuancen der Welt gesehen und er wechselt doch immer noch in tausend weitere. Verstehst du? Alles, was einen Namen hat, existiert. Aber ich, ich habe keinen Namen. Ich sitze hier und bin … und bin doch nicht, weil ich nicht benannt bin. Ich bin ein Wort ohne Namen!" Der letzte Satz stand hässlich und laut in der Dunkelheit.

Karl schwieg. Plötzlich konnte er die Verzweiflung des Wortes ohne Namen verstehen. Er fühlte erneut eine aufkommende Beklemmung und wusste nun, warum das Licht sich nie in diese Höhle verirrte. Es war trostlos. Karls Gedanken überschlugen sich und schließlich formulierte er zaghaft eine Idee: „Soll ich dir einen Namen geben?"

„Ha, wie soll das gehen? Denkst du dir jetzt einfach ein paar Silben aus und reihst sie aneinander? So geht das nicht.

Es gibt alle Namen schon und wenn nicht in deiner Sprache, dann in Suaheli oder Russisch oder in der Sprache der Inuit. So funktioniert das nicht. Die Namen wurden schon vor langer Zeit festgelegt. Jetzt ist es zu spät. Alles ist schon vergeben. Für mich ist nichts mehr frei! Mich hat man einfach vergessen. Und jetzt lass mich in Ruhe und geh wieder. Und nimm deine Katze mit! Sei woanders nett. Ich möchte meinen Frieden. Ich bleibe hier und möchte von dir nicht an mein Leid erinnert werden. Ich versuche zu vergessen, dass es mich gibt."

„Aber, …", versuchte es Karl erneut.

„Hau ab! Hau einfach ab! Ich brauch dich nicht hier! Keiner braucht dich!", schrie das Wort ohne Namen verzweifelt.

Karl zuckte zurück. Musste er sich jetzt auch noch beschimpfen lassen dafür, dass er eigentlich nur helfen wollte? Hatte er das nötig? Nein, da ging er besser. Beleidigt drehte er sich um.

„Komm, Katze!"

„Ja, geht ihr nur!", schrie das Wort ohne Namen. „Wie willst du mir überhaupt helfen, wenn du es noch nicht einmal schaffst, deiner Katze einen Namen zu geben! Und obwohl du sie magst, war es dir nicht wert darüber nachzudenken, wie sie heißen könnte. Verschwinde! Verschwinde und komm nie wieder!"

Karl tastete sich weiter in die Richtung, aus der er vorher gekommen war. Leider ging das nicht so schnell, wie er es sich gewünscht hätte, denn es war immer noch zapfenduster. Mehr als einmal stieß er gegen einen großen Stein, rammte seine Zehen schmerzhaft gegen Hindernisse. Wo war nur dieser verdammte Ausgang?

Hinter ihm heulte das verzweifelte Wort ohne Namen wieder laut vor sich hin.

„Raus aus dieser Höhle!", war Karls einziger und alles beherrschender Gedanke. Allein, das ging nicht ..., er fand die brummende Lotte nicht mehr. Und nach weiteren Minuten des Herumirrens wurde Karl klar, dass er völlig die Orientierung verloren hatte. Ging er im Kreis? Er wusste es nicht. Es konnte noch ewig dauern, bis er hier wieder herausfand.

Als Karl sich nun zum wiederholten Mal das Schienbein an einem großen Geröllbrocken angeschlagen hatte, beschloss er, eine Pause zu machen und nachzudenken. Er setzte sich auf den Stein, der ihm gerade einen blauen Fleck verursacht hatte, nahm die Katze auf den Schoß und vergrub sein Gesicht in ihr Fell. Die Katze war froh um seine Körpernähe. Auch ihr schien diese dunkle Höhle nicht geheuer.

Während Karl nachdachte, kroch die Finsternis wieder in seinen Körper und umklammerte sein Herz. Es wurde ihm kalt. Karl bekam Angst und musste unweigerlich an die vielen Worte denken, die das Wort ohne Namen erwähnt hatte. Das Gras, den Mond, die grüne Farbe und das helle Licht. All diese schönen Dinge und auch die schrecklichen, die da draußen existierten. Und während er nachdachte und sich die Welt vorstellte, spürte er, wie die Wärme in seinen Körper zurückkehrte und die Finsternis wieder etwas wich. Und plötzlich kam ihm ein Gedanke.

Er rief: „Wort, hey Wort ohne Namen! Ich weiß die Lösung! Du bist nicht nichts! Du bist alles! Du hast keinen Namen und deshalb bist du nicht ein bestimmtes Ding. Aber du könntest alles sein. Es gibt doch auch Dinge, die noch gar nicht entdeckt oder erfunden sind und die noch nicht benannt sind oder Dinge, die erst entwickelt werden. Oder Dinge, die es in einer Sprache schon gibt, aber in einer anderen noch nicht. Da lässt sich was finden für dich. Die Lage ist nicht aussichtslos. Vielleicht bist du sogar die Gesamtheit aller Dinge auf der Welt – dafür braucht es doch auch einen Namen, oder vielleicht bist du der Überbegriff einer Gruppe von Dingen. Vielleicht bist du das Wort aller Wörter! Eigentlich hast du es sogar besser als die meisten Wörter! Du bist noch nicht festgelegt auf ein paar Buchstaben. Du hast die Summe aller Möglichkeiten in dir! Und vor allem: Du kannst es dir selbst aussuchen! Das ist großartig. Hey, Wort, das noch keinen Namen hat, was sagst du dazu?"

Karl wartete atemlos auf einen Begeisterungsausruf. Aber da kam nichts. Es blieb still. Dem Ding, das bis jetzt noch keinen Namen hatte, fehlten im Augenblick offensichtlich die Worte.

Dann kam ein klägliches „Mmmh …" aus seiner Ecke. Es dachte nach.

Und während es nachdachte, wich die Finsternis zurück in die Tiefe der Höhle. Die Hoffnung kam zurück. Ein fahler Lichtstrahl fiel durch eine Ritze und Karl erkannte, dass dort drüben, wo das Licht herkam, die brummende Lotte saß. Er mühte noch einmal seine Augen, in der Ecke das Wort, das keinen Namen gehabt hatte, sehen zu können, aber er erahnte nicht mehr als einen dunklen Schatten.

„Kommst du zurecht?", rief Karl.

Das Wort, das keinen Namen gehabt hatte, gab abermals ein kleinlautes „Mmmh …" von sich. Es klang nicht mehr ganz so wütend und verzweifelt. Es schätzte wohl die neue Situation ein.

„Na dann, also wir zwei, wir müssen hier raus, Wort. Ich kann nicht in dieser Düsternis bleiben. Bis dann. Und viel Glück."

„Bis dann", hauchte das Wort. Es war völlig erschöpft. „Danke", flüsterte es, aber das war so leise, dass Karl es nicht hören konnte.

Karl nahm die Katze auf den Arm, drückte sie an sich und gemeinsam gingen sie im schwachen Lichtschein der wandernden Tür entgegen.

„Smitty", flüsterte Karl der Katze ins Ohr, „ich werde dich von jetzt an Smitty nennen."

Bei keiner Gelegenheit bisher war Karl so froh gewesen, den modrigen Hotelgang zu erreichen und die wandernde Tür wieder hinter sich schließen zu können. Ihn fror immer noch und die Katze, die ab sofort nicht mehr namenlos war, hatte auch noch alle Haare aufgestellt und wirkte angespannt. Karl streichelte Smitty über den Kopf. „Ich bin ja so froh, dass du da bist. Wir werden die traurige Königin gemeinsam retten! Oh, du hast ganz kalte Pfoten. Komm, schlüpf unter meinen Pullover, dann wärmen wir uns gegenseitig."

Sehr untypisch für Katzen ließ sich Smitty bereitwillig unter Karls Pullover stopfen. Er war wirklich ungewöhnlich zutraulich. Karl drückte ihn an sich, während er zurück zum Zimmer mit der Nummer Vier ging und aufschloss.

Plötzlich hörte er dumpfe Schritte. Gerade noch konnte er die Tür von innen zudrücken. Um ein Haar wären sie entdeckt worden. Von drinnen lauschte er an der Tür. Er konnte es nicht mit Sicherheit sagen, aber er glaubte zu hören, dass sich die Schritte vor der Tür verlangsamten und wer auch immer es war am Gang stehen blieb. Als sich drinnen nichts rührte, weil Karl zur Salzsäule erstarrt war, die Luft anhielt und auch Smitty ganz still unter dem Pullover verharrte, entfernten sich die Schritte wieder. Karl blieb noch einen Moment reglos. Er konnte den Herzschlag der Katze spüren und sie den seinen.

„Puh! Wer könnte das gewesen sein? Komm Smitty, ich werde dich noch ein bisschen streicheln, dann muss ich zurück in die Wohnung hinauf."

Der Kater schnurrte zufrieden. Er schien sich von ihrem Höhlenabenteuer schon wieder erholt zu haben. Karl blieb noch eine Weile, dann öffnete er leise die Tür, spähte nach links und rechts und als er sich sicher war, dass die Luft rein war, huschte er in den Gang hinaus und rannte in den dritten Stock.

13

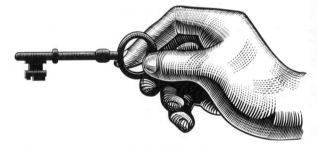

Karl war im Stress. Er musste lernen. Seine Lehrer hatten die Schularbeiten alle innerhalb eines kurzen Zeitraumes gelegt, als wollten sie testen, wie belastungsfähig die Kinder waren. Karl büffelte, bis sein Kopf rauchte. Ein paar Mal tat er sich mit seinem Freund Luis zusammen und sie prüften sich gegenseitig, auf Karls Bett sitzend, Vokabeln ab. Karl hatte Luis sehr gern, aber in das Geheimnis um die brummende Lotte wollte er ihn vorerst nicht einweihen. All die Geschichten, die er erlebt hatte, waren so unglaubwürdig, dass er Angst hatte, Luis würde ihn auslachen. Und Karl wollte nicht von Luis ausgelacht werden.

Um seinen besten Freund aber nicht von allen Neuigkeiten auszuschließen, erzählte Karl von Smitty. Gemeinsam verbrachten sie ihre Lernpausen im Erdgeschoss, spielten mit dem zutraulichen Kater, streichelten ihn und verwöhnten ihn mit Leckereien. Fast Karls ganzes Taschengeld ging für die Katze drauf. Aber der Spaß, den er mit ihr hatte, war ihm jeden Cent wert.

Karl war mit Herrn Josef übereingekommen, dass Smitty noch zwei Wochen im Hotel Mimosa bleiben durfte und er ihn dann in ein Tierheim bringen sollte. Immer noch hatte Karl die Hoffnung, dass Mama sich erweichen lassen würde, die Katze zu behalten. Blieb nur noch das nicht unerhebliche Problem, dass keine Tiere im Mimosa erlaubt waren und Frau Direktor Esterhazy mit ihrer Katzenhaarallergie ihn und vor allem natürlich Smitty keinesfalls erwischen durfte. Sein felliger Freund nahm immer mehr Platz in seinem Herzen ein. Die Zuneigung war gegenseitig. Das war deutlich zu spüren. Falls alle Stricke reißen würden, so hatte Karl sich überlegt, könnte er den Kater zu seinem Vater anstatt ins Tierheim bringen. Am nächsten Wochenende würden Alma und er Papa wieder treffen und Karl wollte den wahnwitzigen Versuch starten, seinen Vater von einem Haustier zu überzeugen.

Irgendeine Lösung würde sich finden lassen. Karl war zuversichtlich wie selten zuvor.

So vergingen die Tage, ohne dass Karl die Möglichkeit bekam, Omnia zu betreten, geschweige denn es zu retten. Los ließ es ihn allerdings keine Sekunde. Er dachte die ganze Zeit über an Mimosa, seine schöne, traurige Königin, und überlegte, was sich wohl hinter der brummenden Lotte abspielte.

Mitte der Woche gab es endlich einen Lichtblick in Sachen Jobsuche bei seiner Mutter. Sie erhielt die Erlaubnis, zwei Wochen im Kaffeehaus am Alten Platz auf Probe zu arbeiten. Das Kaffeehaus am Alten Platz war nicht weit vom Hotel entfernt und eine Wiener Institution. Die Fin-du-Siècle-Einrichtung war seit Bestehen des Cafés unangetastet geblieben und die Besitzerin, Frau Rosa, schaute aus, als wäre sie schon mindestens ebenso lange wie das angeschlagene Mobiliar in dem Etablissement. Frau Rosa, einer schillernden Matrone mit einem nachlässig hochgesteckten Dutt, eilte der Ruf voraus, ihre „Serviermädchen", die alle weit älter als Mama waren, sehr streng zu behandeln. Infolgedessen war Mama extrem nervös, versuchte aber krampfhaft, optimistisch zu bleiben. Es gelang ihr mehr schlecht als recht. Mamas Mantra, das sie den ganzen Tag vor sich hinmurmelte, um sich selbst Mut zuzusprechen, lautete: „Ich bin ganz ruhig! Es geht schon gut! Heiliger Bimbam! Es muss!" Alma verdrehte ab dem dreißigsten Mal nur noch die Augen. Bei der zweihundertsten Wiederholung konnte sie nicht mehr an sich halten und brüllte durch die Wohnung: „Mama! Bitte! Bimbam! Bimbam! Beruhige dich!"

Mama zuckte erschrocken zusammen, leerte ihre Teetasse um und wusste gar nicht, warum Alma schrie. „Heiliger ..."

„Mama!", flüsterte Alma, die selbst gemerkt hatte, dass sie überreagiert hatte. „Mama, bitte, alles wird gut!"

Fiona Schnabel hatte schon in ihrer Studienzeit gekellnert, zumindest so lange, bis Karl unterwegs gewesen war. Der persönliche Umgang mit Menschen hatte ihr immer gefallen. Und so zerstreut sie sonst oft wirkte, so konnte sie doch sehr gut mit Fremden umgehen, interessierte sich für deren Geschichten. Fionas Ausstrahlung war angenehm und sympathisch. Sie plauderte gerne Belangloses und konnte zuhören.

Eine Anstellung im Kaffeehaus am Alten Platz wäre Fiona außerdem sehr entgegengekommen, da sie, außer an den Spätschichtabenden, gegen sechs Uhr abends bei den Kindern hätte sein können. Der Lohn würde nicht berauschend sein, das Kaffeehaus war jedoch beliebter Fixpunkt japanischer Reisegruppen während ihrer Wien-Aufenthalte und somit übers ganze Jahr rege besucht. Aufgrund dieser Tatsache würde der Lohnzettel durch gutes Trinkgeld ordentlich aufgepeppt.

Karl wünschte sich wirklich, dass es diesmal mit dem Job klappen würde. Mama resignierte langsam. Man spürte ganz deutlich, wie ihre Energie schwand, immer wieder neue Vorstellungsgespräche zu bewältigen und eine Absage nach der anderen zu kassieren.

Natürlich wollte Fiona ihre Sorgen vor den Kindern nicht ausleben, aber sie war zusehends trauriger geworden. Der Druck vergrößerte sich zudem, weil Alma immer öfter darauf drängte, so bald wie möglich aus dem Mimosa auszuziehen. Karls Schwester schämte sich regelrecht, in diesem schäbigen Hotel zu wohnen. Nicht einmal ihre beste Freundin wollte sie hierher einladen.

Für Karl stellte sich die Lage gänzlich anders dar. Für ihn war die Vorstellung, von hier wegzuziehen, im Moment undenkbar. Er hatte hier eine Mission und eine Katze.

14

Das Wochenende mit Papa versprach lustig zu werden. Papa hatte vom Sohn eines Freundes eine Playstation ausgeliehen und die „Ultimative Wochenendspielolympiade" ausgerufen. Sie spielten ununterbrochen und verbrachten den ganzen Samstag im Pyjama. Als sie hungrig wurden, rief Papa den Pizzadienst an. Das war praktisch, weil man dafür kein Besteck, vor allem aber keinen ordentlichen Tisch benötigte. Papa hatte das zusammengekrachte Exemplar immer noch nicht durch einen neuen ersetzt. Und am Samstagabend, zwischen zwei Spielrunden, als die Stimmung sehr harmonisch war, wagte Karl das Thema, das ihm auf der Seele brannte, anzusprechen.

„Du, Papa, ich habe da eine Frage. Aber versprich mir erst darüber nachzudenken, bevor du mir eine Antwort gibst."

Papa hob erwartungsvoll eine Augenbraue und Alma schaute Karl erstaunt an. Karl versuchte, eine erfolgsversprechende Formulierung zu finden und zupfte nervös an seinen Fingernägeln herum. „Also mal angenommen, ich würde ein Haustier wollen. Also zum Beispiel so etwas kuschelig Herziges wie etwa eine extrem wohlerzogene Katze.

Eine, die natürlich schon stubenrein wäre. Keine Babykatze, die noch nichts kann und dir aufs Sofa pinkelt. Ein Schmusetiger der besten Sorte. Ein Paradeexemplar sozusagen."

Alma prustete los: „Karl, seit wann redest du wie ein Werbesprecher?"

Karl wurde rot, gab aber noch nicht auf: „Alma, mit dir rede ich jetzt zum Beispiel gar nicht! Also Papa, nochmal: eine garantiert unkomplizierte Katze aus bestem Hause. Zwar ohne Stammbaum, oder so, aber mit tadellosen Manieren. Futter würde gratis mitgeliefert. Du müsstest dich um gar nichts kümmern. Also wirklich rein gar, gar, gar nichts. Außer vielleicht um das Katzenklo – ab und zu. Also, was meinst du?" Karl schaute seinen Vater gespannt an.

„Was soll ich wozu meinen?", stellte der auf schwer von Begriff.

„Tz, Mensch Papa! Also, möchtest du so eine haben?"

„Nein, eigentlich nicht", entgegnete Papa trocken.

„Aber!"

„Nein. Du hast mich gefragt, ob ich eine will. Nein, ich will keine, mein Lieber."

„Aber du wärst dann nicht so allein."

„Karl, schau mal. Ich bin nicht allein. Ich bin den ganzen Tag im Labor. Dort sind immer Leute. Ich habe genug Ansprache. Und außerdem im Moment bereits genug Probleme, auch ganz ohne ein Tier. Wer aber tatsächlich allein wäre, das wäre die Katze. Die würde den ganzen Tag hier in der Wohnung im Kreis tigern. Echt! Wie kommst du überhaupt auf so eine wahnwitzige Idee?"

Alma hatte es geschafft, bis hierher zu schweigen. Jetzt wollte sie aber doch auch ihren Senf dazu geben, sonst wäre sie nicht Alma gewesen. „Lass es!", seufzte Karl genervt, als er sah, dass sie zu einem Satz ansetzte.

„Alma, bitte lass es", sagte auch Papa im gleichen Atemzug.

Beleidigt schnappte die Angesprochene nun nach Luft.

Natürlich hatte sein Vater recht. Karl konnte seine Beweggründe nachvollziehen. Aber, so dachte sich Karl, als Alternative zum Tierheim wäre es für die Katze immer noch die bessere Option. Trotzdem sagte er nichts mehr. Papas Gesicht zeigte ihm deutlich, dass die Diskussion schon zu Ende war, bevor sie überhaupt richtig angefangen hatte. Karl war enttäuscht. Trotzdem schob er den Gedanken, den Kater ins Tierheim zu geben, immer noch ganz weit von sich. Vielleicht konnte er ja mit Herrn Josef doch noch eine oder zwei weitere Wochen Logis für seinen Kater aushandeln.

Die paar Tage bei Papa gingen vorbei wie nichts. Mama war immer noch in ihrer Probezeit und so erwartete niemand die Kinder, als diese wieder ins Hotel kamen. Alma schaltete den Fernseher ein und Karl machte sich auf den Weg ins Erdgeschoss, um nach Smitty zu sehen und ihm frisches Katzenfutter zu bringen. Schnell schloss er voller Vorfreude das Zimmer mit der Nummer Vier auf, um seinen felligen Freund zu begrüßen. Aber Smitty war nirgends zu sehen. Er musste also im Hof draußen sein. Karl lief zum Fenster, stieß es weit auf und rief laut nach Smitty. Aber er konnte den Kater weder sehen, noch kam der ihm wie gewohnt entgegengesprungen. „Smittylein?!" Karl rief noch einmal. Keine Spur von Smitty. Hatte er sich im Zimmer versteckt? Trieb Smitty wieder Schabernack mit ihm?

Karl schaute unters Bett. Keine Katze. Auch in den

anderen möglichen Verstecken war Smitty nicht. Karl war ratlos und beunruhigt. Wo konnte die Katze nur sein?

Er setzte sich aufs Bett und überlegte. Dann ging er noch einmal zum Fenster und schaute nachdenklich in den Hof. Es lag immer noch Schnee am Asphalt. Plötzlich entdeckte er, was ihm zuerst nicht aufgefallen war: Tiefe Schuh-abdrücke führten direkt zum Fenster des kleinen Zimmers. Sie stammten von großen Männerschuhen. Und als Karl aufmerksam hinsah, bemerkte er, dass die Abdrücke so aussahen, als wäre jemand bis zum Fenster gekommen und hereingestiegen. Daneben waren dieselben Abdrücke – Fuß-spitzen nach außen – gleichzeitig wieder aufgekommen und Richtung Hintertür gegangen. Dieser Jemand, schloss Karl aus seinen Beobachtungen, war also im Zimmer gewesen. In Karl krampfte sich alles zusammen. Konnte es sein, dass jemand Smitty mitgenommen hatte?

Er durchsuchte das Zimmer noch einmal genauer. Nun fand er unter dem Bett ein Büschel Katzenhaare, die er zuvor gar nicht bemerkt hatte. Hatte der Kater sich unter dem Bett verschanzt und war von dort herausgezogen worden? Hatte Smitty dabei die Haare verloren? Karl war außer sich. Wer hatte seine Katze gestohlen? Und was konnte er selbst jetzt tun? Behutsam klaubte Karl die Katzenhaare zusammen und legte sie zum Tränenkristall, den er mittlerweile vorsorglich in ein sauberes Taschentuch eingewickelt hatte und immer bei sich trug.

Rasch kletterte er aus dem Zimmer und rannte quer über den Hof zu der Tür, die ins Hotel führte. Vielleicht konnte er erkunden, woher dieser Mann mit den großen Schuhen gekommen war. Aber die Türe war zugesperrt, genau wie das Tor, das auf die Straße hinausführte. Karl hastete zurück zum Fenster und sprang ins Zimmer. Hier gab es nichts mehr zu tun.

Er rannte auf den Gang hinaus und suchte verzweifelt nach der brummenden Lotte. Treppauf, treppab. Er wusste selbst nicht, welche Antworten er sich in Bezug auf seine Katze hinter der Tür erwartete, aber irgendetwas musste er jetzt tun. In diesem geheimnisvollen Hotel hatte alles mit allem zu tun.

Endlich fand er die unberechenbare Tür im fünften Stock.

15

Grob und ungestüm rammte Karl den Schlüssel ins Schloss und riss die brummende Lotte auf. Im nächsten Moment hielt er inne und blickte verdutzt um sich. Diesen Ort hier kannte er. Er kannte ihn nur zu gut, denn er besuchte ihn täglich, außer am Wochenende.

Karl stand auf dem Schulhof seiner eigenen Schule. Hä?! War er nun aus der realen Welt durch die wandernde Tür wieder in die reale Welt getreten oder war er durch die Tür aus der realen Welt nach Omnia getreten, das nun aufs Haar der realen Welt glich? Karl war verwirrt und es wurde ihm ein wenig schwummrig vor den Augen.

Der Schulhof der Albert-Einstein-Schule war ein auf drei Seiten von einer hohen Mauer eingefasster, gepflasterter

Hof vor einem imposanten Schulgebäude aus dem 19. Jahrhundert. Trotz der hohen Mauern fühlte man sich auf dem Platz nicht wie ein Gefangener. Viel eher hatte sich Karl hier immer geborgen gefühlt, inmitten der großen, lärmenden Stadt.

Sechs alte Eichen, die jeweils von kreisrunden Bänken umspannt wurden, spendeten im Sommer Schatten. Heiß umfehdet waren dann die Sitzplätze unter dem kühlenden Blätterdach und nach einigen Stellungskämpfen war in jedem neuen Schuljahr nach einigen Tagen klar, welche Klasse welchen Baum als den ihren beanspruchen durfte und welche Klasse leer ausging und in der prallen Hitze stehen musste.

Im Winter, wenn ohnehin keiner auf den jetzt feuchtkalten Bänken sitzen wollte, standen die Schüler in kleinen Gruppen herum.

Die Situation, die Karl nun vorfand, glich der täglichen großen Pause.

Dort drüben, in der Nähe des Basketballkorbs, hatten sich die Kinder aus seiner Klasse versammelt. Der Ball, um den sie sich sonst immer stritten, lag unbeachtet ein Stück weiter weg. Der Boden war nass, es musste gerade geregnet haben. Der Wind fegte ein paar Blätter vor sich her. Wie immer standen die Buben getrennt von den Mädchen.

Direkt vor dem Portal der Schule aus gelbem Sandstein sah Karl seinen Freund Luis, der konzentriert auf sein Handy tippte. Er ging auf ihn zu.

Moment mal! Warum hatte Luis überhaupt sein Handy in der Hand? Karl kam das sehr eigenartig vor, denn es war verboten, während der Unterrichtsstunden und in den dazwischenliegenden Pausen das Telefon zu benutzen.

Kurz: Am Areal der Albert-Einstein-Schule war das Handy absolut tabu. Damit diese Regel auch eingehalten wurde, gab es strenge Kontrollen. Bei Nichtbeachtung wurde dem ungezogenen Schüler das Telefon für eine ganze Woche vom Aufsichtslehrer abgenommen. Nach diesen unendlich langen sieben Tagen konnte er es wieder im Sekretariat abholen.

Unangenehmerweise ging das hartnäckige Gerücht um, dass in der Zwischenzeit von Frau Gramel, der Schulsekretärin, sämtliche Geheimnisse der einzelnen Smartphones gelüftet, sämtliche SMS gelesen und alle Snapchat-Einträge gesichtet wurden. Beweisen ließ sich das natürlich nicht, da die meisten Telefone der Schüler mit Codes gegen solche Indiskretionen gesichert waren, aber jedes Mal, wenn ein Schüler, der mit seinem Handy erwischt worden war, nach einer Woche sein Telefon abholte, lächelte Frau Gramel sehr, sehr wissend. Ihr Mann war IT-Techniker bei den Wiener Stadtwerken und wem, wenn nicht ihm, wäre es ein Leichtes gewesen, sämtliche Codes zu knacken.

Wenn man zum zweiten Mal mit einem Handy erwischt wurde, erwartete einen allerdings eine tatsächlich sehr drakonische Strafe. Das Handy war für einen Monat weg. Die Eltern wurden verständigt und man musste fünfzehn Sozialstunden absolvieren, während derer man jüngeren Schülern Nachhilfe geben musste, oder wenn man das aufgrund der eigenen Schulnoten nicht zu leisten im Stande war, musste man so „sozial" sein und dem Schulwart, Herrn Ferber, beim Putzen helfen. Selbst den aufmüpfigsten unter den Schülern war es im Normalfall also zu riskant, in der Nähe der Schule das Smartphone zu zücken.

Beim Näherkommen sah Karl, dass sich Grundlegendes

geändert haben musste und auch andere Kinder in intensiver Beschäftigung mit ihren Handys versunken waren. In der Nähe des Ausgangs zur Straße entdeckte Karl sogar Madame la Professeure Reif, die Französischlehrerin, die – mit Kopfhörern im dichten Wuschelhaar – einem offensichtlich sehr anregenden Beat folgte. Ihr Fuß wippte im schnellen Takt. Lautlos formten ihre Lippen den Text.

Das Smartphone-Verbot war also tatsächlich aufgehoben worden. Plötzlich fiel Karl noch eine weitere Besonderheit an diesem so vertrauten Ort auf: Es war fast vollkommen still. Niemand redete. Keiner scherzte. Keiner gab einen Laut von sich. Karl hörte den Straßenlärm hinter der Mauer des Schulhofes. Er hörte weit entfernt das unangenehme Kreischen von Straßenbahnschienen. Er hörte Babygeschrei aus einem offenen Fenster und er hörte das Flattern der großen Schulfahne im Wind. Aber am Schulhof selbst war es gespenstisch ruhig.

Die Fahne, die seine Klasse im letzten Jahr hatte gestalten dürfen, befand sich direkt unter der großen Uhr mit den goldenen Zeigern und den römischen Ziffern, die weithin über die Straße die Zeit anzeigte. Er brauchte nicht hinzublicken, er wusste genau, wie die Fahne aussah. Ein ganzes Semester hatten sie im Kunstunterricht daran gewerkt. In Gemeinschaftsarbeit hatten sie sich ein Motiv überlegt. Edith, die am besten zeichnen konnte, hatte es entworfen und einige Mädchen hatten die Fahne zu guter Letzt genäht und aufwendig verziert. Sie war tiefblau und mit einem Zitat von Albert Einstein in Regenbogenfarben bestickt worden: „Phantasie ist wichtiger als Wissen, denn Wissen ist begrenzt." Noch ein halbes Jahr würde die Fahne dort oben im Wind wehen, dann würde feierlich eine neue Fahne aus einer anderen Klasse gehisst werden. Karls Verdienst an der Fahne lag nicht in der Gestaltung – kreatives Gestalten war nicht so seine Sache. Karl aber hatte in der Ideenfindungsphase den Spruch entdeckt, der nun an sonnigen Tagen im Licht gleißte und blinkte, weil die Mädchen Glitzerfäden mitgestickt hatten. Auf diesen Spruch war Karl sehr stolz, obwohl er ja ursprünglich vom Namensgeber der Schule, Albert Einstein, stammte und nicht von Karl selbst. Aber finden musste man einen solchen Spruch ja auch erst mal in den Tiefen des Internets! Seither fühlte sich Karl diesem Einstein sehr nahe, fast so, als hätte der ihm die Weisheit quasi höchstpersönlich eingeflüstert.

Karl ging in Luis' Richtung und staunte immer mehr. Tatsächlich, ausnahmslos alle Schüler am Hof tippten auf ihre Telefone, spielten irgendwelche Spiele, versendeten Nachrichten, die einige Zentimeter weiter mit einem „Bling" am Handy eines anderen Kindes ankamen oder schauten sich Filme auf YouTube an.

Karl sah mehrere Minuten einem Mädchen zu, das ständig in seine Handykamera lächelte und Selfies am laufenden Band produzierte. Dann ging er wieder weiter zu Luis.

„Hallo Luis", begrüßte Karl seinen Freund. Aber seltsamerweise antwortete der nicht. Karl versuchte es noch einmal, lauter. Es war, als würde Luis ihn gar nicht bemerken. Karl war völlig perplex und zog Luis am Ärmel. „Hey, mein Freund, hast du Tomaten in den Ohren?" Aber auch Unhöflichkeiten drangen nicht zu Luis durch. Luis schüttelte Karls Hand ab wie eine lästige Fliege. Karl wurde wütend. Eigentlich war er ja auf der Suche nach Smitty oder zumindest nach Hinweisen, wer den roten Kater gestohlen haben könnte. Er war gereizt und unruhig. Und nun wurde er von seinem besten Freund auch noch behandelt, als wäre er Luft.

Tief konzentriert steuerte Luis eine ballernde Raumschiffflotte durch ein sehr detailliert gezeichnetes Weltall auf dem kleinen Bildschirm seines Smartphones. Ganz gegen seine Gewohnheit verpasste Karl Luis einen groben Rüffel gegen die Schulter. Aber nicht einmal davon ließ der sich von seinem Handyspiel ablenken. Karls Schupsen allerdings hatte seinen Sieg vereitelt, ein „Game Over"-Schriftzug blinkte am Display auf und Luis murrte leise vor sich hin. Sofort startete er das Spiel von Neuem.

Karl wandte sich von seinem Freund ab und ging weiter durch die Gruppen der Schüler. Einen nach dem anderen rempelte er an und ließ seine stetig wachsende Wut an ihnen aus. Aber keiner nahm Notiz von seinen Feindseligkeiten. Karl fand den Weg zurück zu dem Mädchen, das Fotos von sich selbst machte, drängelte sich rüde mit ins Bild und streckte die Zunge heraus. „Oh!", quiekte sie entsetzt und löschte das Foto mit Karl sofort wieder. Sie drehte sich allerdings weder zu ihm um, noch beschwerte sie sich beim Verursacher des missglückten Selfies.

Karl kickte einen Stein über den Hof, stieß sich dabei den Zehen an und setzte sich auf die hohen Stufen des Eingangs zur Schule. Grimmig beobachtete er die unheimliche Szenerie.

Während er so saß, fiel ihm auf, dass alle Kinder völlig gleich gekleidet waren. Alle trugen, völlig unpassend für die Jahreszeit, Sneakers, die sich nur in ihren Farben unterschieden. Alle hatten enge Hosen, bei den Jungs hingen sie viel zu tief in den Schritt. Alle trugen Hoodies – wenigstens mit unterschiedlichen Motiven, aber doch alle Hoodies. Alle Mädchen hatten lange Haare, die in der Mitte gescheitelt waren, und die Jungs kurze Frisuren mit längerem Deckhaar, die sich nur dadurch unterschieden, dass das Haar mit Gel nach links oder nach rechts hinübergestylt war. Karl schüttelte ungläubig den Kopf. Was um Himmels willen war hier passiert? Waren die alle in den gleichen Topf gefallen, hatte keiner mehr eine eigene Meinung oder seinen eigenen Geschmack? Verblödeten sie langsam mit ihren Smartphones in den Händen?

Plötzlich hielt Karl in seinen Überlegungen inne. Irgendetwas ließ ihn spüren, dass er beobachtet wurde. Und tatsächlich. Lässig gegen die Schulmauer gelehnt, fixierte ihn Lucy aus der Sechsten. Lucy war ihm immer schon etwas unheimlich gewesen. Sie war eine der erklärten Außenseiter der Schule, aber sie schien sich an dieser Rolle nicht zu stören. Sie hatte giftgrüne Haare mit weißen Spitzen und auch, wenn das modisch völlig neben der Spur war, immer unförmige, wild gemusterte Kleider, die sie sich selbst nähte. Ob es ihr Look war oder ihr Wesen, dem sie den Spitznamen „Die wilde Lucy" verdankte, wusste Karl nicht so recht, denn er kannte sie nicht persönlich. Aber als sie ihn nun so von der anderen Seite des Platzes her anstarrte, bekam Karl eine Gänsehaut.

Lucy löste sich aus ihrer lässigen Pose und schlenderte zu Karl herüber. Dabei wich sie den einzelnen Gruppen aus, ohne die Kinder zu beachten. „Na, Kleiner." Sie hob wissend die linke Augenbraue in die Höhe. „Das hier ist 'ne Freakshow, was!"

Karl war sich nicht ganz sicher, ob die Bezeichnung ‚Freak' nicht eher zu Lucy als zu den anderen passte, aber er nickte höflich.

„Seit wann sind Handys erlaubt?", fragte er Lucy mit einer Stimme, der er eigentlich mehr Selbstvertrauen hatte verleihen wollen.

„Ha! Warst du im Koma? Seit Beginn des heurigen Schuljahres!", lachte Lucy laut. „Das war doch die Idee des Lehrerkollegiums – „zur Verbesserung der modernen Kommunikation". Weißt du nicht mehr. Das war doch der schönste Tag für all diese Handy-Futzis hier." Nicht sehr ladylike spuckte Lucy einen Fingernagel, den sie gerade abgekaut hatte, auf den Schulhof. „Ist deines übrigens gerade kaputt?", fragte Lucy.

„Nein. Ich hab schon ein Handy, aber irgendwie habe ich nicht mitgeschnitten, dass es erlaubt ist, es hier zu verwenden." Karl kam sich blöd vor.

Lucy runzelte ungläubig die Stirn und zog wieder die Augenbraue hoch.

„Und du, warum spielst du nicht mit deinem Handy?", schob Karl schnell nach, um von sich selbst abzulenken.

„Hab keins. Bin gern ein bisschen anders. Außerdem kann mich dann keiner orten. Keinen Bock auf Stalker. Hast du übrigens Feuer?" Die wilde Lucy grinste frech.

Karl schüttelte perplex den Kopf: „Ist Rauchen etwa inzwischen auch erlaubt?"

Lucy grinste noch mehr: „Nö, aber es merkt eh keiner mehr. Du siehst ja, wie beschäftigt alle sind. Also – kein Feuer. Na dann …!" Sie wandte sich zum Gehen.

„Ich versteh das nicht, mein Freund redet nicht mal mehr

mit mir. Er scheint mich gar nicht wahrzunehmen", rief Karl ihr nach. Er musste seinen Frust jetzt einfach bei irgendjemandem loswerden.

„Tja, dann ruf ihn halt an!", meinte Lucy zynisch über ihre Schulter und schlenderte in die Richtung, aus der sie zuvor gekommen war von dannen.

Okay, das war zumindest eine brauchbare Idee von diesem wilden Mädchen. Hätte ihm auch selbst einfallen können. Karl zückte sein Handy und wählte die Nummer von Luis. Keine zwei Meter entfernt, läutete es nun bei dem.

Karl sah, wie Luis sich überlegte, ob er überhaupt abnehmen sollte, eine genervte Kopfbewegung machte und es dann aber doch tat: „Ja?!", fragte Luis ungeduldig.

„Sag mal, bemerkst du mich nicht oder was ist los mit dir?", rief Karl empört in sein Telefon.

„Du entschuldige, aber ich bin ganz nah am Highscore. Kann ich dich später anrufen?", murmelte Luis, hatte auch schon aufgelegt und widmete sich wieder seinen Raumschiffen.

Nun war Karl stinksauer. Er schrie in die Menge: „Hey, ihr Armleuchter! Seid ihr blöd geworden? Hoffentlich gehen euch bald die Akkus aus! Aber dann glaubt ihr wahrscheinlich, die Welt geht unter und ruft nach eurer Mama!" Karls emotionaler Wutausbruch rief bei den anderen keinerlei Reaktion hervor. Nur Lucy lachte laut von der anderen Seite des Schulhofs herüber.

Karl schüttelte den Kopf, dann stapfte er grimmig in die Schule hinein. Es waren noch sieben Minuten Pause übrig. Blind vor Wut hetzte Karl ins breite Stiegenhaus und rannte die Stufen hinauf. Er musste sich abreagieren. Wollte allen eines auswischen. Sein Ziel war der kleine Raum, der sich direkt unter der großen Uhr befand. Dort, im vierten Stock direkt unter dem großen Ziffernblatt, hatte man Zugriff auf die Fahne, die an einer langen Stange waagrecht über dem Schulhof hing.

Karl war so unglaublich zornig. Seine Katze war gestohlen worden und sein Freund war bescheuert. Alle waren bescheuert!

Karl war erfüllt von dem Gedanken etwas zu zerstören, das allen wichtig war und allen weh tat, um seinen Frust loszuwerden. Er würde die von allen ach so gehuldigte Schulfahne holen und sie zerreißen. Oder noch besser, die Fahne verbrennen! Jawohl! Vielleicht würde das die Kinder am Schulhof aufrütteln. Und Lucy könnte daran ihre Zigarette anzünden. Karl schnaubte. Zumindest aber würde er sich besser fühlen.

Die Kammer war mit einem Riegel und einem Vorhängeschloss versperrt, aber Karl wusste, wo Herr Ferber, der Schulwart, den Schlüssel versteckt hatte. Er hatte es gesehen, als er vor ein paar Wochen die gerade fertiggestellte Fahne zusammen mit ihm aus der Klasse hoch zur Kammer getragen hatte. Der Schlüssel lag damals hinter einer Büste Albert Einsteins, die direkt neben der Kammer stand. Und zum Glück war er immer noch da, als Karl jetzt danach fingerte. Dafür musste er unten auf den Sockel der Büste steigen und den Kopf Einsteins umarmen, um ihn erreichen zu können. Ein seltsames Gefühl – so Auge in Auge mit Albert. Mahnte ihn der zur Vernunft? Karl schnappte den Schlüssel, ließ den Kopf wieder los, glitt vom Sockel und betrat die Kammer. Durch die kleine Luke, die Richtung Schulhof schaute, drang ein fahler Lichtstrahl in den Raum. Staub hing in der Luft. Karl zog die Luke auf und lehnte sich aus dem Fenster. Einen halben Meter unter ihm schlackerte die Fahne im Wind.

Karl beugte sich nach unten und bekam den Fahnenstoff nur mit Mühe zu greifen. Die Fahne war von der Witterung mit Feuchtigkeit angesogen und sehr schwer. Sie rutschte ihm wieder aus der Hand. Noch einmal griff er zu. Nun konnte er zwar die hölzerne Querstange fassen, an der die Fahne eingefädelt war, aber er selbst hing zu weit aus dem Fenster und sein Schwerpunkt war sehr labil. Er war mehr draußen als drinnen. Karl hatte nicht die Kraft, die Fahne mit einem Ruck hereinzuhieven, gleichzeitig fehlte ihm auch der Mut, die Fahne wieder loszulassen, weil er Angst hatte, dann das Gleichgewicht zu verlieren und aus dem Fenster zu stürzen. Ein Adrenalinstoß fuhr Karl durch die Glieder. Seine dreiste Idee, sich an irgendwem zu rächen, hatte ihn in eine Situation gebracht, aus der er sich nicht mehr selbst befreien konnte. Möglichkeiten blitzten durch sein Hirn.

Kurz dachte er an die Wunscherfüllungs-App, die er von Gnorks hatte. Er könnte sich wünschen, dass Gnorks ihm jetzt das Leben rettete! Aber wie in Gottes Namen sollte er sein Handy betätigen? Hilfesuchend scannte er den Schulhof mit den Augen ab. Luis! Luis, bitte schau doch nur einmal nach oben. Karl öffnete den Mund und ein keuchender Schrei entfuhr ihm: „Luis, … hilf mir! Aaah, LUIS!" Doch Luis tippte auf seinem Handy herum und achtete nicht auf Karls verzweifeltes Rufen.

Karl spürte, dass seine Kraft nachließ und ihm die glitschige, nasse Fahnenstange gleich entgleiten würde. Er biss auf die Zähne und sog die Luft tief und schmerzhaft in seine

Lungen. Lange würde er sich mit seinem nach draußen baumelnden Oberkörper nicht mehr halten können. Plötzlich hörte er ein Keuchen hinter sich. Ein wilder Schmerz durchschoss seinen Körper und mit brutaler Wucht wurde Karl über den harten, kantigen Fensterrahmen nach innen gezerrt. Reflexartig hielt er weiter die Querstange der Fahne fest, die mit lautem Rumms von außen gegen die Luke krachte. Holzstückchen splitterten ab. Karl rutschte, vom Gewicht der nassen Fahne gezogen, wieder ein Stück nach draußen.

„Jetzt lass doch endlich den verdammten Fetzen los! Oder willst du unbedingt auf dem Schulhof unten aufschlagen?", brüllte jemand in sein Ohr. Es war die wilde Lucy. Sie musste Karl gefolgt sein. Auch Lucy beugte sich jetzt aus der engen Luke. Die beiden hatten kaum Platz nebeneinander und klemmten, sich gegenseitig fixierend, im Rahmen fest.

Karl keuchte. Um keinen Preis der Welt wollte er die Fahne wieder loslassen. Es war, als hinge sein Leben davon ab.

„Hilf mir, Lucy, bitte, hilf mir!"

„Du hast so einen verdammten Vogel, du Trottel!" Trotzdem begann nun auch Lucy, an der Querstange zu zerren und mit vereinten Kräften schafften sie es, die Fahne um 90 Grad zu drehen und durch die Luke in den kleinen Raum zu zerren. Beide waren außer Atem und schauten sich an.

„Was willst du mit dem gammeligen Teil?", fauchte Lucy wild.

Karl konnte es ihr nicht mehr genau sagen. Von einer großen Randalier-Aktion oder öffentlichem Verbrennen war nicht mehr die Rede. Der Adrenalinstoß hatte seine Wut von vorher ausgelöscht. Karl war dankbar, dass er das dicke, blaue Stück Stoff endlich in den Händen hielt.

„Ich muss sie mitnehmen!", stammelte Karl. Sein Bauchgefühl befahl es ihm, sein Kopf jedoch konnte keinen Grund dafür artikulieren.

Draußen schrillte die Schulglocke. Lucy war wieder zu Atem gekommen.

„Na gut, du Spinner, dann nimm sie mit, aber lass dich nicht erwischen. Wenn die Pause fertig ist, werden die Handys ausgeschaltet, dann kommen die da unten wieder zur Besinnung und ich glaube nicht, dass es irgendjemanden freut, wenn du den Stolz der ganzen Schule stiehlst! Am besten, du nimmst die Hintertreppe. Von dort aus kommt man in den Keller und weiter in den verbotenen Garten. Wohin es von da aus weitergeht, weiß ich auch nicht. Ich muss gehen. Ich habe jetzt Latein-Prüfung und das wird zum Kotzen."

Lucy steckte sich symbolisch den Finger weit in den offenen Mund, als müsste sie sich gleich übergeben. Sie wandte sich zum Gehen um.

„Lucy!", stammelte Karl immer noch überwältigt vom Geschehenen. „Danke!"

Lucy drehte sich noch einmal zu Karl um und in diesem Augenblick fiel ein breiter Lichtstrahl direkt in ihre außergewöhnlich hellen, grünen Augen und es war Karl, als hätte er diesen Blick schon einmal gesehen. Er war tief im Herzen berührt und konnte nichts mehr sagen. Lucy grinste frech, machte eine lässig grüßende Handbewegung und huschte zur Tür hinaus.

Karl wartete noch ein paar Minuten, bis die Geräusche aus dem Stiegenhaus ihm verrieten, dass alle Schüler in ihre Klassen zurückgekehrt waren. Dann begann er, die schwere Fahne umständlich zusammenzulegen, klemmte sie sich unter den Arm und verließ den kleinen Raum.

Die Luke und die Tür zur Kammer ließ er offen stehen. Er wollte das schwere Fahnenpaket nicht wieder aus der Hand legen. Karl wankte mit seiner Last in Richtung Hintertreppe. Diese war für Schüler verboten. Sie war zwar als Notstiege deklariert und als solche nicht verschlossen, aber die Hausordnung der Schule besagte, dass auf der Hintertreppe kein Schüler jemals irgendetwas verloren hätte. Unter keinen Umständen! Karl drückte mit dem Ellenbogen die Türklinke der Hintertreppe nach unten und holperte von Stufe zu Stufe nach unten in den Keller.

Eine Tür in einen verbotenen Garten – vom Keller aus? Das klang seltsam? Und überhaupt, von welchem verbotenen Garten hatte die wilde Lucy gesprochen? Was war an diesem Garten „verboten"? Karl konnte sich darauf keinen Reim machen, vertraute aber Lucys Worten. Schließlich hatte sie ihm gerade das Leben gerettet.

Noch zwei Stiegenabsätze lagen vor Karl. Er war völlig außer Atem. Der Schweiß lief ihm über die Stirn und seine Finger schmerzten, während er versuchte, sie so fest wie möglich in den schweren, glitschigen Stoff zu krallen.

Endlich war er unten angelangt! Karl stand vor einer Tür, die in die Kellerabteile führte. Er drückte sich dagegen und zum Glück ging sie nach innen auf, so musste er die Fahne nicht ablegen.

Dahinter lag ein Gang, der nur spärlich beleuchtet war.

Karl keuchte. Er stieß die erste Tür mit dem Fuß auf und lugte hinein. Eine Mausefalle schnappte zu. Wohl vom plötzlichen Luftzug. Karl erschrak von dem knallenden Geräusch. Sein Herz klopfte bis zum Hals. Bis auf ein paar große Schachteln und viel Schmutz war der Kellerraum leer.

Hinter der zweiten Tür waren alte Tafelkarten gelagert. Sie hingen aufgerollt an den Wänden. Nun gab es nur noch auf der gegenüberliegenden Seite des Ganges zwei Türen. Hinter der ersten war wohl früher, als es noch keine Fernwärme gegeben hatte, der Kohlenkeller. Karl musste husten, weil es so staubig war, und hätte um ein Haar seine schwere Last doch noch fallen lassen. Lange konnte er sie ohnehin nicht mehr mit sich herumtragen. Er drückte mit der Schulter gegen die letzte Tür. Mit einem lauten Knarzen öffnete sie sich.

16

Helles Licht, das ihn blendete, strahlte ihm entgegen und nahm ihm für einige Sekunden die Sicht. Karl kniff die Augen zusammen und trat ein. Dann rutschte ihm vor lauter Verblüffung die Fahne aus der Hand.

Er stand in Mimosas Garten. Aber wie konnte er hierhergekommen sein? Karl schüttelte ungläubig den Kopf. Er war durch die brummende Lotte in seine Schule gekommen, hatte diese durchquert und war nun – durch eine Kellertüre – im Garten der Königin der Anderwelt gelandet.

Dumpf schlug die Tür hinter ihm zu und holte Karl aus seinen verworrenen Gedankengängen wieder zurück. Er zuckte zusammen. Karl gab die Mühe auf, das alles verstehen zu wollen. Es war zu kompliziert. Ächzend nahm er die Fahne wieder auf und schlurfte in den Garten hinein. Er war verwirrt, müde und traurig. Er vermisste seinen felligen Freund und er war immer noch zutiefst bestürzt über das Verhalten von Luis. Er war gerade fast aus dem vierten Stock seiner Schule gestürzt. Und – vor allem – er war jetzt ein Dieb.

Karl erreichte die ersten Bäume und glitt ins Gras. Halb saß er, halb lag er auf seinem Fahnenpaket. Er rollte sich auf den Rücken. Sein Blick konnte nichts fassen. Karl fühlte sich leer und er glarte in das Blätterdach über sich. Zu mehr fühlte er sich nicht fähig.

Nach ein paar Minuten spürte er einen Schatten über sich hinweggleiten und hörte ein Rascheln aus der Höhe. Ein prächtiger, schwarz und dunkelgrün schillernder Vogel hatte sich auf einem dicken Ast eines riesigen Baumes niedergelassen.

Erst jetzt nahm Karl wahr: In der Nähe stand stolz der höchste Baum des Gartens. Weit überragte seine Krone die der anderen Bäume. Karl rappelte sich mühsam auf und ging näher. Der Stamm war dick und knorrig und hatte eine dunkelblaue Farbe, die mit unendlich vielen filigranen Adern in einem warmen Ockerton überzogen war. Karl konnte sehen, wie in diesen Adern eine zähe Flüssigkeit pulsierend nach oben gepumpt wurde – hinauf bis in die Blätter, die silbern schimmerten und leise Töne von sich gaben, wenn sie im sanften Wind aneinanderschlugen. Es klang wie Abertausende Glöckchen.

Der prächtige Vogel putzte sein Gefieder. Eine feine Daune schwebte herab und fiel direkt vor Karls Füße. Sie schillerte mal grünlich, mal schwarz. Karl hob sie auf, wickelte die Daune vorsichtig in sein Taschentuch zum Tränenkristall und den Haaren von Smitty.

Der paradiesisch schöne und elegante Vogel schien Karl nicht zu bemerken oder aber es war ihm egal, dass dort unten ein Mensch herumspazierte. Mit seiner immensen Flügelspannweite musste der Vogel sich ohnehin vor nichts und niemandem fürchten. Nach einer Weile schaute er entschlossen in die Ferne, spannte seine Schwingen und rauschte mit großen Schlägen davon.

Karls Gedanken hingen träge in der Luft. Er könnte tiefer in den Garten hineingehen, dorthin, wo der Wald dichter wurde, aber er fühlte sich im Augenblick zu matt dafür.

Was sollte er mit der Fahne anfangen? Er konnte sie unmöglich dorthin zurückschleppen, woher er sie gestohlen hatte oder womöglich noch weiter zurück bis ins Hotel. Sie war zu schwer. Außerdem nicht auszudenken was passierte, wenn ihn der Graue damit im Gang erwischen würde! Und was würde Mama sagen, wenn er dieses Trumm anschleppte?

In seinem Zimmer war kein Platz, um das riesige Stück Stoff zu verstauen. Einfach so hierlassen war auch blöd. Wofür hatte er sich dann so abgemüht und sein Leben aufs Spiel gesetzt? Karls Gedanken wanderten langsam im Kreis. Es machte keinen Sinn. Nichts.

Das Beste wäre, er würde die große Fahne irgendwo zum Trocknen aufhängen. So feucht wie sie war, würde sie bald schimmeln, wenn man sie nicht ausbreitete. Karl blickte sich um. Er überlegte, ob er die Fahne über den Ast ziehen konnte, auf dem zuvor der große Vogel gesessen hatte. Hinaufzuklettern war freilich illusorisch. Der Baum war viel zu dick, hatte unten kaum erreichbare Äste und Karl wollte die ockerfarbenen Adern nicht verletzen. Wenn er mit dem Finger die Adern berührte, fühlten sie sich ganz wabbelig an. Womöglich zerrissen die Adern beim Versuch hochzuklettern und rannen aus. Er hatte heute schon genug Schaden angerichtet. Karls Augen wanderten durch den Garten.

An einem anderen Baum, der nicht weit entfernt stand, entdeckte Karl lange Flechten, die wie Lianen herabhingen. Er ging hinüber, mobilisierte seine letzten Reserven, zerrte mehrere herunter und knotete sie hernach zusammen.

Es bedurfte einiger Versuche, bis er das Ende des Lianenstricks über den breiten Ast des großen Baumes geworfen hatte und dieser so weit auf der anderen Seite herunterbaumelte, dass er ihn mit Anlauf und Sprung ergreifen und zur Erde ziehen konnte. Nun knüpfte Karl die Fahne daran und zog sie mühsam am Baum hoch. Unten verknotete er die Enden des Stricks an einer vorstehenden Wurzel.

Dann allerdings war seine Kraft endgültig erschöpft. Die Geschehnisse des Tages übermannten ihn. Karl ließ sich ins Gras plumpsen und begann zu weinen. Erst kaum hörbar, dann immer hemmungsloser. Karl warf alle negativen Emotionen der letzten Wochen mit hinein in diesen breiten Fluss, der sich auftat. Papa. Mama. Mimosa. Smitty. Immer mehr kam zusammen. Karls ganzer Körper wurde geschüttelt. Seine Schultern zuckten. Tränen nässten sein Gesicht und tropften schwer ins Gras. Er heulte wie ein kleines Kind, schluchzte und zog laut die Nase hoch. Als er das Gefühl hatte, sich leer geweint zu haben, ging es ihm ein wenig besser.

Karl stemmte sich auf und schlurfte mit hängenden Schultern zur Tür zurück. Er hatte keine Energie und im Moment auch kein Interesse, sich noch einmal umzublicken. So konnte er nicht sehen, dass die beiden Sonnen des Gartens von Omnia jeweils einen hellen Strahl auf die Fahne richteten. Er sah nicht, wie die Glitzerfäden der Fahne anfingen zu glänzen und zu gleißen und sich die Fahne stolz in einer aufkommenden Brise blähte. „Phantasie ist wichtiger als Wissen, denn Wissen ist begrenzt", stand da nun, weit über den Garten hin sichtbar. Karl sah auch nicht, wie das Gleißen immer stärker wurde und dass sich Lichttropfen auf der Fahne sammelten, nach unten glitten und auf den Boden tropften. Dort, wo sie die Erde berührten, begann magisch – wie bei einem 3D-Drucker – eine durchsichtige Blume aus dem Boden zu wachsen. Zuerst ein Stiel. Dann links ein Blatt. Dann rechts. Und endlich eine Blüte, die weit geöffnet war und schillerte wie ein durchscheinender Opal. Eine wunderbare Rose öffnete sich, filigran und gläsern.

Karl hatte mittlerweile die Tür erreicht. Er stieß sie mühsam auf und war gar nicht überrascht, dass er nicht im Keller der Schule, sondern nun doch wieder im Hotelgang stand. Es war ihm egal. Er war müde. Und erschöpft. Und leer. Hinter sich schnappte die Tür ins Schloss und verblasste in der Wand. Karl schlurfte zum Lift.

Im Garten aber trat Mimosa hervor, die die ganze Zeit über im Schatten eines nahen Baumes gestanden hatte, schritt zur irisierenden, kristallenen Rose, bückte sich hinunter, pflückte die Blume ab und steckte sie sich ins Haar. Ein winzig kleines Lächeln huschte über ihr trauriges Gesicht. Hoffnung blitzte für einen kleinen Augenblick in ihren unglaublich hellen, grünen Augen auf. Sie blickte in Richtung der brummenden Lotte, durch die Karl soeben verschwunden war.

17

Mit sehr gemischten Gefühlen ging Karl am nächsten Tag zur Schule. Neugier und Angst gingen, Hand in Hand, neben ihm. War das alles gestern nur in Omnia passiert oder hatte sich tatsächlich die Realität verändert? Karl konnte die Ereignisse des letzten Tages nicht in eine Schablone fassen, nicht verstehen, in welcher Welt, was passiert war. Aufgeregt saß er in der U-Bahn. Aufgeregt stieg er in den Bus um und aufgeregt bog er in die Straße ein, an deren Ende sich die Albert-Einstein-Schule befand.

Am Schulhof wuselte es wie jeden Morgen. Manche Schüler wurden komfortabel mit dem Auto zur Schule gebracht. Die dicken SUVs verstopften die Straße. Genervte Mütter und Väter saßen am Steuer, denn durch die Warterei hinter den anderen ein- und ausparkenden Eltern kamen sie selbst zu spät zur Arbeit oder zum Achtsamkeitstraining. Am Schulhof, im Inneren der hohen Mauern, wurde hier noch schnell ein Vokabelheft gezückt, dort der Biologie- oder Chemiestoff der letzten Stunde wiederholt. Nur wenige Kinder stressten sich gar nicht, aßen in Ruhe ihre Jausenbrote, weil zu Hause keine Zeit geblieben war um zu frühstücken, oder steckten die Köpfe zusammen und besprachen mit ihren Freunden die YouTube-Pranks des gestrigen Tages. Eine der Eichen ließ unbeeindruckt vom bunten Treiben ihr vorletztes welkes Blatt zu Boden segeln.

Zögerlich betrat Karl die Szene. Pausenlärm schlug ihm entgegen. Tief atmete er durch. Er konnte kein einziges Handy entdecken. Alles war wie immer. Nichts Außergewöhnliches fiel ihm auf. Um ein Haar verfehlte ihn der Basketball, den ein Schüler verabsäumt hatte zu fangen.

Am Fuße des Eingangsportals stand Luis und wartete auf ihn, so wie jeden Morgen. Freundlich blickte er Karl entgegen und nickte ihm lässig mit dem Kopf zu.

„Hey Karl, was machst du für ein Gesicht? Hast du wieder mal Stunk zu Hause? Alma wieder, oder?" Karl wusste nicht, wie er reagieren sollte. Zu tief saß der Stachel von gestern und er war sich nicht sicher, ob er Luis' Ignoranz vom Vortag vergessen oder sie gar verzeihen konnte. Selbst wenn das alles für Luis nicht passiert war, war Karl doch tief gekränkt. Aber war es dann fair, das Luis spüren zu lassen? Der wusste nichts von all dem. Sollte er für etwas büßen, das ganz und gar nicht seiner Schuld entsprungen war?

Luis überging Karls Schweigen. Er schien es gar nicht bemerkt zu haben. Es gab brennende Neuigkeiten zu berichten. „Schau mal, hast du schon gesehen? Unsere Fahne ist weg!"

Karl war wie vom Blitz getroffen. Kaum traute er sich, den Blick zu heben. Langsam, ganz langsam legte er den Kopf in den Nacken. Die beiden standen direkt unter der kleinen Kammer, aus der die Fahne sonst herabhing.

„Die hätte doch erst gegen Schulende von der Parallelklasse

abgehängt werden sollen. Dürfen die das jetzt schon? Ich bezweifle ja, dass die mit ihrer eigenen Fahne überhaupt schon fertig sind! Die sind ja im Kicken auch so lahm. Basteln können die sicher nicht schneller!" Luis plapperte munter weiter und blickte ebenfalls nach oben.

Karl entgegnete immer noch nichts. Eine Gänsehaut überzog seinen Körper. Was war denn nun wirklich passiert? Das eine schon, das andere nicht?

„Hast du dein Handy nicht dabei?", stellte Karl zögerlich die erste Frage des Tages an Luis.

„Doch, klar. Aber ich hol das jetzt sicher nicht aus der Schultasche, falls du das meinst. Hab keine Lust, es mir von der Gramel abnehmen zu lassen."

Luis wechselte das Thema: „Sag mal, hast du Latein gemacht? Darf ich den letzten Absatz abschreiben? Der war mir eindeutig zu schwer. Ablativus bullshit absolutus. Keine Ahnung, was ich machen soll, wenn so etwas zur Schularbeit kommt."

Karl nickte nachdenklich und beide betraten das Schulgebäude, damit Luis die Hausübungen am Klo abschreiben konnte. Karl stand Schmiere. Bei der Sache war er nicht. Seine Gedanken schlugen Purzelbäume. Ihm wurde ganz schwindelig davon.

Im Laufe des Tages verdichteten sich die Gerüchte, dass die Fahne nicht, wie von vielen vermutet, früher abgehängt, sondern gestohlen worden war. Die Aufregung wuchs und wilde Räubergeschichten machten die Runde.

Auch die Lehrer ließen sich davon anstecken und jeder versuchte, eine brauchbare Theorie aufzustellen, wer den Diebstahl begangen haben könnte. Oder war es nur ein dummer Jungenstreich? Ein großes Fragezeichen poppte immer wieder auf: Wer außer Herrn Ferber hatte gewusst, wo der Schlüssel für die kleine Kammer aufbewahrt wurde?

Die Kammer war in der Früh offen gestanden und der Schlüssel hatte unversehrt von außen im Schloss gesteckt. Rätsel über Rätsel! Schnell wurde eine kleine Kommission von Lehrern gebildet, die die üblichen Verdächtigen und Hallodris der Schule befragen sollte. Dem Lehrerkollegium war wichtig, den Fall schnell zu lösen, um wieder zur Normalität zurückkehren zu können. Karl war nicht unter den Befragten. Er war ein unauffälliger Schüler. Ihm traute man einen Diebstahl nie und nimmer zu.

Trotzdem saß er den ganzen Tag wie auf glühenden Kohlen. Bitterlich bereute er heute seine Tat. Die Aktion mit der Fahne hatte schlussendlich doch gar keinen Sinn gehabt. Nun hing sie nutzlos zum Trocknen im Garten von Omnia und irgendein Unschuldiger aus der Schule wurde verdächtigt, ein Dieb zu sein.

Es war Karl unmöglich, dem Unterricht zu folgen. Er überlegte sich zu stellen. Aber was sollte er erzählen? Dass Türen herumwanderten und eine Königin in Gefahr war? Wer hätte ihm denn geglaubt?

Plötzlich durchschoss Karl mitten in der Biologiestunde ein Gedanke. Die Tür in den Garten! Er würde ganz einfach die Fahne unauffällig wieder zurück in die Schule holen. Irgendwie würde er noch einmal die Kraft aufbringen, das Ding zurückzuschleppen. Zumal der Stoff heute trocken und um einiges leichter sein musste. Schlimmstenfalls könnte er die Fahne immer noch im Keller oder auf der Stiege deponieren, wenn er es nicht bis ganz nach oben schaffte.

Herr Felber würde die Fahne früher oder später entdecken und somit wäre der Schaden nur noch halb so schlimm. Man würde zwar die Frage nicht klären können, wer der Verursacher des Chaos gewesen war, das Diebesgut zumindest aber wäre retour.

Sofort schoss Karls Finger in die Höhe und er verlangte, aufs WC gehen zu dürfen. Kaum am Gang, spurtete er zur Hintertreppe, riss die Tür auf und rannte in den Keller. Dort fand er die Tür ins Kartenarchiv, den Raum mit den Schachteln und auch den Kohlekeller. Die Tür in den Garten gab es nicht mehr. Da war nichts und es sah aus, als wäre hier auch nie eine Tür gewesen. Verdammt.

Um nicht mit einem vermeintlich überlangen Besuch am WC unnötig aufzufallen, beeilte sich Karl am Rückweg. Atemlos hastete er durch die Gänge zurück. Fast stieß er dabei mit der wilden Lucy zusammen, die, von einem Lehrer eskortiert, aus ihrer Klasse geholt worden war, um verhört zu werden. Sie warf Karl einen langen, rätselhaften Blick aus ihren hellgrünen Augen zu. Karl japste und rannte weiter – zurück in den Biologieunterricht. Zweimal noch in dieser Stunde wurde er wegen seiner Unaufmerksamkeit vom Lehrer gerügt. Karl konnte einfach nicht still sitzen.

In der Pause stand Karl mit Luis am Schulhof. Karl bekam, wie üblich, die Hälfte von Luis' Pausenbrot ab. Luis' Mama war eine begnadete Pausenbrotschmiererin und Karl liebte das selbst gebackene Vollkornbrot mit den unterschiedlichen Aufstrichen. Manchmal gab es auch Schinken. Alles immer bio. Darauf legte Luis' Mama großen Wert. Überhaupt schien sie sehr viel Zeit zu haben, zumindest mehr als seine eigene Mutter, denn die Jausensäckchen aus nachhaltig unbedenklichem Recyclingpapier, in denen die jeweiligen Brötchen verpackt waren, wurden von Luis' Mutter täglich mit kleinen Zeichnungen versehen. Mal war es ein Elefant, mal eine weinende Wolke. Mal eine Katze oder ein freches Monster. Karl war vor jeder Pause gespannt, was ihr wohl in der Früh wieder eingefallen war. Luis allerdings bezeichnete diese kleinen Liebesdienste seiner Mutter abfällig als „Gekritzel". Ihm war es peinlich. Viel lieber hätte er seine Jause in hundsnormalen Plastiksackerln herumgetragen.

Wenn Karl seiner eigenen Mama von den Jausenbroten und den dazugehörigen Säckchen samt Dekoration erzählte, verdrehte die ihre Augen und murmelte etwas von überflüssigem Bobo-Quatsch. Ob Luis' Mama denn keine anderen Probleme hätte, fragte sie dann immer. Karl konnte ihren Missmut nicht ganz verstehen. Aber alles musste er schließlich auch nicht verstehen, befand er. Heute jedenfalls zierte ein angebissener Apfel, aus dem eine Raupe schaute, das Sackerl. Karl wollte gerade in die Hälfte seines Liptauer-Dinkel-Brotes beißen, als Luis ihn von der Seite anstupste.

„Schau mal da drüben, die wilde Lucy! Die war vorher im Verhör. Wie grimmig die dreinschaut. Der würde ich schon zutrauen, dass sie die Fahne hat mitgehen lassen."

Karl schüttelte langsam, aber mit Nachdruck den Kopf: „Nein, ich bin mir ziemlich sicher, dass sie es nicht war!"

Ihm war der Hunger vergangen, als er Lucy so schlecht gelaunt auf der anderen Seite des Schulhofes beobachtete. Just in diesem Moment drehte sie ihren Kopf, fixierte Karl und zog eine Augenbraue in die Höhe.

Wusste sie, was gestern geschehen war? Oder hatte er sie nur zu auffällig angestarrt?

18

Erst spät am Nachmittag fand Karl Zeit, nach der brummenden Lotte zu suchen. Vorsichtig schlich er durch die Gänge des Hotels und fand sie schließlich im Erdgeschoss gegenüber dem Zimmer, in dem Smitty gewohnt hatte.

Obwohl das Risiko bestand, dass die wandernde Tür jederzeit verschwinden konnte, schlüpfte Karl noch einmal in das Zimmer mit der Nummer Vier. Leise rief er nach Smitty. Er erwartete eigentlich keine Antwort, aber in seinem Innersten lebte doch die Hoffnung auf ein kleines Maunzen. Leider kam keines. Karl seufzte tief, verließ das verwaiste Zimmer und schloss den Raum hinter sich.

Die brummende Lotte hatte zum Glück auf ihn gewartet. Leise klickte der Schlüssel, als Karl ihn flink im Schloss umdrehte, nachdem er das Metallplättchen zur Seite geschoben hatte.

Rasch trat er ein. Er stand auf einem Felsvorsprung. Karl blickte sich um. Die brummende Lotte war in grobem Lavagestein eingebettet. Die schwarzen Felsen links und rechts der natürlichen Plattform waren zerklüftet und schroff. Hoch hinauf ragte das düstere Gebirge in seinem Rücken. Vor ihm wogte ein weites, rotes Meer. Karl konnte kein Ufer am Horizont ausmachen. So weit sein Auge blicken konnte, reihten sich sanfte Wellen. Sie platschten gemächlich an die schwarzen Klippen.

Warum das Meer rot war, konnte Karl nicht ausmachen. Die Farbe war kräftig, nicht ganz so dunkel wie Blut, auch nicht so quietschig wie Tomatenrot. Warm und angenehm. Zuerst glaubte Karl, das da unten wäre rot eingefärbtes Wasser, aber je länger er hinschaute und die Wellen beobachtete, desto deutlicher wurde, dass diese Flüssigkeit zähflüssiger war als Wasser. Es wabbelte mehr. Es spritzte nicht. Eine glibberige, rot leuchtende Masse mit pinken Spitzen an der Oberfläche.

Karl setzte sich auf einen Gesteinsbrocken und überlegte, was nun zu tun sei. Den schroffen Berg hinter sich wollte er nicht hinaufklettern. Das traute er sich nicht. Zu steil waren die Wände, messerscharf das Lavagestein. Auf der Platt-form, auf der er stand, gab es nichts zu tun. Skeptisch blickte Karl noch einmal in die Ferne. Was für eine komische Brühe doch dieses Meer war! Sollte er sich trauen und eine Runde schwimmen gehen? Vielleicht musste er nur seine Perspektive ändern um zu verstehen, was an diesem Ort zu tun war. Er wusste, je länger er überlegen würde, desto mehr von seinem Mut würde schwinden. Springen? Jetzt also – oder nie!

Karl nahm sich ein Herz, tappte zwei Schritte zurück und nahm kräftig Anlauf. Eins, zwei, drei, Sprung! Im Augen-blick, als seine Füße den Boden verließen, schnappte er tief nach Luft und hielt sich die Nase zu. Es war doch verdammt hoch. Eine heiße Welle Adrenalin durchdrang Karls Körper, während er durch die Luft segelte. Eine späte Einsicht, dass sein Unterfangen leichtsinnig war, und tiefe Angst strömten durch ihn hindurch. Sein Blut rauschte in seinen Ohren. Immer weiter raste er in die Tiefe. Die Zeit schien still zu stehen und dauerte doch nur den Bruchteil einer Sekunde. Wie Blitze durchzuckten Bilder sein Gehirn: Mama, Papa, Alma, Luis. Szenen aus der Schule. Smitty.

Dann tauchte er ein in die rote Flüssigkeit. Ihm war schwindlig und gleichzeitig war er so wach wie noch nie. Anders als er erwartet hatte, war da kein Aufprall wie im Schwimmbad, wenn er sich doch einmal traute, vom Fünfmeterbrett zu springen. Es tat nicht weh und es klatschte nicht. Das Meer war eine gallertartige Masse, ähnlich einem glibberigen Waldmeisterpudding, der anfängt zu zittern, wenn man leicht an den Tellerrand klopft.

Karl blieb noch einige Sekunden an der Oberfläche, dann merkte er, dass er zu sinken begann. Das Meer hatte seinen Aufprall gedämpft, gab ihm aber keinen bleibenden Auftrieb. Er ging nicht schnell unter und auch nicht langsam. Er reckte den Kopf nach oben und schnappte noch einmal tief nach Luft, verschloss seine Nase noch einmal mit Daumen und Zeigefinger und schon schwappte das rote Gelee über ihm zusammen. Er wusste, er hatte wenig Zeit, bis ihm die Luft ausging. Panisch versuchte er, mit einem Schwimmstoß wieder an die Oberfläche zu kommen, aber es gelang ihm nicht. Zentimeter um Zentimeter sank Karl hinab. Er spürte, dass es nur noch Sekunden dauern würde, bis seine Lungen ihn zwingen würden Luft zu holen, wo keine Luft war. Mit weit aufgerissenen Augen, die fast aus ihren Höhlen zu treten drohten, sank Karl immer weiter ... und dann kam der Moment, in dem er nicht mehr konnte. Sein Mund öffnete sich und sog scharf die rote Flüssigkeit in seine Lungen.

Aber – es passierte nichts. Zwar spürte er, wie sich sein Brustkorb mit dem roten Gelee füllte, aber er lebte noch. Karl hatte stechende Schmerzen und den schnellen Tod des Ertrinkens erwartet, aber er lebte weiter. Hastig und nervös atmete er das Gelee aus. Und wieder ein. Es fühlte sich seltsam an. Seine Lungen füllten sich unendlich viel langsamer, als er es von frischer Luft gewohnt war und er musste sich anstrengen, um die Masse wieder aus dem Körper zu pumpen, aber es funktionierte. Er atmete das wabbelige, rote Meer.

Langsam beruhigte sich Karl. Das war also nicht das Ende. Noch nicht. Er blickte sich um. Noch immer sank er. Seine Umgebung hatte sich in der Tiefe in ein dunkles Rubinrot gewandelt. Es war angenehm warm und seine Gefühle wandelten sich: Fast fühlte er sich geborgen. Seine Ohren nahmen einen tiefen Ton wahr, dieser schwoll an und wieder ab. Karl erkannte einen Rhythmus. Es war, als schlüge hier ein Herz im Zeitlupenmodus.

Karl wurde immer gelassener, seine Muskeln entspannten sich, er breitete die Arme aus und glitt durch die See. Bald merkte er, dass er, wenn er seinen Körper ganz ruhig hielt, die Richtung seines langsamen Unterwasserfluges durch Willenskraft beeinflussen konnte. Sobald er jedoch versuchte, seine Lage durch Bewegung zu verändern, sank er wieder ab, wie ein Stein in einem dicken Federbett.

Der langsame, gleichmäßige Rhythmus des Herzschlags tat Karl unglaublich gut. Es befreite sein eigenes Herz von der Verantwortung, weiter den Takt angeben zu müssen. Noch nie war Karl so frei und so glücklich gewesen. Er fühlte sich so geborgen, als wäre er noch ungeboren im Leib seiner Mutter, keine einzige Sorge trübte mehr sein Bewusstsein und alles, was ihm an Traurigem zu irgendeinem Zeitpunkt seines Lebens widerfahren war, verdampfte zur unwichtigen

Nebensächlichkeit. Tiefe Freude machte sich in ihm breit – unbändig war sie und groß. Sie schwoll weiter an und ihm war, als wäre sein Körper unbezwingbar. Groß und gut, gesund und stark. Seine Seele wurde unendlich. Körper und Seele verschmolzen zu Einem. Karl spürte das größte Glück seines Lebens. Er spürte – und das wurde ihm mit einem Mal bewusst, denn nichts anderes konnte das sein –, er spürte die Liebe. Die Liebe in ihrer allumfassenden, reinsten, mächtigsten Form. Die Liebe, die so weit war wie der Horizont, so tief wie das tiefste Meer, so fest und unzerstörbar wie ein Diamant, so unbändig wie ein Mustang in freier Wildbahn, so warm wie die Sonne, die einen an einem kühlen Frühlingstag wärmt und den Körper mit Energie nährt. Ja, er fühlte sich voll gefüllt mit Liebe und er spürte, wie sein Selbst stärker und immer stärker wurde. Diese große, gute Liebe nährte jede seiner Zellen. Karl konnte es fühlen.

Er wollte nicht, dass dieser Zustand jemals aufhören würde. Er fühlte sich so stark, dass er glaubte, die Liebe in seinem Körper könnte ausstrahlen. Hinaus aus diesem Meer, hinaus durch die brummende Lotte, hinaus in die Welt. In die wirkliche. Hinaus zu Mama und Papa, hinaus zu Luis, dem er in diesen Momenten des größten Glücks alles verzieh, hinaus zu Smitty, seinem felligen Freund, von dem er nicht wusste, wo er war, ja sogar Alma schloss er in seine tiefen, wahren, unendlichen Gefühle ein. Glück durchströmte ihn und machte ihn trunken. Glücklich ließ er sich durch die Fluten treiben. Weiter glitt er und immer weiter.

Und so nahm Karl in all seinem Gefühlstrubel ein verstörendes Geräusch nicht wahr: ein bedrohliches Zischen und Rauschen. Das Geräusch kam vom tiefen Grund des Meeres.

Und – es kam näher. Etwas flog in Stoßbewegungen heran, durchteilte die Wogen und nahm Kurs: direkt auf Karl. Dieses Etwas flog mit der unglaublichen Geschwindigkeit eines Torpedos auf ihn zu. Noch war es weit entfernt, aber es schien genau zu wissen, wen es suchte.

Es dauerte einige Zeit, bis das Geräusch begann, in Karls Bewusstsein zu tropfen. Karl nahm es zwar allmählich wahr, aber er genoss seinen wunderbaren Gefühlszustand im Moment zu sehr, um ihm die gebotene Aufmerksamkeit zu schenken. Er verspürte auch keine Angst. Im Gegenteil. Noch nie hatte er sich so sicher gefühlt wie gerade jetzt. Unbesiegbar war Karl. Karl der Große! Er würde Mimosa retten und die ganze Anderwelt. Omnia und die reale Welt würden ineinander verschmelzen. Singend und tanzend würden sich beide Völker vereinigen. Irgendwie und irgendwo würde er Smitty wiederfinden. Mama würde ihren Job im Kaffeehaus am Alten Platz behalten können, sie würden eine tolle Wohnung finden und Papa, ja genau, Papa würde wieder bei ihnen einziehen. Mama und Papa würden nie wieder streiten. Alles würde gut werden. Ach, wie war das Leben schön! So schön, so groß, so unendlich gut. Karl fing an zu lachen. Zwar ohne Ton, denn seine Lunge war nach wie vor gefüllt mit diesem wunderbaren gelartigen Pudding der Liebe, aber er lachte. Lachte mit offenem Mund. Wollte die Welt umarmen. Sogar den Grauen. Sogar ihn! Auch mit ihm würde man sich arrangieren können.

Tausende Kilometer entfernt nahm das zischende, schreckliche Wesen Geschwindigkeit auf. Je näher es Karl kam, desto schneller wurde es. Hass trieb es an. Blinder Hass und Wut. Es hatte einen Auftrag. Es war darauf programmiert, den Eindringling zu vernichten. Lange war es vorbereitet worden, um Karl zu beseitigen, sobald der es wagen würde hierherzukommen. Und dass er kommen würde, war nie die Frage gewesen. Vielmehr war die Frage gewesen, wann er endlich kommen würde.

Der Auftrag lautete, schnell zu handeln, denn Karl durfte nicht zu lange im Meer der Liebe treiben, das ihn unweigerlich stärken würde, vielleicht würde es ihn sogar unbesiegbar machen. Eile tat Not. Und darum brauste dieses Wesen nun dahin. Schnell wie der Wind, zerstörerisch wie ein Tsunami. Blindwütig und unbändig vor Zorn. Sein Meister hatte es gelehrt, genug zu hassen, um selbst keine Furcht zu empfinden. Tosend und brüllend bewegte es sich durchs Meer der Liebe.

Derweil dümpelte Karl immer noch in seiner Gefühlsduselei. Zu weit weg war sein Gegner noch. Aber lange würde er sich nicht mehr in seinem Glück suhlen können. Denn der personifizierte Hass war schneller als ein Pfeil.

Und so schwoll der Ton immer mehr an und plötzlich konnte selbst der glücksschwangere Karl den durch die Luft pfeifenden, unangenehmen Klang nicht mehr ignorieren. Von weit draußen aus dem Meer kam hier etwas auf ihn zu. Und mit jedem Kilometer, den dieses Etwas näher brauste, wurde Karls neue Zuversicht geringer. Wie eine dunkle Wolke näherte sich das Etwas.

Zunächst überwog bei Karl noch Gleichgültigkeit, dann Hoffnung. Vielleicht drehte es ja wieder ab. Vielleicht war nicht er das Ziel. Man sollte sich selbst nicht immer so wichtig nehmen.

Der Ton indes wurde immer lauter. Schrie ihm entgegen. Und hier endete das große Glücksgefühl und Karls überschwängliche Freude verblasste. Karl merkte, wie seine Euphorie schwand, sich wandelte in Furcht und schließlich umschlug in Angst. Aus Angst wurde Panik.

Was rauschte da heran?

Karl überlegte wegzuschwimmen, aber wie bereits zuvor, als er versucht hatte, sich mit Körperkraft durchs Meer zu bewegen, sank er hilflos ab wie ein Stein. Also lieber nicht bewegen. Vielleicht konnte das Etwas seine Bewegung spüren. Karl beschloss, sich durch Stillhalten unsichtbar für die Bedrohung zu machen, obwohl er sich der Lächerlichkeit dieser Idee durchaus gewahr war. Er war ausgeliefert. Hilflos.

Und dann war es da. Ein Schatten fiel auf Karl. Das Wesen hatte ihn gefunden. Angst schnürte Karl die Kehle zu. Er nahm zunächst nur ein schwarzes Etwas wahr. Es war groß. Dann konnte er es klarer erkennen. Ein Tier. Ein gigantischer, schwarzer Krake, mit glutrot leuchtenden Augen pulsierte in großen Kreisen um Karl herum und nahm ihn ins Visier. Das Monster war riesig. Sein schwarzer, glänzender Kopf war mindestens dreimal so groß wie Karls ganzer Körper. Direkt daran wuchsen seine acht baumdicken, meterlangen Arme mit Saugnäpfen von blutroter Farbe, so groß wie Kochtöpfe. Karl verlor im Augenblick der Begegnung mit dieser Kreatur jeden Lebensmut. Er war unfähig, sich einen Fluchtplan zu überlegen. Am liebsten wäre er sofort gestorben. Wünschte sich einfach, nicht mehr zu sein.

Dunkle Vorfreude erfüllte den Kraken. Endlich hatte er gefunden, was er vernichten sollte. Der Meister würde sehr zufrieden sein. Das Monster genoss seinen Triumph. Ein grausamer Spieltrieb erwachte ihn ihm wie bei einer Katze, die im Begriff ist, eine Maus zu verspeisen, sie vorher aber um des Jagens willen vor sich hertreibt. Der Krake sah die Furcht in Karls Augen und das bestärkte ihn noch mehr, dieses elende, schwächliche Wesen bis zum bitteren Ende zu quälen. Töten konnte er später noch. Er fokussierte alle hasserfüllten Emotionen auf einen Punkt: Karl.

Mit einem seiner Arme rempelte er den vor Schreck starren Karl an. Die grobe Bewegung versetzte Karl einen Stromstoß, der ihm durch sämtliche Nerven fuhr und Teile seines Körpers lähmte. Wenn das inmitten des Meeres möglich gewesen wäre, hätte Karl aufgebrüllt vor Schmerz, aber so kam nur ein jämmerliches Geblubse aus seinem vor Schreck geweiteten Mund. Karls Gesicht war panisch verzerrt.

Der Krake umrundete seine Beute ein weiteres Mal, als wollte er prüfen, von welcher Seite sie am besten zu verschlingen sei. Dann versetzte er Karl einen weiteren Schlag mit einem seiner Arme. Und wieder zischte ein elektrischer Stoß in den Körper des Jungen. Das war zu viel. Karl verlor das Bewusstsein. Reglos schwebte er im Meer. Der Krake setzte etwas zurück, breitete seine acht Arme sternförmig auseinander und offenbarte in deren Mitte seine scharfen Kauwerkzeuge. Wie ein Kranz umgaben seinen Schlund mehrere Reihen fingerdicke, hässlich gelbe, metallisch blitzende, säbelscharfe Zähne. Scharf sog das riesige Tier die gallertartige Masse in seinen Schlund und spie sie mit aller Gewalt wieder aus. Durch den Stoß kam Karl wieder zu sich.

Er brauchte nur eine Sekunde, um sich gewahr zu werden, in welcher Situation er sich befand. Er hatte jegliche Zuversicht verloren, irgendetwas gegen das Ungeheuer ausrichten zu können, resignierte und ergab sich seinem Schicksal. Jetzt war der Augenblick seines Todes.

Noch einmal sog der Krake heftig eine Unmenge Flüssigkeit ein. Dann riss er sein Maul noch weiter auf, um Karl endgültig zu verschlingen.

Das Tier war hoch konzentriert. Eine heiße Welle schwappte Karl entgegen, dann sah er nur noch Zähne über sich. Im gleichen Augenblick verlor er wieder sein Bewusstsein.

Siegessicher und hasserfüllt stürzte der Krake mit seinem geöffnetem Schlund auf Karl zu, bereit zuzubeißen.

Doch plötzlich sirrte eine leuchtende Kugel, die sich um sich selber drehte, in ungeheurem Tempo durch das Meer heran und flitzte zwischen die todbringenden Zähne und Karls Körper. Der Krake hielt einen Augenblick inne. Um sehen zu können, was ihn daran hinderte, sein Opfer zu verschlingen, musste er seine Position ändern, da seine blutunterlaufenen, riesigen Augen seitlich am langen Kopf lagen. Der Krake wich also zurück, stieß sich mit einer Stoßbewegung von Karl weg und umkreiste den reglosen Körper. Die sirrende, helle Kugel wirbelte wie ein verrückt gewordener Kreisel ständig um Karl und versuchte, ihn vor einem neuerlichen Angriff des Kraken zu schützen. Grelle Blitze zischten von ihr aus. Der Krake wurde schier wahnsinnig vor Wut. Wer belästigte ihn in der Erfüllung seines Auftrags? Welches Wesen wagte es, sich ihm in den Weg zu stellen?

Die helle, sirrende Kugel ließ sich mit den Augen nicht festmachen, genauso wenig wie ihre genaue Form, Konsistenz oder Beschaffenheit, denn das Ding war ständig in unglaublich schneller Bewegung. Immer größer wurden die Kreise, die es um Karl zog. Ganz offensichtlich versuchte es, von dessen reglosem Körper abzulenken. Und das gelang ihm auch. Denn dem Kraken wurde regelrecht schwindlig von all diesem Geflirre, das einmal hier, einmal dort silbern aufblitzte und ihm die klare Sicht auf sein Opfer verstellte.

Die Wut des Kraken stieg. Keiner würde ihn hindern, sein zerstörerisches Werk zu tun! Dann würde er nun eben zuerst das vermaledeite Dings vernichten und Karl als Zweiten auf seine Speisekarte setzen! Und so versuchte der Krake, das Schwirren mit einem gezielten Stromschlag außer Gefecht zu setzen. Allein das wollte ihm nicht gelingen. Immer wieder verfehlte das dunkle Monster sein Ziel und schlug ins Leere. Das Geflirre war so flink, dass es den Anschein hatte, es würde aus mehreren Einheiten bestehen. War es doch einmal hier und blitzte im nächsten Moment auf einer anderen Seite auf. Der Krake änderte seine Strategie und schlug nun mit mehreren Armen gleichzeitig. Aber auch dieser Versuch war nutzlos. Weiterhin nervte die silberne, sich um die eigene Achse drehende Kugel das Untier und immer größer wurde dessen blinde Wut. Längst schon war seine Konzentration vollends auf den fremden Eindringling gerichtet. Der bewusstlose Karl würde ohnehin nicht flüchten können.

Das silberne Ding nahm noch mehr an Fahrt auf. Immer schneller und schneller kreiselte es herum, wich den nach ihm schlagenden Armen bald hierhin, bald dorthin aus und machte fast den Eindruck, als hätte es Spaß daran, das große wilde Tier zu foppen. Der Krake wurde immer rabiater. Mit all seiner ungezügelten Kraft zischte er durch die Fluten. Elektrische Blitze zuckten aus den Enden seiner Fänge.

Plötzlich, ein unachtsamer Augenblick aufseiten des Gejagten: Einer der ausgesandten Blitze traf die flirrende

Kugel. Sie taumelte und sank nach unten. Der Krake kniff die Augen zusammen. Endlich! Nun würde er endlich sein ursprüngliches Opfer verschlingen können. Es galt, keine Zeit zu vergeuden. Die Anweisungen vom Meister waren präzise gewesen. Wieder nahm der Krake Anlauf, drehte sich um und riss seinen Schlund gierig auf.

Da aber zischte das unsagbar lästige, sirrende Wesen von Neuem herbei. Es hatte seine Kräfte noch einmal mobilisieren können, flitzte von der Seite heran, zielte exakt und rammte mit aller Kraft das rechte Auge des Kraken. Dieser brüllte auf vor Schmerz und Wut, wand und drehte sich und schlug mit allen ihm zur Verfügung stehenden Armen auf die silberne Kugel ein.

Diesmal traf er besser. Ein Schlag und die Kugel zerbarst in Tausende silberne Kristalle, die in einer Sekunde verglühten und zu schwarzen Glassteinchen erloschen, die rasch in den Tiefen des Meeres versanken. Ha! Der Krake triumphierte. Was auch immer ihn da gestört hatte, es würde nicht weiter stören. Er drehte sich einmal um die eigene Achse, um Karl von Neuem ins Visier zu nehmen. Nun würde ihn nichts mehr aufhalten. Jetzt war Karl fällig. Finale Furioso!

Aber … Karl war nicht mehr da. Der Krake drehte sich ein ums andere Mal um sich selbst. Nichts. Stille. Der Krake begann laut zu stöhnen. Sein Opfer war verschwunden. Er hatte versagt. Er hatte den Auftrag des Meisters nicht erfüllt. Zitternde Stromstöße beutelten seine Arme. Der Krake wusste um die Wut seines Meisters. Er musste Karl wiederfinden. Koste es, was es wolle. Er musste ihn finden und er musste ihn töten! Der Krake begann, das Meer in großem Zickzackkurs zu durchpflügen.

19

Als Karl zu sich kam lag er auf der steinernen Plattform, vor der brummenden Lotte, in einer roten, gallertigen Lacke. Am selben Platz, an dem sein Abenteuer ins Meer der Liebe begonnen hatte. Karl konnte sich kaum bewegen. Jede Faser seines Körpers war geschunden und litt unsagbare Schmerzen. Er zitterte vor Kälte. Was war da eben passiert? Woher war der Krake gekommen? Warum hatte er Karl angegriffen? Karl wusste, dass Kraken sehr intelligente Wesen waren. Sie griffen niemals grundlos an. Aber Karl hatte den Kraken ja gar nicht bedroht. Es schien, als hätte das Tier gezielt einen Angriff gestartet. Wer hatte ihn geschickt? Und warum? Hatte der Krake gewusst, dass Karl kommen würde?

Karl war so müde. Müde und erschöpft. Die Stromstöße hatten Teile seiner Haut verbrannt. Karl musste dumpf husten. Seine Lungenflügel taten weh.

Plötzlich hörte er hinter sich schleifende Schritte. Karl war unfähig den Kopf zu drehen. Was auch immer da heranschlurfte, es sollte kommen und mit ihm machen, was es wollte. Karl hatte keine Kraft mehr sich zu wehren.

Ein älterer, hutzliger Mann kam in Karls Gesichtsfeld. Er hatte ganz helles, zerzaustes Haar und wirkte auch sonst sehr ungepflegt. Ein strubbeliger, ausgefranster Bart stand unter einer aufgequollenen Nase, die mit zahllosen geplatzten blauen Adern übersät war. Dunkle Ringe hingen unter den wässrigen, gelb eingetrübten Augen. Als der Mann sich zu Karl hinabbeugte und mit einem nach billigem Fusel stinkenden Atem anhauchte, wurde Karl schlecht.

Wenigstens schien er nichts Böses im Schilde zu führen, denn er lächelte Karl schief an

„Na, gerade noch mal gut gegangen, Jungchen! Hab alles beobachtet durch mein Unterwasserperiskop. Hab dich grade noch mal rechtzeitig aus dem Meer gefischt. Warst ganz schön schwer, so waschelnass, wie du bist. Hattest ganz schönes Glück. Bist Archnitev grad noch mal entkommen. Letzte Sekunde, was?! Na komm, ich bring dich in meine Höhle und kümmer' mich um dich. Kannste gehen?"

Als der Mann versuchte, Karl umzudrehen und hochzuziehen, jaulte Karl auf. Der Alte taumelte und wäre fast auf Karl gefallen. Der dachte gar nicht daran aufzustehen. Jede Bewegung verursachte Karl höllische Schmerzen. Er würde sich hier keinen Zentimeter wegbewegen.

„Na, so wird das nix!" Der Alte grunzte resigniert und schlurfte davon. Nach einer Weile kam er wieder, schleifte eine Decke hinter sich her und warf sie neben Karl.

Karl stöhnte. „Lass mich doch bitte in Ruhe!", dachte er verzweifelt. Er wollte nur noch schlafen und vergessen. Und bei Mama wieder aufwachen.

Ein utopischer Wunsch! Von Mama trennte ihn zwar nur die brummende Lotte, aber er wusste, Mama würde ihn von hier nicht wegholen.

Aber Gnorks! Vielleicht konnte er das Handy aktivieren. Ja, vielleicht wäre das eine Möglichkeit? Allerdings hatte er keine Kraft, auch nur einen Finger zu rühren. Für den

Moment wollte der Verletzte einfach liegen bleiben und in Ruhe gelassen werden. Er würde noch ein bisschen verschnaufen und dann versuchen, in seine Hosentasche zu greifen. Hoffentlich war das Handy im Meer heil geblieben.

Allein der alte Mann hatte andere Pläne mit Karl. Umständlich breitete er die mitgebrachte Decke neben Karl aus. Dabei schniefte und schnaufte er, als wäre das Schwerstarbeit. Dann schlurfte er zu Karl und rollte ihn von der Seite auf die schmuddelige, zerschlissene Decke. Karl schrie auf und vor seinen Augen tanzten Sterne.

„Nein! Lass mich! Aaahh!", brüllte er wütend.

Aber der Alte setzte sein Werk fort, entschlossen, Karl von hier wegzubringen. „Ja, Jungchen, das tut jetzt ein wenig weh, aber ich kann dir in der Höhle besser helfen. Komm jetzt, schrei nicht so rum, du weckst noch die bösen Geister! Schhhh, Ruhe jetzt! Beiß auf die Zähne! Wird gleich besser."

Dann zog er mit aller Kraft an einem Zipfel der Decke und zerrte den wimmernden Karl, allerlei wüste Flüche ausspuckend, hinter sich in einen Höhleneingang, der hinter einem großen Stein lag und daher von der Plattform aus nicht einsehbar gewesen war. Drinnen nahm Karl flackerndes Feuer und ein paar altmodisch aussehende technische Gerätschaften wahr, dann verlor er wieder das Bewusstsein.

Stunden später erwachte er. Oder waren mittlerweile Tage vergangen? Karl hatte jegliches Gefühl für Zeit verloren.

Der alte Mann war dabei, Karls Kopf ungeschickt anzuheben und versuchte, ihm ein übel stinkendes Gebräu einzuflößen, das blubberte und dampfte wie ein Hexengetränk. „Trink das, Jungchen, das bringt dich wieder auf die Beine."

Da Karl sich ohnehin nicht wehren konnte, trank er einen

Schluck. Es schmeckte bitter wie Galle. Karl musste würgen und konnte die Flüssigkeit nur mit Mühe bei sich behalten. Sogleich jedoch durchströmte Wärme seinen Körper. Ein weiterer Schluck wurde Karl in den Hals geschüttet. Widerlich! Aber das Gebräu tat ihm gut. Dann sank sein Kopf wieder schwer auf den Boden.

„Haha, das ist was Feines?", feixte der Alte. Er nahm selbst einen Schluck, rülpste laut und schlug sich auf die Brust: „Tschuldigung! Jetzt schlaf mal noch ein Ründchen, ich versorg deine Wunden und dann sehen wir weiter."

Die Vorstellung, dass dieser Alte seine Wunden versorgen würde, beruhigte Karl in keinster Weise. Aber er war zu müde, um sich zu wehren und fiel wieder in einen tiefen, traumlosen Schlaf. Der Alte zerrte an seinen klammen Kleidern und fing an, das stinkende Gebräu aus der Flasche mit seinen schmutzigen Fingern in Karls nässende Wunden zu reiben.

Als Karl neuerlich erwachte, fühlte er sich etwas besser. Die Schmerzen waren geringer geworden und die bleierne Müdigkeit war verflogen. Trotzdem war er noch matt und schwach. Karl blickte sich in der Höhle um. Es war recht düster und nur ein offenes Feuer, das in einer Ecke brannte, verbreitete einen warmen Schein. Ein kleiner Tisch mit zwei Stühlen stand an einer Wand, ein schmuddeliges Bett und ein windschiefer Kasten an der gegenüberliegenden. Der Eingang der Höhle war mit schwarzen Decken verhängt. Kein Licht drang von draußen herein. Karl konnte im Zwielicht viele dickbauchige Flaschen erkennen. Manche von ihnen waren gefüllt mit einer dunkelroten Flüssigkeit, einige leere lagen achtlos herum. Ein dicker Kupferkessel mit Deckel hing über dem Feuer und von dort tropfte langsam – Minute für Minute – eine purpurne Flüssigkeit durch verschiedene gedrehte Glasröhrchen in eine der Flaschen.

Der Alte stand an einem großen Periskop aus Messing, drehte das Gerät bald nach links, bald nach rechts und murmelte leise und unverständlich vor sich hin. Das Guckrohr ragte durch ein kleines Loch ins Freie. Erst jetzt bemerkte Karl den eigenartigen Aufzug des Alten. Der Mann hatte eine Art weißer Uniform mit einem fetten Orden und pompösen Epauletten an. Zumindest schien die Uniform einmal weiß gewesen zu sein. Jetzt war sie zerschlissen, hatte speckige Stellen an Ellenbogen und Schultern und eine Landkarte unterschiedlicher Flecken zierten den ehemals festlichen Stoff. Am Bauch und an den Hüften spannte die Uniform bedenklich und zwei der goldenen Knöpfe waren abgesprungen. An diesen Stellen quoll ein seidenes Rüschenhemd aus der Jacke. Die Haare des Alten waren unsagbar fettig und zerzaust und auch sein Bart schon lange keine Zier seiner Art mehr.

Der Alte drehte sich nun um, schlurfte zu einer der vollen Flaschen, hievte sie hoch und trank einen kräftigen Schluck der purpurnen Flüssigkeit. Dann wischte er sich nachlässig mit dem Ärmel über Mund und Bart, warf einen Blick in Richtung Karl und bemerkte, dass dieser aufgewacht war.

„Na, Jungchen, geht's dir besser? Hast ganz schön lange geschlummert. Tut's noch weh?"

Karl zuckte mit den Schultern. Die Schmerzen waren erträglicher geworden. Gut ging es ihm nicht. Der Alte schlurfte zum Tisch, zerrte einen der Stühle hinter sich her und setzte sich schwer schnaufend neben Karls Lager. Die

Alkoholfahne, die ihn umgab, war nahezu unerträglich. Karl musste sich anstrengen, seinen Ekel zu verbergen.

„Hast ganz schön Glück gehabt, weißt du das? Archnitev war drauf und dran dich zu verschlingen. Da kennt der kein Pardon."

Karl schauderte und versuchte sich aufzusetzen, aber der Alte drückte ihn zurück auf die schäbige Decke.

„Na, wart mal noch ein bisschen mit dem Aufstehen."

„Wieso wollte Arni – wie heißt der nochmal – mich fressen?", stammelte Karl.

„Archnitev heißt das Vieh. Der hat auf dich gewartet, da kannst du einen drauf fahren lassen. Du hättest nicht reinspringen sollen in das Meer der Liebe. Das war ziemlich dumm von dir. Man springt nirgends rein, wenn man die Umgebung nicht kennt. Das Meer der Liebe ist überhaupt ein gefährlicher Ort, selbst wenn man nicht am Speiseplan vom schwarzen Kraken steht."

„Warum denn?", fragte Karl, hing ein Zeit lang seinen Gedanken nach und murmelte dann: „Es war zuerst so schön darin!"

„Tja, das ist sie immer. Schön! Die Liebe ist immer schön. Was danach kommt, ist nimmer schön. Ha!", freute sich der Alte über seinen Reim. „Aber das hast du ja jetzt selbst gemerkt."

„Das versteh ich nicht", entgegnete Karl.

„Horch mal, Jungchen, dann erklär ich's dir!" Der Alte schnappte sich die nächstgelegene Flasche, entkorkte sie mit seinen gelben Zähnen und nahm einen tiefen Schluck, bevor er weiterredete: „Was hast du denn gefühlt, da drin im Meer der Liebe?"

„Ich weiß nicht." Karl suchte unsicher nach Worten. „Ich … ich war einfach glücklich." Und nach einer Weile fuhr er fort: „Zumindest bis das Ungeheuer kam."

„Ja, so ist sie die Liebe. Das pure Glück. Das Glück, das bis in die Fingerspitzen leuchtet und Schmetterlinge im Bauch Purzelbäume schlagen lässt. Liebe ist Vertrauen und Vertrauen kennt keine Angst. Bedingungslos! Das ist die Liebe. Da gibt es kein Wenn und kein Aber. Da gibt es nur Liebe." Der Alte wurde immer lauter. „Und dieses Meer, da vorne draußen, dieses Meer, in das du einfach frech hineingesprungen bist – dieses Meer, das lässt dich die Liebe spüren. In ihrer puren Pracht. Mit ihrer vollen Macht!" Der Alte nahm noch einen tiefen Schluck und ergänzte seine polternde Rede: „Und dann gibt es das Gegenteil der Liebe. Und das ist nicht – wie oft fälschlicherweise angenommen – der Hass, denn wer hasst, der kann auch lieben. Für beide Gefühle muss man fähig sein, sich auf etwas oder jemanden einzulassen. Man muss fähig sein sie zuzulassen. Wenn einer einen anderen hasst, dann lässt er ein Gefühl zu. Liebe und Hass, die stehen nebeneinander auf einer Stufe und darum schlägt das eine auch so oft in das andere um. Nur wen man zuvor geliebt hat, den kann man danach hassen."

Der Alte stieß ein bitteres Lachen aus, bevor er fortfuhr: „Aber willst du wissen, wer der wahre Gegenspieler der Liebe ist? Es ist die Angst, die Liebe zu verlieren! Sobald eine Mutter ein Kind gebärt, es in den Armen hält und sich einlässt auf die bedingungslose Liebe zwischen Mutter und Kind – genau in diesem unglaublichen Moment erwacht in ihr die Angst, dieses Kind zu verlieren. Und diese Angst ist genauso groß wie die Liebe zu dem Kind. Jeder Mensch, der einen anderen liebt, hat Angst ihn zu verlieren. Und keiner will die Liebe verlieren. Glaub mir das! Darum ist das Meer der Liebe so gefährlich. Du erlebst das Schönste auf der Welt und im gleichen Moment das Schrecklichste. Beides kann nur Hand in Hand gehen."

„Aha." Karl versuchte, zumindest einen Teil der verwirrenden Rede des Alten zu verstehen.

Dieser fuhr fort: „Archnitev ist diese Verlustangst, die sich mit ihren vielen Armen um ein Herz schlingt und es würgt, bis es erstickt. Bis die Liebe tot ist. Und Archnitev kann darum nirgends anders leben als im Meer der Liebe. Verstanden?" Der Alte trank wieder in großen Zügen aus seiner Flasche.

„Warum weißt du das alles?", wollte Karl wissen. „Bist du auch schon hineingesprungen? Hat er dich auch schon gewürgt?"

„Nein, ich springe nicht ins Meer der Liebe! Ich bin der Wächter hier. Meine Aufgabe ist es, Archnitev zu beobachten. Und manchmal lasse ich meine Jolle hinab. Aber eigentlich habe ich lieber festen Boden unter den Füßen."

„Und warum weißt du dann so viel über die Liebe?"

„Ach, weißt du, das ist eine lange Geschichte", murmelte der Alte. „Ich komme nicht von hier. Ich bin vom Himmel gefallen. Dort, wo ich herkomme, da war es nicht sehr groß. Man konnte nicht lange geradeaus gehen. Auf dem Planeten, von dem ich komme, gab es nur drei kleine Vulkane. Zwei tätige und einen erloschenen. Die musste ich täglich fegen. Ich kenne Vulkane gut. Darum fühle ich mich auch hier in dieser Vulkanhöhle recht wohl. Aber ich hatte eine große Liebe. Es war eine wunderschöne, aber sehr kapriziöse Rose." Er machte eine wegwerfende Handbewegung. „Und dann habe ich noch ein zweites Mal in meinem Leben geliebt, aber auch das ist vergangen. Liebe vergeht, Schnaps besteht. Hm." Der Alte verstummte und starrte vor sich hin.

Karl blickte verdutzt drein. Die Geschichte mit den Vulkanen und der Rose kam ihm sehr bekannt vor, aber er traute sich nicht, dazu weitere Fragen zu stellen, denn der Alte seufzte tieftraurig.

„Wer hat dich denn beauftragt, Archnitev zu beobachten?", fragte Karl stattdessen.

„Rat mal, Jungchen! Mimosa natürlich."

„Du kennst sie?"

„Ja, ich kenne sie", antwortete der Alte feierlich. „Ich kenne sie! Im Alter von neun Jahren wurde ich von einer Schlange gebissen und musste die Erde verlassen. Da hat mich ihr Vater nach Omnia geholt." Der Alte kam ins Schwärmen und erzählte Karl seine Geschichte und damit die Geschichte der Anderwelt:

20

Vor langer, langer Zeit herrschte in Omnia ein König namens Melodrom. Er war sehr weise, aber er war auch sehr alt. Melodrom spürte schon lange, dass seine besten Zeiten vorüber waren und wollte sich endlich zur Ruhe setzen. Sein Geist und sein Gemüt waren müde und er hatte keine Lust mehr zu regieren. Eigentlich wollte er gar nicht mehr leben und sprach täglich vom Sterben, ohne eigentlich krank zu sein. Melodrom wollte seine Verantwortung nicht mehr tragen und die goldene Krone drückte schwer auf seine Stirn. Zum Glück aber für Omnia hatte Melodrom zwei Kinder an der Stufe zum Erwachsenwerden. Einen älteren Sohn und eine Tochter.

Der Name des Sohnes war Magnus. Magnus war ein stattlicher junger Mann. Er war überaus intelligent, sprach sämtliche Sprachen der Anderwelt, war gebildet und stark. Er konnte besser fechten, sprang höher, warf weiter und schwamm schneller als jeder andere. Und bald gab es keinen Mann mehr in Omnia, der es sportlich mit ihm aufnehmen wollte, weil jeder immerzu von dem grandiosen Magnus besiegt wurde. Es machte einfach keinen Spaß.

Allein ein kleiner Prinz von einem fremden Planeten, den Melodrom einst nach einem gefährlichen, aber nicht tödlichen Schlangenbiss in der Anderwelt aufgenommen hatte und der zu einem jungen Mann herangewachsen war, nahm es freundlicherweise noch mit Magnus auf, weil es ihm egal war, wenn er verlor. Er focht mit ihm, er spielte mit ihm Schach, er sicherte ihn, wenn sie auf Berge kletterten, und er stellte sich ins Tor, wann immer Magnus einen Elfmeter treffsicher versenken wollte. Magnus war unschlagbar. Aber – und es gibt immer ein Aber, wenn es um großartige Wesen geht – Magnus war auch sehr eitel und eingebildet. Fast schon arrogant. Und jedenfalls hochnäsig.

Magnus freute sich unbändig, nun bald die Krone von seinem Vater übernehmen zu können. Dann und keinen Tag früher, würde er die Anderwelt über seine Pläne für Omnia informieren. Mit seinen Reformplänen wollte er erst glänzen, wenn er an der Macht war. Vorerst hielt er diese noch geheim. Er träumte von großen, unschlagbaren Heeren und weitläufigen Palästen und von einer wunderschönen Frau an seiner Seite, mit der er wunderschöne Kinder in die Welt setzen würde. Das Volk würde ihm huldigen und zu ihm aufschauen und er würde gütig und mit starker Hand die Geschicke von Omnia lenken. Er wollte alle Bürger der Anderwelt mit einem Chip versehen, sodass er jederzeit sehen konnte, wo sie sich bewegten und was sie machten. Und er wollte überall Kameras aufstellen lassen, damit keiner keinem mehr etwas Böses tun konnte und damit ewiger Frieden in seinem Reiche gewährleistet wäre. Denn keiner würde wagen, etwas Unerlaubtes zu tun, wenn er wusste, dass er dabei beobachtet wurde. Magnus würde als Bewahrer der Ruhe und Ordnung in die Geschichte eingehen.

Er wollte alle Berater und Minister abschaffen, weil er sich selbst für schlauer als alle anderen hielt.

Er wollte alle Zahlungsmittel von Omnia für nichtig erklären, denn seine Untertanen sollten ihre Nahrungsmittel durch ausgeklügelte Diätpläne streng rationiert und zu bestimmten Zeiten in königlichen Depots abholen können. So würde nirgends mehr eine Hungersnot ausbrechen und auch keiner jemals zu viel von etwas bekommen. Fette Menschen fand Magnus widerlich. Überhaupt fand Magnus seine Idee sozialer Gerechtigkeit sehr vernünftig.

Auch Bildung würde er für seine Untertanen abschaffen. Wenn jemand etwas wissen wollte, konnte man ja den jungen König um royalen Rat fragen – gerne auch online. Und mehr als Magnus preisgeben wollte, brauchte ohnehin keiner zu wissen.

So waren seine Pläne. Und als sein Vater endlich ein Datum festlegte, an dem er die Macht übergeben wollte, da war Magnus der glücklichste Mensch der Anderwelt, denn er wusste: Bald würde seine wunderbare, glückbringende und gerechte Herrschaft ihren Anfang nehmen.

Der jubelreiche Festtag rückte näher und Omnia bereitete sich in der Tat auf ein Fest vor, wie noch keines zuvor ausgerichtet worden war. Alle Wesen der Anderwelt waren außerordentlich aufgeregt und freuten sich auf die Feierlichkeiten. Der große Palast in Regnia, der Hauptstadt des Reiches, wurde gewischt, geputzt und poliert, bis sich alles in allem spiegelte und so um ein Vielfaches größer und prächtiger wirkte, als es in Wirklichkeit ohnehin seit Langem war.

Die seit jeher schon schwere und kostbare Königskrone wurde um ein weiteres Stockwerk erhöht und dieses mit zahlreichen wunderbaren Juwelen und Perlen aufgeputzt.

In den Gärten des Königs wurden die Rasenflächen mit kleinen Nagelscherchen façoniert und die Blüten der Blumen mit verschiedenen Pülverchen bestäubt, auf dass sie alle zugleich am Tag der Krönung blühen sollten.

Die Vögel in den großen Volieren im Garten wurden in Vogelbädern gewaschen, parfümiert und bekamen zeitgerecht Noten, um ihren himmlischen Gesang während der Zeremonie proben zu können.

Die Garde erhielt neue, prächtige Gewänder und polierte ihre Waffen auf Hochglanz.

Nichts wurde dem Zufall überlassen. Die Astronomen des Landes redeten sich die Münder fusselig beim Versuch, die zwei Sonnen und den Mond zu überzeugen, am glorreichen Tag zeitgleich am Himmel zu erscheinen. Die gelehrten Herren waren etwas gestresst, hatten sie ohnehin schon alle Hände voll zu tun, neue Sternbilder zu Ehren des zukünftigen Herrschers zu modellieren und nach ihm zu benennen.

Der kleine Prinz wurde zum Oberhofmarschall und damit zum Verantwortlichen der großen Krönungszeremonie ernannt, bekam einen fetten Orden, eine weiße Galauniform mit goldenen Knöpfen und einen Zeremonienstab, um die Feierlichkeiten von einem prominenten Platz in der Nähe des Thrones aus dirigieren zu können. Er übernahm diese Aufgabe mit feierlicher Würde, denn er fühlte sich dem alten König immer noch sehr zu Dank verpflichtet, als der ihn damals so gütig in seinem Reich und seiner Familie aufgenommen hatte. Außerdem mochte der kleine Prinz Magnus trotz dessen Arroganz und Hochnäsigkeit recht gerne, denn der kleine Prinz verbat sich, über andere Menschen und ihre Eigenheiten zu urteilen. Er nahm sie einfach hin. Das hatte er schon immer so gemacht. Der kleine Prinz versuchte, die Menschen und Wesen der Planeten und Welten zu akzeptieren wie sie waren und nicht krampfhaft alles bis ins letzte Detail zu verstehen. Und weil er niemanden kritisierte, war er auch bei allen beliebt.

Der wichtigste Grund aber, warum der kleine Prinz sich so sehr für die Königsfamilie anstrengte, war Mimosa, die Schwester von Magnus. Der kleine Prinz hatte sich unsterblich in die Prinzessin verliebt. Und zwar im ersten Augenblick, als er das Königreich betreten hatte. Mimosa, die so ganz anders war als Magnus.

Sie hatte keine festgelegten Ziele, lebte in jeden einzelnen Tag hinein. Sie wirbelte herum wie vom Wind getragen: mal hierhin, mal dorthin. Wo immer sie war, verbreitete sie ihren freundlichen Zauber und malte ein Lächeln auf das Gesicht ihrer Gegenüber. Sie war ein ätherisches Wesen, kaum fassbar. Und nie konnte man sich sicher sein, dass sie einem zuhörte, wenn man mit ihr sprach, denn man wusste nicht: schaute sie einem nun direkt in die Seele oder doch eher durch einen hindurch? Dann lächelte sie, sprach nicht viel und wenn, dann war es, als würden Glockenblumen im Wind läuten. Sie blieb nie lange an einem Ort. Sie war überall und nirgends und ihre langen, weißen Haare flatterten wie ein Schleier hinter ihr her. Sie schien mehr zu schweben als zu gehen. Und ihre hellen, grünen Augen glänzten wie Wasser, das in einem kleinen Bächlein über helle Kiesel plätschert.

Magnus konnte mit seiner Schwester herzlich wenig anfangen, denn sie war für ihn zu wenig greifbar und nicht einzuordnen. Er dachte gern in Kategorien und Schubladen. Auch Mimosas Vater, der alte König, durchschaute sein Kind nicht, aber er fand sie niedlich. Allein der kleine Prinz verstand, wie viel die Seele von Mimosa wog, denn mit seinem Herzen sah er das Wesentliche. Er sah, was für die Augen der anderen unsichtbar war. Und darum liebte er Mimosa.

Der kleine Prinz gab sein Bestes, die Zeremonie so feierlich wie möglich zu gestalten. Er ließ majestätische Musik komponieren, die jedem, der sie hörte, die Tränen in die Augen trieb. Er ließ Stoffe weben, die wie Wasserfälle golden über die Stufen vom Thron herabflossen. Er ließ Tänze einstudieren, die einen glauben machten, die Schwerkraft sei aufgehoben. Er ließ Blumengirlanden knüpfen, die von jeweils farblich abgestimmten, fragilen Schmetterlingen umflattert wurden. Er dachte ... an alles.

Er dachte sogar daran, ein Schmuckstück für Mimosas Haupt anfertigen zu lassen, denn sie trug niemals ihre Prinzessinnenkrone, da diese sie in ihrem Bewegungsdrang einschränkte. Sie fand sie einfach lästig. Das Ding rutschte ständig herum. Man musste still sitzen, wenn man sie tragen wollte. Und Mimosa wollte nicht still sitzen.

Der kleine Prinz hatte sich darum für die Feierlichkeiten ein ganz besonderes Kleinod für Mimosa ausgedacht: Er gab es beim ältesten und erfahrensten Bergmann der Zwerge der Anderwelt in Auftrag. Der Name des Zwerges war Gnorks und er sollte im tiefsten Zwergenstollen einen ganz besonderen Kristall abbauen und daraus eine Rose ohne Dornen fertigen. Der kleine Prinz kannte sich mit Rosen gut aus und gab dem Zwerg genaue Anweisungen und Zeichnungen für die Form und Anzahl der Blütenblätter. Künstlerisch begabte Elfen hatten die Skizzen unter Anleitung des kleinen Prinzen angefertigt. Gnorks merkte sich alle Instruktionen gewissenhaft, packte die Skizzen ein und machte sich auf den Weg in die tiefen Stollen von Omnia. Nach vielen Wochen fand er einen geeigneten Kristall in genau der richtigen Größe, mit der richtigen Klarheit und Härte, und nach den Plänen der Elfen hämmerte, feilte und polierte er ganz vorsichtig Tag und Nacht an einer schillernden Rose mit irisierenden, opalesken Blütenblättern. Wenn man die Rose im Sonnenlicht ansah, schien sie zu flirren und zu sirren und man konnte nicht anders als zu glauben, es ströme ein herrlich süßer Duft von ihr aus, was natürlich nur Einbildung war, denn Kristalle duften nicht. Kurz: Gnorks hatte ein kleines

Wunder vollbracht und war – auch wenn der grimmige Zwerg es sich nicht anmerken ließ – doch mächtig stolz, etwas so Zauberhaftes gestaltet zu haben. Der kleine Prinz freute sich mehr als alles andere auf den Moment, in dem er der Prinzessin sein Geschenk überreichen würde.

Der alte König aber wurde immer trauriger, je näher die Zeit seiner Abdankung kam, die er sich selbst doch so lange herbeigesehnt hatte. Nach der Krönung, das war fixiert, wollte er auf den höchsten Berg von Omnia wandern und dort in einer einsamen Berghütte nach Ablauf einer Woche sterben. Der Tod würde ihn dort schon finden, dessen war er sich sicher.

Aber nicht das Sterben bereitete ihm Probleme, es war etwas anderes, das ihn plagte. Seit einigen Wochen träumte er jede Nacht den gleichen Traum. In diesem Traum erschien ihm seine Frau Aliahna, die einst bei der Geburt von Mimosa gestorben war und die ihm seither unendlich fehlte. Im Traum stand sie in einem langen, schillernd weißen Kleid vor ihm, dem alten König, nahm seine Hand in die ihre, schaute ihm tief in die Augen und öffnete den Mund, um ihm etwas zu sagen. Doch jedes Mal erwachte der König, bevor ihre Worte sein Bewusstsein erreichen konnten. Es war zum Verzweifeln!

Melodrom sagte zu niemandem ein Wort über diese nächtlichen Besuche, aber sie belasteten ihn schwer. Was wollte ihm seine schöne, tote Aliahna mitteilen? Ihr Gesicht sah sehr ernst aus und sie schaute ihn jedes Mal eindringlich an. Die Botschaft musste ohne Zweifel wichtig sein. Nur leider konnte er sie eben nicht hören.

Der alte König zermarterte sich von früh bis spät das

Hirn, aber er fand keine Antwort. Und so zog er sich Abend für Abend so früh wie möglich in seine Gemächer zurück, um zu schlafen und endlich die Nachricht seiner Frau zu vernehmen. Und jede Nacht wachte er zum unpassendsten Zeitpunkt gerädert auf ohne zu wissen, was ihre Botschaft war.

Am Tag vor der Krönung wurden hektisch die letzten Handgriffe getan. Die Köche in der Palastküche werkten Tag und Nacht, um die allerfeinsten Köstlichkeiten zu zaubern, und verführerische Düfte nach saftigen Braten und frischem Gebäck durchzogen die Gänge und Gemächer. Das waren aber nur die Speisen für alle anderen. Für Magnus wurde in einer eigenen Abteilung der Küche ein spezielles Menü entwickelt. Magnus war nämlich Fruktaro-Rawfood-Flexi-Veganer mit ausgeprägter Laktose-Gluten-Intoleranz. Deswegen konnte er nie essen, was alle anderen aßen.

Unter Anleitung des Chef Pâtissiers entstand eine fulminante, siebzehnstöckige Krönungstorte und jede Etage hatte eine andere Geschmacksrichtung. Es begann ganz unten mit Himbeere, gefolgt von einer etwas kleineren Etage Vanille, dann kamen Schokolade, Pistazie, Karamell, Stachelbeere, Passionsfrucht, Mandel, Holunder, Joghurt-Amarena, Haselnuss, Kaffee, Erdbeere, Heidelbeere, Ricotta mit Zitronenessenz, Rosenblüte, und ganz oben schwankte noch ein kleines Törtchen Nougat. Gekrönt wurde das süße Kunstwerk von einer filigranen Krone aus Marzipan, die mit echtem Blattgold überzogen war. Ein Augenschmaus, der seinesgleichen suchte.

Die Putzbrigade machte sich auf den Weg und jagte die

letzten Staubkörnchen aus dem Palast. Der kleine Prinz klopfte seine Galauniform auf und polierte noch einmal die kristallene Rose für Mimosa. Magnus übte indes seine salbungsvolle Antrittsrede.

Dann brach die Nacht herein. Die letzte vor dem großen Ereignis.

Alle waren sehr aufgeregt bis auf Mimosa, an der der ganze Trubel vorbeizuziehen schien. Sie beschäftigte sich bis zum Dunkelwerden mit ihren persönlichen Haustieren, den scheuen Rehen im Garten des Palastes.

Melodrom legte sich früh ins Bett und wartete auf den Schlaf, aber noch mehr auf eine Nachricht seiner Frau. Allein der Schlaf wollte nicht kommen. Und auch seine Frau nicht. Eine um die andere Stunde wälzte sich der alte Mann in seinem Bett herum und konnte kein Auge zutun. Irgendwann, zu vorgerückter Stunde, war er des Herumliegens leid und stand auf, bereit, die Nacht eben ohne Schlaf und Nachricht zu verbringen.

Der Mond, der sich mental auf seinen großen, gemeinsamen Auftritt mit den zwei Sonnen vorbereitete, schickte einen hellen Streifen Licht ins Gemach des Königs, der nervös hin und her tigerte.

Und plötzlich trat Aliahna doch noch herein. Es schien, als wäre sie durch die Wand hindurchgeschwebt. Der König erschauerte vor Unruhe und Glück und war sich vor lauter Schlaftrunkenheit nicht mehr sicher, ob er nun schlief und träumte oder ob er wachte und gerade einen Geist sah. Aliahna glitt zu ihm hin. Mit ihren nackten Füßen berührte sie den Boden nicht. Sie nahm, wie schon so viele Nächte zuvor, Melodroms Hände in die ihren und endlich, endlich konnte der König ihre flüsternden Laute hören:

„Melodrom. Höre. Es muss Mimosa sein!" Dann verblasste ihre Gestalt und verschwand. Der alte König stand da. Stand einfach da und brachte den Mund nicht mehr zu. Mimosa? Es musste Mimosa sein? Mimosa als was? Mimosa als Königin von Omnia? Echt jetzt? Meinte Aliahna das? Wie sollte das gehen? Dieses Kind war doch unfähig zu regieren! Viel zu unstet, viel zu ätherisch, viel zu verspielt. Und überhaupt, was sollte Melodrom Magnus sagen? Magnus, der schon in den Startlöchern stand, um sich die schwere Krone aufs Haupt zu setzen! Das würde gewiss einen Eklat geben! Was für eine Tragödie würde diese Krönung nach sich ziehen!

Aber Melodrom hatte diesmal eben ganz genau verstanden, was Aliahna zu ihm gesagt hatte und er hatte immer getan, was sie ihm geraten hatte. Sie war zu Lebzeiten seine Stimme im Hintergrund und ihre Ratschläge stets gut gewesen. Allein dieses Mal zweifelte der König sehr an ihrer Weisung. Sollte er sie befolgen? Durfte er jetzt noch alles über den Haufen werfen?

Melodrom war verzweifelt, doch die aufgestaute Müdigkeit kämpfte ihn nieder. Er legte sich auf sein Bett und warf sich den Rest der Nacht in fiebrigem Schlaf von einer Seite zur anderen, in der unwahrscheinlichen Hoffnung, dass der Tagesanbruch eine Lösung für ihn parat halten würde.

21

Die Spannung stieg am Morgen. Das Volk von Omnia nahm Aufstellung. Es freute sich auf den Tag der großen Krönung. Für alle gab es genaue, schriftliche Anweisungen, wer wo zu stehen hatte. Schon Stunden vor der Zeremonie hörte man die ersten Jubelrufe, als könnten diese die Zeit bis zum Beginn der Zeremonie beschleunigen. Vereinzelt wurden Fahnen geschwungen. Das Volk war bereit, einen neuen König zu begrüßen. Magnus entstieg einer Badewanne voll Einhornmilch. Er wollte gut aussehen an seinem großen Tag. Seine Haut war samtig, wie die einer Nacktkatze. Sein Haar glänzte. Seine Nägel waren poliert. Seine Zähne hatte er bleichen lassen und sein Festtagsornat war geplättet und parfümiert.

Keiner ahnte etwas vom verhängnisvollen Besuch Aliahnas in der Nacht. Nur Melodrom schlich unruhig von einer Ecke seiner Gemächer in die andere. Es war schon spät und er war immer noch nicht angezogen. Die schwere Krone glänzte unbeachtet auf einem samtenen Kissen am Fensterbrett.

Melodrom blickte hinunter in den Palasthof und nahm das geschäftige Treiben wahr. Bald würde er gerufen werden. Der kleine Prinz würde ihn zu seinem Thron führen, dann würde er die Krone übergeben. An …, ja, an wen denn nun? Der König stieß einen für ihn ungewöhnlich unflätigen Fluch aus. Dann rief er seinen Kammerdiener und gab ihm den Befehl, Doaxu herbeizurufen. Der König sprach schnell und energisch. Der Diener eilte ergebenst davon. Wenige Minuten später erschien ein völlig aufgelöster Doaxu. Er war gerade dabei gewesen, seine Hose zuzuknöpfen, als der Kammerdiener ihn in seinem Türmchen im Ostflügel des Palastes aufgestöbert hatte. Zwei Knöpfe standen noch offen, die Haare waren zerzaust und seine filigrane Nickelbrille hatte er überhaupt vergessen.

Der Kammerdiener schleppte den Großteil von Doaxus Utensilien, das Wichtigste aber trug Doaxu wie ein Kleinod achtsam selbst im Arm, als er beim König erschien: seine goldene Büchse mit den Buchstaben.

Doaxu war ein wichtiger Mann in der Anderwelt. Er war der Seher aus der Suppe. Doaxu konnte Sachen sehen, die andere nicht sahen. Er konnte zwar nicht in die Zukunft blicken, aber er konnte entscheidende Hinweise bei dringenden Angelegenheiten finden und so oftmals Licht ins Dunkel bringen. Seine Aussagen hatten das Gewicht von Prophezeiungen und waren zu befolgen. Doaxu wusste, wenn er gerufen wurde, dann brannte der Hut. Dann war es besser, nicht allzu viele Fragen zu stellen und einfach zu tun, was von ihm erwartet wurde. Und erwartet wurde von ihm: Buchstabensuppe!

Rasch wurden Doaxus Anweisungen vom Kammerdiener ausgeführt. Ein Geschirr wurde im offenen Kamin befestigt und schnell ein Feuer entfacht. Doaxu füllte Wasser in den kupfernen Topf und obwohl seine Suppe nach der Weissagung niemals gegessen wurde, würzte Doaxu sie liebevoll und schmeckte mehrmals ab.

Der König lief derweil unruhig im Zimmer auf und ab. Als er sah, dass die Suppe blubberte und kochte, hieß er den Kammerdiener das Gemach zu verlassen, holte tief Luft und stellte Doaxu die entscheidende Frage: „Wer?"

„Was, wer?", fragte Doaxu nach. Er war bei seinen Prophezeiungen auf exakte Fragestellungen angewiesen.

„Mehr brauchst du nicht zu wissen!", herrschte ihn Melodrom an. „Die Frage ist einfach: ‚Wer!' Los jetzt!"

Doaxu zuckte zusammen. Normalerweise wurde seine Arbeit huldvoll gewürdigt. Aber gut, der König hatte offensichtlich schlechte Laune! Ausgerechnet heute.

Wie geheißen begann Doaxu sein geheimnisvolles Tun. Er breitete auf einem Tischchen ein silbernes Tuch aus, ein Sieb stand bereit. Doaxu krempelte seine Ärmel hoch, griff tief in die goldene Büchse, murmelte unverständliche Sermone vor sich hin und warf mit theatralischer Geste wahllos mehrere Handvoll Suppenbuchstaben in die kochende Brühe. Dann stellte er seine Eieruhr aus echtem Elfenbein, die er einst von Melodrom selbst geschenkt bekommen hatte. Die eingestellten sechseinhalb Minuten vergingen für den alten König wie Stunden. Er wurde fast wahnsinnig während des Wartens. Nach Ablauf der Zeit und einem rasselnden Klingeln fuhr Doaxu mit dem Sieb durch die Suppe, fischte einen Teil der Buchstaben heraus, ließ sie sorgfältig abtropfen und drehte das Sieb um, sodass die Buchstaben auf das silberne Tuch fielen. Dann fing er an, die klebrigen Nudeln voneinander zu separieren:

IOSASEIEMSSNMUM

Der König stöhnte lauf auf.

„Sodala, jetzt beginnt die schwierige Arbeit", plapperte

Doaxu vor sich hin. „Jetzt muss ich alle möglichen Möglichkeiten mal ausprobieren. Ihr könnt euch hier hinsetzen, Majestät. Das wird jetzt etwas dauern. Aber Ihr wisst ja: Gut Ding braucht Weile. Prophezeiungen muss man Luft und Zeit geben. Schauen wir mal. Also da sind vier S und drei M ...”

Aber Melodrom wollte sich nicht setzen. „Es muss Mimosa sein!”, brüllte der König. „Da steht: ‚Es muss Mimosa sein'!” Er hatte es sofort gesehen. Da waren zwar ein M, ein A, ein N, ein U und ein S, aber kein G und somit stand da kein „Magnus” und den Rest konnte er sich selbst zusammenreimen.

Ehrfürchtig sortierte Doaxu die Buchstaben zu dem Satz „Es muss Mimosa sein”. Er blickte den König bewundernd an. „Majestät, Ihr seid an Weisheit nicht zu übertreffen! So schnell habe ich eine Prophezeiung noch nie gesehen! Bei dieser Anzahl von Buchstaben gibt es Tausende Millionen von Möglichkeiten. Ich ziehe den Hut vor Eurer Intelligenz!”

Aber Melodrom war nicht empfänglich für Komplimente. „Doaxu, geht! Ich muss mich nun auf die Krönung vorbereiten”, fauchte er grimmig.

Als Doaxu tief beleidigt und sehr eilig aus dem Gemach Melodroms stolperte, ließ sich der alte König erschöpft aufs Sofa sinken.

Und dann war sie da, die Stunde der Krönung. Der kleine Prinz machte sich auf den Weg, um den König aus seinen Gemächern abzuholen. Was er vorfand war ein Häufchen Elend. Der König lag quer auf dem Sofa. Der kleine Prinz erschrak sehr. Sein Zeitplan lief Gefahr zu scheitern, wenn hier nicht jeder dann genau das tat, was für ihn vorgesehen war. Melodrom hatte weder seinen Krönungsornat an, noch seinen Hermelinmantel um die Schultern gelegt. Himmel, er würde zu spät zur eigenen Abdankung kommen!

Der kleine Prinz versuchte bei aller gebotenen Höflichkeit, den König in die Gänge zu bekommen, aber aus irgendeinem Grund war der alte Mann völlig apathisch. Also probierte es der kleine Prinz mit einem Ablenkungsmanöver und erzählte Melodrom von der Kristallrose, die er für Mimosa hatte anfertigen lassen. Aber das brachte den König nur noch mehr aus dem Konzept. Er begann wirres Zeug vor sich hin zu stammeln, das der kleine Prinz beim besten Willen nicht verstand.

Trotz seiner Bedenken um den Zustand des Königs 177 überwog momentan seine Sorge um den eng getakteten Zeitplan und so begann der kleine Prinz, Melodrom das Schlafgewand vom Körper zu zerren, was der erstaunlich willenlos mit sich geschehen ließ. Der kleine Prinz streifte dem alten Mann, der nun – nur mit seiner königlichen Unterhose bekleidet – vor ihm kauerte und zitterte wie Espenlaub, zuerst die königlichen Socken und das königliche Unterhemd über und legte dann die königliche Hose bereit. Dem König die Hose anzuziehen, erschien dem kleinen Prinzen zu aufdringlich, darum befahl er mit strenger Stimme, dass Melodrom seine Beine selbst in die Hosenröhren stecken sollte, was dieser zwar langsam und kraftlos, aber dennoch ausführte. Auch in sein königliches Hemd zwängte er sich mühsam. Der kleine Prinz knöpfte die goldenen Knöpfe zu, wuchtete dem König den schweren Hermelinmantel auf die Schultern und klemmte ihm die glitzernde Krone aufs Haupt. Dann griff er ihm unter die Arme, um ihn hochzuhieven.

„Kommt, wir müssen gehen. Magnus wird sich nicht freuen, wenn er auf die Krone warten muss. Denkt auch an Eure Untertanen. Sie sind alle schon bereit für das Spektakel."

Der König schien nun endlich aus seinem Delirium zu erwachen und schnaubte: „Spektakel?! Nun gut! Das sollen sie haben! Nützt ja nichts. Die Prophezeiung lässt sich ohnehin nicht umgehen." Dann strafften sich seine Schultern, er holte tief Luft, hob seine Brust und stampfte entschlossen aus dem Raum.

Ratlos blickte der kleine Prinz ihm nach. Er verstand nicht, was mit dem alten Mann los war, aber es war jetzt keine Zeit zum Grübeln. Eilig folgte er seinem König, zupfte im Gehen noch hier und dort am Mantel und übernahm dann die Führung, wie es in seinem Protokoll vorgesehen war.

So schritt also der kleine Prinz, gefolgt vom Herrscher Omnias, erst durch den Hof der privaten Gemächer, wo inzwischen alles verlassen und ruhig war, dann durch die innere Palastmauer und hinaus auf den äußeren Hof. Dort drängte sich dicht an dicht das Volk der Anderwelt. Johlend und rufend schwangen sie ihre Hüte und Festtagsfahnen und jubelten, als sie den König erblickten. Was für eine Pracht! Was für ein Tag! Den Himmel trübte kein Wölkchen und tatsächlich schienen über dem Palast die zwei Sonnen friedlich neben dem Mond in ihrer Mitte, als wäre das immer schon so gewesen.

Die Turmbläser bliesen, was das Zeug hielt, und die Vögel vollführten ihre Formationsflüge, wie sie es seit vielen Wochen einstudiert hatten.

Der König allerdings blickte etwas zu grimmig drein für einen so feierlichen Anlass, aber das fiel eigentlich nur den Untertanen in der ersten Reihe auf.

Der kleine Prinz brauchte sich nicht umzudrehen, er hörte den entschlossenen Schritt des Königs direkt hinter sich und war beruhigt, dass nun endlich alles seinen geplanten Lauf nahm. Gleich würden sie den Alten Festsaal erreichen, wo schon die Vornehmen des Landes warteten.

Vorne beim Podest hatten Magnus und Mimosa vor ihren Stühlen zur Linken und zur Rechten des Thrones Aufstellung genommen und erwarteten ihren Vater. Magnus sah prächtig aus. Seine Föhnwelle war heute besonders gelungen und seine Uniform saß am durchtrainierten Körper wie angegossen.

Mimosas Anblick aber auf der gegenüberliegenden Seite war schlicht atemberaubend. Sie hatte ein hellgrünes, fließendes Kleid, das um ihren Körper flirrte wie Tausende Glühwürmchen in einer hellen Mondnacht. Sie lächelte. In ihren Haaren glitzerte die kristallene Rose, die ihr der kleine Prinz am Morgen selbst dorthin gesteckt hatte, bevor er den alten König abgeholt hatte. Es war ein sehr besonderer Moment gewesen. Der kleine Prinz hatte vor Aufregung schweißnasse Hände gehabt, als er die goldene Schatulle vor Mimosa öffnete. Mimosa hatte einen spitzen, kleinen Schrei der Überraschung ausgestoßen, als sie das wunderbare, glitzernde Kleinod gesehen hatte, und erwartungsvoll das Haupt gebeugt, damit der kleine Prinz es in ihrem Haar befestigen konnte. Der Kristall saß gut und rutschte auch nicht, als Mimosa zur Probe wild mit dem Kopf wackelte und dazu ein wenig Luftgitarre spielte.

„Ich werde für immer bei dir bleiben!", hatte der kleine

Prinz geflüstert und Mimosas Glockenblumenlachen hatte sein Herz erwärmt.

Jetzt zwinkerte sie ihm zu, als er dem König voraus auf den Thron zuschritt, und der kleine Prinz errötete ein klein wenig. Aber das bemerkte außer Mimosa keiner.

Zu beiden Seiten des roten Teppichs standen die Würdenträger des Landes und neigten ihre Häupter, als der König an ihnen vorbeiging. So konnten sie nicht sehen, wie grimmig dieser immer noch dreinblickte. Nur Magnus sah es. Und er fand es ziemlich unmanierlich. Wie konnte sein Vater nur so wenig Feierlichkeit an diesem so feierlichen Tag zur Schau stellen? Seine Stirn umwölkte sich für einen Augenblick. Gut, dass er selbst bald das Zepter in der Hand halten würde. Der Alte wurde wahrlich schon ein wenig tattrig. Nur noch wenige Augenblicke, dann standen ihm, Magnus, Tür und Tor zur uneingeschränkten Macht offen.

Vor den Stufen zum Thron trat der kleine Prinz mit einer Verbeugung ehrerbietig zur Seite und Melodrom machte die letzten Schritte seiner Regentschaft. Unsicher ging er nach oben, drehte sich zu seinem Volk um und nahm ein letztes Mal auf seinem Thron Platz.

Fanfaren erschallten. Gleich danach sangen die Chöre der besten Sänger des Reiches. Wie vorhergesehen, mussten Taschentücher gezückt und Tränen damit getrocknet werden. Die Musik war herzerweichend. Alsbald strömten die Tänzer herbei und vollführten ihre Pirouetten und Sprünge, dass einem schier schwindlig wurde. Eine Gruppe entzückender Elfen führte pantomimisch die Höhepunkte von Melodroms Herrschaft auf. Die Menge jubelte. Und irgendwann war es an der Zeit, dass der kleine Prinz mit dem Zeremonienstab auf den marmornen Boden klopfte. Er tat dies sieben Mal. Die Ehrwürdigen des Landes knieten nieder, wie es das Protokoll verlangte. Der König erhob sich von seinem Thron.

Magnus streifte seine Uniform glatt und fuhr sich noch einmal vorsichtig durchs Haar, um sicher zu gehen, dass noch alles dort saß, wo es hingehörte. Sein Blick war huldvoll und nur mühsam konnte er seine wilde Vorfreude dahinter bändigen.

„Geschätzte Untertanen, mein liebes Volk", hob der König an zu sprechen, „die Zeit ist gekommen, um Abschied zu nehmen. Ich bin alt. Und ich bin müde. Ich werde mich zurückziehen und meinen Platz räumen für die Jugend. Wer mir nachfolgt, soll die Geschicke des Landes mit Weisheit und Achtsamkeit lenken. Omnia soll immerfort bestehen als 181 Gleichgewicht zur echten Welt, in der so vieles aus den Fugen läuft. Die Balance muss aufrecht erhalten bleiben, sonst werden beide Welten untergehen und nichts wird mehr von Dauer sein. Chaos und Verderben werden überhand nehmen und die Fröhlichkeit wird für immer verschwinden. So sei es denn nun: Meine lieben Kinder, meine lieben Untertanen, ich folge getreu der Prophezeiung." Er stockte. Die Pause, die folgte, schien unendlich zu dauern. „Mimosa muss es sein." Dann brach seine Stimme.

Einen Augenblick herrschte Totenstille. Kinnladen klappten nach unten. Augen wurden aufgerissen. Blicke getauscht. Nach Luft gerungen. Dann entstand lauter Tumult im Saal.

Mimosa lächelte immer noch. Alle Augen waren auf sie gerichtet und es war nicht ganz klar, ob sie ihren Vater verstanden, ja geschweige denn gehört hatte oder ob ihre immerwährende Gelassenheit sie einfach nie – und eben auch jetzt nicht – aus dem Konzept brachte.

Melodrom stand mit hängenden Schultern vor den Würdenträgern seines Landes und mit einiger Verzögerung fiel nun dem kleinen Prinzen der Zeremonienstab aus der Hand. Magnus hingegen blickte bestürzt und fassungslos vom Vater zu den Untertanen, zum kleinen Prinzen und wieder zurück zum Vater, unfähig, sich vom Fleck zu rühren.

Da nahm Melodrom seine schwere Krone vom Kopf und wandte sich Mimosa zu. Diese lächelte immer noch und ging vor dem König auf die Knie. Also hatte sie sehr wohl verstanden, was um sie herum geschehen war. Sie neigte ihr Haupt.

Das war zu viel für Magnus. Er rempelte seinen Vater zur Seite, dem die Krone aus den Händen glitt und scheppernd über die Stufen hinabkullerte. Dann sprang er auf Mimosa zu, die er grob zu Boden stieß. Die kristallene Rose löste sich aus ihrem Haar und zerschellte am Marmorboden in 32.754 Scherben.

Ein Aufschrei ging durch die Gesellschaft der Edlen im Alten Festsaal. Wie ein Wahnsinniger sprang Magnus, alle Stufen auf einmal nehmend, in den Gang hinunter, blieb kurz vor dem kleinen Prinzen stehen, spuckte vor ihm aus und zischte: „Du Elender, du hast das doch die ganze Zeit geplant! Du Verräter! Dein Liebchen und du, ihr steckt unter einer Decke!" Dann rannte er hinaus auf den äußeren Hof, wo er sofort von der Menge verschluckt wurde, die die Schreie aus dem Inneren des Alten Festsaals wohl gehört hatte, sich darauf aber keinen Reim machen konnte und auch nicht verstand, warum hier der vermeintliche Nachfolger von Melodrom blind vor Wut davonrannte.

Drinnen half der kleine Prinz Mimosa wieder auf die

Beine. Sie hielt sich den schmerzenden Arm, war aber sonst unversehrt. Der abgedankte König saß wie ein Häufchen Elend auf der obersten Stufe vor dem verwaisten Thron und wiegte verzweifelt den Kopf in den Händen. Mimosa schlang ihre Arme um den alten Mann.

„Vater, wenn es so sein soll, dann wird alles gut werden", flüsterte sie in sein Ohr. „Du weißt, die Prophezeiung kann man nicht umgehen." Dann stand sie auf und breitete ihre Arme aus. „Mein Volk! Es soll so sein. Nehmt an, was sich nicht ändern lässt und seht eure Königin!" Überwältigt von Mimosas Selbstsicherheit und Gelassenheit sanken die meisten der ehrwürdigen Herrschaften, die mittlerweile aufgesprungen waren, wieder auf die Knie und neigten ihre Häupter vor der neuen Monarchin. Dann schritt Mimosa auf den Ausgang zu und wiederholte ihre schlichten, aber wirkungsvollen Worte vor dem gemeinen Volk von Omnia.

Zurück ließ sie einen kleinen Prinzen, dem allmählich dämmerte, warum er den König am Morgen in so desolatem und jämmerlichem Zustand vorgefunden hatte. Wie schon einmal heute griff er dem alten Mann unter die Arme und hievte ihn auf die Beine. Draußen jubelte das Volk und schwenkte die mitgebrachten Fahnen.

Nach ein paar Tagen war wieder Ruhe eingekehrt in Omnia. Melodrom hatte sich wie geplant auf den höchsten Berg des Landes zurückgezogen und Mimosa erfüllte die Prophezeiung. Sie hatte begonnen, die Geschicke des Landes zu leiten. Allerdings bediente sie sich gänzlich anderer Mittel als ihr Vater. Sie setzte die Krone ihres Vaters niemals wieder auf und entließ schon in der ersten Woche alle Richter,

Berater und Minister. Von jetzt an herrschten andere Gesetze. Nämlich keine.

Mimosa lebte die Freiheit und gestattete sie auch all ihren Untertanen. Niemand musste tun, was er nicht wollte, alle durften tun, was ihnen gefiel. Mimosa erfand neue Farben und ließ nie gesehene Pflanzen züchten. Sie engagierte Tierzüchter, die alle möglichen Arten von Tieren miteinander kreuzten.

Sie ließ die Schulen schließen und jedes Kind der Anderwelt wurde einem alten Wesen zugeteilt. Dem durfte es dienen und dafür wurde es von ihm gelehrt, was Mimosa für wichtiger befand als schnöde Schulbildung: die Weisheit des Alters. Diese Weisheit verwob sich nun wie selbstverständlich mit den Visionen der Jugend. Die Kinder trugen diese neu entstandenen Ideen täglich in eine Art Tagebuch ein und gaben dieses jedes Jahr im Herbst, wenn die Tage kürzer wurden, im Palast ab, wo alles gesammelt, sortiert und archiviert wurden. Die Archivare berichteten Mimosa von den Ideen und jeden zweiten Tag suchte Mimosa eine besonders verwegene aus, um sie realisieren zu lassen.

An den anderen Tagen machte sie nichts. Gar nichts. Sie ließ die Seele baumeln und fand sich selbst, ohne sich zu suchen.

Durch Mimosas Besonnenheit, Kreativität und Gelassenheit wuchs ihre Macht in Omnia. Sie war geschätzt bei ausnahmslos allen Wesen und jedes hatte die größte Achtung vor der Königin ohne Krone.

Und wie die Wurzeln eines Baumes erstreckten sich ihre Kräfte auch langsam aber stetig in die richtige Welt hinüber. Jeder Mensch, der gewillt war es zuzulassen, spürte ihre Kraft, wuchs in seiner Kreativität, atmete Mimosas Gelassenheit, meisterte seinen Alltag mit mehr Courage und erweckte in seinem Inneren Wünsche zum Leben, von denen er zuvor gar nicht geahnt hatte, dass sie in ihm schlummerten. Oder ganz einfach ausgedrückt: Jeder, der es zuließ, traute sich das volle Leben zu. Lachte und war glücklich. Die Angst zu versagen wurde kleiner und schwand.

Anfangs hatte Mimosa noch geglaubt, Magnus würde eines Tages zurückkommen und sie würde ihn überzeugen können, dass die Prophezeiung gut gewesen war. Allein darin täuschte sie sich.

22

An diesem Punkt endete die Geschichte des alten Mannes, die er ohne zu stocken vorgetragen hatte. Seine Augen waren halb geschlossen. Er schien in seinen Erinnerungen gefangen. Karl starrte ins dämmrige Licht. Auch der alte Mann sagte nun nichts mehr.

„Dann warst du also der Zeremonienmeister. Du bist DER Kleine Prinz, oder?", fragte Karl nach einer Weile.

Der Alte kicherte: „Naja, also klein bin ich ja nun nicht mehr, eher fett und versoffen, aber ja, wenn du so willst, bin ich immer noch der ‚Kleine Prinz'."

„Und was ist aus Magnus geworden?"

„Tja, denk mal scharf nach, Jungchen! Du hast ihn schon getroffen. Er nennt sich nun Magnus ..."

„Grau", fiel Karl dem Kleinen Prinzen ins Wort.

„Magnus Grau. Genau. Magnus hat Omnia verlassen und lebt nun in der richtigen Welt. Sein Sinnen ist nicht darauf ausgerichtet, wieder in die Anderwelt zurückzukehren. Er hat andere Pläne. Böse Pläne. Sein Ziel ist es, Omnia zu zerstören. Er möchte Mimosa ums Eck bringen. Wenn er sie vernichtet, geht die Anderwelt unter und auch die Hoffnung in der realen Welt. So einfach ist sein Plan, Jungchen. Und so böse."

Karl schüttelte verständnislos den Kopf: „Aber das ist doch Wahnsinn. Mimosa hat ja nicht mit Absicht die Krone an sich gerissen. Sie wusste ja nicht einmal von der Prophezeiung!"

„Tja, Jungchen, so ist das, wenn man einen starken Mann in seinem Stolz kränkt. Dann sieht der rot. Und gibt erst Ruhe, wenn er sich gerächt fühlt."

Aus der Ferne war ein dumpfes Grollen zu vernehmen. Der Kleine Prinz sprang trotz seiner behäbigen Statur recht schnell auf seine Beine und eilte zum Periskop. „Archnitev! Der lausige Kerl sucht immer noch nach dir", brummelte der Kleine Prinz mehr zu sich selbst als an Karl gewandt.

„Der Krake? Der war ganz offenbar schön hungrig." Karl tat jetzt noch alles weh, wenn er nur an die Stromstöße dachte.

„Hungrig? Ne, ne, ne, da ging es nicht um Hunger, Jungchen! Das Monstervieh hatte einen Auftrag. Und der Auftrag war ganz eindeutig: dich zu beseitigen und zwar für immer."

„Auftrag?" Karl schauerte und bekam eine Gänsehaut.

„Mensch, Jungchen, wirst ja ganz weiß um die Nase. Hier bist du in Sicherheit. Zumindest fürs Erste. Aber Magnus hat dich ganz oben auf seiner Abschussliste. Dem bist du ein Dorn im Auge. Sein Werk – die Zerstörung der Anderwelt – war schon so weit fortgeschritten und dann tauchst du hier auf und fängst an, die Dinge wieder ins Lot zu bringen. Das war von ihm so nicht geplant. Und da er annehmen musste, dass du mal in die Nähe des Meeres der Liebe kommst, hat er sein Kraken-Wauwauchen auf dich angesetzt. Wäre dem ja auch fast geglückt, dich hopps zu nehmen."

„Grau hat den Kraken abgerichtet?" Karl riss die Augen auf.

„Tja, das kann man so sagen. Er kommt jeden Tag hierher und füttert sein Monsterchen. Darum ist es so stark und so wild. Und so hörig!"

Karl war sich nicht sicher, ob er tatsächlich wissen wollte, womit Magnus den Kraken fütterte, aber dennoch fragte er weiter: „Und was frisst der so?"

„Na ja, eigentlich ist der Kerl ganz genügsam. Magnus geht durch die Stadt und sammelt die schlechten Gedanken der Menschen, die Schimpfwörter und die Flüche. Und wenn er zwei Streitende in flagranti erwischt, dann stülpt er ein Einmachglas über die entstehende böse Aura und sperrt sie ein. Kaum einer merkt das, denn die Menschen sind viel zu sehr mit sich selbst beschäftigt, wenn sie wütend sind. Und in Wien gab es immer schon genug Grant zum Aufsammeln. Magnus bringt seine Beute dann hierher und der Krake frisst ihm die Bosheit aus der Hand. Je schwächer Mimosa wird und je weniger positiven Einfluss sie also auf die richtige Welt hat, je weniger Güte und Hoffnung sie bei euch verströmen

187

kann, desto mehr Beute kann Magnus in Form von bösen Gedanken anschleppen. Das ist ein gut durchdachter Teufelskreis."

Karl blickte den Kleinen Prinzen mit großen Augen an. Wut stieg in ihm auf. „Wieso macht er denn so was? Kann man ihn nicht stoppen? Wenn es ihm um Rache geht, muss er doch nicht gleich ganz Omnia zerstören. Und Mimosa auch nicht, die so viel Gutes für die richtige Welt tut."

Der Kleine Prinz schlurfte zu seiner Flasche mit dem selbst gebrauten Schnaps und nahm einen kräftigen Schluck. „Ne, den Magnus kann man nicht stoppen. Ich wüsste jedenfalls nicht wie. Ich glaube, man kann nur versuchen, die Balance wieder herzustellen zwischen dem guten Einfluss von Mimosa in der richtigen Welt, indem man die Königin stärkt. Gleichzeitig muss man versuchen, die Zerstörung von Magnus in der Anderwelt zu kontrollieren. Du bist ohnehin auf dem besten Weg, das Richtige zu tun."

„Tz, was habe ich denn getan?" Karl schüttelte wütend den Kopf. „Ich laufe hier doch nur so rum. Von einem Raum in den anderen."

„Sag mal, Jungchen, das meinst du doch nicht ernst, oder? Bist nicht gerade der große Denker." Der Kleine Prinz lächelte väterlich. „Schau, du hast die Zeit verlangsamt, die Magnus bereits auf Touren gebracht hat, du hast Omnia einen neuen Leitspruch gegeben. Magnus hat den alten Spruch verblassen lassen. Du …"

„Hä, was für ein neuer Leitspruch? Ich habe Omnia keinen neuen Leitspruch gegeben!"

„Und was ist mit deiner ‚Phantasie ist wichtiger als Wissen, denn Wissen ist begrenzt'-Fahne, Schätzchen?"

„Äh, wieso – aber das war doch keine Absicht. Ich wusste doch nicht, dass Omnia einen neuen Leitspruch braucht. Ich habe die Fahne nur zum Trocknen aufgehängt. Das war doch nur Zufall."

„Papperlapapp. Es gibt keine Zufälle. In eurer Welt nicht und in Omnia auch nicht. Alles, was du bis jetzt getan hast, war zur Rettung der Anderwelt bestimmt. Du hast ein gutes Händchen als Retter. Offensichtlich auch ohne etwas davon zu bemerken!" Der Kleine Prinz nahm noch einen kräftigen Schluck aus seiner Flasche und beobachtete Karl amüsiert, der skeptisch das Gesicht verzog und den Kopf schüttelte. „Schau mal, Jungchen, bis jetzt hat alles tipptopp funktioniert. Mimosa hat dich weise ausgesucht."

„Ausgesucht? Sag mal, was redest du denn?" Karl wurde laut. „Mama und Papa haben sich verkracht und nur darum wohne ich hier in diesem popeligen Hotel. Ich werde nicht ewig hierbleiben. Und ich kann auch nicht die Anderwelt retten. Mama findet bald einen Job und dann sind wir hier weg. Ich bin noch ein Kind. Ich kann nicht die Verantwortung für alles hier übernehmen. Und ich will das auch gar nicht. Sorry, aber da müsst ihr euch schon einen richtigen Helden suchen. Ich habe schon genug Probleme am Hals. Ich sehe Papa nur so selten. Alma geht mir auf die Nerven. Der Stress in der Schule und …"

Der Kleine Prinz legte Karl beschwichtigend die Hand auf die Schulter. „Schhhh, Jungchen, beruhige dich! Also erstens bist du kein Kind mehr. Versteck dich mal nicht hinter dieser Ausrede! Und zweitens: Natürlich wurdest du ganz bewusst ausgewählt von Mimosa. Und glaub mir, so eine Entscheidung trifft sie nicht leichtfertig. Sie weiß sehr genau, was sie tut, auch wenn sie im Moment recht schwach ist. Und es gibt viele in der Anderwelt, die auf deiner Seite stehen. Du bist nicht allein. Du hast etwas ausgelöst. Und es wird größer. Das funktioniert nach dem Prinzip Schneeball, der zur Lawine wird, weißt du. Karl, du bist mittendrin! Und ich denke sehr wohl, dass du inzwischen Verantwortung trägst für das, was du getan hast, auch wenn manches dir wie ein Zufall erscheinen mag. Denk doch nur mal an das kleine Ding, das alle Namen in sich vereint. Das ist schließlich für dich sogar gestorben."

„Hä? Was redest du bloß! Spinnst du?" Karl sprang auf. „Wer ist gestorben?"

„Ach, ich alter Trottel, das hab ich dir ja noch gar nicht erzählt. Jetzt setz dich mal wieder hin. Du weißt ja noch gar nicht, was im Meer der Liebe passiert ist, als du bewusstlos wurdest. Setz dich hin, hab ich gesagt!"

Obwohl Karl viel zu wütend war sich hinzusetzen, nahm er widerwillig neben dem Kleinen Prinzen Platz. Er atmete heftig ein und wieder aus und versuchte mehr schlecht als recht, sich zu beherrschen.

„Also, als der Lieblingskrake von Magnus dich verspeisen wollte und es ihm auch fast geglückt wäre, da ist doch so ein kleines Ding herangesurrt und hat den Kraken ganz kirre gemacht! Richtig?"

Karl nickte. Er konnte sich dunkel an das silbrige Geschwurbel erinnern, das er für einen Moment wahrgenommen hatte, bevor er das Bewusstsein verloren hatte.

„Dieses Schwirredings war das ‚Wort ohne Namen', das du in der Höhle getroffen hast und das so verzweifelt war, weil Magnus ihm ja des Langen und des Breiten eingebläut hatte, dass es nichts wert ist, weil es eben keinen Namen hat. Dann bist du gekommen und hast ihm gesagt, dass es doch eigentlich stolz darauf sein könnte, keinen Namen zu haben, weil es die Möglichkeit aller Namen in sich trägt. Und vor allem, dass es sich selbst definieren kann. Richtig?"

Wieder nickte Karl.

„Also gut, und dieses Dingselchen, das war in der Folge so froh über diese Unendlichkeit an Möglichkeiten, dass es sich geschworen hat, dir für immer dankbar zu sein und dir zu dienen. Es war überall in Omnia, wo du auch warst, bereit einzugreifen, wenn du Hilfe brauchtest. Du hast es nur nicht gesehen, weil du nicht darauf geachtet hast. Und beim Krakenangriff kam es gerade im richtigen Moment, sonst wärst du jetzt schon verdaut. Leider hat das Schwirredingsbums dabei das Zeitliche gesegnet. Also sag mir nicht, du hättest keine Verantwortung hier für irgendwas!"

Karl schluckte. Ihm war plötzlich schlecht. „Woher weißt du das alles eigentlich?", flüsterte er.

191

„Das Periskop – steht ja da drüben! Guckst du? Guck ich! Deswegen konnte ich rechtzeitig sehen, dass Archnitev Ziel auf dich nimmt und hab meine Jolle zu Wasser gelassen. Während das Schwirredings den Kraken abgelenkt hat, habe ich dich aus dem Meer gefischt."

Karls spürte einen dicken Kloß im Hals, der ihn würgte. „Kannst du mit dem Periskop nur ins Meer der Liebe sehen oder überallhin nach Omnia?"

„Überallhin."

„Weißt du, wo mein Kater ist?"

„Ähm …" Der Kleine Prinz räusperte sich und zog die

Augenbrauen hoch. Das Antworten fiel ihm nicht leicht. „Ähm, also dein Smittylein, der ist … futsch. Von Archnitev gefressen. Mmh. Tut mir leid."

Karl schaffte es gerade noch, vor den Höhleneingang zu stolpern, bevor er auf die Knie sank und sich übergab.

Mitleidig patschte ihm der Kleine Prinz, der hinter Karl aus der Höhle getorkelt war, auf die Schulter. „Mensch, Jungchen, komm, das wird schon wieder. Es tut mir ja auch leid. Weißt du, Magnus hat in seinen Rachegelüsten einfach Maß und Ziel ein wenig aus den Augen verloren."

„Was!" Karl hustete und wischte sich mit dem Ärmel über den Mund. „Du nimmst ihn jetzt auch noch in Schutz? Ein wenig aus den Augen verloren! Der Graue hat meinen Kater seinem Kraken zum Fraß vorgeworfen. Er hat versucht mich umzubringen. Er ist ein brutaler, böser, gemeiner Mensch und nichts anderes."

„Ja, da magst du ja recht haben, Jungchen. Aus deiner Sicht. Aber er ist und bleibt ein Wesen von Omnia. Wir sorgen füreinander. Auch wenn es mal nicht so gut läuft." Und nach einer Weile: „Komm jetzt wieder rein, sonst fliegt hier meine Tarnung auf. Du kannst nur mit mir in die Höhle kommen, ohne mein Beisein ist sie für dich unsichtbar – ist sie für alle unsichtbar. Sonst hätte Magnus mich doch schon längst aufgestöbert. Kann er aber nicht, wenn er nicht ahnt, dass hier ein Eingang ist. Komm jetzt. Wir sollten uns nicht allzu lange hier auf der Plattform aufhalten."

„Nein, ich geh jetzt nach Hause! Mir reicht's mit eurer Anderwelt. Ihr seid ja alle miteinander verrückt." Karl stemmte sich auf die Beine und schleppte sich zur brummenden Lotte.

„Jungchen! Komm zurück! Karl!", rief ihm der Kleine Prinz noch nach, doch Karl ignorierte ihn, rammte zornig die Tür auf und verschwand im Gang des Hotels.

Zum Glück war seine Mutter noch nicht zu Hause, als Karl die Wohnung aufsperrte. Alma verschanzte sich hinter einem Buch und beachtete Karl gar nicht, als er heimkam. Es war einer dieser Momente, in denen sich Karl nach einer heißen Badewanne sehnte. Er schloss sich im engen Bad ein und ließ das Wasser laufen. Als er sich auszog, inspizierte er seinen Körper. Er war schmutzig und an manchen Stellen mit der übel riechenden, alkoholischen Tinktur des kleinen Prinzen beschmiert, aber ansonsten schien er unversehrt zu sein. Die elektrischen Schläge des Kraken hatten keine Spuren hinterlassen. Was auch immer in der Arznei gewesen war, es wirkte. Als Karl ins Wasser der engen Badewanne glitt, seufzte er tief und entspannte sich ein wenig. Er hielt sich die Nase zu und tauchte unter.

Es war ihm nicht vergönnt, sich lange im wohligen Wasser aufzuhalten. Seine Mutter polterte zur Wohnung herein. Laut singend. Sie klopfte gegen die Badezimmertür und lief dann weiter zum großen Zimmer: „Kinderlein! Wir gehen feiern. Ich habe den Job im Kaffeehaus! Almaleinchen, Schuhe anziehen. Karl, komm raus aus dem Badezimmer. Ich lade euch auf eine Pizza ein. Kommt, beeilt euch, ich habe einen Riesenkohldampf. Tilly geht auch mit. Sie ist schon unterwegs zum ,Da Fredo'. Wir treffen uns gleich dort."

Feiern. Na bravo. Das war so ungefähr das Letzte, wozu Karl jetzt Lust hatte. Aber da half alles nichts. Dass Mama den Job bekommen hatte, war zumindest eine gute Nachricht. Vielleicht konnten sie dann alle endlich diesen unseligen Ort mit all seinen dunklen Geheimnissen verlassen.

Mama war aufgekratzt wie schon lange nicht mehr. Und mit ihrer guten Laune hatte sie Alma im Moment ihrer Ankunft angesteckt. Karl versuchte, zumindest ein halbwegs freundliches Gesicht zu machen, als er aus dem Bad schlüpfte, sich anzog und seine Jacke vom Haken nahm.

Mama hüpfte – gar nicht ladylike – ausgelassen zum Aufzug und Alma tanzte um sie herum. Karl konnte kaum mit seinen zwei übermütigen Damen Schritt halten. Es dauerte eine Zeitlang, bis der Lift aus dem obersten Stockwerk heruntergefahren kam. Alma riss die Aufzugstür auf und war recht überrascht, dass schon jemand im Lift stand. Damit hatte sie nicht gerechnet. Einen kurzen Augenblick kicherte sie verlegen, dann trällerte sie fröhlich: „Grüß Gott, der Herr!" Auch Mama grüßte freundlich. Karl blieb wie versteinert im Gang stehen. Im Lift stand Magnus Grau und blitzte Karl über Mama und Alma hinweg böse an.

„Karl, kommst du? Für dich ist auch noch Platz, wenn wir uns dünn machen." Mama lächelte ihn freundlich an. Karl versuchte, trotz seiner Angst eine unbeteiligte Miene aufzusetzen, als er in die enge Liftkabine trat. Er schaffte es nicht, Magnus Grau ins Gesicht zu blicken, aber er starrte auf seine Schuhe. Schwarze Lederschuhe, akkurat geputzt. Dann wanderte sein Blick an der Bügelfalte seines Hosenbeins entlang nach oben und er sah, wie Magnus beide Hände ballte, bis die Adern hervortraten, und wieder entspannte. Ballte und entspannte. Im schnellen Rhythmus. Karl wagte kaum zu atmen. So nah war er seinem Gegner noch nie gewesen. Nach einer gefühlten Ewigkeit hielt der Lift endlich im Erdgeschoss. Alma verließ den Aufzug als Erste und hielt Mama die Türe auf. In diesem Moment griff Magnus grob nach Karls Ellenbogen, aber als Mama sich zu Karl umdrehte, um zu sehen, wo er blieb, ließ Magnus sofort wieder los.

Von dem Zugriff hatte Mama nichts bemerkt. Karls Ellenbogen brannte wie Feuer. Der Schreck saß ihm in allen Gliedern. Mit zitternden Knien verließ er den Lift. Magnus folgte ihm. Im Spiegel des Foyers sah Karl, dass Magnus ihn mit seinen stahlblauen Augen fixierte. Schnell schlüpfte Karl hinter Mama durch die Drehtür ins Freie und atmete tief durch. Ihm schien, als wäre er gerade einer großen Gefahr entronnen. Das zweite Mal schon an diesem Tag. Und das zweite Mal war Magnus Grau daran schuld.

Tante Tilly wartete bereits bei „Da Fredo". Sie hatte Prosecco für sich und Mama bestellt und drückte Mama ein Glas in die Hand. Als auch die Kinder ihre Limonaden serviert bekamen, stießen alle auf Mamas neuen Job an. Mama strahlte glücklich und stolz in die Runde. So fröhlich hatte Karl seine Mutter schon lange nicht mehr gesehen. Richtig jugendlich wirkte sie jetzt. Und übermütig.

Sie zwinkerte den Kindern zu: „Also, zur Feier des Tages und weil es uns finanziell in Zukunft etwas besser geht, möchte ich euch belohnen, weil ihr in der letzten Zeit so brav wart, meine Launen ertragen habt und ohne Murren mit mir in dieses schäbige Mimosa eingezogen seid. Ihr seid die Allerbesten!"

Karl kniff erwartungsvoll die Augen zusammen. Jetzt kam die Befreiung. Mama würde jetzt verlautbaren, dass sie eine neue Wohnung gefunden hatte. Der Spuk wäre damit für immer vorbei.

Seine Mutter kostete ihre spannungsgeladene Sprechpause sichtlich aus.

Auch Alma schaute erwartungsvoll: „Mama, jetzt sag schon endlich!"

„Na gut, na gut! Ta-ta-ta: Ich erhöhe euer Taschengeld auf das Doppelte. Dann könnt ihr euch auch mal was Sinnloses leisten, das sich bisher nicht ausgegangen ist. Kauft euch damit, was euch Freude macht! Verplempert es!" Mama schaute strahlend in die Runde.

„Wohoo! Super, Mama. Danke!" Alma klatschte begeistert in die Hände.

Karl zog einen Flunsch: „Aber Mama, wann können wir endlich aus dem Hotel ausziehen?"

Über das Gesicht seiner Mutter huschte ein Schatten. „Ach, Karl, mach es mir doch nicht so schwer. Weißt du, wie teuer die Wohnungen im Moment sind? Das geht wirklich noch nicht. Aber mit dem Job, den ich jetzt habe, können wir ein bisschen Geld auf die Seite legen und dann geht es sich bald aus. Versprochen! Ich möchte doch auch wieder meine eigenen vier Wände haben. Alma schnarcht furchtbar." Fröhlich zwinkerte Mama ihrer Tochter zu.

„Hahaha. Selber, Mama." Alma lachte.

Karl konnte sich nicht von der guten Stimmung anstecken

lassen. Seine Mutter warf ihm einen kurzen, besorgten Blick zu. Karl blickte starr vor sich auf den Tisch. Endlich kam der Kellner und fragte nach ihren Wünschen. Es wurde bestellt und gegessen und die drei Damen schnatterten fröhlich um die Wette. Karl war mit seinen Gedanken weit, weit weg.

24

Als Karl am nächsten Tag aus der Schule nach Hause kam, war er froh, dass ein verliebtes Pärchen in der Lobby stand und auf den Lift wartete. Er hatte Angst, dem Grauen alleine zu begegnen. Karl hoffte, dass Magnus keine Anstalten machen würde ihn zu bedrohen, wenn andere Leute dabei waren. So ließ er es geduldig über sich ergehen, als die zwei Verliebten ohne sich zu genieren im Lift zu knutschen begannen.

Er stieg aus, murmelte halbherzig „Tschüss", ohne eine Antwort zu erwarten und eilte in Richtung Wohnung. Als er den Schlüssel in die Wohnungstür stecken wollte, hörte er ein wohlbekanntes Surren hinter seinem Rücken. Er drehte sich um.

Die brummende Lotte war aufgetaucht. Hatte sie auf ihn gewartet?

„Oh nein, lass mich in Ruhe!", zischte Karl. Mit all diesen Wahnsinnigen wollte er nichts mehr zu tun haben. Aber das Surren wurde lauter, als würde die brummende Lotte ihn auffordern einzutreten.

Karl zögerte. Das Geräusch hörte sich kläglich bettelnd an. Oder bildete er sich das nur ein? Sollte er doch noch einmal nachschauen, was sich heute hinter der Tür befand? Ein allerletztes Mal? Karl hatte keine Lust dazu. Doch je länger er darüber nachdachte, umso stärker wurde seine Neugier und überwog den Grad seiner Frustration. Er gab sich geschlagen. Seufzend machte er sich daran, die brummende Lotte aufzuschließen. Was würde ihn wohl erwarten?

Er zog die Tür auf und zu seiner Überraschung befand er sich in dem kleinen, dunklen Raum wieder, den er am ersten Tag seiner abenteuerlichen Reise betreten hatte. Karl blickte sich um. Auf dem Tisch stand ein großes, verschnürtes Paket.

Die Nachricht „ENDLICH BIST DU GEKOMMEN!", die ihn damals mit den Geschicken Omnias verstrickt hatte, war nur nachlässig von der dunkelgrünen Wand weggewischt. Einzelne Buchstaben waren noch erkennbar. Daneben aber stand deutlich ein Gleichheitszeichen. Dieses war mehrmals energisch mit Kreide eingekreist worden. Sonst war keine Nachricht erkennbar.

Karl näherte sich vorsichtig dem Tisch und untersuchte das Paket von allen Seiten. Es war nichts erkennbar, was auf den Inhalt schließen ließ. Behutsam löste Karl die Paketschnur, jederzeit bereit, zurückzuspringen und durch die brummende Lotte zu verschwinden. Er hatte gelernt, mit mehr Bedacht vorzugehen. Bei diesen Wahnsinnigen hier musste man mit allem rechnen.

Karl wartete ein wenig, ob sich etwas in dem Karton rührte, aber nichts geschah. Also riskierte er einen Blick ins Innere. Ratlos zuckte er zurück und öffnete den Deckel vollends. Im Karton war nur jede Menge Gerümpel. Verschiedenste

Dinge, die scheinbar in keinerlei Zusammenhang standen. Karl nahm das ganze Krimskrams nacheinander aus dem Paket und legte jeden einzelnen Gegenstand fein säuberlich vor sich auf den Tisch: eine Gartenschere, mehrere Murmeln verschiedener Größen, ein kleines Zahnrad, ein Gummiring, ein alter Tennisschuh, drei Bleistifte (B, HB und 2H), eine alte Kaufmannswaage mit zwei Messingschalen, der porzellanene Knauf einer Kommodenschublade, eine Schraube (mit Kreuzschlitz), eine getrocknete Rose in einem gelben Kuvert, ein Schnürsenkel (weiß), zwei Büroklammern, eine ungekochte Nudel (Penne), eine Zeitung vom 16. November 2006, ein Kamm, dem drei Zinken fehlten, eine Busfahrkarte für den 13A (abgestempelt), eine kleine Krankenschwestern-Legofigur, eine blaue Tintenpatrone, ein Schlüsselanhänger in Katzenform, eine gelbe Socke mit Loch an der Ferse, ein Golfball (Titleist Pro V1), ein rosa Häkeldeckchen und ein vertrocknetes, hartes Gummibärchen (grün). Karl untersuchte jeden einzelnen der Gegenstände. Keiner war irgendwie auffällig.

Er blätterte die Zeitung durch und überflog die Artikel. Der 16. November 2006 war ein Donnerstag gewesen. Nichts, was an jenem Tag die Presse beschäftigt hatte, hatte die Welt daran gehindert, sich bis zum heutigen Tag weiterzudrehen. Präsident Bush hatte Präsident Putin in Moskau besucht. In Nepal war der Bürgerkrieg nach wochenlangen Verhandlungen als beendet erklärt worden. In Österreich war neuerlich eine große Koalition gegründet worden. Milton Friedman, der amerikanische Ökonom und Nobelpreisträger, war gestorben. Die Wettervorhersage mittelprächtig, aber kalt.

Karl suchte nach handschriftlichen Notizen in der Zeitung, fand aber keine. Dann legte er sie weg.

Was hatten all diese Dinge aus dem Paket miteinander zu tun? Sollte er sie mitnehmen? Wohin? Und warum? Gab es einen Zusammenhang mit irgend etwas, das er in Omnia schon erlebt hatte? Karl kam ins Grübeln. Er öffnete die Schublade des Tisches. Dort lag immer noch das Stück Schulkreide. Also wandte er sich der Wand mit dem Tafelanstrich zu. Dort war Platz genug, um alle Dinge aufzulisten. Er nahm die Kreide und notierte sie in alphabetischer Reihenfolge. War ein Code versteckt?

Bei manchen der Dinge war er sich nicht sicher, wie sie benannt werden sollten. „Rose" mit einem „R" oder „Kuvert" (in dem die Rose lag) mit einem „K"? Oder waren beide Buchstaben relevant? „Legofigur" mit „L" oder „Krankenschwester" mit „K"?

So würde er nie zu einer Lösung für einen Code kommen. Bald wurde der Platz knapp und er wischte nachlässig das eingekringelte Gleichheitszeichen von der Tafel, um für das Gummibärchen mit „G" Platz zu machen. Karl hielt inne und schüttelte unwillig den Kopf. Er zermarterte sich das Gehirn. Seine grauen Zellen glühten.

Der zweite Versuch, den er unternahm, um einen Code zu finden, war, die Dinge nach der Anzahl ihrer Buchstaben zu sortieren.

Als Nächstes versuchte Karl es mit rückwärts geschriebenen Wörtern.

Aber alle diese Ansätze waren zu ungenau, wenn er sich nicht einmal der vorgesehenen Bezeichnungen der Dinge sicher sein konnte.

In seiner Gleichung gab es nur Variable, keine Fixen. Beim besten Willen konnte Karl kein Muster erkennen. Nach geraumer Zeit hörte er auf, setzte sich auf die Tischplatte und starrte auf sein Gekritzel an der Tafel. Wo war nur die Lösung versteckt?

Er musste wohl ganz von vorne beginnen. Gedankenverloren schob er alle Dinge aus dem Paket auf dem Tisch hin und her. Er sortierte sie der Farbe, dann der Größe nach und schließlich nach ihrem geschätzten Gewicht. Weil Karl sich nicht sicher war, ob das vertrocknete Gummibärchen oder die Büroklammer schwerer war, wog er sie mit der Kaufmannswaage gegeneinander ab und plötzlich streifte ihn ein Geistesblitz.

Die Waage! Natürlich. Er musste die Dinge links und rechts so auf die Waage drapieren, dass beide Seiten genau gleich schwer waren. Die Nadel musste senkrecht stehen bleiben. Er musste die Dinge gegeneinander austarieren. Darum hatte auch das Gleichheitszeichen auf der Tafel gestanden. Das war ein Hinweis gewesen! Wie dumm, dass er nicht gleich darauf geachtet hatte. Karl begann, die Dinge links und rechts auf die Waagschalen aus Messing zu sortieren.

Zuerst machte es ihm noch richtig Spaß. Karl war mit Feuereifer bei der Sache. Er bekam rote Wangen. Es war spannend zu beobachten, wie die Nadel sich dem Null-Punkt annäherte und sich oben auf der Skala fast senkrecht stellte. Aber eben immer nur fast. Karl war ein guter Rechner. Es lagen 31 Dinge auf dem Tisch. Überschlagsmäßig gab es Hunderte, Tausende, Millionen von Möglichkeiten. Kam die Socke zu dem Tennisschuh und den Büroklammern auf die eine Seite und all die anderen Dinge auf die andere Seite?

Oder kam sie doch auf die Seite zum Kuvert mit der Rose, der Gartenschere und der mittelgroßen Murmel. Karl versuchte es auf die eine Art und versuchte es auf die andere Art. Er wurde zwar immer besser im Abschätzen der Gewichtsverteilung und manchmal näherte sich der Zeiger der Waage haarscharf der Mitte, nur um beim nächsten Ding, das er auf die Waagschale legte, wieder auf die andere Seite zu kippen. Es war kein Ende in Sicht und mit der Zeit begann es Karl zu nerven. Was er vor allem nicht wusste: Musste er alle Dinge auf die Waage stapeln oder nur ein paar? Durfte etwas übrig bleiben?

Nein, so ging das nicht. Das Herumprobieren verursachte zu viele Fehlversuche. Es musste einen logischen Weg geben, sonst würde er hier noch ewig sitzen.

Also überlegte sich Karl eine neue Strategie. Er begann in der linken und in der rechten Schale mit dem Ding, das ihm jeweils am schwersten erschien. Dann nahm er wieder zwei Dinge, die er ebenfalls in etwa gleich schwer einschätzte und platzierte sie gleichzeitig auf die gegenüberliegenden Waagschalen. Dann die nächsten und so weiter. Auch mit dieser Methode musste er mehrmals neue Anläufe nehmen.

Die Zeit verging, doch schließlich war er fast am Ziel. Karl legte die letzten zwei Büroklammern auf die Waagschalen und der Zeiger stand nun annähernd senkrecht. Karl atmete vorsichtig aus, um keinen Luftzug zu verursachen. Nichts passierte. Es musste daran liegen, dass die linke Waagschale einen Hauch oberhalb der rechten war und der Zeiger deshalb kaum wahrnehmbar, aber doch immer noch ganz leicht nach rechts ausgeschlagen stand. Karl fluchte leise. Er war nicht bereit, noch einmal von vorne zu beginnen und hatte die Nase gestrichen voll von diesem Geduldspiel. Der Tisch war leer. Es lag nichts mehr da, was er in die linke Waagschale hätte legen können.

Mehr aus Verzweiflung, denn aus Vernunft unternahm Karl den Versuch, den Schlüssel der brummenden Lotte aus seiner Hosentasche auf die linke Waagschale zu legen, aber wie zu erwarten, war der viel zu schwer und die Schale sackte sofort weit nach unten.

Karl entfernte den Schlüssel wieder. Wie gewohnt, wanderten seine Hände in seine Hosentaschen, während er nachdachte. Und dann probierte er es mit allen Dingen, die er von dort herauszog. Mit seinem Handy – natürlich viel zu schwer. Mit einem abgerissenen Schnürsenkel – nein. Mit einem Euro-Cent-Stück – vergeblich. Mit einem abgebrochenen Stück Radiergummi – keine Chance.

203

Zuletzt entfaltete Karl vorsichtig das Taschentuch, in dem er den Tränenkristall eingewickelt hatte und platzierte diesen auf der Waagschale. Aber auch der Kristall war zu schwer. Und dann waren da noch Smittys Haarbüschel und die Daune, die Karl aufgehoben hatte, als der schwarzgrüne, große Vogel sich im Garten von Omnia das Gefieder geputzt hatte. Er nahm die Feder mit spitzen Fingern aus dem Taschentuch und ließ sie auf die Waagschale hinabsegeln. Diese bewegte sich genau um den winzigen Hauch, der zuvor gefehlt hatte nach unten und der Zeiger der Waage bewegte sich auf der Skala exakt auf den Null-Punkt. Zeitgleich hörte Karl ein lautes Klacken unter dem Tisch.

Vom unerwarteten Geräusch erschreckt, beugte er sich rasch nach unten und sah, dass im Boden eine Klappe aufgesprungen war. Ob diese zuvor unsichtbar gewesen war oder er sie einfach nicht bemerkt hatte, konnte Karl nicht sagen. Jetzt jedenfalls war sie da. Und entriegelt!

25

Karl kniete sich nieder, um die Klappe ganz hoch-zustemmen. Eine Öffnung, die groß genug war um hineinzu-klettern, wurde sichtbar. Unten war es zapfenduster. Durch das fahle Licht von oben waren die ersten drei Stufen einer Leiter in die Tiefe erkennbar.

Ein paar Minuten lang lauschte Karl angestrengt ins Dunkel. Sein Abenteuer mit Archnitev war ihm eine Lehre gewesen. So schnell würde er nirgends mehr – ohne darüber nachzudenken – hineinspringen. Karl bildete sich ein, weit entfernt Stimmen zu hören, aber er war sich nicht sicher, ob das echt oder nur eine Täuschung war und er in Wahrheit das Rauschen seines Blutes und das Pochen seines Herzens wahrnahm.

Als nichts weiter passierte, schob Karl den Tisch zur Seite und probierte aus, ob die Stufen stabil genug waren, um ihn zu tragen. Es schien zu funktionieren. Also wagte sich Karl auf den Weg in die Dunkelheit.

In Gedanken zählte er die einzelnen Tritte mit. Nach zwölf Stufen hatte er den Boden erreicht. Vorsichtig wischte

Karl mit der Fußspitze hin und her. Der Boden war ganz eben. Angestrengt starrte er ins Dunkel. Nach einer Weile hatten sich seine Augen etwas daran gewöhnt. Er konnte schemenhaft die Umrisse eines kleinen, leeren Raums erkennen. Karl nahm einen Durchgang wahr, dahinter erahnte er einen Gang. Dort wurde die Dunkelheit wieder dichter.

Sehr vorsichtig tapste Karl in den Gang. Immer wieder drehte er sich nach der rettenden Leiter um. Das fahle Licht, das von oben herabströmte, beruhigte ihn etwas. Mit ein paar Sprüngen würde er sich jederzeit schnell in Sicherheit bringen können.

Nach ein paar Schritten bemerkte er aus der Richtung, in die er ging, einen punktuellen Lichtschein. Die Gesprächsfetzen, die er zuvor nur erahnt hatte, waren nun deutlicher wahrzunehmen. Worte konnte er keine verstehen.

205

Der Lichtschein kam von einem Loch in der Wand. Karl steuerte vorsichtig darauf zu. Das Löchlein war gerade so groß, dass Karls kleiner Finger durchgepasst hätte. Karl musste sich auf die Zehenspitzen stellen, konnte dann aber bequem durch das Loch äugen.

Zuerst blinzelte er vom Licht geblendet, dann aber nahm er einen recht gemütlichen Raum wahr. Karl ließ seinen Blick durch den Raum gleiten, um gleich darauf erschrocken zurückzuzucken. Auf der anderen Seite der Wand saßen sich zwei Menschen gegenüber. Zwei, denen Karl ganz sicher nicht begegnen wollte. Die eine war Frau Esterhazy, der andere saß mit dem Rücken zu Karl. Von seiner Statur und von der Farbe seiner Haare konnte es nur Magnus sein.

„..., weil mir immer noch nicht klar ist, wie genau wir

dagegen vorgehen können", beendete Magnus gerade seinen Satz.

„Aber mein Lieber. Bei Ihren Fähigkeiten kann das doch nicht das Problem sein", flötete Frau Esterhazy. Wie immer war sie gestylt wie eine Modepuppe aus den Fünfzigerjahren des letzten Jahrhunderts. Ihre Frisur war mit Haarspray unbeweglich an ihren Kopf betoniert und wippte auch nicht, als sie nun ihre beachtliche Leibesfülle in Bewegung brachte und dabei ihr Haupt hin- und herwiegte.

Magnus beugte sich zu ihr hinüber und da er seine Worte zwischen seinen Zähnen hervorzischte, konnte Karl nur Bruchteile verstehen: „… in der Öffentlichkeit … das Kind … Sie verstehen? Unmöglich! … nur in Omnia kaltmachen!"

„Aber, aber, mein Guter, Sie verstehen doch die Dringlichkeit. Die Zeit verfliegt. Meine Investoren warten nicht mehr ewig. Im Frühjahr sollen die Bagger kommen. Das geht nur, wenn bis dahin die Verträge unter Dach und Fach sind. Da müssen Sie sich schon ein wenig anstrengen. Schließlich haben Sie ja auch was davon." Frau Esterhazy beugte sich vor und tippte Magnus mit dem behandschuhten Zeigefinger an die Brust. „Ihre Schwester ist dann ein für alle Mal beseitigt. Das ist es doch, was Sie wollten?!"

„Frau Direktor, ja, das ist das Ziel. Aber ich fürchte, so einfach lässt sich das nicht bewerkstelligen. Es gibt keinen vorgezeichneten Plan, nach dem wir vorgehen können. Es gibt keinen Präzedenzfall. Niemand hat je versucht, das Hotel zu beseitigen und den Herrscher von Omnia gleich mit. Was, wenn Mimosa einen anderen Weg findet, in der realen Welt zu wirken?" Er schnaufte genervt: „Ich habe es Ihnen doch erklärt: Mimosa muss, meiner Meinung nach, die Anderwelt selbst schließen. Von innen. Wir müssen sie so weit bringen, dass sie das Portal der brummenden Lotte selbst versiegelt und damit ist dann Schluss. Dort ist dann dort und hier ist dann hier. Dann sind alle Fäden zwischen den Welten gekappt. Dann ist Schluss mit ihrem Einfluss in der Realität." Magnus beugte sich vor. „Noch einmal: Der springende Punkt ist, es muss von ihr ausgehen. Wir können nicht einfach die brummende Lotte mit der Abrissbirne wegschrammen. Wenn Mimosa will, dann findet sie einen anderen Weg. Sie muss dazu gebracht werden, nicht mehr zu wollen!"

Frau Esterhazy runzelte die Stirn.

„Oder", fuhr Magnus fort, „hätten Sie Freude daran, wenn in Ihrem neuen, schicken Hotel hier an diesem Platz plötzlich wieder so ein Wundertürchen durch die Gänge huscht oder Mimosa gar durch den Abfluss der Badewanne heraufgurgelt?"

„Um Gottes willen, nein!" Frau Esterhazy verzog pikiert das Gesicht.

Magnus lachte grimmig: „Sehen Sie! Also Frau Direktor, ich brauche noch mehr Zeit. Bald wird es Mimosa zu anstrengend, gegen mich anzukommen mit all ihrer großen Liebe in der Brust. Sie wird von Tag zu Tag schwächer. Sie werden sehen, bald gibt sie auf."

Entschlossen stemmte Frau Esterhazy sich aus ihrem Sessel und schnaubte laut vor Wut: „Nein, nein, nein, Herr Grau! Zeit ist etwas, das wir gar nicht haben. Meine Investoren wollen ihr Geld investieren und wenn sie das nicht können, dann stecken sie es woanders hinein. Sie, mein Lieber, mögen etwas von Bosheit verstehen, aber von Geschäften verstehen

Sie nichts. Schauen Sie, dass Sie Ihre Schwester in den Griff bekommen. Und zwar bald!"

Magnus war ebenfalls aufgesprungen und hielt Frau Esterhazy, die im Begriff war zu gehen, am Ärmel fest: „Frau Direktor, warten Sie! Es gibt noch etwas, das ich Ihnen besorgen könnte und das Sie mit Sicherheit besänftigen würde, während Sie mir die nötige Zeit verschaffen! Etwas Kostbares. Von drüben. So was gibt es in Ihrer Welt gar nicht."

Befremdet starrte Frau Esterhazy zuerst auf seine Hand, die immer noch grob ihren Ärmel festhielt, und dann in sein Gesicht, das ihr eine grausame Mischung aus Genervtheit und Chuzpe darbot. Abschätzig hob die Eigentümerin des Hotels eine Augenbraue und zischte verächtlich: „Und was genau sollte das sein?"

„Die Tränen meiner Schwester", flüsterte Magnus grausam.

„Uih, da bin ich aber gerührt, mein Lieber!", flötete Frau Esterhazy und klatschte gekünstelt die Hände zusammen. Dann stolperte ihre Stimme eine Oktave nach unten und ihr Gesicht verlor den letzten Funken gespielter Freundlichkeit „Und was soll ich damit anfangen? Mich darin baden?"

Kalt schaute ihr Magnus direkt in die Augen: „Nein, baden wäre eher ungünstig. Die Tränen werden zu Kristallen in ihrer reinsten Form. Hart, kalt, wertvoll. Man muss die Gute nur lange genug zum Weinen bringen, dann haben Sie bald mehr Geld beisammen, als all Ihre Investoren Ihnen bieten können."

Skeptisch blickte Frau Esterhazy zurück. „Warum sollte

ich Ihnen glauben. Bis jetzt haben Sie mir auch alles Mögliche versprochen und nur das Wenigste davon gehalten."

Magnus drehte sich um, ging zur Kommode, öffnete die oberste Schublade und nahm eine lackierte Schachtel heraus. Mit einem Klacken sprang sie auf. Darin lag ein kleines Säckchen aus dunkelrotem Samt. Magnus schnürte es auf. Böse lächelnd präsentierte er Frau Esterhazy einen hellen, blauen Kristall zwischen Zeigefinger und Daumen. Die Besitzerin des Hotel Mimosa schnalzte mit der Zunge und wollte danach greifen. Aber blitzschnell umschloss Grau den Tränenkristall mit seiner Faust.

Entrüstet wandte sich Frau Esterhazy zum Gehen, drehte sich dann doch noch einmal um und sagte: „Na gut. Tausend Stück von denen und Sie bekommen noch einen Monat. Einen Monat, aber keinen Tag länger!"

209

„Zwei Monate, meine Teuerste! Wir wollen doch auf Nummer sicher gehen", hielt Magnus entschieden dagegen.

„Sechs Wochen. Und basta, Grau!" Damit schritt Frau Esterhazy durch die Tür und knallte sie energisch hinter sich zu.

Magnus ließ sich in seinen Sessel fallen. Ein paar Sekunden starrte er vor sich hin, dann setzte er zu einem Lachen an. Es drang zuerst ganz tief aus seiner Brust, wurde dann immer lauter und lauter. Langsam ging es in ein Brüllen über.

Karl lief ein Schauer über den Rücken. Er fand, er hatte genug gehört – und dann musste er plötzlich, unerwartet und sehr laut niesen. Erschrocken schlug Karl sich beide Hände vor den Mund und sank von seinem Zehenspitzenstand zurück auf seine flachen Füße.

Das Brüllen im Zimmer nebenan war in der gleichen Sekunde verstummt. Vorsichtig näherte sich Karl wieder dem Guckloch, wagte jedoch kaum zu atmen, als er angestrengt mit dem linken Auge hindurchspähte. Sein Herz schlug bis zum Hals.

Wie versteinert saß Grau in seinem Sessel. Er schien angestrengt zu lauschen. Seine Augen waren zu schmalen Schlitzen verengt. Langsam bewegte er den Kopf in alle Richtungen und spähte im Zimmer herum. Plötzlich sprang er wie von der Tarantel gestochen auf, rannte von einem Eck ins andere, schob die Möbel grob zur Seite und riss Bilder von der Wand. Er arbeitete schnell und gründlich. Sein Gesichtsausdruck zeigte, dass er entschlossen war zu finden, wonach er suchte.

Karls Knie begannen zu zittern. Trotzdem wagte er nicht, sich auch nur einen Millimeter von dort wegzubewegen, wo er war. Er hatte Angst, das kleinste Geräusch könnte ihn verraten. Noch nie in seinem Leben hatte er sich so gefürchtet. Er konnte seinen Blick nur auf den Mann nebenan fokussieren, der wusste, dass Karl ganz in der Nähe war.

Wieder einmal kam Karl die rettende App von Gnorks in den Sinn, aber auch dieses Mal traute er sich nicht, das Handy aus der Hosentasche zu ziehen. Das Display würde hell aufflammen und womöglich würde die App bei ihrer Bedienung Geräusche von sich geben. Er würde den Wunsch laut aussprechen müssen. Nein, das konnte Karl nicht riskieren. Ihm war schlecht vor Angst. Er hatte das Gefühl, keine Luft mehr zu bekommen. In dem dunklen, stickigen Raum schien es immer heißer zu werden.

Plötzlich hielt Grau in seiner Suche inne. Er drehte sich

noch einmal um die eigene Achse und zischte dann emotionslos in den Raum hinein: „Warte nur, Bürschchen. Bis jetzt warst du immer schneller. Aber auf ewig wirst du mir nicht entkommen. Ich werde dich finden und glaub mir, ich habe keine Skrupel, dir den Garaus zu machen. Du wirst das Werk meiner Zerstörung nicht verhindern können und meine Pläne nicht länger durchkreuzen. Vergiss nicht: Du bist ein Wurm. Und ich wurde dazu geboren, ein König zu sein. Was immer du vorhast – ich werde dich zertreten wie einen unnötigen, lästigen Käfer!" Dann fing Magnus wieder an zu lachen wie ein Irrer, schnappte sich seinen Mantel vom Haken und schritt ebenso energisch wie kurz zuvor Frau Esterhazy – Türe knallend – aus dem Zimmer.

Karl begann vor Erleichterung zu keuchen. Endlich konnte er wieder Luft holen. Erst jetzt bemerkte er, wie schweißnass seine Hände waren. Er wischte sie an seinem Pullover ab.

Im selben Moment sprang drinnen krachend die Türe wieder auf. Karl schrie vor Schreck gellend laut auf und durch diesen schrillen Schrei verriet er dem hereinstürmenden Magnus seine Position. Genau das war Magnus' hinterhältiger Plan gewesen. Er schnappte sich den Sessel, auf dem zuvor noch Frau Esterhazy gesessen hatte, und schlug wie ein Verrückter auf die Wand ein, hinter der Karl sich versteckt hatte. Das Hotel Mimosa war alt und seine Wände waren dünn. Krachend bohrte das Bein des Sessels sich durch die morsche, tapetenbezogene Holzwand. Karl zögerte keine Sekunde länger und stolperte mehr als dass er rannte durch die Dunkelheit zurück zur Leiter. In Windeseile erklomm er die Stufen. Hart knallte er mit seinem Kopf gegen die Tischplatte über der Einstiegsluke. Karl taumelte. Sterne tanzten vor seinen Augen, als er weiterhastete und mit der Schulter die brummende Lotte auframmte und mit einem Sprung quer über den Gang die Wohnung erreichte. Dort hämmerte er mit beiden Händen gegen die Tür und als Alma endlich öffnete, hetzte er stolpernd an ihr vorbei. Er schrie sie an, die Tür sofort wieder zu verschließen.

Obwohl Alma sonst nie tat, worum Karl sie bat – zumindest nicht ohne einen äffigen Kommentar abzugeben –, warf sie die Tür ohne zu fragen und in der gleichen Sekunde ins Schloss. Denn Alma hatte Karls Gesicht gesehen. Es war gezeichnet von Panik.

Schnell folgte sie ihm ins große Zimmer, wo Karl sich auf Mamas Bett geworfen hatte. Er hielt sich seine riesige Beule zwischen Stirn und Haaransatz und sog vor Schmerz hart die Luft durch die Zähne ein.

„Karl! Was ist denn passiert?" In Almas Stimme schwang tiefes Mitgefühl. So kannte Karl seine Schwester nicht. Alma jedoch hatte den Ernst der Situation erkannt und machte sich Sorgen um ihren Bruder.

„Soll ich Mama anrufen?", fragte sie.

„Nein", presste Karl hervor, „geht schon."

„Lass mal sehen." Alma zog behutsam Karls Hände von seiner Stirn weg und untersuchte vorsichtig die Beule.

„Shit! Da muss sofort was Kaltes drauf, sonst platzt sie auf. Warte mal, ich hole etwas aus dem Kühlschrank." Sie huschte in die kleine Küche und kam mit einer Tube Senf zurück, die sie jetzt vorsichtig auf Karls Riesenbeule platzierte. Karl jaulte auf.

Alma verschwand wieder und hantierte mit Kochtopf

und Tassen herum. Fünf Minuten später erschien sie wieder mit Mamas Geheimrezept für Kinder, die Trost brauchten: zwei Tassen heißer Milch mit extra viel Kakao und einer ordentlichen Portion Zimt darin. In der freien Hand balancierte Alma einen Teller mit Butterkeksen zum Tunken.

Trotz seiner Schmerzen war Karl gerührt. Und obwohl ihm jetzt eigentlich nicht nach süßem Kakao war, griff er nach der Tasse, die Alma ihm entgegenhielt, setzte sich halb auf, lehnte den Kopf so an die Wand, dass die kühlende Tube mit dem Senf nicht herunterrutschen konnte und versuchte zu trinken, ohne etwas zu verschütten.

„Okay, jetzt aber raus mit der Sprache." Alma schaute Karl forschend an. „Mama und mir ist schon länger aufgefallen, dass du komisch bist, aber was machst du eigentlich wirklich, wenn du stundenlang in diesem Hotel abhängst? Mit wem triffst du dich hier? Hast du dich mit jemandem geprügelt?"

Karl zögerte. Sollte er klar Schiff machen? Er war sich nicht sicher. Seine Geschichte war doch viel zu verrückt, um sie zu erzählen. Er überlegte, eine Notlüge zu erfinden, kam sich dabei aber so schäbig vor, dass er schon den Versuch im Keim erstickte. Alma war gerade so fürsorglich und nett zu ihm.

„Also weißt du, Alma." Er zögerte. Es war nicht leicht. „Wahrscheinlich wirst du mir nicht glauben, aber es passieren Dinge in diesem Hotel, die können eigentlich gar nicht passieren.

„Aha. Und weiter?"

„Das ist so irre. Und gefährlich."

„Karl!?"

„Also, kurz gesagt: Ich muss die Welt retten." Karl schlürfte an seinem Kakao und sah Alma forschend an.

„Die Welt retten. Soso. Ich glaub', deine Beule ist inwendig genau so groß wie außen."

„Nein, jetzt hör doch mal zu, Alma! Also, du erinnerst dich doch an unsere Ankunft. Der Herr Josef hat mir da einen ganz komischen Schlüssel gegeben. Mit dem kann man eine Tür aufsperren, die im Hotel herumwandert. Und jedes Mal, wenn ich sie öffne, ist was anderes dahinter."

Und so erzählte Karl Alma die ganze Geschichte. Alma saß ihm mit offenem Mund gegenüber. Ihr Kakao wurde während des Zuhörens kalt.

Als Karl geendet hatte, blieb Alma eine Weile ganz ruhig. Sie sagte kein Wort. Sie starrte Karl einfach nur an, klapperte nach einiger Zeit mit den Augenlidern und sagte trocken: „Okay, das war jetzt eine schräge Geschichte!" Und dann, als wäre das das Klarste der Welt: „Aber! Wir müssen Mimosa natürlich retten!"

Karl schnaubte. „Alma, lustig! Wie denn? Wir sind keine Superhelden. Magnus will mich umbringen. Verstehst du das? Das ist kein Witz! Der ist hinter mir her. Er hat es mehr als einmal versucht. Den Kraken hättest du mal sehen sollen. Der war so groß wie ein Lkw. Und was sollen wir gegen die Esterhazy ausrichten? Alma, das sind alles Wahnsinnige! Die spinnen hier und drüben auch. Ich will mit denen gar nichts mehr zu tun haben. Sorry, dafür ist mir mein Leben zu viel wert. Ich würde schon noch gern erwachsen werden. Das Beste wäre, wir würden so schnell wie möglich hier wegziehen. Dann soll der Nächste, der den Schlüssel bekommt, die Königin und die Anderwelt retten."

„Karl, jetzt lass uns noch mal nachdenken. Außerdem hast du die App von diesem Zwerg ja auch noch. Mmmh. Da, nimm noch einen Keks!" Und nach einer Weile, in der beide schwiegen: „Was sagtest du, wo wohnt der Grau nochmal? Im obersten Stock?"

„Ja, warum?"

Alma zog bedeutungsvoll die Augenbrauen nach oben: „Och, ich hab' da so eine Idee."

26

Almas Idee war einfach, aber gefährlich. Sie redete sich den Mund fusselig, um Karl davon zu überzeugen, noch nicht aufzugeben. Teil dieses Abenteuers zu werden, schien Alma einfach zu verführerisch. Und natürlich ließ es sich für sie leicht reden, da sie selbst dem Grauen noch nie gegenübergestanden hatte, außer dem einen Mal im Aufzug. Und da hatte Alma ihn kaum wahrgenommen. Zumindest nicht als Gefahr.

Der Kern Almas Idee war sie selbst.

Karl war ganz und gar nicht überzeugt davon. „Nein, Alma, wie soll das funktionieren?!"

„Karl, also noch einmal von vorne: Magnus hat keine Ahnung, dass ich weiß, was er weiß und was du weißt. Er sieht in mir keinen Gegner! Der hat nicht die leiseste Puste-kuchenahnung, dass ich in alles eingeweiht bin. Ich bin Luft für den. Der sucht nur nach dir. Und dann macht er dich kickbox."

Karl schaute Alma empört an. Diese schien das ganze Thema einfach nicht ernst genug zu nehmen.

„Nein, jetzt schau nicht so, Karl! War ja nur ein Witz." Als Alma Karls Gesicht sah, lenkte sie ein. „Okay, okay, ich verstehe: Es ist keine Zeit, um jetzt Witze zu machen. Ich hör' eh schon auf! Also nochmal: Grau wird dich nicht kriegen! Du spielst nur den Lockvogel, lenkst ihn ab und ich werde aus dem Hinterhalt zuschlagen."

Das zumindest war Almas Idee. Oder so ähnlich.

Der Plan war nicht zu Ende gedacht und Karl bezweifelte sehr, dass Alma in der Lage sein würde, einen Mann wie Grau auszutricksen. Ein wichtiger Teil des Plans war, Magnus die Tränenkristalle zu stehlen, um Zeit zu gewinnen. Wie sie unbemerkt in die Wohnung von Grau einbrechen sollten, war Karl ein Rätsel. Aber er ließ Alma reden.

Sein Kopf schmerzte und er war froh, seine Sorgen nun zumindest mit jemandem teilen zu können. Auch wenn Alma ganz offensichtlich keine Ahnung hatte, von welchen Dimen-sionen und Bedrohungen sie da die ganze Zeit faselte. Und doch, in einigen Punkten hatte sie recht: Da war noch die Wunsch-App von Gnorks und die ganze Anderwelt würde ihm beistehen. Nicht zuletzt Mimosa, die ihn ja persönlich gebeten hatte ihr zu helfen. Vielleicht ergab sich wirklich die Gelegenheit Magnus auszuhebeln.

Irgendwann gab Karl sich geschlagen. Ihm fehlte zwar

der Mut weiterzumachen, aber im gleichen Maße fehlte ihm der Mut aufzugeben. Die Worte des Kleinen Prinzen klangen immer noch in ihm nach: „Natürlich hast du Verantwortung!" Und jedes Mal, wenn er an Mimosa dachte, sich ihr trauriges Gesicht vor Augen führte, dann spürte er tief in sich, dass er gar nicht aufhören konnte. Sie ließ ihn einfach nicht los. Karl willigte in den Plan ein. Alma feixte.

Am nächsten Tag wollten die beiden Kinder also gemeinsam losziehen.

Doch zunächst gab es am Abend noch ein gewaltiges Donnerwetter, als Fiona die große Beule sah und weder Karl noch Alma eine passende Geschichte dafür parat hatten. Dummerweise hatten sie sich nicht darauf vorbereitet, dass ihre Mutter natürlich eine Erklärung fordern würde. Die Geschwister stotterten mehr schlecht als recht herum.

„Äh, also, da war ein Unfall", begann Karl.

„Genau. Wir haben uns versteckt. Also Karl hat sich versteckt", beeilte sich Alma zu sagen. „Und dann boom!"

„Nein, der Unfall war auf der Straße und ich bin erschrocken."

„Was für ein Unfall?"

„Ähm. Mit Autos. Autounfall!"

„Und wieso hast du dich versteckt?", wollte Mama wissen.

„Versteckspiel!"

„Ja, genau Versteckspiel!", wiederholte Alma.

„Versteckspiel und gleichzeitig Unfall und dann wollte ich schnell schauen, was passiert ist und …"

„Und dann hat er sich den Kopf am offenen Fenster angeschlagen."

„Aha!" Mama schaute skeptisch. „Und was ist bei dem Unfall auf der Straße passiert? Gab es Verletzte?"

„Nö. Keine Ahnung!" Karl schaute verlegen weg und konzentrierte sich darauf, wie seine Zehen sich in seinen Socken bewegten.

„Ich dachte, du hättest geschaut, was passiert ist?"

„Ja, es gab eh Verletzte! Den Karl halt." Alma grinste zufrieden. Gerade noch einmal die Kurve gekratzt.

Fiona Schnabel glaubte ihren Kindern kein Wort. Und nichts hasste sie mehr, als angelogen zu werden. Also schimpfte sie erstens wegen der unnötigen Verletzung, zweitens wegen der offensichtlichen Flunkerei und drittens, weil sie überhaupt einen schlechten Tag gehabt hatte.

Im Café lief zwar alles bestens, aber eine ihrer neuen Kolleginnen hatte ihre Urlaubsfotos reihum gezeigt, was Fiona wieder einmal ihre schäbige finanzielle Situation vor Augen geführt hatte. Wann würde sie ihren Kindern wieder einen Urlaub spendieren können? So einen richtig tollen mit Meer, Wasserrutschen und Frühstücksbuffet. Eigentlich bevorzugte sie selbst ja ruhigere Ferien. Ein See, ein Zelt, ein Wasserfall, Lagerfeuer, keine anderen Menschen in der Nähe. Aber sie wusste natürlich auch, wovon ihre Kinder träumten und das war nun mal keine ländliche Idylle, sondern Action. Aber weder das eine, noch das andere waren im Moment realisierbar.

Der Abend hatte also mit Krach geendet und alle lagen schon recht früh im Bett, taten sich einerseits selbst leid und bedauerten andererseits, dass sie sich gegenseitig angelogen und beschimpft hatten. Karl tat außerdem der Kopf weh.

In der Früh wurde in Wohnung 315 so getan, als wäre am Vorabend nichts passiert. Das sicherte wenigstens den ohnehin sehr instabilen frühmorgendlichen Familienfrieden. Nur keinen Streit anzetteln war die Devise. Und heute funktionierte sie.

Als die Kinder mittags aus der Schule kamen – Alma zuerst und Karl eine Stunde später –, verschlangen sie aufgeregt ein Fertigmenü, das Mama ihnen am Morgen bereitgestellt hatte. Es war nur lauwarm, weil die beiden nicht die Geduld hatten, es bis zur empfohlenen Zeit aufzuwärmen. Auch dass es pampig schmeckte, war ihnen egal. Hauptsache, es konnte bald losgehen.

Karl war noch aufgeregter als gewöhnlich, weil Alma plötzlich einen Helden in ihm zu sehen schien.

Ja! Unglaublich, aber wahr. Alma! Die, die ihn sonst immer nur schwach anredete und sich über seinen nicht vorhandenen Style lustig machte. Alma, die meinte, er würde den neuesten Vibes nicht nur hinterherhecheln, sondern hinterherkriechen! Alma, die meinte: „Karl mein Bruder – der Oberlahmi". Alma, die meinte, Karl würde definitiv zu den zehn uncoolsten Typen der Schule gehören und behauptete, er hätte den Trendfaktor einer Vogelscheuche.

Das Blatt hatte sich gewendet. Jetzt war er Karl, der Abenteurer. Auserkoren von einer Königin. Dieser Heldenrolle wollte er natürlich gerecht werden. Er fühlte sich geschmeichelt. Mehr als das: Die neugewonnene geschwisterliche Zuneigung tat beiden Kindern gut und Karl war sehr stolz, dass er Alma heute in „seine" Anderwelt einführen durfte. Schlussendlich musste er zugeben, dass die Tatsache, zu zweit ein Abenteuer zu bestehen, weit weniger beängstigend war, als alleine in die Welt von Mimosa einzutauchen.

27

Fast hätten Alma und Karl die brummende Lotte gar nicht gefunden. Sie mussten drei Mal das ganze Hotel durchstreifen, bis sie endlich im ersten Stock auf die Tür trafen. Sonst war ihnen zum Glück keiner begegnet. Die Lotte gurrte zufrieden vor sich hin.

Andächtig strich Alma über das alte Holz. Sie blickte Karl erwartungsvoll an. Karl schob das Metallplättchen zur Seite, steckte seinen Schlüssel ins Schloss und drehte ihn einmal um. Knarzend sprang die Türe einen Spalt auf und Karl lugte vorsichtig hinein. Ein neuer Raum hatte sich aufgetan. Prunkvoller als jeder, den er hier bis jetzt gesehen hatte.

„Wow!", entfuhr es ihm.

„Aber hallo, ist das schön hier!" Auch Alma riss die Augen auf. Die beiden Kinder tapsten andächtig und langsam in einen riesigen Marmorsaal. Auf der linken Seite hingen raumhohe, goldverzierte Spiegel und auf der rechten Seite zeigten große Fenster in einen kunstvoll angelegten barocken Garten. Zwischen den Fenstern befanden sich wiederum Spiegel, die sich in den Spiegeln an der gegenüberliegenden Wand reproduzierten und den Raum bis ins Unendliche multiplizierten.

Vor den Spiegeln und vor den Fenstern standen antike Statuen, die mit Gold überzogen waren. Sie waren etwas versetzt aufgestellt, so dass sie sich auf der jeweils anderen Seite spiegeln konnten und den Eindruck erweckten, als ständen sie gegenüber noch einmal. Es befanden sich also dank der Doppelungen Tausende und Abertausende, nein, eine ganze Legion von goldenen Statuen im Raum.

An den schmalen Seiten des Raumes waren dunkle Gemälde angebracht – zu weit weg, um die Motive genau zu erkennen. Den Boden zierte ein riesiges Intarsienlabyrinth aus verschiedenfarbigen Marmorsteinen. Aber dafür hatte Karl keine Aufmerksamkeit übrig. Sein Blick war zu den Fenstern und in den Garten gewandert.

Am Ende einer langen Allee kam ein Wagen herangerollt. Er wollte so gar nicht zu der Pracht des prunkvollen Saales passen: Es war ein grauer Lieferwagen. Karl näherte sich einem Fenster, drückte sich hinter einen der goldfarbenen, schweren Brokatvorhänge, um von draußen nicht gesehen zu werden, und lugte hinaus. In mäßiger Geschwindigkeit kam der Lieferwagen näher und bremste scharf am Vorplatz ab. Kiesel spritzten weg. Die Wagentür auf der Fahrerseite öffnete sich.

Karl entfuhr ein spitzer Schrei. Dem Wagen entstieg Magnus. Alma, die in der Zwischenzeit die Statuen genauer inspiziert hatte, kam angerannt.

„Karl, was ist denn?" Ihr Blick folgte der Richtung, in die Karl versteinert blickte. Sie runzelte die Stirn. „Das ist doch der Grau, oder? Was macht der denn da?" Sie schien unbekümmert. Ihr war die Gefahr, die von diesem Mann ausging, immer noch nicht bewusst.

Und da sie nicht – wie Karl – in Schockstarre verfallen war, fiel ihr noch etwas anderes, sehr Ungewöhnliches auf. Das Bild da draußen schien nicht ganz klar zu sein. Es war nicht real. Irgendetwas stimmte hier nicht. Alma ging näher zur Scheibe und stupfte vorsichtig dagegen. Die Scheibe wölbte sich durch den leichten Druck ihres Fingers nach außen. Kurzzeitig blieb sogar eine Delle, die dann aber wieder spurlos verging. Das war kein Glas. Noch einmal drückte sie ihren Finger in die vermeintliche Fensterscheibe. Das Bild des Gartens verzerrte sich an dieser Stelle – kaum merklich, aber doch.

Karl achtete nicht auf Almas Experimente. Wie gebannt starrte er auf die Szene, die sich vor ihm abspielte. Magnus ging um das Auto herum und öffnete die rückwärtige Türe. Er kletterte halb in den Lieferwagen hinein und zog an etwas. Es schien ordentlich Gewicht zu haben. Zuerst war es nicht erkennbar, aber dann wurden ein paar Füße und Beine sichtbar. Magnus zog und zerrte weiter und zu guter Letzt hievte er sich die Last über die Schulter. Es war eine in ein schwarzes Tuch oder einen Teppich eingewickelte Person. Eine Frau, wie es schien. Sie war groß und schlank. Die Person war fest verschnürt, auch das Gesicht war nicht erkennbar. Es schien auch keine Bewegung von ihr auszugehen. Wie tot hing sie über Graus Schulter, der sich sichtlich mit ihr abmühte. Karl und nun auch Alma hielten die Luft an. Was spielte sich hier direkt vor ihren Augen ab? Keiner von beiden war fähig, ein Wort zu sagen.

Plötzlich stolperte Magnus und hätte seine Last fast fallen gelassen. Nur mit Anstrengung hielt er sich aufrecht und tarierte sich wieder aus. Aber das Tuch hatte sich durch die plötzliche Bewegung etwas gelockert und eine lange weiße Haarsträhne löste sich aus dem verschnürten Paket. Was Karl ohnehin schon geahnt hatte, wurde zur Gewissheit: „Mimosa!" Tonlos und ganz leise flüsterte Karl ihren Namen. „Alma, wir müssen da raus! Wir müssen sie irgendwie retten!"

„Karl, hast du nicht gesehen? Das hier ist nicht echt!" Alma patschte grob gegen das Fenster, das sich nun wieder eindellte. Das Bild verzerrte sich für einen Augenblick, dann war es wieder klar. „Das ist kein Glas! Karl, das ist ein Film, der hier abläuft. Das ist kein Fenster, das ist eine Leinwand." Karl stutzte, drückte dann selbst dagegen. Und wieder. Und noch einmal.

Magnus – draußen – hatte inzwischen das schlossartige Gebäude erreicht und mit dem Fuß eine schmale Tür aufgestoßen, die sich neben einem prunkvoll geschmiedeten, eisenbeschlagenen Eingangstor befand. Er blickte kurz an der Fassade des Gebäudes entlang und verschwand dann mit der eingewickelten Mimosa im Inneren. Die schmale Tür fiel hinter ihm zu.

Karl starrte Alma an. Sie starrte zurück. „Karl, wenn das ein Film ist, was ist dann hinter dieser Leinwand? Und wenn das ein Film ist, hat Magnus Mimosa vielleicht gar nicht gekidnappt? Wenn das ein Film ist, dann ist das Ganze vielleicht …"

„… eine Falle!", ergänzte Karl.

„Genau. Die wollen nur, dass wir glauben, er hätte Mimosa und plötzlich geht hier die Tür auf und sie holen uns anstatt ihrer." Alma war nun auch sehr aufgewühlt. Gehetzt blickte sie um sich und dachte angestrengt nach. „Aber was, wenn das keine Finte ist, sondern echt, nur das Ganze passiert nicht hier vor diesem Raum, sondern gerade irgendwo anders in Omnia?"

Karl atmete schwer. „Alma, komm, wir müssen hier etwas finden. Irgendwo muss hier ein Hinweis sein. Das war bis jetzt immer so. Es gibt etwas, das uns weiterhilft. Komm schon."

Aber Alma hatte Angst. Wie gelähmt stand sie da und schielte in Richtung brummende Lotte, die, schäbig wie sie war, recht unpassend in einem Eck des Prunksaales stand.

Karl folgte Almas Blick und schüttelte vehement den Kopf.

„Alma, komm, das nützt jetzt nichts. Du wolltest bei dem Abenteuer dabei sein, jetzt bist du mittendrin. Wir müssen Mimosa retten. Das hast du gestern selbst gesagt. Vielleicht ist ja wirklich alles nicht so gefährlich, wie es aussieht."

Aber so recht glaubte Karl selbst nicht daran. Mimosa war vermutlich Magnus' Gefangene. Vielleicht war sie tot. Obwohl – wollte Magnus ihr nicht die tausend Tränen für Frau Esterhazy entlocken? In diesem Fall musste sie leben um zu weinen. Keine Mimosa, keine Tränen. Aber besonders lebendig hatte sie, in diese Tücher geschnürt, nicht ausgeschaut. Wenn sie also noch lebte, mussten Karl und Alma versuchen, sie irgendwie aus Magnus' Fängen zu bekommen.

Karl schaute noch einmal hinaus in den Garten, oder besser gesagt auf die Leinwand, die einen Film von einem Garten zeigte, und gerade als er seinen Blick abwenden wollte, sprang das Bild. Für einen Augenblick war alles weiß, wie bei einem Filmriss, dann war da wieder der Garten. Am Ende der langen Allee kam ein Wagen angerollt. Es war der graue Lieferwagen von vorher. Wieder entstieg Grau dem Wagen auf der Fahrerseite, ging nach hinten, öffnete den Kofferraum, hievte sich die eingewickelte Frau auf die Schulter. Wieder stolperte er. Wieder fiel die weiße Strähne aus dem Menschenpaket. Der Film wiederholte sich.

Kurzentschlossen nahm Karl Alma bei der Hand. Ein sehr ungewohntes Gefühl. Er wusste nicht, wann er zuletzt Almas Hand gehalten hatte. Aber es fühlte sich trotz der Brisanz der Situation gut an. Es vermochte auch Karls eigene Angst zu dämpfen. Sie waren zu zweit. Bruder und Schwester. Es würde schon nichts passieren.

Hastig umrundeten sie gemeinsam den Prunksaal. An der Reihe der falschen Fenster entlang, vorbei an den riesigen Gemälden, denen sie wiederum keine Beachtung schenkten, und retour an der Seite der Spiegel. Sie umrundeten jede einzelne Statue. Sie studierten eine Zeit lang das Labyrinth am Fußboden, entdeckten mehrere Anfangspunkte und ganz in der Mitte einen leuchtenden Stern aus schneeweißem Marmor, aber sie hatten beide keine Geduld, die Wege zu verfolgen, testeten auch nicht, welche die blinden Enden waren und welcher als wahrscheinlich einziger Anfang zum Mittelpunkt führte. Sie waren in Eile. Suchten, und wussten nicht wonach.

Es war nichts Ungewöhnliches im Saal auszumachen. Und schließlich standen sie wieder vor der brummenden Lotte, ihrem Ausgangspunkt.

Hoffnungsvoll blickte Alma Karl an: „Sollen wir wieder gehen? Hier ist doch nichts."

„Nein!", entgegnete Karl entschlossen. „Es muss, muss, muss hier einen Hinweis geben! Wir haben ihn nur übersehen.

Komm, Alma, retour zum Anfang. Du gehst hier entlang, ich geh am Fenster. Am anderen Ende des Saales treffen wir uns wieder. Untersuch auch noch mal alle Statuen. Vielleicht gibt es irgendwo einen versteckten Knopf. Vielleicht liegt irgendwo ein Schlüssel. Vielleicht klebt irgendwo ein kleiner Zettel. Vielleicht ist etwas eingraviert. Vielleicht gibt die Anzahl der Statuen einen Hinweis. Vielleicht ist eine Klappe im Boden versteckt. Vielleicht klingt der Boden an einer Stelle hohl. Wir müssen einfach besser suchen!"

Und so durchquerten sie den Saal ein weiteres Mal. Jeder auf seiner Seite. Alma war besonders genau. Sie wollte ihrem großen Bruder beweisen, dass er recht daran getan hatte sie mitzunehmen. Wollte aktiver Part in diesem Abenteuer sein. Aber so sehr sie sich abmühte, ihr fiel nichts auf, was nicht hierher gehören könnte. Alles schien seinen Platz zu haben. Alles machte Sinn, sofern so viel Prunk überhaupt Sinn machen konnte. Es war nichts da, was das Auge störte oder einen Hinweis hätte geben können. Welches Rätsel – um Himmels willen – war hier zu lösen?

Über allem schwang die Sorge um Mimosa. War sie tatsächlich in der Gewalt von Grau und wenn ja, wohin hatte er sie gebracht? Und vor allem, was hatte er mit ihr vor? Was würde mit Mimosa geschehen, wenn Magnus genug Tränen hatte.

In Almas Nacken saß zudem kalt die Angst, selbst erwischt zu werden. Angespannt wartete sie jeden Moment auf eine unvorhersehbare Gefahr.

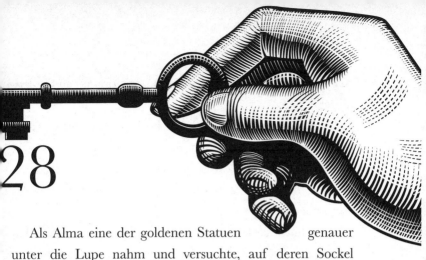

28

Als Alma eine der goldenen Statuen genauer unter die Lupe nahm und versuchte, auf deren Sockel hinaufzuklettern um herauszufinden, ob etwas in der Schale lag, welche die Statue lässig in der linken Hand balancierte, fiel ihr Blick mehr zufällig als beabsichtigt auf das riesige Gemälde an der Breitseite des Raumes. Alma stieß einen Schrei aus und sprang zurück auf den Marmorboden. Karl kam zu ihr herübergeeilt und folgte ihrem erstarrten Blick.

227

Das Gemälde war schauerlich. Es zeigte ein düsteres, mittelalterlich anmutendes Verlies, in das durch eine kleine Luke spärlich Licht hereinfiel. Auf einer Steinmauer, die rund um den Raum verlief, saß eine junge Frau. Ihr Haupt war gesenkt, ihr Gesicht verborgen, trotzdem sah man ihrer Haltung ihre Verzweiflung an. In wirren Strähnen fielen ihre langen, weißen Haare über ihre Schultern. In ihren Händen drehte sie eine Rose aus irisierendem Glas. Ihre Füße waren zerschunden. Schuhe hatte sie keine an. Am Boden lagen achtlos hingeworfene Tücher und eine Schnur. Durch ein Gitter konnte man einen Mann an einem Tisch sehen, der über eine moderne Apparatur gebeugt war.

„Das sind Mimosa und Grau", japste Karl aufgeregt. „Magnus hat sie in ein Gefängnis gebracht."

„Aber Karl, das ist doch auch nur ein Gemälde und das

zuvor war ein Film. Vielleicht soll uns beides nur in die Irre führen."

„Vielleicht. Vielleicht aber auch nicht. Wir müssen rausfinden, wo das Verlies ist. Komm, Alma, wir müssen weitersuchen. Hier ist irgendwas. Los, komm, lass uns nachsehen, was auf dem Gemälde auf der anderen Seite des Saales abgebildet ist."

So schnell sie konnten spurteten die Kinder durch den weiten Saal, bremsten ab und beiden klappte die Kinnlade nach unten. Auf dem Gemälde sahen sie ein riesiges Gemälde des Spiegelsaales. Und auf diesem Gemälde waren sie selbst. Da waren eine Alma und ein Karl, die vor einem Gemälde standen – so wie sie beide. Und diese beiden standen und begutachteten das Gemälde. Die gemalte Alma fingerte irgendwo auf dem Gemälde an der Wand herum.

„Karl, woher wussten die, dass wir kommen würden?", flüsterte Alma aufgeregt. Und lauter: „Wieso sind wir auf diesem Gemälde? Ich finde das hier echt spooky! Und was genau mache ich da auf dem Gemälde. Schaut aus, als würde ich den Finger irgendwo reinstecken."

Die echte Alma schaute den echten Karl ratlos an und der echte Karl dachte scharf nach. Dann suchte er die Wand ab, genau an der Stelle, an der die gemalte Alma auf dem Gemälde ihren Finger platziert hatte. Und! Genau an dieser Stelle entdeckte der echte Karl eine fingernagelgroße, quadratische Glasplatte.

Er versuchte durchzuschauen, konnte aber nicht durchsehen. Erst auf den zweiten Blick erkannte Karl nun, dass das hier ein hochmoderner Fingerprintscanner sein musste, wie er ihn schon öfter in Filmen gesehen hatte. Nacheinander probierte Karl seine sämtlichen Finger aus, aber nichts passierte. Und da es ja die gemalte Alma auf dem Gemälde war, die ihren Finger an die Wand hielt und nicht der gemalte Karl, versuchte anschließend die echte Alma ihr Glück. Sie wählte gleich den selben Finger wie die gemalte Alma, nämlich den Ringfinger ihrer linken Hand, und im selben Moment sprang geräuschlos eine schmale Tür mitten in dem Gemälde auf, die zuvor nicht sichtbar gewesen war.

Alma und Karl blickten sich an und traten dann zögerlich auf die entstandene Öffnung zu. Alma erschauderte, als sie aus dem Inneren das Gelächter eines Mannes empfing. „Das hat ja lange gedauert!", dröhnte es tief und schadenfroh.

Karl lugte vorsichtig ums Eck, jederzeit bereit zurückzuspringen. Stark blendete ihn eine unnatürlich wirkende Helligkeit aus dem Inneren. Er runzelte ungläubig die Stirn. Der Raum war sehr seltsam. Eigentlich hatte er keine Form. Er bestand aus unzähligen großen und kleinen verspiegelten Flächen. Es sah aus wie im Inneren eines geschliffenen Diamanten. Gleißendes Licht leuchtete jede der tausend Facetten aus. Woher es kam, war nicht auszumachen. Es war einfach da. Grell und unangenehm. Auch der Boden und die Wände waren verspiegelt.

229

Und inmitten dieses Raumes, der nicht größer war als etwa fünf Meter im Durchmesser, stand der lachende Mann. Gewandet war er wie ein Mensch aus der Renaissancezeit und auch sonst kam er Karl irgendwie bekannt vor. Irgendwo hatte er ihn schon einmal gesehen. Es wollte ihm nur nicht einfallen.

Doch Moment! Die seltsame Frisur mit den langen, glatten, in der Mitte gescheitelten Haaren und diese Nase!

Entgeistert starrte Karl den Mann an. Ja, tatsächlich, der Mann sah aus wie Lorenzo, der Erste de Medici. Der Lorenzo, den Karl unlängst im Geschichtsunterricht in der Schule durchgenommen hatte und der die ganze Klasse fasziniert hatte. Der Lorenzo, dessen Porträt in der Lobby des Hotel Mimosa hing.

Genannt Lorenzo „der Prächtige". Er hatte den Stadtstaat Florenz regiert, ohne tatsächlich die Amtsgewalt inne zu haben, indem er durch Geldgaben die Politiker seiner Zeit an sich band. Er regierte also quasi „hinten herum". Ließ regieren. Musste sich selbst weder die Hände schmutzig machen, noch den Kopf hinhalten, wenn etwas nicht so lief, wie es laufen sollte.

Hervorgetan hatte Lorenzo sich außerdem, indem er die wichtigen Künstler der Renaissancezeit an seinen Hof geholt, finanziell unterstützt und mit Aufträgen überhäuft hatte. Er war ein vielseitiger Mäzen und ohne ihn wären so berühmte Maler wie Botticelli, Leonardo da Vinci und Michelangelo, welchen er als Kind sogar in die eigene Familie aufgenommen hatte, niemals zu Ruhm und Ehre gelangt. Zumindest nicht so schnell und nachhaltig. Gleichzeitig ließ Lorenzo durch diese Ausnahmekünstler sein eigenes Image aufpolieren und seine Geltungssucht stillen.

So hatte es Karl jedenfalls gelernt. Wie auch immer, jetzt stand dieser Lorenzo eine Armlänge entfernt vor Alma und ihm selbst in dem gleißenden Raum. Karl zog die Brauen hoch. War das hier eine Zeitreise? Oder war dieser Lorenzo unsterblich oder aber war dieser Mann gar nicht der Lorenzo, für den er ihn hielt?

„Ich habe euch die ganze Zeit beobachtet, aber ihr seid

nicht sonderlich listig vorgegangen bei eurer Suche. Es war doch evident, dass die Gemälde einen Hinweis enthalten müssen", dröhnte er. Und mit näselnder Stimme und etwas vornehmer, als wäre er sich gerade seiner eigenen Würde wieder gewahr geworden, fügte er hinzu: „Nun, ihr seid gekommen, um mich zu bewundern. Hier bin ich also, Lorenzo der Erste und gleichzeitig der Vierundsiebzigste. Mächtig, prächtig und berühmt."

„Der Erste und der Vierundsiebzigste gleichzeitig? Oh, ich verstehen, dann sind Sie also ein Nachfahre der Medicis?", traute sich Karl endlich zu fragen. Etwas anderes fiel ihm nicht ein, denn er wollte lieber nicht zugeben, dass er nicht um der Bewunderung willen gekommen war, sondern von der brummenden Lotte durch Zufall hierhergeführt worden war.

„Nun ja", hob Lorenzo an und warf sich in die Position eines Dozenten, „ich bin kein Nachfahre, sondern ein Echtklon. Das ist effizienter, als Nachfahre zu sein und die Blutlinie immer wieder verwässert zu bekommen. Der große Leonardo da Vinci war der erste Mensch, der mit Hautfetzen experimentiert hat. Er hat ein gewisses Talent für diese Technik der Reproduktion an den Tag gelegt. Leo hat sich auch selbst geklont und seine Klone wiederum haben nach seinem Ableben diese Ursprungstechnik verfeinert, zumindest was meine Klone anbelangt. Die Klone von Leonardo selbst sind zwar an Intelligenz unübertroffen, sehen allerdings ein wenig – sagen wir mal – „eigenartig" aus."

Der vierundsiebzigste Lorenzo lachte hämisch, tippte sogleich auf einem elektronischen Tablet herum, das er aus den Tiefen seines weit geschnittenen Mantels gezogen hatte, und zeigte den entsetzten Kindern das Foto eines Mannes mit drei auf der Stirn senkrecht übereinanderhängenden Augen, zwei unappetitlichen Nasenlöchern ohne Nase und einem Mund, bei dem die Ober- und die Unterlippe diametral zueinander verschoben waren. Das war mehr Monster als Mann, trug einen weißen Kittel und stand mit hängenden Armen – Moment, da waren viel zu viele Finger an den Händen! – in einem hochmodernen Labor.

„Tja, keine Schönheit, unser Professor Vinci. Aber er ist ganz ein Lieber. Man täte ihm unrecht, ihn als Unmensch abzutun. Zumal er die Weisheit von achtundsechzig da Vincis in sich trägt. Ja, das erstaunt euch wohl zu Recht! Ihr zwei seht übrigens auch aus, als wäre der eine vom anderen geklont. Seid ihr Zwillinge?"

Alma schnaubte empört, Lorenzo schien aber ohnehin auf keine Antwort zu warten. Er interessierte sich nur für sich selbst.

„Also, Kinder, wollt ihr Fotos von mir machen? Selfies mit dem prächtigen Lorenzo? Wo soll ich mich hinstellen? Vielleicht draußen vor die goldenen Statuen? Meet and greet Lorenzo, hahaha!"

Unsicher schielte Alma zu Karl. Was lief denn hier ab?

Karl besann sich plötzlich wieder seiner Sorge um Mimosa, wollte weiter: „Herr Lorenzo, ich finde Sie wirklich toll und auch, dass Sie ein Klon sind vom echten Lorenzo, aber …" Weiter kam er nicht.

„Ich bin nicht nur ein ordinärer Klon vom echten Lorenzo! Was glaubst du denn, wer ich bin? Ein Abziehbild? Nein! Ich bin ein Echtklon! Meine Zellen sind die Zellen des Prächtigen, also bin ich ebenfalls der Prächtige! Das wird ja wohl nicht so schwer zu verstehen sein. Lernt ihr nichts in der Schule?" Beleidigt drehte Lorenzo sich weg, aber durch die Spiegel an der Wand waren seine umwölkte Mimik und die vor der Brust verschränkten Arme immer noch gut zu sehen.

„Beleidigte Leberwurscht", dachte Karl bei sich und überlegte, wie er diesem eigenartigen Kerl Details zur Entführung Mimosas entlocken könnte. „Sehr geehrter Herr Lorenzo, der Echte, Mächtige und Prächtige."

Alma prustete los, aber Karl machte eine energische Handbewegung, die sie verstummen ließ.

„Herr Lorenzo, der Erste", hob Karl noch einmal an und warf Alma einen drohenden Blick zu, damit sie nicht wieder loskicherte, „wir sind sehr froh und auch sehr geehrt, dass wir Ihnen von Angesicht zu Angesicht gegenübertreten dürfen und sind uns durchaus bewusst, dass diese Ehre nicht jedem zuteil werden kann. Also, wir finden Sie sehr, sehr toll und … genial und äh, also ich bin gerade etwas aufgeregt, dass ich Sie hier treffen kann. Wir würden natürlich gerne ein Selfie mit Ihnen machen. Die Statuen würden sich sicherlich toll machen im Hintergrund. Vielleicht könnten Sie uns auch ein Zeugnis Ihrer unermesslichen Intelligenz geben und uns eventuell erklären, warum da draußen im Saal so ein komischer Film läuft, anstatt den Garten in seiner tatsächlichen Form durch die Fenster zu zeigen? Hoffentlich stört die Leinwand unser Foto nicht durch Reflexionen." Karl, der während seiner Rede keine Luft geholt hatte, schnappte nun danach.

Lorenzo hob geschmeichelt den Kopf, um ihn sogleich wieder salbungsvoll zur Seite zu neigen: „Der Garten – also das ist so: Der Garten ist echt, aber das Wetter nicht. Wenn es draußen regnet, dann lasse ich mir schönes Wetter einspielen. War meine Idee übrigens. Der Professor hat das dann für mich realisiert."

„Das heißt, Sie haben das schöne Wetter an irgendeinem Tag in der Vergangenheit abgefilmt und dieser Film läuft dann in Dauerschleife?"

„Wohlan, so verhält es sich."

„Und an welchem Tag hat Ihnen das Wetter so gut gefallen, dass es abgefilmt wurde?"

„Das bestimmt der Zufallsgenerator. Irgendein schöner Tag wird ausgewählt."

Oje, dann standen sie mit ihren Fragen also wieder ganz am Anfang. Falls es eine Entführung gab, könnte die an jedem Tag mit halbwegs schönem Wetter stattgefunden haben.

„Manchmal bleibt auch einfach das gute Wetter vom Vormittag im Film stehen, wenn es am Nachmittag regnet, so wie heute", fuhr Lorenzo fort zu dozieren.

Heute Vormittag! Nun war er also doch gekommen, der entscheidende Hinweis. Karl merkte, wie Alma nur schwer ihre Aufregung unterdrücken konnte. Aber jetzt hieß es ruhig bleiben. „Aha, also könnten wir dann vielleicht das Foto mit Ihnen im Garten machen?"

„Im Garten? Natürlich nicht! Es regnet ja aktuell da draußen."

„Ach so, ja stimmt. Wäre ja auch nicht so hübsch, wenn der Lieferwagen, der vor dem Eingang steht, das Bild stört."

„Ähm, ja, der Lieferwagen. Magnus, der Gute, hat ihn wohl wieder einmal ins Parkverbot gestellt. Das macht er immer! Ich hab ihm schon hundertmal gesagt, er soll seinen schäbigen Karren woanders hinstellen", ärgerte sich Lorenzo.

„Was liefert dieser Magnus denn so? Ist er ein Hof-lieferant?"

„Nein, wo denkt ihr hin. Ich brauche keine Lieferanten. Professor Vinci stellt mir her, was ich zum Leben brauche. Nahrung nehme ich nur in Pillenform zu mir oder virtuell. Das trägt nicht so auf. Auch den Genuss kann man übrigens simulieren. Da muss man nur …"

Karl wurde ungeduldig und unterbrach Lorenzo: „Ja, und was macht Magnus dann hier, wenn er nichts liefert?"

„Sag mal, Bürschchen, warum interessiert dich das eigent-lich? Hä?! Ich dachte, ihr seid wegen mir hier!"

Sofort versuchte Karl zurückzurudern: „Es interessiert mich eh nicht, mir ist nur gerade wieder eingefallen, wie schrecklich ein Selfie mit grauem Lieferwagen aussehen würde."

„Ja stimmt, das Selfie! Ich werde Magnus wirklich sagen müssen, er soll woanders parken, auch wenn er seine Miete pünktlich zahlt."

„Er zahlt Miete – wofür denn?", versuchte Karl noch eine vorsichtige Frage.

„Miete fürs Verlies. Er hat sich im Verlies eingemietet. Was er dort treibt, ist mir wurscht, solange er zahlt. Also Kinder-chen, wo sollen wir das Bild nun schießen? Kommt, kommt, kommt, kommt." Lorenzo bedeute den beiden Kindern mit einer huldvollen Handbewegung, seiner Prächtigkeit zu folgen.

Um Zeit für noch mehr Fragen zu gewinnen und Lorenzos Vertrauen zu erschleichen, postierten sich die Kinder im Prunksaal vor einer der goldenen Statuen und dann noch einmal vor den Spiegeln und machten mit Karls Handy mehrere Fotos. Während sie gekünstelt lächelten, machten sich die Kinder fieberhaft Gedanken, wie sie an weitere Antworten auf ihre brennenden Fragen kommen könnten. Wo war das Verlies und wie konnten sie dorthin kommen?

Nun aber versuchte Alma ihr Glück in detektivischer Investigativkunst: „Herr Lorenzo, wie groß ist denn Ihr wunderschönes Schloss? Es muss doch riesengroß sein!"

„Nein, wieso sollte es groß sein? Wichtig ist für mich nur der Prunksaal. Hier repräsentiere ich. Mehr brauche ich nicht, um prächtig zu sein. Das ist doch klar."

„Ach so, aber wie empfangen Sie denn ihre Bewunderer? Wo ist denn die Freitreppe, die zu Ihnen herauführt!"

„Gibt es nicht, die Besucher werden gebeamt. Früher gab es mal vom Haupteingang einen Gang durch ein Labyrinth. Ihr seht es hier gedoppelt am Boden, aber das ist heutzutage bei dem schwachen Bildungsniveau der Menschen viel zu kompliziert. Man musste früher schwere Rechenaufgaben lösen um zu wissen, an welcher Kreuzung des Labyrinths man abzweigen musste. Das war ein tolles Rätsel. Schau mal da, jedes Mal, wenn eine Rechnung richtig gelöst wurde, erschien eine Stufe im Boden. So ging es langsam abwärts. Und genauso von unten nach oben. Auf diese Art verloren meine Besucher aber zu viel wertvolle Bewunderungszeit. Ankommen, auf die Beamerplattform stellen, raufbeamen, bewundern! So geht das heute."

„Wow, können Sie uns auch mal runterbeamen?"

„Wie, ihr wollt schon gehen? Ich habe euch doch meine Ahnen-Geschichte gar nicht zu Ende erzählt."

„Herr Lorenzo." Alma wirkte etwas genervt und Karl hatte größte Bedenken, ob dieser Ton bei Lorenzo gut ankommen würde. „Ihre Geschichte ist sicher hoch interessant und es tut mir echt leid, dass wir sie nicht zu Ende hören können, aber wissen Sie, mir ist plötzlich furchtbar schlecht." Alma würgte vernehmlich. „Ich glaub, ich muss gleich kotzen. Wissen Sie, ich habe eine sehr ansteckende Krankheit, bei der sich zuerst der Magen zersetzt und dann in Folge, durch die Speiseröhre nach oben, mein Gesicht zerstört wird. Mein Körper frisst sich quasi selbst von innen auf. Sehen Sie mal in mein Gesicht, der Zerfall kommt bald."

Alma verzog ihren Mund nach rechts unten und riss das linke Auge weit auf. „Ich musste auch mit der Schule aufhören, weil jeder Angst hatte sich anzustecken. Nur Karl ist immun, weil er mein Bruder ist. Es fallen einem mit der Zeit alle Zähne aus und die Haare. Sogar die Nase zersetzt sich. Es wird recht schauerlich werden zum Schluss. Aber ich bin tapfer, wissen Sie! Nur jetzt gerade ist mir sehr, sehr, sehr schlecht und ich wäre froh, wenn Sie mich an die frische Luft beamen könnten." Alma fantasierte ohne Strich und Komma. Karl starrte sie entsetzt an. Was war denn das für ein Schauermärchen? War Alma nun völlig durchgedreht?

Lorenzo rückte während Almas Schilderung immer weiter von den Kindern ab. Angst, Schrecken und vor allem Ekel waren ihm deutlich anzusehen. Er zog die Augenbrauen immer weiter nach oben. Dann deutete er mit der lang ausgestreckten Hand in eine Ecke des Saales und trat weitere zwei Schritte zurück. Er hielt sich die Hand schützend vor Mund und Nase und hauchte: „Dort drüben ist die Station zum Beamen. Moment, ich lasse euch gleich nach unten befördern. Ähm. Husch jetzt. Geht!"

Die Kinder eilten in die Ecke, in die Lorenzos Finger wies, während dieser hektisch auf seinem Tablet herumtippte. Aus dem Boden hob sich eine kreisrunde Platte aus dem Intarsienmuster heraus und die Kinder stellten sich darauf. Im selben Moment ertönte ein lautes Piepen und eine weibliche, recht angenehme Stimme sagte: „Meine Damen und Herren, Sie werden nun gebeamt. Bitte bewegen Sie sich nicht mehr und verlassen Sie die Plattform rasch, wenn Sie den nächsten Piepton vernehmen!" Und mit einem lauten PIEP, keine zwei Sekunden später, standen die Geschwister im Garten. Alma sah ihren Bruder triumphierend an. High five! Karl schnalzte mit der Zunge. Es regnete.

29

Die Geschwister hopsten rasch von der Plattform und sahen sich um. Der graue Lieferwagen stand nicht mehr vor dem Schloss. Reifenspuren führten auf dem Kies in den Wald hinein. Die Kinder näherten sich der schmalen Tür, in welche Grau mit Mimosa zuvor auf dem Film verschwunden war.

„Schau mal", wisperte Alma. Sie zeigte zum Schloss. Wenn man den geraden Pfad zum großen, eisengeschmiedeten Tor verließ, verzerrte sich der Eingang und somit die gesamte

Optik des Schlosses. Alles war hier nur Attrappe. Von vorne sah wohl alles perfekt aus. Wenn man die erlaubten Wege allerdings verließ, konnte man sehen, dass das Schloss nur eine Kulisse aus billigem Sperrholz war. Aber das prächtige Tor und die unauffällige Tür daneben gab es wirklich.

Als sie über ein Stück Rasen huschten, bemerkte Alma, dass auch dieser nicht echt war.

Karl hatte keinen Sinn für Details, er wollte so schnell wie möglich zum Verlies, um Mimosa zu befreien. Die Tür war nicht verschlossen und die Kinder schlüpften ins Innere.

Modriger Mief stieg ihnen in die Nase. Es stank erbärmlich, war kalt und feucht. Karl eilte voran und versuchte, so wenige Geräusche wie möglich zu verursachen. Alma hielt dicht hinter ihm Schritt. Als eine Ratte direkt vor ihren Füßen vorbeirannte, musste sie an sich halten, um nicht laut aufzuschreien. Die Kinder schlichen an einigen leeren Nischen vorbei und passierten mehrere Biegungen und dunkle Abzweigungen, dann bemerkten sie einen fahlen Lichtschein. Abrupt blieben Karl und Alma stehen und schlichen auf Zehenspitzen weiter. Vorsichtig lugte Karl um die Ecke.

„Oh nein!", keuchte Karl. „Sie ist nicht mehr hier!" Wütend stampfte er auf den Lehmboden. Das Verlies – exakt der gleiche Raum, den sie oben im Prunksaal auf dem Gemälde gesehen hatten – war leer.

Alma trat in die Gefängniszelle und begann, ohne zu zögern den Raum zu durchsuchen. Rein gar nichts ließ auf einen unfreiwilligen Besuch von Mimosa schließen. „Hier ist nichts. Vielleicht waren sie ja gar nicht hier. Denk dran, wir haben ja nur einen Film gesehen."

„Doch, sie waren hier!" Karls Stimme brach. Er bückte sich und hob einen Tränenkristall vom Boden auf. „Schau, der hier ist von Mimosa. Sie hat geweint." Er legte den Kristall in Almas ausgestreckte Hand.

Fasziniert drehte Alma den Stein hin und her, leckte daran und meinte: „Mmh, schmeckt gar nicht salzig."

Karl kniff die Augen zusammen und sagte streng: „Alma, spinnst du? Bleib bei der Sache."

Beleidigt drehte sich Alma weg, dann stieß sie einen Schrei aus: „Schau mal, Karl, dort drüben in der Kiste! Da blinkt etwas!"

Und tatsächlich. Neben dem Gang, aus dem sie gerade gekommen waren, stand am Boden eine alte Holzkiste. Sie war leicht geöffnet und aus einem Spalt war undeutlich, aber doch, das Pulsieren eines blauen Lichtes zu sehen.

Karl und Alma stürzten darauf zu und rissen die Kiste auf. Darin befand sich, nachlässig mit einem dunklen Tuch abgedeckt, ein elektronischer Kasten mit vielen Knöpfen und Tasten und einem Helm, der mit mehreren Kabeln am Schaltkasten befestigt war. Die Kinder hievten beides heraus, schlossen die nun leere Kiste und stellten den Kasten darauf, damit sie ihn genauer untersuchen konnten. Das Blinken kam von der Batterieanzeige. Die Batterie neigte sich dem Ende zu.

Die Kinder betätigten nacheinander alle Knöpfe. Es summte. Dioden gingen an und wieder aus. Der Helm begann zu vibrieren.

„Karl, ich glaub einer von uns muss diesen Helm aufsetzen, vielleicht können wir etwas herausfinden."

Die Kinder blickten sich an. Wer sollte es wagen?

„Ich mach das! Alma, du drückst dann hier, das ist der Knopf, der den Helm zum Vibrieren bringt. Glaube ich zumindest."

Erschrocken schüttelte Alma den Kopf, aber Karl hatte sich den Helm schon übergestülpt und nickte seiner Schwester ermutigend zu: „Los mach!"

„Und was soll ich machen, wenn du tot umfällst?"

„Das wird schon nicht passieren! Komm, drück jetzt den Knopf. Mimosa sollte ja auch nur weinen und nicht sterben." Aber selbst Karl war sich nicht sicher, ob dieses Experiment eine gute Idee war. Adrenalin schoss durch seinen Körper, als Almas Finger sich dem Knopf näherten. Alma biss sich auf die Unterlippe, holte tief Luft durch die Nase, warf Karl einen skeptischen Blick zu und drückte schließlich auf den Knopf.

Sofort begann der Helm wieder zu vibrieren. Zunächst nur leicht, dann immer stärker. Alma beobachtete Karl argwöhnisch, den Finger immer noch am Knopf, bereit, das Experiment jederzeit abzubrechen.

Karls Augen weiteten sich. Sein Körper begann zu zucken und seine Finger zitterten wie Espenlaub. Ein furchtbares Schauspiel begann in seinem Kopf. Grausame Szenen spielten sich in seiner Fantasie ab. Nie gesehene Bilder zuckten durch seine Ganglien. Ein Schreckensszenarium entrollte sich vor seinem inneren Auge. Karl jedoch war wie gelähmt und weder in der Lage, sich den Helm vom Kopf zu reißen, noch einen Laut von sich zu geben. Er litt grausame Qualen. Ihm wurde kalt, als wäre sein Herz zu Eis gefroren. Es schlug bedenklich langsam und drohte jeden Moment auszusetzen.

Alma, die von all dem nichts ahnte, beobachtete Karl

gespannt und wartete auf einen Hinweis ihres Bruders. Der aber sagte nichts. Zitterte nur, was Alma normal erschien, da der Helm ja ebenfalls ordentlich wackelte.

Das Ganze dauerte mehrere Minuten, die sich für Karl wie eine Ewigkeit hinzogen. Alma legte den Kopf zur Seite und wartete immer noch. Und erst als Karls Zittern stärker wurde und plötzlich seine Pupillen nach oben wegrollten, sodass das Weiße in seinen Augen sichtbar wurde, begann Alma zu ahnen, dass hier etwas nicht so war, wie es sein sollte. Endlich betätigte sie den Ausschaltknopf.

Sofort sackte Karl kraftlos zusammen und begann bitterlich zu weinen. Alma erschrak fürchterlich, umarmte Karl und drückte ihren Bruder an sich. „Karl, was hast du denn? War es denn so schlimm? Wieso hast du nichts gesagt, ich hätte ja früher ausschalten können!"

Alma nahm Karl vorsichtig den Helm vom Kopf. Verzweifelt versuchte sie, ihren schluchzenden Bruder zu beruhigen, um ein Wort der Erklärung von ihm zu bekommen. Sie kauerte sich neben ihn, streichelte seine Wange und sah ihm forschend ins Gesicht. Aber es dauerte eine ganze Weile, bis Karl sich wieder so weit gefasst hatte, dass er in der Lage war, zumindest teilweise zusammenhängende Sätze zu formulieren:

„Es war schr−, schrecklich! Alma, diese Bilder im Kopf! Uh, aaaahhhah." Karl japste nach Luft. „Wenn, −nn du da ein− einschaltest, dann … dann … D− das hält man gar nicht aus! Alma, ich muss, muss hier r− raus! An die frische Luft!"

Besorgt stützte Alma ihren Bruder, während dieser aus dem Gang hinaus in den Garten stolperte. Erst im Freien hatte sich Karl halbwegs wieder im Griff. Er sank auf die

Knie und wischte sich mit dem Ärmel seines Pullovers über das tränennasse Gesicht. Dann holte er noch ein paar Mal tief Luft. Er schloss die Augen, aber die Bilder in seinem Kopf flirrten immer noch durcheinander. Grausam und böse. Er schüttelte sich.

„Alma, Grau hat Mimosa gefoltert, damit er an ihre Tränen kommt. Wenn du den Helm auf den Kopf setzt, fängt in deinem Hirn ein Film an zu laufen."

„Jetzt erzähl doch mal, was hast du denn da gesehen?", fragte Alma begierig nach Details.

Karl blickte Alma prüfend mit roten, verweinten Augen an, als wolle er abwägen, ob sie dem Grauen gewachsen wäre und schüttelte dann den Kopf. „Frag nicht. Das willst du nicht wissen." Eine ganze Weile sagte Karl gar nichts mehr, starrte in den künstlichen Rasen und versuchte zu verarbeiten, was er gesehen hatte. Alma traute sich nicht, etwas zu sagen. Dann hievte Karl sich hoch. „Komm. Wir müssen weiter. Vielleicht finden wir einen Hinweis, wohin Grau Mimosa von hier gebracht hat."

„Aber Karl, ich bin doch kein Baby mehr. Erzähl mir bitte, was du gesehen hast", versuchte Alma es noch einmal. „War es was Echtes? Oder etwas Erfundenes, Schreckliches?"

Karl schüttelte langsam den Kopf, hob die Schultern und sagte traurig: „Wenn ich das wüsste. Ich … ich hoffe, das war nur erfunden, sonst …"

„Sonst was?"

„Lass es endlich, Alma! Gehen wir! Wir müssen Mimosa suchen." Karl drehte sich um und ging den Kiesweg entlang, der vom Schloss in den Wald führte.

Alma blieb zunächst stehen und schaute ihrem Bruder

enttäuscht nach. Sie war beleidigt, weil er sie nicht einweihen wollte, auf der anderen Seite aber auch ein wenig froh, dass nicht sie selbst den Helm aufgesetzt hatte. Augenblicke später rannte sie los, um Karl einzuholen.

Nach ein paar Hundert Metern, auf denen die zwei nichts fanden, was ihnen einen Hinweis hätte geben können, wo Mimosa war, erreichten sie den Wald. Dann passierte etwas Seltsames. Karl, der zwei Schritte voranging, prallte plötzlich nach hinten, als wäre er gegen etwas gestoßen. Er hielt sich die schmerzende Seite, mit der er auf den Widerstand aufgelaufen war. Dann tappte er vorsichtig noch einmal dagegen.

Die Kinder standen vor einer unsichtbaren Wand. Kalt wie Glas und ebenso hart. Karl bückte sich und warf ein paar Kiesel dagegen. Es gab ein klackendes Geräusch und die Kiesel fielen auf den Boden. Hier war kein Durchkommen. Die Kinder gingen ein Stück nach links und dann nach rechts. Der Widerstand gab nirgends nach. Vielleicht gab es einen versteckten Mechanismus, der die unsichtbare Wand öffnete, aber so sehr Karl und Alma sich auch abmühten und alles abfingerten, sie konnten ihn nicht finden. Nach einer Weile resignierten die beiden und gingen wieder Richtung Schloss.

Um zurück ins Hotel Mimosa zu gelangen, mussten sie durch die brummende Lotte. Nur wie sollten sie wieder zum Spiegelsaal hinaufkommen? Weder Karl noch Alma hatten große Lust, noch einmal auf Lorenzo zu treffen, und der wohl auch keine, Alma noch einmal zu begegnen, von der er ja nun glaubte, dass sie diese ansteckende Zersetzungskrankheit hatte.

Die Geschwister suchten den Punkt, an dem sie zuvor in den Garten gebeamt worden waren, aber wie zu erwarten war da keine Plattform mehr. Auch die nette Frauenstimme von zuvor war nirgends zu vernehmen. Alma rief ein paar Mal vergeblich nach ihr. Vom Verlies aus hatte es keinen weiteren Ausgang gegeben als den in den Garten. Blieb nur noch das große, prächtige Tor ins Schloss. Es quietschte ein wenig, ließ sich aber ohne weitere Anstrengungen öffnen.

Was dann allerdings kam, war eine echte Herausforderung.

In der Eingangshalle des Schlosses, die zwar sehr groß, aber recht unspektakulär im Vergleich zum Spiegelsaal war, befand sich als einzige Zier das riesige Labyrinth des oberen Stocks als genaues Ebenbild zu ihren Füßen. Rundherum lief ein Oval aus quadratischen, ebenfalls in den Boden eingelassenen Steinen. Das gleiche Oval befand sich auch über ihnen an der Decke des Raumes. Exakt über dem Oval des Bodens.

Die Kinder schauten und überlegten. Schweigen umgab sie. Alma räusperte sich und erinnerte Karl daran, dass Lorenzo von schwierigen Rechnungen gesprochen hatte. Karl, ähnlich weit in seinen Überlegungen, hatte schon sein Handy und dessen Taschenrechner gezückt und suchte den Boden nach Hinweisen für Rechnungen ab.

Die Intarsien zeigten mehrere Eingänge ins Labyrinth, aber welcher war nun der richtige, der zur Mitte führte? Alma wandte den uralten Trick aller Faulen an, die ein Labyrinthrätsel lösen wollen, und begann direkt am Ende der Aufgabe, nämlich im Zentrum. Sie stellte sich auf den eingelegten Stern und Schrittchen für Schrittchen folgte sie dem Pfad vom innersten Punkt hinaus aus dem Labyrinth zu einem der vielen Eingänge. Und bei genauerer Betrachtung der dortigen Steinfliese fand Alma ein eingeritztes „O". Oder war es eine Null? Sie befühlte den Stein, klopfte mit dem Knöchel ihres Zeigefingers darauf, betrachtete die umliegenden Steine, kratzte an der Oberfläche und fuhr schlussendlich den kleinen Kreis mit dem Finger nach. Plötzlich – Alma zuckte zusammen – klackte die Steinfliese nach oben, ließ sich ganz leicht umdrehen und offenbarte darunter die erste Rechnung: 0 x 0 =

Karl, der herbeigeeilt war, ließ ein verächtliches Geräusch hören: „Wow, coole Mechanik, aber für die Rechnung brauche ich keinen Taschenrechner! 0 x 0 = 0."

Aber wo konnte man die Lösung eingeben? Die Kinder

versuchten es mit Rufen, Schreien, Flüstern und mit vereinten stimmlichen Kräften. „Null! Null! Null!", hallte es durch den Raum. Aber nichts passierte. Wie klopft man eine Null auf einen Stein? Gar nicht! Aber wie war das Rätsel zu lösen?

Dann hatte wiederum Alma die rettende Idee und Karl war nun einmal mehr froh, dass er seine Schwester in sein Abenteuer eingeweiht hatte. Alma malte mit dem Finger eine unsichtbare „0" auf die angrenzenden Steine. Und tatsächlich, beim dritten Versuch sprang ein Stein nach oben. Gleichzeitig fuhr, mit einem reibenden Geräusch, einer der quadratischen Steine aus dem Oval, das das Labyrinth umgab, ein Stück nach oben und sein Gegenüber an der Decke um die gleiche Distanz nach unten. In der Decke wurde eine quadratische Öffnung sichtbar. Licht drang herunter. Die Rechnung des nächsten Steins war wiederum sehr einfach: 12 + 13 =

Alma malte eine „25" auf den Boden und schon beim zweiten Versuch klackte der nächste Stein des Labyrinths heraus. Die nächste Rechnung zeigte sich und wieder fuhr einer der Steinquader des Ovals nach oben und einer von der Decke nach unten. Beide jeweils ein Stück weiter als zuvor. Und so zeigte sich nun das Prinzip dieses Labyrinths. Eine Treppe entstand. Von unten sprang mit jeder gelösten Rechnung eine Stufe nach oben und gleichzeitig kam jeweils eine Stufe von der Decke der unteren Stiege entgegen. Wenn also alle Rechnungen gelöst wären, dann träfen sich die Stufen auf halber Höhe des Raumes und es würde möglich sein, nach oben zu steigen. Alma juchzte.

Karl allerdings war genervt: „Hast du dir mal angeschaut, wie groß das Oval ist. Da sind wir ewig am Rechnen.“

„Ach komm, die Idee mit der Stiege ist genial und die Rechnungen sind eh nicht schwer. Das haben wir gleich.“

Allein mit letzterer Annahme irrte sich Alma gewaltig, denn die Rechnungen wurden von Stufe zu Stufe schwieriger. Bald musste Karl seinen Taschenrechner wieder zücken und trotzdem hatten sie alle Mühe, die Rechnungen zu bewältigen, denn Karl hatte Schwierigkeiten, sich bei den immer länger werdenden Zahlenkolonnen nicht zu vertippen und auch Alma verschrieb sich immer wieder. Es war mühsam!

$498.756.328 \times 12.589 =$

Ein ums andere Mal gerieten die zwei ins Stocken und fluchten um die Wette, wenn sich trotz vermeintlicher Lösung nichts tat und keine Stufe emporwuchs. Wieder eine Rechnung falsch gelöst! Wieder einen Zahlensprung eingetippt!

Nach einer Zeit, die sich anfühlte wie eine halbe Ewigkeit, setzte sich Alma auf die Stufen. Ihr Kopf brummte.

Karl schaute sie prüfend an und meinte dann ermahnend: „Komm schon, ich glaube es ist besser, wir machen keine

Pause. Wer weiß, wann Grau wieder hierherkommt. Ich möchte ihm lieber nicht begegnen."

Alma seufzte, erhob sich wieder und las die nächste Rechnung vor: 3 x 7π - 2 =

„Was war „π" nochmal? Das ist doch diese komische Zahl aus dem Kreis, die mit den vielen Kommastellen?"

„Oh Manno, und wie viele π-Kommastellen soll ich jetzt eintippen?", stöhnte Karl.

Es war wirklich zum Haareraufen. Im Schneckentempo ging es weiter − Stufe für Stufe. Der einzige Trost für Karl war, dass pro gelöster Rechnung immer gleich zwei Stufen entstanden: die eine von unten und die zweite von oben. Sonst hätte er wohl lieber versucht, im Garten ein Loch zu buddeln um zu sehen, ob es eine Möglichkeit gab, sich unterirdisch ins Hotel zu graben.

Aber irgendwann war dann doch ein Ende in Sicht. Die Distanz zwischen den Stufen war noch etwas mehr als einen Meter breit. Karl überlegte kurz, ob sie wohl hinüberspringen konnten, entschied sich jedoch dagegen, um kein Risiko einzugehen. Die Aussicht, mehrere Meter von oben auf den Steinboden zu stürzen, falls der Sprung zu kurz geriet, erschien ihm doch zu gefährlich.

Nach drei weiteren mühsamen Rechnungen berührten sich die Stufen des Ovals und just in diesem Moment vernahmen Alma und Karl, dass sich draußen ein Auto näherte. Deutlich hörte man die Reifen im Kies abbremsen.

Ohne sich zu vergewissern, ob es tatsächlich Grau war, begannen die Kinder wie auf Kommando nach oben zu hasten, als wäre der Teufel hinter ihnen her. Alma, die voranlief, erreichte als Erste den Spiegelsaal und rannte quer durch den Prunk und die ganzen Statuen, an die sie diesmal keinen Blick verschwendete, direkt auf die brummende Lotte zu. Karl war ihr dicht auf den Fersen. Die Kinder hörten zwar, dass ihnen Lorenzo noch irgendetwas aus seinem verspiegelten Kämmerchen zurief, aber sie blieben erst stehen, als die hölzerne Tür hinter ihnen ins Schloss fiel.

Geschafft! Aber was eigentlich? Karl fühlte sich wie ein Versager. Das ganze Abenteuer hatte lediglich dazu geführt, ihn weiter zu verunsichern und die Gewissheit zu haben, dass Grau Mimosa in seiner Gewalt hatte und sie quälte, um an ihre wertvollen Tränen zu kommen. Ausrichten hatten sie nichts können.

Mit Alma konnte er nach Verlassen des Spiegelsaals nicht mehr reden. Ihre Mutter war in der Wohnung und erzählte den ganzen Abend lang von ihren Erlebnissen im Kaffeehaus. Es war ein besonders anstrengender Tag gewesen und Mama brauchte ein Ventil, um Dampf abzulassen. Sie mokierte sich über ihre Kunden und Kolleginnen und eine Geschichte jagte die nächste. Mama redete und redete und bemerkte gar nicht, dass ihre beiden Kinder recht schweigsam am Tisch saßen und kaum einen Bissen zu sich nahmen.

Am Abend, als Karl in seinem Bett lag, stiegen in ihm die Bilder wieder hoch, die der Apparat in seinen Kopf projiziert hatte. Immer und immer wieder sah Karl den gleichen schrecklichen Film vor sich ablaufen. Er ließ ihm keine Ruhe und verfolgte ihn bis in seine Träume und einen sehr unruhigen Schlaf. Was waren das nur für Bilder, die er in dem Film gesehen hatte?!

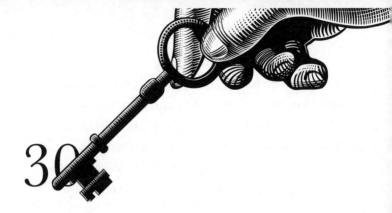

30

Als am Ende der Nacht der Wecker viel zu früh schrillte, fühlte sich Karl unausgeschlafen. Immer noch lastete auf ihm das Gefühl, zu wenig für Mimosa getan zu haben.

Und was für ein Tag folgte auf diese unerquickliche Nacht! Karl quälte sich völlig übermüdet und zappelig von Schulstunde zu Schulstunde und die Zeit mochte nicht vergehen. Der Junge begann, wieder an seinen Nägeln zu kauen. Eine schlechte Angewohnheit, die er eigentlich schon lange abgelegt hatte. Es war ihm zwar bewusst, dass seine Mutter gnadenlos mit ihm schimpfen würde, aber er konnte einfach nicht anders. Finger für Finger nagte er ab, bis alle zehn Fingerkuppen schmerzten und ihm sogar die Zähne weh taten. Auch der Schulweg nach Hause schien ihm endlos. Es fror ihn und er war schlecht gelaunt. Als Karl endlich die Tür mit der Nummer 315 erreicht hatte, ignorierte er geflissentlich die bereitgestellte Fertiglasagne neben der Herdplatte, ging schnurstracks in sein Zimmer, warf sich aufs Bett und fiel diesmal glücklicherweise in einen traumlosen Schlaf. Eine Stunde später jedoch polterte eine aufgekratzte Alma zur Wohnung herein und riss gleich die Tür zu Karls Zimmer auf.

„Karl, jetzt erzähl doch mal, wir haben gestern gar nicht mehr miteinander reden können. Wie geht es denn jetzt weiter?" Sie hielt inne und sah ihren Bruder forschend an: „Geht's dir nicht gut? Du siehst aus wie ausgespiebene Gerstelsuppe! Wieso schläfst du mitten am Tag? Bist du krank? Bei mir in der Klasse fehlen auch einige."

Karl blinzelte seine Schwester schlaftrunken an, dann sagte er tonlos: „Der Film gestern in meinem Kopf! Ich muss immer daran denken. Wenn das wahr ist oder in der Zukunft wahr wird, dann ist das eine Katastrophe. Dann ist alles aus."

Beunruhigt durch die Worte ihres Bruders setzte sich Alma zu Karl aufs Bett und zog die Füße an. Sie würde wohl von dort so lange nicht weggehen, bis Karl alles erzählt hatte. Und obwohl Karl ursprünglich für sich behalten hatte wollen, was er gestern gesehen hatte, war er nun doch froh, dass er seine Geschichte loswerden konnte.

Alma wurde während seiner Schilderungen immer blasser und musterte ihren Bruder erschrocken, ohne ihn jedoch auch nur einmal zu unterbrechen. Zuerst begann Karl stockend, aber bald wurde seine Stimme fester und er schilderte in düsteren Farben, was sich in seinem Kopf abgespielt hatte:

Als Karl im Verlies den Helm aufgesetzt hatte, wurde sein Bewusstsein zunächst getrübt.

Wie im dicken Novembernebel waren die Umgebungsgeräusche gedämpft und er spürte das Pochen seines Herzens. Bilder schoben sich in seine Wahrnehmung. Er glaubte, durch die brummende Lotte in Mimosas Garten zu treten. Aber nach wenigen Schritten erstarrte er. Wie schaute es hier aus! Dichte Rauchschwaden waberten über die Wiesen. Es war heiß und langsam brandeten Geräuschfetzen auf. Nicht fassbare. Beunruhigende.

Dann, immer deutlicher, hörte er Schreie. Sogar sein Geruchssinn war in diese Fiktion eingebunden. Stechend roch er verbranntes Fleisch. Immer realer wurde die Vision und damit auch sein Schrecken. Flammen loderten aus dem Wald. Sie züngelten zwischen den Baumriesen hervor, versengten Blätter und Ästchen und fraßen sich Millimeter um Millimeter in die Lebensadern der Gewächse. Karl konnte das Ächzen der Baumkronen wahrnehmen, als wäre ihnen bewusst, dass ihre Zeit nun gekommen sei. Zwischen den Stämmen quollen, wie aus einem nimmer versiegenden Fluss, Tiere hervor. Vögel, Rehe, Hasen und auch die seltsamen Tiere von Omnia in ihren schillernden Farben und Formen. Geeint in panischer Flucht. Schließlich sah Karl auch Menschen, die ihm entgegenströmten.

Sein Atem wurde flach. Er wollte das nicht sehen. Nicht hier sein. Den Blick senken. Aber er konnte nicht. Wie gebannt starrte er. Hörte er. Spürte er. Schreiende Mütter zerrten panisch ihre Kinder hinter sich her. Rannten, stolperten, mühten sich. Karl sah Männer, die die kleineren Kinder auf ihren Schultern trugen oder alte Leute stützten, die selbst nicht schnell genug aus dem Inferno fliehen konnten. Menschen aller Hautfarben. Mit unterschiedlichen Gewändern.

Einer der Riesen, bei denen Karl die Zeit verlangsamt hatte, stapfte durch den Wald auf die Lichtung zu. Auf seinem Arm trug er ein Kalb. Das Geschrei war ohrenbetäubend und markerschütternd. Was für ein Lärm, was für ein Elend!

Karl fühlte sich überwältigt von der Flut dieser Bilder. Das Schlimmste allerdings war der Moment, als ihm gewahr wurde, wohin die Flüchtenden in blinder Panik strebten. Offensichtlich war die brummende Lotte hinter Karl selbst das Ziel. Die Menschen und Tiere der Anderwelt wollten dem Flammeninferno entkommen und in der realen Welt Schutz suchen.

Allein, das war nicht möglich, denn direkt vor Karl hatte sich eine undurchdringliche Menschenkette aufgebaut. Karl nahm sie erst wahr, nachdem er seinen Blick von den Verzweifelten lösen konnte und die Situation allmählich besser zu beurteilen vermochte. Dicht an dicht drängten sich hünenhafte Kerle und hinderten den Ansturm der Flüchtlinge am Durchkommen. Wie eine Mauer standen sie da. Soldaten. Doch seltsamerweise waren ihre Uniformen nicht einheitlich, sondern vielmehr bunt durchmischt: ein Querschnitt durch alle Herrenländer und Zeiten. Karl konnte einen römischen Söldner neben einem SS-Schergen aus dem 20. Jahrhundert erkennen. Gleich daneben stand einer mit hohen Stiefeln und einer Bärenmütze neben einem, der das wallende Gewand eines Tuareg trug und sich seine schwere Munition um die Brust geschnallt hatte.

Ein Mädchen im Alter von Alma versuchte, sich an den Beinen eines ganz in Schwarz Gekleideten vorbeizudrücken und wurde brutal zurückgestoßen. An anderer Stelle schrie eine Frau mit einem Kind auf dem Arm gellend, als beiden aus einer Sprühdose Tränengas ins Gesicht gesprüht wurde. Mehrere Männer versuchten, in einer Gruppe gegen die Soldaten anzurennen und so eine Schneise zu schlagen. Vergeblich. Sie wurden niedergemetzelt. Zu engmaschig stand das Heer der ungleichen Krieger.

Und dann sah Karl einen kleinen Buben, der unter dem Gedränge zu Fall kam und von den schweren Stiefeln getreten wurde. Er sah sein schmerzverzerrtes Gesicht. Dann blieb der Kleine leblos liegen. Karl, der bislang stumm und starr dagestanden hatte, entfuhr ein Schrei. Laut und gellend: „Neeeeeeeiiiiinnn!" Hätte Karl eine Sekunde Zeit gehabt zu überlegen, dann hätte er den Schrei unterdrückt. Reflexartig schlug er die Hände vor den Mund. Zu spät. Mehrere Soldaten drehten sich zu ihm um. Karl stockte das Blut in den Adern. Keiner von ihnen hatte ein Gesicht! Sie bestanden nur aus Uniform. Eine petrolblaue Uniform löste sich aus der Kette und stapfte mit großen Schritten auf Karl zu. Karl stand da wie versteinert. Er zitterte am ganzen Körper, unfähig sich zu regen. Seine Augäpfel rollten nach oben weg, dann verlor er die Besinnung und der schreckliche Spuk hatte ein Ende.

„Dann hast du den Helm ausgeschaltet und ich war wieder bei dir im Verlies", beendete Karl seine grausame Schilderung. Alma starrte ihn mit offenem Mund und schreckgeweiteten Augen an. Karl blickte zu Boden. Er konnte nichts mehr sagen. Eine Weile saßen beide Kinder reglos in Karls kleinem Zimmer.

Dann sagte Alma sanft: „Karl, … glaubst du wirklich, das war echt? Glaubst du, das ist tatsächlich passiert oder war das nur eine Horrorvision, die für den Helm produziert worden ist?"

Karl atmete tief durch. Seine Antwort ließ lange auf sich warten. Sehr lange. Alma gab ihm Zeit.

„Ich weiß es nicht, Alma. Als ich das letzte Mal im Garten war, war alles noch in Ordnung. Da war der Garten intakt und friedlich. Vielleicht war das wirklich nur eine Vision, die sich Magnus für Mimosa ausgedacht hat, um sie zum Weinen zu bringen. Aber …"

„Was?"

Karl zögerte und sagte dann vorsichtig: „Oder es ist in der Zwischenzeit tatsächlich passiert. Grau könnte Mimosa gefangen genommen haben, damit sie nicht in der Lage ist, ihrem Volk beizustehen. Er hat sie ins Verlies geschleppt und sie musste sich alles anschauen und hat natürlich dabei geweint. Das war ja sein Ziel."

„Mein Gott", stöhnte Alma, „was sollen wir denn jetzt tun?"

„Ich glaube, wir müssen hin. Wir müssen in den Garten. Sehen, ob noch alles in Ordnung ist oder ob er zerstört ist."

„Karl, was glaubst du, wer waren diese Uniform-Männer? Wenn sie doch durchsichtig waren! Waren das Gespenster?"

„Keine Ahnung. Auf jeden Fall waren sie schon irgendwie echt und auch kräftig genug, um die Bewohner von Omnia an ihrer Flucht aus dem Feuer zu hindern. Es war so grausam! Sie haben sie einfach nicht durchgelassen! Und den kleinen Buben, den haben sie einfach zertrampelt!" Karl stöhnte. Er hatte einen dicken Kloß im Hals.

Wieder war es eine Weile still. Beide Kinder überlegten, wie mit der Situation, die so wenig fassbar war, umzugehen sei. Schließlich wiederholte Karl: „Alma, wir müssen in den Garten! Je eher, desto besser. Wir müssen Gewissheit haben. Los komm!"

Alma schaute skeptisch. Die Angst war in ihre Knochen gekrochen und machte sich ungemütlich breit. „Karl, ich weiß nicht so recht. Sollen wir nicht Mama einweihen? Oder Papa? Vielleicht können sie uns helfen. Uns zumindest einen Rat geben. Oder wir gehen zur Polizei. Wenn …"

„Pah, Polizei." Alma wurde jäh und unwirsch von Karl

unterbrochen. „Meinst du, die glauben uns? Die lachen uns aus und sagen uns, wir sollen nicht so viel fernschauen. Und Mama und Papa sagen wir auch nichts. Ich kann dir nämlich jetzt schon sagen, was die uns antworten. Nämlich, dass wir hier bleiben und uns nicht in Gefahr bringen sollen. Falls sie unsere Geschichte überhaupt glauben. So schaut's aus! Wenn du nicht mitgehen magst, dann bleib halt da. Dann gehe ich wieder allein."

Alma wurde jetzt auch trotzig: „Nein, ich lass dich nicht allein gehen. Wenn dir was passiert, kann dir keiner helfen. Außer dir, mit deinem Wunderschlüssel, kommt ja keiner hinter die brummende Lotte. Aber irgendjemandem sollten wir doch sagen, wo wir sind, damit uns zumindest im Notfall jemand helfen kann. Damit Mama wenigstens weiß, wo sie uns suchen kann, wenn wir nicht heimkommen."

Karl war skeptisch, musste aber zugeben, dass Alma recht haben könnte. Wenn die Situation wirklich so gefährlich war, wie sie in seiner Vision unter dem Helm ausgesehen hatte, dann wäre es sicherlich besser, ein Backup zu haben. Nur für den Fall.

Er überlegte, dann rief er aus: „Na klar, der Herr Josef! Der weiß ohnehin schon, dass hier im Hotel nicht alles mit rechten Dingen zugeht. Warte hier, ich laufe mal kurz runter und verklickere ihm, wo wir sind. Ich komme dich dann holen."

Alma, froh noch etwas Aufschub bekommen zu haben, nickte eifrig und Karl eilte allein hinunter in die Lobby, um nach Herrn Josef zu suchen.

Der Rezeptionist nahm gerade ein großes Paket vom

Postboten entgegen und schüttelte ungehalten den Kopf, als der die Eingangshalle durch die Drehtür wieder verließ.

Karl schlitterte Herrn Josef in seinen Socken entgegen.

„Ich bin ja kein Postamt hier. Was meint der Herr Grau eigentlich? Bestellt wie der Wilde. Ich habe ja auch noch was anderes zu tun."

„Hallo, Herr Josef." Da war Karl ja genau im richtigen Moment gekommen. „Was bestellt er denn, der Herr Grau? Kann man einen Absender erkennen?"

„Eigentlich geht dich das ja nichts an, junger Mann." Vorwurfsvoll lüpfte Herr Josef die linke Braue, nur um Karl gleich darauf zuzuzwinkern. „Die Pakete kommen immer woanders her. Aus Antiquitätenläden aus der ganzen Welt. Schau mal, dieses hier kommt sogar aus der Mongolei. Weißt du, wo die liegt?"

Karl tat die Frage energisch ab: „Klar weiß ich das. Und was ist drin? Haben Sie mal ein Paket geöffnet? Oder war mal eines kaputt und man konnte hineinsehen und den Inhalt erkennen?"

„Du bist aber ziemlich neugierig, Karl! Ich weiß zufällig ganz genau, was in diesen Paketen drin ist. Der gute Herr Grau lässt die Verpackung nämlich immer bei mir liegen. Seine Wohnung ist zu klein, um den ganzen Müll mitzunehmen, meint er. Und ich muss dann immer alles Papier und Plastik entsorgen", grummelte Herr Josef vor sich hin.

„Ja und, was ist denn nun drin?" Karl platzte jetzt fast vor Neugier.

„Tsch, alte vergammelte Uniformen. Der Herr Grau sammelt sie offensichtlich. Keine Ahnung wofür. Es gibt schon komische Leute mit komischen Leidenschaften. Weiß gar nicht, wo der die alle unterbringt. Seine Wohnung ist ja wirklich nicht groß. Sag mal, geht es dir nicht gut? Du schaust so komisch."

Karl stand da wie vom Donner gerührt. Sein Gesicht war kalkweiß geworden. „Äh, nein, alles gut", stammelte er, dann rannte er – ohne ein Wort des Abschieds – zurück zum Stiegenhaus.

Auf halber Strecke besann er sich, warum er überhaupt gekommen war, kehrte um und japste: „Herr Josef, wenn, also falls … äh, falls meine Mutter irgendwann mal fragen sollte, wo meine Schwester und ich sind, also ich meine, wenn sie uns nicht mehr finden kann, irgendwann, dann sagen Sie ihr doch bitte, dass wir hinter der brummenden Lotte sind und ... und dass sie irgendwie versuchen soll, auch durch die Tür zu kommen … Und Papa soll sie auch mitnehmen."

„Holla, das klingt ja spannend. Wolltest du mir nicht mal erzählen, was hinter der Tür wirklich ist?"

Aber ohne die ganze Frage von Herrn Josef abzuwarten, war Karl bereits wieder weggerannt und polterte die Treppen nach oben. Herr Josef schüttelte den Kopf. Diese Kinder von heute. Wie eilig die es doch immer hatten!

Wie der geölte Blitz stürmte Karl in die Wohnung und bereits an der Wohnungstüre schrie er Alma entgegen: „Alma, es ist alles wahr. Er sammelt Uniformen! Irgendwie erweckt er die dann zum Leben. Es ist alles wahr! Komm wir müssen in den Garten. Jetzt sofort!"

„Was? Was brüllst du da?" Alma rutschte vom Bett.

Karl blieb schwer atmend stehen und versuchte es noch einmal in Ruhe. Alma folgte seinem Bericht vom eben

Gehörten mit großen Augen. Dann sagte sie: „Okay, das mit den Uniformen klingt logisch, aber es ist trotzdem nicht sicher, ob die Vision vom Helm schon passiert ist oder ob sie nur eine Drohung war, also quasi ein Erpressungsversuch, um an die Tränen von Mimosa zu kommen. Vielleicht braucht Grau die Uniformen nur, um eine grausame Vision zu erzeugen. Und es ist trotz allem aber eben nur eine Vision."

Karl musste ihr recht geben, gab aber zu bedenken, dass die ganze Geschichte nun seit den Neuigkeiten von Herrn Josef um einiges realer geworden war. „Wie auch immer, wir müssen jetzt zum Garten. Nachschauen, was dort los ist. Komm!"

„Karl, hast du Bescheid gegeben, wo Mama uns suchen kann?"

259

Karl nickte ungeduldig und verließ bereits wieder die Wohnung. Nur mit Widerwillen folgte ihm Alma. Sie hatte kein gutes Gefühl bei der ganzen Sache. Das ursprünglich lustige Abenteuer hatte einen sehr bitteren Beigeschmack bekommen.

31

Lange Zeit konnten sie die brummende Lotte nicht finden. Es war fast, als wollte sie sich diesmal gar nicht finden lassen. Endlich tauchte sie im ersten Stock auf. Entschlossen ging Karl auf sie zu, schob das Metallplättchen zur Seite, steckte den Schlüssel ins Schloss und drehte ihn um. Es klackte, Karl öffnete die Tür. Vorsichtig lugte er hinein und drehte sich enttäuscht zu Alma um.

„Verdammt, schon wieder kein Garten! Da ist schon wieder etwas anderes."

Alma atmete erleichtert auf. „Und was?"

„Ein weißer Raum. Nichts drin. Ich versuch's noch mal." Karl knallte energisch die Türe zu, nur um sie sofort wieder zu öffnen. „Scheiße!", entfuhr es ihm. „Immer noch."

„Lass mal sehen." Alma drängte sich an Karl vorbei. Ein großer, fensterloser Raum lag vor ihr. Er war in grelles, steriles Licht getaucht. In der Mitte des Raumes stand ein runder, weißer Tisch mit zwölf ebenfalls weißen Sesseln. Es war recht kühl und ganz still. Alma trat ein paar Schritte in den Raum.

Plötzlich nahm sie eine Bewegung wahr und erstarrte. Im Raum bewegten sich Gestalten. Sie waren durchsichtig. Nicht aus Glas, doch man konnte durch sie hindurchsehen. Es war, als wären die Gestalten aus bewegter Luft, ähnlich der Hitze, die man untertags über einem Feuer wahrnehmen kann, ohne sie tatsächlich richtig sehen zu können. Durchsichtige Gestalten, die in ihrer Form Menschen ähnelten. Alma traute sich nicht mehr sich zu regen.

Als Karl merkte, wie beunruhigt Alma war, trat er nun doch auch ein und nach ein paar Sekunden bemerkte auch er das Flimmern in Menschengestalt. Die Kinder warteten reglos ab. Sie zuckten zusammen, als die brummende Lotte hinter ihnen mit einem lauten Klacken ins Schloss fiel.

Plötzlich wehte eine Stimme durch den Raum: „Hallo." Sie kam von einer der Gestalten.

Karl und Alma blickten sich an. Karl traute sich als Erster etwas zu sagen: „Was seid ihr denn?"

„Gestatten, ich bin die Höflichkeit", sagte die Gestalt. Eine andere kicherte. „Die Kichererbse dort drüben ist die Fröhlichkeit. Hört man irgendwie", sagte die Höflichkeit und kicherte ebenfalls. Eine andere Gestalt näherte sich Alma und Karl. „Ach ja, dies ist die Neugier", fuhr die Höflichkeit mit ihrer Vorstellung fort. „Und dort drüben stehen die Geduld, die Schlauheit, die Weitsicht, der Mut, die List, die Gutmütigkeit, die Liebe. Und da hinter den anderen, ganz im Eck, versteckt sich die Vorsicht."

„Ähm, also ich bin Karl und das ist Alma", sagte Karl etwas eingeschüchtert ob all dieser großen Worte, die hier Gestalt angenommen hatte. Und nach einer Weile: „Was macht ihr hier?"

„Oh, wir warten auf einen neuen Einsatz", beantwortete die Höflichkeit die Frage.

„Einsatz? Was für ein Einsatz?", fragte Alma.

„Naja, bei den Menschen gibt es allerhand zu tun. Und das ständig. Wir kommen bei den großen Fragen des Lebens zum Einsatz. Weniger bei Alltäglichem!"

„Ähm?" Karl verstand nur Bahnhof.

Da trat die Liebe vor und säuselte sacht: „Naja, wenn euch zum Beispiel die ganz große Liebe im Leben gegenübersteht, dann stehe ich euch zur Seite. Menschen kommen mit den großen Gefühlen selbst nicht so gut klar. Dann nehmen wir euch unbemerkt bei der Hand und vieles wird einfacher." Die Liebe legte Karl die durchsichtige Hand – leicht wie eine Feder – auf die Schulter und Karl durchströmte ein wohlig warmes, wunderbares Gefühl, das prompt verging, als die

Liebe wieder einen Schritt zurücktrat. Ihm war das ein wenig unheimlich. Seine eigenen Gefühle versteckte er gern.

Alma aber hatte verstanden: „Ihr seid doch nicht alle, oder? Da fehlen doch noch welche? Wo ist denn zum Beispiel der Übermut, wenn der Mut da ist?"

„Schlaues Mädchen! Ja, das ist genau das Problem, das wir gerade besprechen wollten. Die meisten sind ja immer unterwegs. Zwölf von uns aber müssen hier in der Zentrale immer Dienst schieben − darum auch die zwölf Stühle hier. Der Rest ist in der Welt zugange. Aber in letzter Zeit fehlen einige über ihre Einsatzzeiten hinaus. Angefangen hat es damit, dass die Angst nicht mehr in die Zentrale zurückgekommen ist."

„Fällt euch zwei dazu was ein?", fragte die Neugier die Kinder mit neugieriger Stimme und trat unangenehm nahe an sie heran.

„Jetzt lass sie doch mal! Sie sind ja gerade erst gekommen", beschwichtigte die Geduld.

Karl war froh, dass ihm die Neugier wieder etwas Raum ließ.

„Was meinst du damit: Die Angst kommt nicht mehr zurück?", fragte er. „Das ist doch gut − soll sie doch bleiben, wo der Pfeffer wächst!", legte er, um einen Witz bemüht, nach, um die Stimmung zu lockern. Keiner lachte.

„Vorsicht!", warf die Vorsicht ein.

Und die Schlauheit entgegnete: „Naja, so einfach ist das nicht, denn wenn die Angst nicht hier ist, dann ist sie woanders. Und sitzt entweder einem Einzelnen im Nacken oder geht bei vielen um. Und das nun schon seit Wochen!"

„Die Angst geht um", murmelte Karl vor sich hin. Ein

Schauer lief ihm über den Rücken. Nun ja, das war vielleicht doch nicht so gut.

„Wir müssen endlich etwas gegen diese verwahrlosten Zustände tun!", rief der Mut in die Runde.

„Also, jetzt lasst uns vernünftig weitermachen", sagte die Weitsicht und setzte sich an den Tisch. „Setzt euch dazu ihr zwei! Vielleicht könnt ihr ja helfen. Menschen haben oft eine etwas allgemeinere Sicht auf die Dinge als die einzelnen Gefühle und Eigenschaften hier. Die meisten von uns verstehen ihre eigenen Belange zwar sehr gut, die der anderen sind uns aber etwas schleierhaft." Die Weitsicht lächelte wissend und machte eine einladende Geste.

Als alle ihre Plätze eingenommen hatten, setzten sich Karl und Alma nur sehr zögerlich dazu. Irgendwie fühlten sie sich fehl am Platz und etwas überfordert mit so viel Philosophie.

„Na, na, ihr seid herzlich willkommen!", sagte die Höflichkeit und dann merkte auch die Schlauheit an: „Es stimmt, was die Weitsicht sagt: Menschen haben von allem ein bisschen was. Dafür sind sie halt nicht ganz so schlau." Sie grinste Karl und Alma frech an.

Laut räusperte sich nun die Weitsicht und fuhr dort fort, wo sie beim Eintreten von Alma und Karl innegehalten hatte: „Also, Freunde, noch einmal zusammengefasst: Es fehlen also die Angst, der Hochmut, die Grausamkeit, die Gleichgültigkeit, der Schrecken, die Bosheit, die Qual, die Sorge, seit Neuestem die Traurigkeit, der Zorn und noch ein paar andere mit eher dunklen Attitüden. Hat irgend jemand einen Verdacht? Wo könnten sie sein? Warum halten sie sich nicht an die Abmachungen? Warum kommen sie nicht mehr in die Zentrale zurück? Schließlich – und das ist das Schlimmste

– verhindern sie so, dass wir anderen die Zentrale verlassen können, um in der realen Welt unseren Dienst zu tun. Zwölf müssen ja immer hier bleiben. Also gibt es im Moment zu wenig Weitsicht in der Welt, um nur ein Beispiel zu nennen. Und ohne Liebe …? Na ja, es wird nicht besser unter den Menschen ohne sie. … Ideen?" Die Liebe zuckte hilflos mit den Schultern.

Lange Zeit herrschte Stille im Raum, unterbrochen nur vom unregelmäßigen Gekicher der Fröhlichkeit, welches ihr die anderen allerdings großmütig nachsahen. Die Fröhlichkeit konnte halt nicht anders.

„Mann, Mann, Mann, ich halt das nicht aus!", stöhnte die Neugier nach einiger Zeit. „Wo können die denn nur sein?"

„Es muss etwas unternommen werden!", polterte der Mut erneut.

Und dann, völlig unerwartet, entfuhr Alma ein Schrei. Sie erschrak selbst darüber. Alle Wesen starrten sie an und Karl war peinlich berührt. Was fiel seiner Schwester ein? Sie störte die großen Gestalten hier beim Denken! Hatte die Schlauheit nicht selbst gesagt, die Menschen seien nicht sonderlich schlau? Und die wusste doch bestimmt, wovon sie redete.

Alma schaute unsicher von einem zum anderen.

Die Liebe, die neben ihr saß, lächelte ihr aufmunternd zu. „Na, meine Kleine, wolltest du etwas sagen?", fragte sie gütig.

„Ich … ich glaub, ich weiß, wo die alle sind." Alma zögerte. Hatte sie sich zu weit vorgewagt? Ihr Mund wurde ganz trocken. Ihre Zunge fühlte sich an wie verbrannter Toast und ihr Herz klopfte aufgeregt.

Karl wollte am liebsten im Erdboden verschwinden. Was kam denn jetzt? Seine kleine Schwester würde sie beide gleich blamieren. Diese würdevollen Wesen würden sie gleich wieder aus ihrer Zentrale werfen. Dessen war er sich sicher.

„Ich glaube …, äh, also kann es sein …, also, es wäre doch möglich, dass Magnus die alle in seine Uniformen gesteckt hat und nun lässt er sie für sich gegen Omnia kämpfen. Karl, deswegen konntest du keine Gesichter sehen! Die waren alle durchsichtig wie die hier. Und bösartig sind diese Wesen auch alle. Die Grausamkeit, die Bosheit, der Schrecken, der Zorn … Und welche von euch waren es noch mal, die fehlen? Das passt doch alles zusammen. Die kämpfen gegen die Anderwelt! Wer anders als diesen bösen Gefühle können kleine Kinder zertrampeln und die Wesen von Omnia daran hindern, vor dem Feuer zu fliehen?!" Almas Stimme war vor lauter Aufregung immer lauter geworden.

265

Umso leiser erschien die darauffolgende Stille, die eine Ewigkeit zu dauern schien. Dann platzten alle gleichzeitig los:

„Meine Güte", rief die Gutmütigkeit, „was ist das für eine abenteuerliche Geschichte!"

„Wir müssen sie fertigmachen!", skandierte der Mut.

„Wie unglaublich gewieft!", lachte die Schlauheit bitter auf, als die Vorsicht, die auch bei ihrer eigenen Meinung Vorsicht walten ließ, leise einwarf: „Ich habe das noch nicht ganz verstanden. Das alles soll Magnus geplant haben? So böse kann doch keiner sein. Oder?"

Karl war aus seiner Schockstarre erwacht. Almas Vermutung lag nahe. Wieso war er nicht selbst darauf gekommen? Er warf seiner Schwester einen bewundernden Blick zu und ermunterte sie mit einem Kopfnicken weiterzureden.

Alma schilderte nun den durchsichtigen Gestalten am

Tisch ihre Erlebnisse hinter der brummenden Lotte und nur dort, wo Almas Erzählung mehr Nachdruck benötigte warf Karl den einen oder anderen Satz ein.

Die unsichtbaren Wesen hörten mit großer Bestürzung zu, dann sprang der Mut unversehens auf und stieß dabei mit lautem Poltern seinen Sessel um. „Ich gehe! Ich werde gegen die Abtrünnigen kämpfen und sie hierher zurückschleifen! Jawohl! Ich bin der Mutigste, ich werde es tun."

„Äh, ja Mut, mutig bist du wohl", versuchte die Weitsicht ihn zu besänftigen. „Aber eines ist klar: Hier braucht es mehr als nur Mut. Du wirst dich in null Komma nichts um Kopf und Kragen bringen!"

Die Stimmen der Gestalten schwirrten durcheinander und bald konnte man nicht mehr unterscheiden, wer was sagte.

Doch plötzlich meldete sich eine zu Wort, die bisher still geschwiegen hatte: „Ich habe einen Plan", meinte ganz ruhig die List.

Und alle, auch der Mut, der sich nur widerwillig wieder hingesetzt hatte, hörten gespannt zu, was sie zu sagen hatte. Die List sprach schnell, aber sehr deutlich und entschlossen. Sie zauderte nicht. Sie schien genau zu wissen, was zu tun war.

Karl empfand es als sehr beruhigend, dass nach all den Befürchtungen und Ängsten, die er und Alma in letzter Zeit auszustehen hatten, endlich jemand das Ruder übernahm. Er merkte, wie er während der Ausführungen der List immer mehr der Anspannung verlor und gelassener wurde. Wie schön, dass er seine Verantwortung nun abgeben konnte. Der Plan der List war relativ bald erklärt, barg aber jede Menge

Risiken und unplanbare Eventualitäten in sich. Trotzdem hatten Alma und Karl ein gutes Gefühl. Denn sie waren nun nicht mehr allein. Sie hatten Verbündete gefunden.

Der Mut nickte eifrig und schlug ein ums andere Mal begeistert mit der Faust auf den Tisch. Die Neugier hatte sich vorgebeugt und hörte gebannt zu. Die Vorsicht kaute an ihren Nägeln und sogar die Fröhlichkeit vergaß aufs Kichern.

Der Plan der List sah vor, dass sie sich selbst von Magnus anheuern lassen wollte. Wie genau sie das anstellen wollte, verriet sie nicht, beteuerte aber, dass das das kleinste Problem sei. Eingeweiht in Magnus' Pläne könnte sie quasi als Doppelagentin agieren. Sie würde, sobald sie Näheres erfahren hatte, die anderen informieren und man könnte die nächsten Schritte planen und gemeinsam gegen die Armee vorgehen.

267

„Ist das zu Ende gedacht? Das klingt mir ein wenig wischiwaschi", warf mit zitternder Stimme die Vorsicht ein.

„Hast du eine bessere Idee?", rief der Mut lässig über den Tisch.

Die Vorsicht zuckte beleidigt zusammen und lehnte sich in ihrem Sessel zurück.

„Na, na, Streitereien bringen uns jetzt nicht weiter", versuchte die Geduld zu beschwichtigen. Und um abzulenken, fragte sie: „Und wer soll deinen Platz hier in der Zentrale ersetzen, wenn du nicht hier bist?"

„Sehr gute Frage, liebe Geduld, aber hast du schon mal nachgezählt? Wir sind jetzt auch nicht zwölf, es fehlen ohnehin schon zwei vom Bereitschaftsdienst", lautete die souveräne Antwort der List. Und weiter: „Dieses Prinzip der Vollständigkeit scheint also in Wahrheit gar nicht wichtig zu sein. Wer auch immer sich das hier ausgedacht hat – wir haben es nie hinterfragt und auch nie überprüft."

Erschrocken zählte die Schlauheit die durchsichtigen Wesen durch: „Oh, tatsächlich, wir sind momentan nur zehn. Wieso ist mir das nicht aufgefallen?"

Die List verdrehte die Augen.

„Ach du meine Güte!", seufzte die Güte. „Immer diese Bürokratie! Die sollten wir wirklich mal überdenken. Alles reguliert, alles vorgeschrieben und doch alles für die Katz."

„Tja, so ist das, wenn sich jeder nur auf sich selbst und seine eigenen Stärken und Fähigkeiten konzentriert und sich niemals umsieht, was um einen herum tatsächlich passiert", unkte die List und machte ein hochnäsiges, überlegenes Gesicht.

Die Liebe hatte eine ganze Zeit lang geschwiegen. Sie wirkte sehr, sehr nachdenklich. Ihre Stirn lag in besorgten Falten. Nun holte sie tief Luft und das Sprechen fiel ihr merkbar schwer. Ihre Stimme klang fragend und nur sehr behutsam tastete sie sich heran: „Sag mal, List, meine Liebe, ich hätte da eine kleine, aber nicht unbedeutende Frage – und sei jetzt bitte nicht beleidigt –, aber woher wissen wir denn eigentlich … ähm …, dass wir dir trauen können? Du hast es doch nicht immer so mit der Wahrheit, oder? Und wie es aussieht, geht es hier um alles oder nichts. Es geht hier um das Überleben von Omnia. Aber es geht auch um viel Macht. Und darum, wer sie in der Zukunft innehaben wird." Die Liebe machte eine Pause: „Bist du tatsächlich auf unserer Seite, List?"

Bei diesen Worten fuhr die Vorsicht erschrocken zusammen und schaute fragend zwischen der Liebe und der List hin und her.

Die List aber blickte die Liebe mit offenem Blick quer über den Tisch an: „Ich bin nicht beleidigt. Ich hatte die Frage erwartet. Allerdings nicht von dir. Falls du eine schriftliche Bestätigung für den Wahrheitsgehalt meines guten Willens brauchst – es gibt keine Garantie für Vertrauen. Nie. Das zumindest ist sicher. Solltest ausgerechnet du eigentlich am besten wissen, meine Liebe. Du musst es einfach tun – vertraue mir!"

Das Schweigen, das folgte, schien unglaublich lange zu dauern. Die Neugier zappelte unruhig auf ihrem Sessel herum. Die Weitsicht kniff die Augen zusammen und beobachtete argwöhnisch die Szene. Sie hatte keine Ahnung, was nun passieren würde. Da gingen sogar ihr die Ideen aus.

Die Liebe schaute der List lange und tief in die Augen. Dann endlich, nach einer gefühlten Ewigkeit, sagte sie: „Dann will ich das tun. Ich vertraue dir. Blindlings."

Lautes Geklatsche seitens des Muts war die Folge und die Fröhlichkeit fiel in so ausgelassenes Kichern, dass sie davon Schluckauf bekam.

Die Vorsicht wackelte ein paarmal unsicher mit dem Kopf. Dann zuckte sie die Schultern und meinte lapidar: „Uiuiui, wird schon schief gehen." Aber weder Alma, noch Karl nahmen ihr ab, dass sie sich mit der Entscheidung sehr wohl fühlte.

Alma blickte Karl fragend an. Der zuckte die Schultern. Andere Lösungsvorschläge waren im Moment nun einmal rar gestreut oder besser gesagt – gar nicht vorhanden. Sie mussten das Risiko eingehen.

Die unsichtbaren Gestalten waren inzwischen aufgestanden, beglückwünschten sich gegenseitig zur Entscheidung und der Mut klopfte gerade der List aufmunternd auf die Schulter, als Alma einwarf: „Hm, ähm, also, und wie geht das jetzt konkret weiter. Wir, also Karl und ich, können nicht einfach hierherkommen und von euch erfahren, wie es weitergeht. Wir können die brummende Lotte nicht immer auf Anhieb finden und wenn doch, heißt das noch lange nicht, dass wir eure Zentrale hier betreten können. Die Lotte führt uns immer woanders hin. Eigentlich macht sie mit uns, was sie will." Alma warf der schäbigen Tür einen vorwurfsvollen Blick zu.

Die unsichtbaren Gestalten schauten Alma überrascht

an. Daran hatte bis jetzt niemand gedacht. Schließlich sagte die Liebe: „Dann müsst ihr zwei jetzt wohl auch einfach das Vertrauen haben, dass alles gut wird und dass die List die richtigen Fäden zieht, wenn es so weit ist."

„Komm, Kleine, es wird schon klappen", sagte die Zuversicht und nahm Alma in den Arm. Wohlige Wärme ging von ihr aus und Alma fühlte sich sofort besser. Nachdem sie auch noch mit der Fröhlichkeit abgeklatscht und zum Abschied in die Runde gewinkt hatte, hüpfte das Mädchen frohen Mutes durch die brummende Lotte in den Gang des Hotels. Karl folgte ihr. Er war um einiges nachdenklicher. Da waren so viele weiße Flecken auf diesem Plan. Ihm war wahrlich nicht nach Hüpfen zumute.

Als die brummende Lotte hinter ihnen zugefallen war, fragte Alma: „So, und was machen wir jetzt?"

„Jetzt gehen wir ins Kino. Hast du schon vergessen, Papa hat uns eingeladen und Mama hatte nichts dagegen. Komm, wir holen schnell unsere Jacken. Es ist ohnehin höchste Zeit zu gehen. Nicht, dass Papa uns noch mit Fragen löchert, wo wir gewesen sind."

Der Film in 3D war zwar lustig, aber weder Karl noch Alma konnten ihm wirklich folgen, weil sie mit ihren Gedanken bei der Konferenz der Unsichtbaren vom Nachmittag festhingen.

Papa war ein wenig enttäuscht, als die Kinder so wenig Euphorie an den Tag legten. Er versuchte, sich aber nichts anmerken zu lassen. Nach dem Kinoprogramm spendierte er ihnen ein Taxi, damit sie nicht noch so spät in der U-Bahn herumlungern mussten, und verabschiedete sich gekünstelt herzlich.

32

Weder am nächsten, noch am übernächsten Tag konnten die Kinder die brummende Lotte in den Gängen des Hotels aufspüren. Sie blieb unsichtbar. Karl war nervös und auch Alma zappelte herum.

Und dann hätten sich die Kinder auch noch fast vor lauter Ungeduld verraten.

Mama hatte Frühschicht gehabt, kam gegen siebzehn Uhr heim und brachte wunderbare böhmische Buchteln aus dem Kaffeehaus mit. Sie wärmte sie im Rohr auf, kochte eine dicke Vanillesauce und alle drei saßen gemütlich um den kleinen Tisch im Zimmer von Alma und Mama. Alma hatte Kerzen angezündet und Karl hatte Musik gemacht. Nicht zu laut und nicht zu wild. Genau so, wie Mama es gerne hatte.

Die Buchteln schmeckten wirklich vorzüglich. Außen war der Teig kross gebacken und innen buttrig weich mit herrlicher Marillenmarmelade als fruchtigem Kern. Mama war bester Laune und erzählte von ihren Stammgästen.

Wie in Wiens Kaffeehäusern so üblich hatte auch das Kaffeehaus am Alten Platz eine illustre Schar von Gästen, die wenn nicht täglich, so doch zumindest mehrmals in der Woche vorbeischauten, ihre angestammten Plätze mit einer fast aggressiven Vehemenz verteidigten und stets mit dem gebührenden Respekt behandelt werden wollten.

Laut Mama ließen sich die Launen einiger der Stammgäste nur mit sehr viel Humor ertragen, wenn man als Kellnerin am Alten Platz arbeitete. Ein paar der Gäste aber waren ihr richtig ans Herz gewachsen.

Die alte Frau Hladic zum Beispiel war seit dreizehn Jahren Witwe und lebte mit ihrem Mops in einer kleinen Garçonnière unweit des Kaffeehauses. Sie schaute fast täglich auf einen Melange vorbei und Mama war sich sicher, dass sie, um sich diese Gewohnheit leisten zu können, auf so manch andere Annehmlichkeit verzichtete. Mama hatte sogar den Verdacht, dass Frau Hladic zu Hause nicht heizte, weil sie ständig in dicke, selbst gestrickte Pullover gehüllt war. Und wenn sie erst mal saß, zog sie eine nach der anderen Schicht aus und wärmte sich die Finger an ihrer heißen Tasse Kaffee.

Wenn Frau Hladic kam und Kuchenanschnitt oder ein Strudel vom Vortag übrig war, spendierte Mama ihr stets ein Stück. Die Angestellten am Alten Platz – das hatte die matronenhafte Chefin, Frau Rosa, erlaubt – durften hin und wieder großzügig sein.

Frau Hladic lächelte dann immer in einer Mischung aus Scham und Dankbarkeit. Und die Hälfte des Kuchens bekam, wenn keiner hinsah, heimlich der Mops.

Eine andere Dame, die Mama sehr schätzte, war Frau Kommerzialrat Dr. Novotny. Sie war eine feine Dame, wie sie im Buche stand. Stets trug sie Kostüme in süßen Farben zwischen puderrosa und pink. Mama schwor, dass alle von Chanel waren, was Alma tief beeindruckte.

Die Frau Kommerzialrat ging nie ohne Hut und Handschuhe aus dem Haus. Und Frau Rosa sagte „Gnädigste" zu ihr, wenn sie das Kaffeehaus betrat. Sie sprach nicht viel, die Frau Kommerzialrat Dr. Novotny, und wenn, dann sehr vornehm und leise. Aber von ihrem Inneren ging ein Strahlen aus, das alle um sie herum verzauberte. Sie schien ein Engel aus einer anderen Zeit zu sein. Auch wenn das völlig aus der Mode war und als Gepflogenheit längst überholt, knickste Mamas Kollegin Doris immer, wenn der rosa Kommerzialrats-Engel in seinem Lieblingseck am Fenster Platz genommen hatte. Doris konnte nicht anders. Es knickste quasi aus ihr heraus. Sie wurde ganz willenlos, wenn die Frau Dr. Novotny kam.

Der allerliebste Gast aber war für Mama ein älterer Herr mit dem schnöden Namen Herbert Maier. Er war kein Doktor und kein Kommerzialrat. Er war einfach „der Maier". Aber dieser Herr Maier mit seinem grauen, schon etwas schütteren Haar und dem Ansatz eines kleinen Wohlstandsbäuchleins, dessen Hemden immer akkurat gebügelt und dessen

Bundfalten gefährlich scharf waren, der hatte den Schalk in seinen Augen. Ganz dunkel waren sie und blitzten unter dichten, buschigen Augenbrauen hervor. Noch buschiger war sein grauer Moustache, den er schnell und unauffällig mit einem kleinen Kamm in Ordnung brachte, wenn er seinen angestammten Tisch in der Nähe des Zeitungsständers bezogen hatte.

Das Angenehmste an Herrn Maier aber war seine Stimme. Er hatte − laut Mama − eine Stimme „wie der heilige Nikolaus". Sehr tief, aber nicht rau, sondern warm und beruhigend. Herr Herbert Maier lachte gern und er lachte oft. Wenn Mama Zeit hatte, was zwar in ihren Arbeits-schichten nicht oft, aber doch hin und wieder vorkam, stand sie an Herrn Maiers Tisch und Herr Maier erzählte aus den Tagen, als das Kaffeehaus am Alten Platz gerade aufgesperrt hatte und sich dort die Menschen des alten Wien an Kaffee und Kuchen gütlich getan hatten. Herr Maier kannte die Geschichten von seinem Vater und Mama liebte sie, denn am liebsten hätte sie selbst in jener Zeit gelebt. Nicht umsonst hatten ihre Kinder alte, in Wien um die Jahrhundertwende gebräuchliche Namen bekommen. Mama hätte in Herrn Maiers Stimme versinken können. Sie hatte nie einen ihrer Großväter erleben dürfen, weil beide viel zu jung gestorben waren, und sie hatte sie auch nie vermisst, weil sie mit dem Gedanken, einen zu haben, nicht vertraut war. Aber wenn Mama einen Großvater hätte haben wollen, dann genau so einen.

Die Chefin Frau Rosa und der Herr Maier hatten ein ganz besonderes Verhältnis zueinander. Dazu brauchten sie keine Worte. Sie redeten so gut wie nie miteinander. Aber der Herr Maier zwinkerte Frau Rosa immer zu und wenn sie hinter ihm vorbeiging, legte sie ihm für den Bruchteil einer Sekunde ihre Hand auf die Schulter. Leicht wie eine Feder.

Und dann gab es da noch die Frau Flora. Mama wusste nicht, ob sie im Vor- oder im Nachnamen so hieß, aber dieser Name sei Programm bei ihr, sagte sie immer. Frau Flora war an die neunzig. Sie war groß und ganz schlank, hatte mausgraue, kurze Haare und einen Gehstock mit einer geschnitzten Blume als Knauf – was denn auch sonst? Dunkle Augen, wie zwei schwarze Knöpfe, blitzten hinter einer riesigen Brille mit kreisrunden Gläsern hervor. Frau Flora war stets außerordentlich extravagant gekleidet – ganz anders als Frauen ihres Alters. Gedeckte Farben verabscheute sie. Sie trug alle Nuancen dieser Welt und die gleichzeitig. Dazu wurde sie von kiloweise Modeschmuck umschlungen, der an jedem anderen Menschen lächerlich gewirkt hätte. Frau Flora aber mit ihren unzähligen Reihen Holzperlen-ketten wirkte wie ein bunter Strauß Blumen inmitten des grauen Alltags. Sie war ständig in Bewegung. Sie kritzelte in ihr großes, ledergebundenes Notizbuch, machte sich Skizzen, blätterte in den Illustrierten, die auflagen, und unterhielt sich nach allen Seiten. Nicht weil sie den Kontakt suchte, sondern weil im Gegenteil jeder das Bedürfnis hatte, sich ihr mitzu-teilen. So saß sie im Kaffeehaus wie das blühende Leben. Als hätte sie alle Zeit der Welt. Dabei war sie mit Abstand die Älteste unter den betagten Besuchern, die an den Alten Platz kamen. Frau Flora pflegte immer zu sagen: „Von allem, von dem ich zwei Dinge habe, tut mir eines weh. Das bringt das Alter so mit sich, aber so etwas muss man schlicht ignorieren. Natürlich gibt es Menschen mit schrecklichen Krankheiten, aber das normale Alltagszipperlein, das darf einem niemals Herr werden."

„Frau Flora ist eine beeindruckende Erscheinung und hat eine so tolle Einstellung", sagte Mama. „Genau so möchte ich auch mal werden, wenn ich alt bin." Und skeptisch wanderte ihr Blick durch das schäbige Zimmer, in dem jetzt schon so viel mehr Alltag saß als blühendes Leben.

Mama erzählte und erzählte. Dieser Abend gehörte ihr. Die Kinder kauten und hörten zu. Es war angenehm, sich mal mit etwas anderem zu beschäftigen als mit der Rettung der Welt. So verging die Zeit und sie unterbrachen ihre Mutter kein einziges Mal. Ließen sich von ihrer guten Laune einlullen.

„Aber stellt euch vor, wer heute Nachmittag bei uns im Kaffeehaus war! Das ist so eine unerhörte Nervensäge! Behandelt uns Kellnerinnen, als wären wir Luft und wirft mir kommentarlos ihren Fuchsschwanz zum Aufhängen ins Gesicht. Blöde Kuh die, die Esterhazy!"

„Die Esterhazy?!" Alma schrie auf und Karl verschluckte sich an dem Bissen, den er gerade in den Mund gesteckt hatte.

„Ja, die Tussi, der das Hotel gehört! Tut ja auch so, als würde sie mich nicht kennen, die feine Dame. Dabei weiß sie genau, wer ich bin. Sollte sich mal lieber um die Einrichtung in der Lobby kümmern, anstatt Füchse spazieren zu führen." Mama war ganz wild geworden.

Karl hustete immer noch heftig und Alma klopfte ihm energisch und viel zu kräftig auf den Rücken, damit er wieder Luft bekam. „Alma, schon gut!", keuchte Karl, aber Alma schien ihn vor lauter Schreck nicht zu hören und schlug weiter auf ihn ein. „Alma! Hör auf!" Karl riss die Augen auf und bedeutete Alma sich zu beruhigen.

Aber die war außer sich. Die Frau Esterhazy! Auf sie hatten die Kinder total vergessen. Wie konnte das nur passieren?! Sie mussten ja verhindern, dass die Frau Esterhazy die Tränenkristalle von Mimosa bekam, sonst war alles aus. In all dem Trubel hatten sie übersehen, was ihr ursprünglicher Plan war! Was für eine Katastrophe.

Mama blickte skeptisch von einem Kind zum anderen. „Sagt mal, was ist eigentlich mit euch los? Mir kommt schon seit einiger Zeit vor, dass ihr mir etwas verheimlicht. Gibt es etwas, das ich wissen sollte? Ihr heckt doch einen Blödsinn aus, oder?" Ihr Blick wanderte streng forschend von Alma zu Karl und wieder zurück. Aber beide Kinder schüttelten stumm und wie auf Kommando den Kopf und versuchten, unschuldig dreinzuschauen. Mama runzelte die Stirn, merkte aber, dass es keinen Sinn machte, weiterzubohren. Ihr gegenüber saßen Bruder und Schwester seltsam einig, bereit, bis zum Letzten zu schweigen. Im Moment würde sie kein Sterbenswörtchen erfahren. So viel war sicher.

Mama nahm sich vor, sich die Kinder bei Gelegenheit einzeln vorzuknöpfen. „Kinder", sagte sie streng, „macht mir keinen Ärger! Wir dürfen aus dem Hotel unter keinen Umständen rausfliegen. Das ist euch klar, oder? Sonst stehen wir auf der Straße. Dann ist das Desaster perfekt. Damit ist nicht zu spaßen."

Das Kopfschütteln wich nun einem stummen Nicken und zwei Paar Kinderaugen blickten sie treuherzig an.

Mama runzelte die Stirn, dann musste sie lachen. „Ist schon gut. Seid ihr fertig mit essen? Ihr könnt noch ein wenig fernsehen, während ich den Abwasch mache. Und danach ab ins Bett!"

Alma und Karl standen auf, warfen sich aufs Bett und schalteten den Fernseher ein. Mama ging trotz des Stapels schmutzigen Geschirrs gutgelaunt in die kleine Küche im Vorraum.

Als Karl sich vergewissert hatte, dass bei Mama das Wasser rauschte, regelte er die Lautstärke ihrer Sendung nach oben und flüsterte Alma zu: „Hey, wir Idioten, wir haben total auf die Tränenkristalle vergessen. Heute ist es schon zu spät, aber morgen müssen wir irgendwie an die Kristalle kommen."

„Ha, du bist ja witzig und wie soll das gehen? Magnus hat sie. Schon vergessen?", flüsterte Alma aufgeregt zurück.

„Das ist saugefährlich, schon klar, aber was sollen wir denn sonst machen. Wir dürfen uns halt nicht erwischen lassen!", zischte Karl.

„Ja und dann, wenn wir sie haben? Der Graue macht uns doch kalt, wenn er merkt, dass die Kristalle weg sind! Der kommt doch in null Komma nichts drauf, dass wir das waren. Beziehungsweise du. Er weiß ja noch nicht, dass ich eingeweiht bin."

„Eben! Alma, das ist es doch! Der Graue weiß nicht, dass du alles weißt. Das war doch dein eigener Plan. Und genau das ist jetzt unsere Chance!"

„Hä, und wie soll ich an die Kristalle kommen?" Alma verzog das Gesicht. Gerade als Karl anheben wollte, ihr seinen Geistesblitz darzulegen, kam Mama wieder ins Zimmer.

„Na, ihr zwei, kommt was Tolles im Fernsehen? Oh, seit wann schaut ihr euch einen russischen Sender an? Da versteht man ja nichts. Gib mir mal bitte den Schalter, Karl."

Karl reichte seiner Mutter die Fernbedienung. Dem weiteren Fernsehprogramm konnte er jedoch nicht folgen. Eine deutsche Castingshow flimmerte nun über den Bildschirm. Fieberhaft kreisten Karls Gedanken um die Tränenkristalle und seinen Plan. Die ganze Sache war extrem gefährlich und nichts durfte falsch laufen, sonst wären Alma und er geliefert. Und mit ihnen die Anderwelt und überhaupt alles.

33

279

Am nächsten Morgen ging alles schief, was schiefgehen konnte. Mama hatte vergessen, den Wecker zu stellen und so war das Gerangel um das kleine Bad noch hektischer als sonst. Alma hatte schlecht geschlafen und war grantig.

Als sie das Haus verließen, mussten die Kinder die Beine in die Hand nehmen und losrennen, um noch rechtzeitig in die Schule zu kommen. Es blieb keine Zeit zu reden.

Erst am Nachmittag, als Alma eine Stunde nach Karl aus der Schule kam, konnten die beiden ihr Gespräch dort fortführen, wo sie es am Vorabend beendet hatten.

Alma hatte noch nicht einmal ihre Jacke ausgezogen, als Karl schon auf sie einstürmte: „Magnus weiß nicht, dass du in die Sache eingeweiht bist. Und genau das ist unsere große Chance. Dein Plan ist nach wie vor gut. Weil, und damit hast du recht, wenn ich die Kristalle klaue, dann weiß Magnus genau, dass ich es war. Er wird mir auflauern und was-weiß-ich-was mit mir anstellen, damit ich sie wieder herausrücke. Von dir aber weiß er nichts. Du musst also die Tränen stehlen und er wird dann nicht wissen, wo er sie suchen soll."

„Moment!", unterbrach Alma den aufgeregten Karl, der ohne Punkt und Komma sprudelte. „Und woher soll er wissen, dass nicht du es warst, der die Kristalle geholt hat? Wie du selbst sagst, das wäre für ihn ja die logische Annahme."

„Ganz einfach: Er muss mich sehen, während du sie klaust. Und dann sind sie weg und ich kann es nicht gewesen sein. Bäm!" Triumphierend klatschte Karl in die Hände.

Almas Begeisterung hielt sich in Grenzen. „Sehr witzig, und wie soll ich an die Steine kommen? Und überhaupt: Woher willst du wissen, wann in Magnus' Wohnung die Luft rein ist? Was, wenn er plötzlich heimkommt und ich durchsuche gerade seine Unterhosenschublade nach den Tränen? Du spinnst. Das wird doch niemals! Nie! Nicht gutgehen!"

„Ja, schon klar, dass das Ganze gefährlich ist, aber es geht nicht anders. Außerdem war das ursprünglich deine Idee, schon vergessen? Willst du jetzt wieder alles über den Haufen werfen?", schimpfte Karl wütend.

„Ist ja gut! Das sagt sich alles so einfach. Aber ich muss ganz allein in die Wohnung von diesem Monster. Du weißt doch, was er mit Mimosa gemacht hat. Und das ist seine eigene Schwester. Was wird er erst mit mir machen? Deine Katze hat er sogar gekillt. Du hast doch immer wieder gesagt, dass er so böse ist! Mensch, Karl, ich trau mich das nicht!" Almas Augen füllten sich mit Tränen der Verzweiflung.

Bevor sie drohten überzuschwappen, schlug Karl einen versöhnlicheren Ton an: „Alma, ich weiß, dass du Angst hast. Und ich lass dich auch nicht gerne alleine gehen. Aber schau doch mal, was wir schon alles geschafft haben, wie weit wir schon gekommen sind. Die großen, durchsichtigen Gestalten sind auf unserer Seite. Die helfen uns, wenn es dicke kommt. Das haben sie versprochen. Und denk doch mal, Mimosa selbst war es, die mich ausgesucht hat ihr zu helfen. Sie weiß sicher, dass du nun auch dabei bist. Sie hat uns nicht umsonst ausgesucht. Sie glaubt an uns. Sie vertraut uns. Sie leidet und wir müssen ihr helfen." Karl machte eine Pause, dann fuhr er fort: „Ich kann keinesfalls in die Wohnung. Wenn Magnus denkt, ich hätte die Kristalle, macht er kurzen Prozess mit mir. Da nützt es mir dann auch nichts mehr, dass er bis jetzt, wenn Mama oder der Herr Josef in der Nähe waren, die Finger von mir gelassen hat. Du bist unsere einzige Chance. Komm Alma, du schaffst das. Du bist dann die Heldin von Omnia. Alma, komm schon. Sag ja! Ich werde auch alles dafür tun, damit dir nichts passiert. Almabella, du kannst das schaffen! Komm schon! Ich glaub an dich."

Je mehr Karl redete, desto unheimlicher wurde ihm die ganze Sache selbst. Aber er hatte nun mal keinen Plan B. Ihm fiel nichts anderes ein, als Alma in die Wohnung von Grau zu schicken.

Seine flehende Rede jedoch zeigte Wirkung bei Alma. Das Argument, die Heldin der Anderwelt zu werden, schien ihr doch irgendwie ein lohnendes Ziel. Und so war Karl nun selbst sehr überrascht, als Alma nach einer langen Zeit des Schweigens, Nachdenkens und Abwägens ihre rechte Hand ballte, die Faust erhob und entschlossen fauchte: „Okay, ich pack das! Ich geh in die Wohnung!"

„Hey, das ist meine Alma! Bravo kleine Schwester!" Mit seinen Worten versuchte Karl, auch sich selbst aufzumuntern.

Und so saßen sie noch eine Weile aufgeregt neben ihren Schultaschen im Vorzimmer am Boden und schmiedeten einen gefährlichen Plan, den sie am nächsten Tag ausführen wollten, wenn ihre Mutter Spätschicht hatte. Eine der großen Hürden des Plans war, dass Herr Josef bis zu einem gewissen Grad eingeweiht werden musste.

Der Plan war mutig und ehrgeizig, wies aber einige weiße Flecken auf, die sie nicht einschätzen konnten. Was, wenn Magnus die ganze Sache durchschaute? Was, wenn er Alma entdeckte? Und über allem stand die Frage: Was, wenn Frau Esterhazy die Kristalle bereits hatte? Dann wäre ohnedies alles im Eimer und schon längst verloren.

Am späteren Nachmittag – Karl hatte nur sehr unkonzentriert seine Hausübungen erledigt und es bewusst vermieden, für die kommende Lateinschularbeit kostbare Zeit zu verschwenden – machte er sich auf zum Concierge des Hotel Mimosa.

Karl war extrem aufgeregt, denn Herr Josef würde am nächsten Tag eine Schlüsselrolle übernehmen müssen. Sein Herz klopfte bis zum Hals.

Karl pfiff ein Lied, als er die Treppen hinunterhopste. Obwohl er sonst nie pfiff, glaubte er, das würde ihm einen unschuldigen Anstrich verleihen.

Herr Josef blickte Karl stirnrunzelnd entgegen. Pfeifende Kinder waren ihm grundsätzlich suspekt.

„Na, was ist los, der junge Herr?"

„Äh, nichts. Geht's Ihnen gut?"

„Mmh, ja, danke der Nachfrage. Aber dir nicht. Du hast doch was auf dem Herzchen, oder, mein Junge?"

„Ich, wieso, denn ich? Also, ich … nö, eigentlich ist alles paletti, obwohl … also …"

„Also, was?" Herr Josef schob gespannt eine seiner buschigen Augenbrauen in die Höhe.

„Na, ja, also …" Karl riss sich zusammen. „Also Folgendes: Sie haben doch letztens gesagt, Sie mögen den Herrn Grau auch nicht so –"

„Nein, das legst du mir jetzt in den Mund. Das würde ich nie über einen unserer Gäste sagen! Ich behandle alle gleich und bin zu allen freundlich. Das macht schließlich meine Qualität als Rezeptionist und Concierge aus!" Herr Josef war sichtlich beleidigt.

Mist. Das ging ja jetzt völlig in die falsche Richtung.

„Oh, das habe ich natürlich nicht so gemeint, Herr Josef. Ich dachte nur, weil Sie sich doch ein wenig geärgert haben, dass der Herr Grau immer Pakete bestellt und dann das Papier und die ganzen Verpackungen bei Ihnen liegen lässt", ruderte Karl zurück.

Herr Josef wurde rot, diese Indiskretion dem Jungen gegenüber hatte er längst vergessen. Er fühlte sich ertappt.

„Naja, das stimmt schon, aber deswegen ist der Herr Grau doch ein feiner Gast und ich kümmere mich gut um ihn. Wie um alle anderen auch."

„Ja, das machen Sie wirklich!", bemühte sich Karl, Herrn Josef Honig ums Maul zu schmieren und ihn für seinen Plan zu gewinnen. „Ich finde ja auch, dass der Herr Grau prinzipiell ganz in Ordnung ist, aber letztes Mal im Lift hat er mich richtig geärgert, als er behauptet hat, die deutsche Fußballmannschaft würde die nächste Weltmeisterschaft schon wieder gewinnen und Österreich schon in der Vorrunde aus dem Bewerb kicken. Er meinte sogar ‚in hohem Bogen'. Er ist der Meinung, außer Skifahren könnten die Österreicher nichts. Ich finde das total unfair. Und außerdem hat Österreich schon oft gegen Deutschland im Fußball gewonnen."

Die lächerliche Banalität seiner Argumente war Karl selbst schon peinlich. Etwas Besseres war ihm jedoch in der Schnelle nicht eingefallen. Würde ihm Herr Josef dieses fadenscheinige Gelaber überhaupt abnehmen?

Aber Herr Josef begann, über so viel Eifer herzlich zu lachen. „Ja, 1978 hat Österreich gewonnen. Daran kann ich mich noch erinnern. Das war in Cordoba. Da bist du noch mit den Mücken geflogen. Hihi."

Karl, einigermaßen erleichtert, dass Herr Josef angebissen hatte, nickte beflissen und machte dort weiter, wo er begonnen hatte: „Jaja, in Cordoba, aber sonst doch auch noch ein paarmal. Auf jeden Fall möchten Alma und ich dem Herrn Grau gerne einen kleinen Streich spielen. Am besten morgen Nachmittag. Aber wir müssten halt wissen, wann er aus dem Hotel geht. Und wann genau er wieder zurückkommt. Wir …, also noch besser, Sie Herr Josef, Sie müssten ihn eventuell aufhalten."

Herr Josef runzelte die Stirn. „Einen Streich? Was plant ihr denn, ihr zwei Schlawiner?"

„Och, Herr Josef, das möchte ich Ihnen nicht verraten. Es ist doch kein richtiger Streich mehr, wenn Erwachsene eingeweiht sind! Bitte, bitte, können Sie nicht auch ohne etwas zu wissen mitspielen? Wir stellen auch gar nichts Schlimmes an! Versprochen."

Karl faltete bittend seine Hände vor der Brust und blinzelte Herrn Josef mit der unschuldigsten Miene an, die er aufzusetzen imstande war.

Herr Josef musste lächeln. Diese Kinder. Immer zu Scherzen aufgelegt. Schade, dass man als Erwachsener verlernte, Unfug zu machen. Da entging einem das Beste. Nun gut, dann wollte er Fünf mal gerade sein lassen und mitspielen, um Karl und Alma eine Freude zu machen.

Zu Karl aber sagte er in gespielt strengem Ton: „Aber dass mir danach keine Klagen kommen! Ich bin hier verantwortlich für das Etablissement. Zumindest, wenn die gnädige Frau Direktor Esterhazy nicht im Hause ist. Ich rufe euch zwei Spitzbuben und -mädchen am Haustelefon an, wenn der Herr Grau morgen das Mimosa verlässt." Dann zwinkerte er Karl zu und wandte sich wieder seinem Reservierungsbuch zu.

Karl hielt die Luft an, drehte sich am Absatz um und marschierte schnell zur Stiege, bevor Herrn Josef noch einfiel, weitere Fragen zu stellen. Erst als er schon im ersten Stockwerk war, blies er die angehaltene Luft vor Erleichterung aus seiner Lunge. Uff. Der erste Schritt war getan.

34

Am nächsten Tag waren sowohl Karl – in noch größerem Maße aber Alma – nervös und aufgekratzt. In der Schule passten sie nicht auf und Luis war zu Mittag sauer, weil Karl mehrmals gar nicht gemerkt hatte, dass er ihn angesprochen hatte.

Mama war im Kaffeehaus und weder Alma noch Karl hatten Hunger, als sie mittags nach Hause kamen. Beide saßen im großen Zimmer, als hätten sie einen Stock verschluckt, redeten kaum miteinander und warteten.

Karl zappelte mit den Füßen herum und Alma kaute an ihren Nägeln. Dann begann sie: „Karl?"

„Mhm?"

„Können wir es noch einmal durchgehen? In der Wohnung, in der du Magnus durch das Loch beobachtet hast – die Kommode steht an der Wand, daneben befindet sich das Tischchen, an dem die beiden gesessen haben und auf der anderen Seite ist die Tür. Richtig? Und du bist dir ganz sicher, dass Magnus die Tränen, die er der Esterhazy gezeigt hat, aus der obersten Schublade genommen hat?"

„Ja genau, aber das habe ich dir jetzt schon zehn Mal erklärt. Du machst mich ganz nervös!" Karl war genervt.

„Du hast ja leicht reden! Du musst ja nicht in seine Wohnung einbrechen. Da wäre ich auch die Ruhe in Person!", giftete Alma und setzte einen bösen Blick auf.

„Aber immerhin bin ich es, dem Magnus an den Kragen will. Ich muss unten sitzen, während er kommt und –"

Das Haustelefon begann schrill zu läuten. Obwohl sie es erwartet hatten, zuckten beide Kinder heftig zusammen. Karl sprang auf, eilte zum Telefon und nahm den Hörer ab, während Alma sich kerzengerade in ihrem Sessel aufrichtete.

„Hallo?"

„Jungchen, es geht los. Der Herr Grau hat soeben das Hotel verlassen. Ich glaube, er geht einkaufen. Jedenfalls hatte er eine Tasche mit Flaschen dabei. Pfandflaschen wahrscheinlich. Ich glaube –"

„Danke, Herr Josef!", krächzte Karl ins Telefon, bevor Herr Josef weiterreden konnte.

„Schon gut und denkt dran: Ich will keinen Ärger, Kinderchen."

„Okay, okay, bis gleich." Karl knallte den Hörer auf die Gabel, wirbelte herum und zischte: „Los komm! Alma, jetzt bist du dran."

„Karl, ich trau mich nicht", wimmerte seine Schwester ängstlich.

Karl war am Verzweifeln. Ohne Alma würde der ganze Plan misslingen. Er holte tief Luft, um ruhig zu bleiben und redete langsam, aber eindringlich auf seine Schwester ein: „Alma. Du musst es machen! Es tut mir leid, aber es geht nicht anders. Omnia! Braucht! Dich! Außerdem bist du im Moment überhaupt nicht in Gefahr, weil Magnus ja außer Haus ist. Komm, Schwesterlein. Jetzt wird eine Heldin geboren." Er nahm Almas Hand und zog sie sanft, aber dennoch mit Nachdruck, der keine Gegenwehr erlaubte, auf die Beine. Wie ein bockiger Esel ließ Alma sich von Karl aus der Wohnung schieben, machte aber ein Gesicht, das Trotz und Angst in gleichen Maßen widerspiegelte.

Mit Karls schiebender Hand im Rücken trottete sie zum Lift. Zunächst ging die Fahrt nach unten.

Herr Josef, der nun schon zu ihrem Komplizen geworden war, musste mit einer Überrumpelungstaktik nun auch noch dazu bewegt werden, das Tor zum Hof zu öffnen. Karl wusste, dieses Unterfangen würde schwierig werden. Dagegen war das gestrige Gespräch mit Herrn Josef ein Spaziergang gewesen.

Mit einem „Ping" öffnete sich der Fahrstuhl im Erdgeschoss und die Kinder gingen in Richtung Rezeption. Karl war aufgeregt, Alma hüllte sich in Schweigen und Trotz. Sie zitterte vor Angst.

Plötzlich blieb Karl angewurzelt stehen, griff in seine Hosentasche und sagte zu seiner Schwester: „Hätte ich fast vergessen. Nimm du mein Handy. Da ist die App vom Gnorks drauf. Vielleicht brauchst du sie!" Er steckte Alma sein Handy zu.

„Äh, ich denke, ihr wolltet dem Herrn Grau ein Streichlein spielen. Hat euch der Mut verlassen?", rief ihnen Herr Josef fröhlich hinter seinem Rezeptionstresen entgegen.

„Herr Josef", begann Karl sofort, um keine Zeit zu verlieren, „Sie haben doch einen Zentralschlüssel, oder?"

„Ja, Jungchen, den habe ich und den werde ich ganz sicher nicht aus den Händen geben. Auch nicht für Jux und Tollerei."

„Siehst du!", zischte Alma halb ärgerlich, halb erleichtert.

„Das dachte ich mir schon, Herr Josef. Dafür wären Sie viel zu korrekt. Aber würden Sie eventuell kurz mit mir auf die Straße gehen und mir das Tor für den verschlossenen Hinterhof aufsperren. Ich müsste dort mal kurz was installieren. Sie wissen schon – streng geheim." Karl blinzelte Herrn Josef verschwörerisch zu.

Herr Josef grinste. „Na so, das ist dann was anderes. Also kommt mal mit. Aber ich muss dann gleich zurückkommen. Ich darf die Rezeption nicht alleine lassen. Da ist die Frau Esterhazy streng."

Während Herr Josef seinen Zentralschlüssel aus einer Schreibtischschublade kramte und hinter seinem Tresen hervorkam, zischte Karl Alma zu: „Nimm den 606er-Schlüssel, der ist der vom Grau." Laut aber sagte er zu Herrn Josef. „Alma hat keine Jacke an, sie wartet hier."

„Du hast ja auch keine Jacke an", bemerkte Herr Josef, aber Karl zuckte nur gleichgültig die Schultern und versuchte, ihr Fortkommen zu beschleunigen, indem er Herrn Josef die Notausgangstür neben der Drehtür aufhielt. Herr Josef tänzelte hindurch und verbeugte sich im Scherz vor Karl.

Sobald die zwei außer Sichtweite waren, beeilte sich Alma, hinter den Tresen zu huschen. Von jeder Wohnung hingen hier die Zweitschlüssel. Den eigentlichen Schlüssel nahmen die Dauermieter immer mit, wenn sie außer Haus gingen. So musste Herr Josef nicht jedes Mal behelligt werden, wenn man zurückkam.

Alma stellte sich auf die äußersten Zehenspitzen, damit sie den Schlüssel mit der Nummer 606 erreichen konnte. Als sie auf diese Weise immer noch zu klein war, sprang sie mehrmals im Stand und schlug nach dem Schlüssel, bis er ihr entgegen und auf den Boden fiel. Sie schnappte ihn und sauste zurück zum Lift. Dieser war inzwischen unterwegs in eines der oberen Stockwerke. Verdammt, das kostete wertvolle Zeit. Ganz gegen ihre Gewohnheit stieß Alma einen Fluch aus, der – wenn ihre Mutter ihn gehört hätte – mindestens zwei Euro in die Fluchkassa gekostet hätte. Zum Glück aber hörte sie niemand.

Weil Alma weder warten wollte, bis der Aufzug wiederkam, noch von demjenigen gesehen werden wollte, der gleich aus dem Aufzug steigen würde, begann sie, die Treppen hinaufzuhasten. Und obwohl der Weg in den sechsten Stock weit war, hatte Alma vor Aufregung genug Adrenalin im Blut, um keine Pause machen zu müssen. Den Schlüssel presste sie fest an ihre Brust und zählte die Eingangstüren im Gang laut mit, als sie an ihnen vorbeieilte. Endlich stand sie vor der Tür mit der Nummer 606.

Ihr Herz klopfte laut, drohte zu zerspringen. Alma steckte den Schlüssel ins Schloss. Sie war aufgeregt und ihre Hände zitterten so stark, dass sie Mühe hatte den Schlüssel umzudrehen, aber dann sprang die Tür mit einem leisen Klacken auf.

Fünf Stockwerke weiter unten schickte sich Karl an, die nächsten Schritte des Planes auszuführen. Nervös hatte er einige Minuten im Hinterhof gewartet und bemüht langsam auf hundert gezählt, nachdem Herr Josef ihm das Tor aufgeschlossen hatte und gleich wieder gegangen war, um rasch wieder an seinen angestammten Platz hinter dem Rezeptionstresen zu kommen.

Zurück am Trottoir hatte Karl mit fiebrigen Blicken die Straße entlang nach links und rechts gespäht um zu sehen, ob Magnus schon wieder am Heimweg war. Dann zwang er sich noch einmal zu einer kurzen Pause, holte tief Luft und betrat die Lobby des Mimosa.

„Na, schon zurück? Das ging aber schnell." Vergeblich versuchte Herr Josef, seine Neugier zu verstecken. Zu gern hätte er gewusst, was die Kinder aushecktten. Und überhaupt, wohin war das Mädchen verschwunden?

Karl aber dachte nicht im Traum daran, Herrn Josef irgendwelche Auskünfte zu erteilen. Bevor er ihm eine weitere wackelige Lügengeschichte auftischte, sagte er lieber gar nichts. Er tat so, als hätte er nichts gehört, ließ sich auf einen der abgewetzten Stühle fallen und blätterte scheinheilig in einer der ausliegenden, zerknitterten Zeitschriften.

Seine Gedanken wanderten zu Alma. Hoffentlich hatte sie die Wohnung öffnen können und die Kristalle schon gefunden. Wer konnte schon wissen, wie groß das Zeitfenster war, bis Grau wieder zurückkommen würde. Im besten Fall war Alma jetzt schon wieder aus der Wohnung draußen und unterwegs in den dritten Stock, wo die Geschwister wieder zusammentreffen wollten. Karl selbst musste jedenfalls hier sitzen bleiben, bis Grau ihn in der Lobby sehen würde und ihn – wenn der Plan aufging – als Dieb der Kristalle ausschließen musste. Karls Gedanken rasten. Seine Hände blätterten die Zeitschrift ein ums andere Mal durch ohne zu bemerken, dass er sie verkehrt herum hielt.

Seine Blicke huschten immer wieder zum Eingang. Und plötzlich, viel schneller, als er es sich gewünscht hatte, trat der Graue durch die Drehtür. Er stutzte kurz, als er Karl sah. Karl hielt seine Illustrierte wie ein Schutzschild vor die Brust und starrte mit großen Augen auf die am Kopf stehenden Buchstaben. Über den Rand hinweg erhaschte er einen Blick auf Magnus, der ihn böse musterte und ohne Herrn Josef zu grüßen langsam zum Lift schritt. Dort drehte er sich plötzlich noch einmal um, holte Luft um etwas zu sagen, überlegte es sich dann aber doch anders und drückte auf den Knopf, um den Lift zu rufen. Dieser stand jedoch bereits im Erdgeschoss. Magnus trat rasch ein.

Karl war kurz vor dem Zerspringen. Er fuhr hoch, warf die strapazierte Zeitschrift auf den Tisch vor sich, rannte zum Stiegenhaus und hastete empor.

Herr Josef folgte ihm mit besorgtem Blick. Irgend etwas stimmte hier nicht!

Als Karl nach ein paar Stufen außer Sichtweite von Herrn

Josef war, hielt er inne, steckte zwei Finger in den Mund und stieß einen durch Mark und Bein gehenden Pfiff aus. Das war das Zeichen für Alma, aus der Wohnung zu fliehen. Und hoffentlich, hoffentlich hatte sie ihn auch gehört.

Sie hatte. Alma verließ gerade triumphierend die Wohnung von Magnus, als der Pfiff durchs Hotel gellte. Leise zog sie die Tür hinter sich ins Schloss und hastete den Gang entlang. Mit ihrer linken Hand umklammerte Alma ein Säcklein aus dunkelrotem Samt. Just als der Lift ankam, rannte sie daran vorbei und als Grau die Tür öffnete, wurde Alma von dieser verdeckt. Auf Zehenspitzen schlich sie weiter Richtung Stiegenhaus und eilte die Treppen hinunter. Grau marschierte weiter in die Richtung seiner Wohnung. Er hatte Alma nicht bemerkt.

Karl sauste seiner Schwester entgegen. Sein Gesicht war vor Sorge verzerrt. Als er jedoch die strahlenden Augen von Alma erblickte, wurde ihm etwas wohler. Sie hatte es wohl geschafft. Alma hielt Karl die wertvolle Trophäe vor die Nase und schrie übermütig: „Ta-taaaa!"

Karl aber mahnte zur Vorsicht: „Psst! Sei nicht so blöd, Alma. Magnus ist schon im Haus. Gib mir den Schlüssel. Ich versuche, ihn unbemerkt zu Herrn Josef zu bringen und du gehst mit den Kristallen sofort in unsere Wohnung zurück. Dort treffen wir uns."

Alma schnitt eine Grimasse. Zu gerne hätte sie ihren Triumph noch ein wenig ausgekostet, aber Karl war mit dem Schlüssel in der Hand schon wieder unterwegs ins Erdgeschoss. Während er noch überlegte, wie er Herrn Josef den Schlüssel zu Graus Wohnung nun wieder unterjubeln sollte, kam ihm in der Lobby glücklicherweise ein Zufall zu Hilfe. Soeben waren Gäste angekommen und Herr Josef war mit einem Kofferwagen unterwegs Richtung Gehsteig, um Gepäck aufzuladen. Unbemerkt huschte Karl hinter den Tresen und unbemerkt legte er den Schlüssel mit dem schweren Messinganhänger Nummer 606 auf den Boden unter dem Schlüsselbrett. Es sah aus, als wäre er von dort heruntergefallen. Dann machte Karl sich so schnell er konnte aus dem Staub. Er wollte die Tränenkristalle endlich mit eigenen Augen sehen.

Alma saß mittlerweile in Karls Zimmer und fieberte ihrem Bruder entgegen. Sie konnte kaum erwarten, was Karl für ein Gesicht machen würde, wenn sie die Beute vor ihm ausbreitete. Sie strahlte ihn an, als dieser in sein Zimmer und aufs Bett sprang. „Los, zeig mal!" Karl klatschte in die Hände.

293

Fieberhaft nestelte Alma an der Kordel des Samtbeutels. Der Knoten war ziemlich fest gebunden. Karl hätte ihr den Beutel am liebsten aus der Hand gerissen, übte sich aber in Geduld. Immerhin war es Almas Verdienst, dass die Kristalle jetzt hier waren und nicht mehr in Magnus' Schublade und Wohnung.

Endlich klappte es. Der Knoten war offen. Alma äugte in den Beutel. Ein Leuchten huschte über ihr Gesicht. Es war nicht nur die Freude, die sie ob ihres Triumphes erfüllte, sondern auch ein Glanz, der aus dem Inneren des Beutels kam.

Alma strich Karls Bettdecke sorgfältig glatt und stülpte den Inhalt aufs Bett. Wow, was für ein Anblick. Vor den Geschwistern lagen mehrere Hundert blaue Kristalle, die in unterschiedlichen Nuancen blinkten und funkelten. Alle hatten die Form einer Träne. Manche waren groß wie eine

Haselnuss, andere so klein wie ein Sonnenblumenkern. Bei manchen spielten die Farben eher ins Türkis, manche sahen aus wie aus Eis und einige hatten einen leuchtenden Grünstich wie das Wasser eines Waldsees. Alma ließ die Finger durch die Tränen gleiten, nahm sie auf, ließ sie wieder aufs Bett regnen.

„Wie schön sie sind!" Alma flüsterte andächtig. Ihre Augen glänzten. „Und die sind sicher richtig wertvoll."

„Wertvoll sind sie sicher, aber stell dir mal vor, wie sehr Grau Mimosa gequält haben muss, damit sie so viele Tränen geweint hat!" Karl wurde bei seinen Worten selbst ganz klamm ums Herz. Alma blickte ihn erschrocken an. Daran hatte sie bei all der Schönheit gar nicht mehr gedacht.

„Ja, das vergisst man, wenn sie so funkeln. Ach Gott, die Arme! Wie kann aus so viel Leid, so was Wunderbares entstehen?" Beide Kinder schwiegen eine Weile betreten und hingen ihren Gedanken nach. Dann begannen beide gleichzeitig mit einem Satz:

„Karl, meinst du wir könnten …"

„Alma, weißt du, was mir gerade eingefallen ist …"

Sie schauten sich an.

„Du zuerst." Alma hatte Hemmungen, von ihrer Idee zu erzählen.

„Mir ist gerade eingefallen", begann Karl sehr ernst, „dass Magnus sich ja jederzeit neue Tränen besorgen kann. Und das wird er jetzt auch tun. Sobald er merkt, dass die Kristalle, die für Frau Esterhazy bestimmt waren, weg sind, macht der sich auf den Weg und quält Mimosa aufs Neue. Ihre Tränen versiegen ja nicht. Vielleicht war unser Plan zu voreilig." Karl stockte. „Eigentlich waren wir sogar ziemlich dumm.

Wir haben uns einem viel zu hohen Risiko ausgesetzt und eigentlich gar nichts damit bewirkt. Magnus wird Mimosa wegen uns noch einmal foltern." Er schlug sich mit der flachen Hand auf die Stirn. „Wie blöd und kurzsichtig von uns! Warum haben wir daran nicht früher gedacht!" Karl blickte Alma an. „Was wolltest du zuvor sagen?"

„Ich, och, das ist nicht wichtig." Alma war ganz kleinlaut.

„Sag doch!", forderte Karl.

Alma schüttelte den Kopf. „Naja, ich hatte mir nur überlegt, ob wir vielleicht ein paar Kristalle für Mama auf die Seite legen könnten. Dann hätte sie nicht mehr so viel Druck, Geld für uns zu verdienen und wäre nicht immer so traurig … Aber wenn ich daran denke, wie sehr Mimosa gelitten hat und wegen uns vielleicht noch viel, viel mehr leiden muss, da mag ich gar keinen Kristall mehr behalten."

295

„Nein, die möchte ich auch nicht behalten. Nichts, was wir dafür kaufen könnten, würde Spaß machen. Nicht einmal der Umzug in eine Wohnung, weg aus dem Hotel."

Wie schnell die Hochstimmung von zuvor gekippt war! Beide Kinder blickten sich an. Fragen standen in ihren Gesichtern. Sie waren mit ihrem Latein am Ende.

„Und jetzt?" Karl zog die Stirn in Falten: „Vielleicht ist das Einzige, was wir tun können, den Garten wiederzufinden. Und Mimosa warnen. Vielleicht gibt es irgendeinen Ort, an dem sie sich vor Grau verstecken kann. Was meinst du?"

Alma nickte nachdenklich.

Karl fuhr fort: „Komm, am besten gehen wir gleich los. Mama kommt eh erst spät. Sie wird uns heute nicht vermissen."

Alma, der nun deutlich vor Augen stand, dass die

Tränen, die vor ihr ausgebreitet lagen, Tränen der Angst und des Schmerzes waren, sammelte die blauschimmernden Kleinode mit spitzen Fingern wieder ein. Ihre ganze Freude war verflogen. Vielmehr verspürte sie nun ein Gefühl großer Empathie für Mimosa. Hoffentlich konnten sie den Garten finden und mit der Königin sprechen. Alma war ihr ja noch nie begegnet und merkte, wie sich nun wieder Aufregung in ihr breitmachte. Was für ein Tag! Was für ein Auf und Ab der Gefühle.

Karl zog schon seine Schuhe an, während Alma den Knoten wieder um den samtenen Beutel schnürte. Sie wollte ihn Karl geben, aber der bat sie, ihn selbst einzustecken. Also stopfte sie den schweren Beutel in ihre Hosentasche.

35

Hastig machten sich die zwei Geschwister auf und durchstreiften die Gänge des Mimosa – wieder einmal auf der Suche nach der eigensinnigen Lotte. Die beiden waren vorsichtig. Wenn sie etwas unbedingt vermeiden wollten, dann war es Magnus Grau zu begegnen. Alma positionierte sich in jedem Stock zwischen dem offenen Stiegenhaus und dem Lift und lauschte angestrengt, ob sich jemand näherte. Karl sauste die Gänge entlang und suchte nach der Tür.

Wieder einmal foppte sie die Kinder. Zunächst war sie nirgends zu sehen und dann, als sie bereits zum zweiten

Mal im vierten Stock waren, stand sie am Ende des linken Ganges, als wäre sie nie woanders gewesen. Sie brummelte vor sich hin. Karl rief Alma zu sich, die sofort ihren Horchposten verließ, um zu ihrem Bruder zu eilen. Nun trat sie ungeduldig von einem Bein auf das andere. Endlich steckte Karl den Schlüssel ins rostige Schloss und drehte um. Das Schloss ließ sich, wie immer, wenn sich die Tür endlich hatte finden lassen, leicht öffnen. Karl stieß sie auf und stieß einen überraschten Laut aus.

„Häh? Was soll denn das jetzt?!", rief auch Alma. Die brummende Lotte öffnete sich, wie von den Kindern erhofft, endlich in den Garten von Omnia und nicht in einen der anderen Räume. Sie konnten den Garten auch sehen. Allein der Eintritt war ihnen verwehrt. Dichtes, dorniges Gestrüpp versperrte ihnen den Weg. Die Dornen waren spitz wie Stecknadeln und übersäten dicht an dicht die knorrigen Äste.

Karl versuchte vorsichtig – sehr darauf bedacht, sich nicht die Haut aufzuritzen –, einen der kleineren Zweige abzubrechen. Das gelang ihm auch fast mühelos, aber sofort wuchs an dieser Stelle ein neuer Zweig mit noch mehr Stacheln nach. Er versuchte es wieder und wieder, aber das Tor wucherte immer dichter zu. Alma beobachtete das Tun ihres Bruders. Der wurde wütend und stampfte auf. Wie es aussah, gab es hier kein Durchkommen. Was ging hier vor? War er, Karl, nicht von Mimosa höchstpersönlich auserkoren, bei der Rettung der Anderwelt zu helfen? Wieso ließ sie ihn nicht mehr eintreten?

Karl dachte fieberhaft nach. Plötzlich fiel ihm siedend heiß wieder ein, was er vor ein paar Tagen gehört hatte, als er Magnus Grau und Frau Esterhazy heimlich belauscht hatte.

Mimosa würde die Verbindung von der Anderwelt zur realen Welt selbst schließen, wenn man ihr nur genug zusetzte. Das hatte Magnus gesagt. Offensichtlich war das nun geschehen. Die Königin der Anderwelt hatte die Fäden zur realen Welt gekappt und die brummende Lotte mit undurchdringlichen Dornen geschlossen. Magnus hatte also recht gehabt. Und nun? War alles verloren? Hatte Karl als Retter von Omnia versagt? Game over?

Alma, ebenso ratlos, spähte durch das Dornendickicht. Plötzlich zuckte sie zusammen und zerrte wortlos am Ärmel von Karl. „Schau mal da hinten", flüsterte sie. „Ist das nicht die Königin?"

Karl folgte mit seinen Augen Almas ausgestrecktem Zeigefinger und kniff die Lider zusammen. Tatsächlich. Ganz weit hinten im Garten ging Mimosa auf den Wald zu. Weg von der Tür, tiefer hinein in die Anderwelt.

Ohne lange nachzudenken holte Karl tief Luft und brüllte quer über die Wiese in den Garten hinein: „Mimosa! Mimoooooosa! Hallo! Wir sind hier! Schau doch mal her! Halloooo! Wir haben deine Tränen, Mimosa! Wir wollen sie dir zurückgeben! Und wir müssen mit dir reden. Dreh dich doch um! Mimosa!"

Scheinbar hatten seine Rufe Mimosa erreicht, denn sie war stehen geblieben. Langsam drehte sie sich um und sah zu den Kindern herüber. Alma hüpfte auf und ab und winkte. „Mimoooosaaaa!", schrie nun auch sie, so laut sie konnte. Mimosa warf den Kindern einen langen Blick zu. Sie konnten ihn nicht deuten, dafür stand die Königin zu weit entfernt. Lange stand sie da. Dann schüttelte sie langsam ihren Kopf, erhob die Hand – wie zu einem letzten

Gruß –, drehte sich wieder um und setzte ihren Weg in den Wald fort.

„MIMOOOOSAAA!", brüllte Karl nun noch lauter. „Biiitte Mimosa, komm zu uns! Nur einen Moment. Wir möchten mit dir reden! Bitte! Wir müssen dir etwas erzählen. Magnus wird dich wieder quälen. Komm doch, vielleicht können wir gemeinsam etwas tun. Schließ doch die Tür nicht zu. Die Welt braucht dich! Mimo–" Weiter kam Karl nicht.

Jemand hatte ihm die Hand vor den Mund geschlagen und hielt ihn von hinten fest, sodass es ihm den Atem raubte.

„So, Bürschchen, hab ich dich!", zischte jemand in sein Ohr. „Gegen mich vorgehen willst du? Jetzt wohl nicht mehr. Ich würde an deiner Stelle nicht so im Hotel herumbrüllen, wenn du nicht von mir erwischt werden willst, du kleine Ratte. Von dir lass ich mir meine Pläne nicht durchkreuzen!"

299

Karl hing in Magnus' Armen fest, die ihn wie Stahlseile umschlangen. Vor Schreck war er erstarrt.

„Und du kleines Biest! Was machst du hier? Steckst du mit deinem Bruder unter einer Decke?" Magnus trat hart mit dem Fuß gegen Alma, die die Szene mit schreckgeweiteten Augen verfolgt und vergeblich versucht hatte, sich durch bloße Willenskraft unsichtbar zu machen. Schmerz durchzuckte ihr Bein und sie schrie, so laut und so schrill wie noch nie. Ihre ganze Angst – ihre vergangene, ihre gegenwärtige und ihre zukünftige – lag in diesem einen, langen, gellenden Schrei. Es klang wie der Schrei eines verwundeten Tieres. Magnus erkannte sofort die Gefahr, die von dieser schreienden Göre ausging und ließ von Karl ab, um Alma zum Schweigen zu bringen.

Und dann passierten mehrere Dinge gleichzeitig. Karl

sprang Magnus auf den Rücken und versuchte, ihn von hinten zu würgen, um seiner Schwester zu helfen. Magnus wiederum versuchte, die um sich schlagende, kratzende und beißende Alma in den Griff zu bekommen. Herr Josef, im Erdgeschoss, hatte seinen Platz hinter der Rezeption verlassen und war langsam und nach oben lauschend bis zum offenen Stiegenaufgang gegangen um zu hören, ob noch weitere dieser schrecklichen Geräusche aus den oberen Etagen kamen. Es war ihm rätselhaft, was all dies zu bedeuten hatte.

Karl verbiss sich in die Schulter von Magnus, was diesen zusehends noch wütender werden ließ. Im Reflex verstärkte er den Würgegriff, mit dem er Alma festhielt. Almas Widerstand hingegen ließ immer mehr nach. Sie hatte keine Kraftreserven mehr.

Und aus dem Garten war plötzlich ein Rauschen zu hören. Kraftvoll und laut wie das Rauschen eines großen Wasserfalls … dann wurden die drei ungleichen Ringenden plötzlich in helles Licht getaucht. Mimosa stand mit ausgebreiteten Armen vor dem Dornengestrüpp und sandte schillernde Lichtstrahlen aus. Die festen Dornen wichen zurück. Auch die Äste wurden schmaler und schmolzen, als wären sie aus Wachs.

„Lass die Türe zu! Bleib in deinem verdammten Garten und lass die Türe zu!", zischte Magnus der Königin zu. Karl malträtierte Magnus' Schulter noch mehr. Er hatte nun wieder Hoffnung geschöpft. Auch Alma konnte ihre Kräfte besser mobilisieren und wand sich in Magnus' Griff hin und her wie eine wildgewordene Katze.

„Magnus!" Mimosas Stimme klang wie ein Donnerhall.

Weder Alma noch Karl hatten je etwas so Imposantes gehört. Sie war sanft und doch voller Kraft. Tief und warm. Voller Emotion und Energie. Karl war noch nie verliebt gewesen. Zumindest nicht so richtig, aber als er Mimosas Stimme hörte, da hörte er, wie die Liebe klang. Klingen musste! So voller Nachdruck.

Aber für Liebe war jetzt keine Zeit. „Magnus, lass die Kinder los! Auch wenn du glaubst, mit mir eine offene Rechnung zu haben. Die Kinder haben damit nichts zu tun. Lass sie gehen! Jetzt!"

Magnus' Gesicht war rot vor Anstrengung. „Pah, das sind keine Kinder. Das sind Kakerlaken, deine kleinen Helferlein. Und deshalb werde ich sie zertrampeln, denn sie haben nichts anderes verdient."

„Hör' Bruder, ich bin noch immer deine Königin und befehle dir zu gehorchen!", rief Mimosa.

„Königin, pah! Warte nur, bis ich mit den Biestern fertig bin, dann kriegst du meinen Helm wieder aufgesetzt. Und dann heulst du wieder wie ein kleines Mädchen! Jemand hat mir die Tränen gestohlen, ich brauche ohnehin neue." Magnus keuchte unter seiner Last. Alma hämmerte mit ihrer Ferse in präzisem Stakkato auf seine Kniescheibe ein und Karl spürte einen blutigen, metallischen Geschmack im Mund, während er seine Zähne in Magnus' Schulter grub. Er musste einen starken Brechreiz unterdrücken.

Aber er hatte auch Mimosa im Blickfeld. Und was er sah, gefiel ihm gar nicht. Mimosa war nicht mehr die bildschöne, junge Frau, die er vor gar nicht so langer Zeit im Garten zum ersten Mal gesehen hatte. Sie war mager geworden. Ihre Haut war blass und fahl und ihre Augen hatten ihr Strahlen verloren. Sie schienen erloschen und leer. Tiefe, schwarze Ringe umrandeten ihre Höhlen. Mimosa war nur noch ein Schatten ihrer selbst und als Magnus den Helm erwähnt hatte, war sie deutlich zusammengezuckt. Das Licht, das ihre erhobenen Hände immer noch ausstrahlte und das die Dornen weichen ließ, flackerte und war für einen Moment dumpf geworden. Wenn Mimosa damals bei ihrer ersten Begegnung traurig gewesen war, so war sie jetzt alle Trauer dieser Welt in einer Person.

Karl zerbrach es fast das Herz. Noch wütender verbiss er sich in Magnus. Der fletschte die Zähne und stöhnte. Mit einem Ruck schüttelte er zuerst Alma ab, die unsanft zu Boden fiel und sich die schmerzenden Stellen am Körper hielt, und schleuderte dann auch Karl zu Boden. Dann holte Magnus mit dem Fuß aus und trat kräftig nach Karl, der sofort bewusstlos in sich zusammensackte. Alma schrie laut auf. Als Magnus auch nach ihr treten wollte, duckte sie sich schnell nach hinten weg. Er traf ins Leere und fluchte. Magnus wandte sich Mimosa zu. Hatte sie die Dornen schmelzen lassen, um den Kindern zu Hilfe zu eilen, so wurde ihr das Schwinden der Äste nun selbst zum Verhängnis. Magnus trat durch die letzten Reste des Gestrüpps und kümmerte sich wenig um die Stacheln, die klaffende Wunden in seine Haut rissen, aus denen Blut strömte.

Langsam und drohend ging er auf seine Schwester zu. Schritt für Schritt. Diese wich in den Garten zurück. Obwohl Mimosa selbst von großer Statur war, wurde sie um einiges von Magnus überragt. Er hatte die Schwelle zum Garten nun vollends überschritten. Wie ein Schrank stand er vor ihr. Mit einem wachsamen Blick auf das königliche Geschwisterpaar robbte Alma besorgt zu ihrem eigenen, leblosen Bruder. Sie tätschelte ihm die Wange. Als das keine Wirkung zeigte, kniff sie ihn, so fest sie konnte, in den Hals. Durch den beißenden Schmerz kam er wieder zu sich. Benommen öffnete Karl erst das eine und dann das zweite Auge.

„Wo … bin … ich?", stammelte er gebrochen.

„Los, werde wach. Da drin macht Magnus gleich Mimosa alle!"

Karl versuchte sich aufzurappeln, sank aber zurück. Alma half ihm, sich aufrecht hinzusetzen. Sie blies ihm ins Gesicht. Wieder und wieder. Verwirrt schaute er sie an. „Was machst du denn?"

„Keine Ahnung. Hilft's? Bist du wieder da? Geht's dir besser?"

Karl griff sich an den Kopf. „Ja, es geht wieder, aber hör auf mit der Blaserei. Mein Kopf zerspringt gleich." Karl schob Alma zur Seite, um besser in den Garten spähen zu können, in dem nun ein Kräftemessen der besonderen Art stattfand. Magnus starrte Mimosa an. Mimosa starrte zurück. Fast schien es, als übten sie sich in dem Kinderspiel „Wer als Erstes wegschaut oder lacht, hat verloren". Allein es gab hier nichts zu lachen. Hier ging es um Leben und Tod. Um Gedeih und Verderb. Um Omnia.

Wenn Karl einen klaren Kopf gehabt hätte, wäre ihm vielleicht etwas eingefallen. So aber saß er nur da und konnte Zuschauer sein.

Und plötzlich – ohne Vorwarnung – ging es in die zweite Runde. Alma stieß einen Schrei aus. Magnus hatte die Hände zum Himmel erhoben und ein dunkles, dröhnendes Rauschen hob an. Ein dichter Wirbel begann sich aus dem dunkelgrauen, wolkenverhangenen Himmel zu bilden. Er drehte sich langsam und stetig und eine breite Säule begann, wie ein gewundener Weg, von oben herabzuwachsen.

Dort, wo er endlich die Erde berührte, bohrte er sich wie eine Schraube in den Garten der Anderwelt und blieb erst stehen, als er sich fest verankert hatte. Die Säule war immens und das riesige Gewinde breit wie eine Straße, die wie eine Wendeltreppe von oben herabführte.

Noch immer starrten sich die zwei Kontrahenten – starrten sich Bruder und Schwester – in die Augen. Dann wurde das starke Rauschen abgelöst durch ein rhythmisches Stampfen. Mimosa zuckte zusammen, löste aber ihren Blick nicht von Magnus. Offenbar wusste sie auch ohne hinzusehen, was hinter ihrem Rücken passierte.

Zuerst war es für Alma und Karl nicht möglich zu erkennen, was vor sich ging – die spiralförmige Straße endete im dichten Nebel der Wolken –, aber dann war immer deutlicher zu erkennen, dass sich Gestalten aus dem grauen Gewaber lösten. Es waren dunkle, graue Reiter mit weiten Umhängen und Kapuzen, die sie tief ins Gesicht gezogen hatten. Ihre Pferde waren schwarz und hatten metallisch glänzende Zaumzeuge. Einer nach dem anderen beschritt die Rampe nach unten. Jeder hielt in seiner Hand eine kalte Fackel. Noch brannte kein Feuer. Die grauen Reiter hatten es nicht eilig. Schritt um Schritt traten ihre Pferde fest und bestimmt auf den Weg der Spiralsäule. Und ihre Hufe hallten im gleichförmigen Takt.

Alma riss die Augen auf. Was auch immer sich hier für ein Schauspiel bot, es konnte nicht ratsam sein, Teil davon zu werden. Sie stupfte Karl von der Seite an und fragte ängstlich: „Karl, was sollen wir denn machen? Sollen wir Hilfe holen?"

Karl zuckte ratlos die Achseln. Angst zeichnete sich auch in seinem Gesicht ab. „Wer soll denn hier und jetzt helfen können? Willst du die Feuerwehr anrufen?", zischte er seiner Schwester zu.

„Wir könnten die Tür zumachen", flüsterte Alma zurück. Während sie das noch aussprach, war ihr bewusst, dass Karl diesen Vorschlag nicht akzeptieren würde. Er hatte einen Auftrag und eine Verpflichtung. Er würde Mimosa nicht im Stich lassen. Dann fiel ihr etwas anderes ein: „Karl, ich hab ja noch dein Handy!"

„Was?"

„Hier nimm. Wir holen deinen Gnorks. Die App!"

Alma zog Karls Mobiltelefon aus der Tasche, gab es ihrem Bruder, der darauf herumdrückte. Dann schloss er schmerzerfüllt die Augen: „Alma, mein Kopf tut so weh, mach du …"

Alma nahm ihm das kleine Gerät wieder aus der Hand und suchte nach der App des Zwergen. Es dauerte eine Weile, bis sie das Symbol mit der blauen Zipfelmütze gefunden hatte. Sie öffnete die App. Am Display erschien das blinkende Mikrofon.

Bevor Alma aber die App betätigen konnte, riss Magnus im Inneren des Gartens mit hasserfülltem Gesicht seinen Mund auf und brüllte gegen den Himmel: „Feuer! Brennt den Garten und Omnia nieder!"

Und mit lautem Knall öffneten sich die Wolken und feurige Blitze stachen hervor. Blitze, wie die Kinder noch nie welche gesehen hatten. Ihre Strahlen waren breit und gleißend. Sie zuckten mit unglaublicher Geschwindigkeit in Richtung Erde. Wieder und wieder. Violett und silbern, orange und grellweiß.

Alma schloss geblendet die Augen und Karl drehte den Kopf zur Seite. Der Blitzregen wurde gefolgt von einem Donner, der die Kinder erschauern ließ. Das Getöse schmerzte in den Ohren und ihre Trommelfelle drohten zu platzen.

Als Karl und Alma wieder in den Garten blickten, hatte sich die Szenerie grausam verändert. Die Blitze hatten die Fackeln der Reiter entzündet. Sie schwangen sie nun wie Schwerter über ihren Köpfen. Ihr Marschrhythmus war schneller geworden. Die Pferde waren in Trab gefallen und rascher als erwartet erreichten die ersten die Erde. Dort nahmen sie in einem Halbrund um Magnus und Mimosa Aufstellung. Karl konnte nicht zählen, wie viele es waren. Dreißig vielleicht – oder fünfzig.

Karls Blick fiel auf Mimosa. Er sah, wie ihr Widerstand brach. Und dann … senkte sie die Augen. Sie gab auf. Wortlos. Ihre Schultern sanken nach unten.

„Nein! Gib nicht auf!" Dieser Schrei war Karl ohne darüber nachzudenken herausgerutscht. Laut herausgerutscht. Er bereute ihn, noch ehe er verhallt war. Denn nun hatte sich Magnus langsam umgedreht und der Blick, den er Karl zuwarf, verhieß nichts Gutes.

Drohend brüllte er Karl an: „Du schon wieder! Von dir habe ich genug! Es reicht jetzt. Misch dich nicht immer ein! Das hier geht dich nichts an! Gar nichts! Das ist eine Sache zwischen ihr und mir. Du hast hier nichts zu suchen, du kleine Ratte! Hast du verstanden?" Er erhob seine ausgestreckte Hand in Richtung der brummenden Lotte, neben der Karl und Alma immer noch im Gang des Hotels standen und dem Schauspiel im Garten folgten.

Und laut knallend fiel sie zu. Die brummende Lotte fiel ins Schloss. Krach! Dann: Totenstille. Kein Laut. Das unglaubliche Getöse von eben hallte den Kindern noch in den Ohren nach. Aber sonst war es ganz ruhig.

Einen Augenblick verharrten die Geschwister in Schockstarre, dann rief Alma laut: „Los, mach wieder auf Karl." Der kramte bereits mit seiner linken Hand in der Hosentasche herum, um den Schlüssel für die brummende Lotte wiederzufinden. Im gleichen Moment löste sie sich auf. Wurde unsichtbar. War weitergewandert. Weg. Als wäre sie nie hier gewesen. Karl fluchte. Alma flüsterte: „Oh, nein!"

36

„Los, komm, wir müssen sie suchen! Diese verdammte Tür! Warum ist sie denn ausgerechnet jetzt abgehauen?" Karl wollte aufstehen um loszurennen, merkte aber, dass er einfach nicht mehr konnte. Nur mühsam schleppte er sich dahin. Alma lief ihm voraus. Bis zum Ende des Ganges und retour. Keine Lotte.

Dann wechselten sie das Stockwerk. Und wieder hatten sie kein Glück. Sie fuhren mit dem Lift ins Erdgeschoss. Auch dort: keine Tür. Die Geschwister waren aufs Höchste angespannt.

Ihre Gedanken flogen in den Garten. Was mochte dort vor sich gehen? Was passierte gerade mit Mimosa? Hatte sie tatsächlich aufgegeben? Hatte Magnus sie überwältigt? Wahrscheinlich stand alles schon lichterloh in Flammen. Almas Bauch krampfte sich zusammen. Sie war kurz davor, sich vor Aufregung zu übergeben.

Und Karl kämpfte mit den irrsten Kopfschmerzen seines ganzen Lebens. Ständig wurde ihm schwarz vor den Augen und kleine rote Blitze flimmerten vor seiner Nase. Es dauerte eine ganze Weile, bis die Kinder alle Stockwerke durchsucht hatten. Karl kam einfach zu langsam voran.

Außerdem wurden sie in der Lobby von Herrn Josef aufgehalten. „Kinderchen, was macht ihr eigentlich für einen Krach, sagt mal?", fragte er streng.

Karl, unfähig sich auf die Formulierung einer Antwort zu konzentrieren, schüttelte nur den Kopf, aber Alma hatte zum Glück eine recht fantasievolle Ausrede und bemerkenswert echt vorgetragene Lüge parat:

„Entschuldigen Sie bitte, Herr Josef, aber unser Fernseher ist kaputt. Wenn man den einschaltet, dann geht automatisch die Lautstärke ganz nach oben und lässt sich nicht mehr regulieren. Aber wir haben ihn jetzt ohnehin ausgeschaltet. Kommt nicht wieder vor. Versprochen." Erleichtert warf Karl seiner Schwester einen Blick von der Seite zu.

Und damit zog sie den benebelten Karl aus der Sichtweite des Herrn Josef, der die Antwort wohl zur Kenntnis nahm, jedoch keine Silbe davon glaubte.

Die Kinder machten sich auf zu ihrer zweiten Runde durchs Hotel. Karl beschränkte sich nun darauf, beim

Stiegenhaus stehen zu bleiben. Alma wetzte derweil durch die Gänge und erstattete einen einsilbigen Bericht, der jedes Mal gleich lautete, wenn sie an ihrem Bruder vorbeisauste: „Nö!"

Einmal glaubte sie zwar, die Tür von Weitem zu erkennen, aber als sie näher kam, verblasste sie und wurde unsichtbar. Wieder nichts. Karl hielt sich den schmerzenden Kopf und wimmerte leise vor sich hin. Und so begann die dritte Runde. Bei der vierten Runde war Alma schon leicht genervt. Karl hatte sich mittlerweile in einem der Stockwerke auf den Boden gelegt und die Augen geschlossen. Er versuchte, das Pochen in seinem Kopf zu ignorieren, was ihm mehr schlecht als recht gelang. Er dachte an Mimosa und hoffte, dass sie noch lebte.

Unklar blieb nach wie vor, wie schnell die Zeit in Omnia verging. Eine Zeit lang war sie durch Grau ja beschleunigt gewesen. Dann hatte Karl sie wieder langsamer gestellt. Es war also durchaus anzunehmen, dass die Minuten und Stunden in der Anderwelt nicht synchron zur realen Welt verliefen. Mimosa selbst sah ja auch bei Weitem jünger aus als ihr Bruder, der aber damals, als sie noch beide in Omnia gelebt hatten, nicht viel älter gewesen war als seine Schwester. Der Kleine Prinz hatte von einem Altersunterschied von zwei Jahren geredet. Wenn man die beiden jetzt miteinander verglich, lag optisch mindestens eine Generation zwischen ihnen. Wenn die Zeit also in Omnia langsamer lief, dann war es vielleicht nicht so schlimm, wenn sie nun durch die Sucherei nach der brummenden Lotte Zeit verloren. Inzwischen konnte nicht so viel passiert sein. Obwohl. Wie lange dauerte es, eine Königin zu töten, wenn man es darauf anlegte? Grau kannte kein Erbarmen. Er würde kurzen Prozess machen.

Alma machte sich auf zur Runde fünf. Zu dem „Nö!" gesellten sich nun eine gehörige Portion Schimpftiraden auf die brummende Lotte. Aber endlich, nach etwa einer Stunde, kam doch der befreiende Ruf aus dem dritten Stock: „Karl, komm schnell. Ich hab sie! Gegenüber von 312!" Karl öffnete die Augen und richtete sich benommen auf. Er drückte auf den Liftknopf und fuhr aus dem zweiten Stock, in dem er gelegen hatte, hinauf zu Alma. Die stand unweit der Aufzugstür und hielt mit beiden Händen die Türklinke der brummenden Lotte fest, als könnte sie sie dadurch am neuerlichen Verschwinden hindern. Karl trat hinzu, kramte einmal mehr nach dem Schlüssel und schob das Metallplättchen zur Seite.

Alma, die die Klinke um keinen Preis der Welt losgelassen hätte, jetzt, wo sie sie erst einmal in den Händen hielt, riss die Tür auf, als das Schloss klickte.

„Manno, wo sind wir denn jetzt schon wieder!", rief sie und stampfte enttäuscht mit dem Fuß auf.

Karl schüttelte seufzend den Kopf. Ihm wurde langsam aber sicher alles zu viel. Ein grellbuntes Paradies für Kleinkinder breitete sich vor den Geschwistern aus. Die Kinder traten zögernd ein.

Alma schaute ungläubig umher: „Sag mal, sollen wir hier überhaupt reingehen? Das ist ja mehr als lächerlich hier. Wir verlieren doch nur wertvolle Zeit."

Karl, völlig überfordert mit der Situation, zuckte schwach mit den Schultern.

Alma fuhr fort: „Andererseits, wenn wir schon mal hier sind, können wir uns auch kurz umsehen. Immerhin ist bis jetzt noch nichts umsonst gewesen. Und auch an den unmöglichsten Orten hinter der Lotte hat uns zumindest ein Hinweis weitergeholfen. Oder wir treffen hier einen, der uns zumindest einen Tipp geben kann. Komm, Karlchen, wir gehen ein Stück." Alma sah ihren Bruder mitleidig an: „Du siehst echt bescheiden aus, wenn ich das mal so sagen darf. Geht's eh?" Karl zuckte wiederum mit den Schultern. Ihm war alles egal. Er folgte Alma willenlos.

Die beiden mussten allerdings aufpassen, wo sie hintraten:

Die brummende Lotte mündete mitten in ein hügeliges Gelände, das an einen überdimensionalen Streichelzoo erinnerte. Überall hoppelten rosa Kaninchen herum. Die Hamster, die sich in kleinen Laufrädern vergnügten, waren in Hellblau gehalten und etwas weiter schlürfte ein regenbogenfarbenes Einhorn aus einem Brunnen, der mit oranger Limonade gefüllt war.

In kleinen Gruppen standen Bäume in der Landschaft. Sie schauten aus, als wären sie aus Knetmasse. Und sie fühlten sich auch so an, als Karl einen von ihnen berührte. Er bohrte seinen Finger in einen grellgelben Baum und als er ihn herauszog, schloss sich die Delle mit einem schmatzenden Ploppen wieder. Ein lindgrünes Rehlein brach zwischen den Bäumen hervor und schaute überrascht zu Alma und Karl, bevor es, in weiten Sprüngen über die Wiese, das Weite suchte. Ein Bächlein floss ruhig und in gleichmäßigen Mäandern durch die Gegend. Die Flüssigkeit war seltsam dickflüssig und erinnerte die Kinder an Sirup. Alma sprang leichtfüßig darüber, Karl folgte sehr viel langsamer. Der Bach war nicht breit und auch nicht besonders tief. Schneeweiße Steine säumten das flache Ufer.

Der Himmel war milchig. Ein unglaubliches Abendrot erinnerte an eine biblische Erleuchtung. Plastisch hingen die pink-orange-violetten Wolken bis tief herunter, fast so, als wären sie mit den Fingerspitzen erreichbar.

„Fehlt jetzt nur noch, dass schmalzige Musik einsetzt", seufzte Karl. Und da war sie auch schon. Zuerst ertönte nur eine traurige Geige, dann setzten weitere Instrumente ein. Celli, Blechbläser, Klarinetten, Pauken, ab und zu ein Harfenklang. Das große orchestrale Aufgebot! Zu allem Überfluss begann nun auch noch ein Kinderchor zu singen. Keine klassische Musik, nein, die Luft war geschwängert von schmachtenden Popsongs in einer Sprache, die für die beiden Kinder nicht verständlich war. Klang aber so, wie sie sich Japanisch vorstellten.

„Mir wird ganz anders", murmelte Alma angesichts der überbordend üppigen und grellpinken Umgebung.

Langsam schlenderten die Geschwister durch den Farb-rausch und wurden dabei ganz benommen. Karl bückte sich und streichelte einen flauschig weichen, hellgelben Igel mit himbeerroten Tupfen an den Spitzen. Er begann laut zu schnurren, als Karl ihn am Bauch kraulte, nachdem der Igel sich genüsslich auf den Rücken gedreht hatte.

Alma riss eine schillernde Blume aus, die im silbergrünen Gras ihre Farbschattierungen im Sekundentakt veränderte. Sie führte sie zur Nase und roch daran. Der süßliche Duft war betörend. Ohne darüber nachzudenken, biss Alma hinein und erschauerte vor Glück. Was für ein außerordentlicher Geschmack!

„Hey, Karl, probier mal. Die Blumen kann man essen. Sie schmecken total süß und fruchtig. Und saftig sind sie auch", schmatzte Alma und wischte sich die klebrigen Finger nachlässig an der Hose ab.

„Echt?" Auch Karl brach sich ebenfalls eine Blume ab und stopfte sie als Ganzes in den Mund, damit ihm der austretende Sirup nicht übers Kinn rinnen konnte.

„Mmmmh! Schmöckt wöklich lecka", versuchte er mit vollem Mund zu reden.

Alma krabbelte inzwischen auf allen Vieren und probierte sich wie ein Schaf quer durch die Wiese. „Mann, eine besser als die andere. Schau mal die kleinen da mit den hellblauen Punkten, schmecken besonders gut. Irgendwie wie Marillenknödel, aber trotzdem ganz knusprig. Wahnsinn!"

Karl setzte sich hin und steckte sich in den Mund, was er von dort erreichen konnte. So brauchte er sich nicht über die Maßen zu bewegen.

Der Igel watschelte weiter, als er merkte, dass Karl sich nicht mehr um ihn kümmerte.

Alma stutzte, als sie nach einer Weile ein neues Geräusch ausmachte, und bald hörte auch Karl das Herannahen eines blubbernden Geplappers aus vielen Kehlen. Mehr neugierig als erschrocken warfen sich die Geschwister einen kurzen Blick zu. Hinter einer Baumgruppe erschien ein bunter Trupp durchsichtiger Kugeln, die, wie vom Wind bewegt, durch die Luft waberten und gut eineinhalb Meter über dem Boden auf sie zuschwebten. Sie schienen zu kichern und während sie sich aufgeregt miteinander austauschten, stießen sie immer wieder aneinander.

Die Kinder warteten ab, was passieren würde. Die Kugeln sahen zwar harmlos aus, aber so genau konnte man das ja nie wissen. Nun waren sie auf gleicher Höhe wie Karl und Alma und begannen, die Kinder zu umkreisen. Aus der Nähe konnte man sehen, dass jede zwei kleine, lustige Äuglein und einen breiten Mund hatte, der unentwegt grinsend plapperte. Verständliche Wörter waren keine auszumachen. Es war auch nicht sicher, ob die Kugeln sich etwas mitzuteilen hatten oder nur um des Plapperns willen Geräusche von sich gaben.

Plötzlich prustete Alma los. Eine der Kugeln war zwischen dem Geschwisterpaar durchgeflogen und Alma hatte für einen Moment durch die durchsichtige Kugel hindurch Karls Gesicht gesehen. Es hatte sich kurz aufgebläht wie bei einem Blick durch einen Zerrspiegel. Die Kugeln nahmen Almas Lachen auf und gaben es als vielfältiges Kichern und Gackern wieder. Karl ließ sich anstecken und fiel in das Gelächter ein. Keiner konnte mehr aufhören. Alma lachte. Karl lachte. Die Kugeln lachten und waberten. Es wurde immer toller. Die Kinder mussten sich bald die Seiten halten. Alma bekam Schluckauf. Die Kugeln hüpften fröhlich auf und ab und schepperten sich weg. Karl klopfte sich auf die Schenkel. Hahaha, wie lustig hier alles war!

Eine der schwabbeligen Kugeln näherte sich Karls Nase und stülpte sich von vorne über sein Gesicht, waberte an seinen Ohren vorbei und umschloss schließlich seinen ganzen Kopf wie ein gallertartiger Astronautenhelm. Karl fand das sehr lustig. Wohlig bemerkte er, dass sein Kopfweh, das seit Eintritt in diese bunte Welt immer schwächer geworden war, nun vollends verschwand. Ach, wie angenehm und schön doch alles war. Auch um Almas Kopf schloss sich mit einem schmatzenden Geräusch eine der Kugeln. Alma fühlte sich sauwohl mit ihrer neuen Kopfbedeckung.

Die Gesichter der Bubbles befanden sich vor den Gesichtern der Kinder. Karl und Alma konnten ganz normal atmen und sahen durch die Augen der Kugeln hinaus in die farbige Welt. Wenn sie den Mund öffneten, öffneten auch die Kugelgesichter den Mund.

Das Leben war noch nie so schön gewesen! Allmählich verebbte das allgemeine Gelächter, das himmlische Wohlgefühl blieb.

Die Kinder setzten ihre Erkundungen weiter fort. Karl knabberte an Blüten, streichelte Hasen, Katzen und sogar ein goldschimmerndes Schwein. Alma ritt mittlerweile auf dem Einhorn, das sich von ihr freudig wiehernd besteigen hatte lassen. Beide Kinder waren jeweils begleitet von ihren neuen wabernden Freunden, die sie umschwirrten wie die Fruchtfliegen. Noch nie hatten sie sich so frei, so zufrieden und so ungebunden gefühlt. Und sie dachten … an nichts mehr. Sie genossen einfach ihr Dasein. Diese bunten Helme waren wirklich großartig.

Nach einer Weile wurde Karl müde. Er legte sich ins weiche Gras und schlief sofort und sorgenfrei ein.

Als Alma das sah, befand sie, dass auch ihr eine Runde Schlaf guttun würde. Sie stieg vom Einhorn herab und gab ihm einen Klaps auf den Hintern. Es wieherte kurz zum Abschied und trabte von dannen. Alma legte sich in die Nähe von Karl und bettete ihren behelmten Kopf in weiches Moos. Bald wurden ihre eigenen Atemzüge ruhiger und auch sie schlief ein.

Ihre kugeligen Freunde hielten sich nach wie vor bei ihnen auf, kicherten nun aber weniger, um die beiden nicht aufzuwecken.

37

So merkte keines der Kinder, dass die zuckerfarbene Kulisse prominenten Besuch bekommen hatte. Wie aus dem Nichts war er erschienen und stapfte nun entschlossen auf Karl zu, der gerade ganz in Rosa träumte. Unsanft wurde Karl geweckt.

„Hey, Jungchen, aufwachen! Genug von diesem Zuckerzeugs. Hallo? Aufgewacht, mein Kleiner!"

Karl öffnete mühsam die Augen. Er hatte so schön geschlafen und sehr lebendig geträumt. Er hatte absolut keine Lust wach zu werden. Verschwommen nahm er eine Gestalt wahr, die ihm bekannt vorkam. Ein hutzeliger Mann drängte sich in Karls Gesichtsfeld. Die wässrigen, gelb eingetrübten Augen blickten Karl besorgt an. Karl nahm den Geruch von billigem Fusel wahr. Der Alte stank fürchterlich.

Karl kniff die Augen forschend zusammen und schaute angestrengt: Rüschenhemd und fetter Orden. Das war – na klar – das war der Kleine Prinz! Wie schön! Karl freute sich sehr, seinen Freund wieder zu sehen. Immerhin war das der Mann gewesen, der ihm am Ufer des Meeres der Liebe in der Not sehr geholfen hatte. So ein feiner Zeitgenosse! Was für ein netter Überraschungsbesuch! Karl richtete sich freudig auf, sprang auf die Füße und fiel dem muffeligen Alten um den Hals. Er stieß allerdings auf keine Gegenliebe. Dem Kleinen Prinzen schien das alles nicht zu gefallen.

„Nein, ich bin nicht zum Schmusen hier! Schluss jetzt! Lass los!" Unsanft schälte sich der Kleine Prinz aus der Umarmung. „Finger weg! Komm, du musst jetzt wieder vernünftig werden."

Aber Karl dachte nicht daran vernünftig zu werden. Er freute sich doch so sehr, seinen alten Freund wieder zu treffen. Noch einmal umarmte er den Kleinen Prinzen.

„Es ist so wunder-wunder-wunder-wunderbarschön, dass du hier bist! Kuckuck! Kuckuuuuuck! Schau mal, die da drüben, das ist mein Schwesterherzchen", nuschelte Karl glücklich. „Alma werd' wach. Der Kleine Priiiiiinz ist hier!"

Alma, die einen sehr leichten Schlaf hatte, schlug die Augen auf. Sie hüpfte auf die Beine um zu sehen, an wessen Hals ihr Bruder hing und war überrascht. Der Mann wollte so gar nicht in diese niedliche Umgebung passen. Und er roch etwas streng.

Trotzdem strahlte Karl wie ein neuer Schilling. „Almaleinchen, das hier ist der Kleine Prinz. Ich habe dir doch schon von ihm erzählt! Schau, er ist ganz lieeeeeeb. Hey, was ist denn, mein Allerbestigster?" Er bohrte dem kleinen Prinzen den Finger in den wabbeligen Bauch.

Wieder befreite sich der Kleine Prinz von Karl und schaute perplex von Alma zu Karl und von Karl zu Alma: „Seid ihr Zwillinge?"

Alma verdrehte die Augen und gluckste. Dann hüpfte sie, glückselig mit den Armen schlenkernd, zum Kleinen Prinzen, machte einen übertriebenen Knicks und flötete: „Mein Prinz, zwar klein und so allein, aber trotzdem hier in unser'm rosa Gärtelein."

Nun war es am Kleinen Prinzen, die Augen zu verdrehen.

„Ja, tolles Gedicht, aber jetzt werdet mal wieder normal, ihr zwei! Wisst ihr überhaupt, wo ihr hier seid? In Bamboola. Das schaut zwar zuckersüß aus, aber es ist gefährlich hier zu sein!"

Entrüstet hüpften die wabbeligen Kugeln, die die Kinder immer noch umschwirrten, auf und ab.

„Und als Erstes müsst ihr jetzt mal diese blöden Glubsch-Helme da von euren Köpfen wieder entfernen. Die machen euch ganz kirre."

„Wieso, die sind doch so herzig! Mach dir keine Sorgen, alter Mann, die tun keinem was", trillerte Alma.

„Und angenehm sind die! Ich habe gar keine Kopf-schmerzen mehr!", ergänzte Karl.

„Ja, toll, aber jetzt ist Schluss mit lustig. Runter mit dem Geschlabbere!" Der Kleine Prinz näherte sich Alma und machte sich daran, ihr den Helm vom Kopf zu ziehen. Sie schüttelte energisch ihr Haupt und begann, wie verrückt zu kichern. Auch die übrigen fliegenden Kugeln kicherten. Karl prustete los.

Der Kleine Prinz aber versuchte verbissen, das gallert-artige Gebilde um Almas Kopf zwischen seinen Händen zusammenzupressen. Vergebens mühte er sich ab. Er rutschte ständig ab und Almas Kichern und Kopfschütteln machten das Unterfangen auch nicht gerade einfacher. Nun begann Alma auch noch auf und ab zu hüpfen.

Also wandte sich der Kleine Prinz Karl zu, aber der machte einen Satz nach hinten, drehte sich um 180 Grad und tänzelte wie eine betrunkene Primaballerina davon. Alma lachte schallend. Dann tat sie es ihm gleich.

Um Contenance bemüht, atmete der Kleine Prinz ein paar Mal tief durch, dann nahm er die Verfolgung auf. Er eilte hinter den ausgelassenen Kindern her und versuchte es – schwer atmend – mit Vernunft und Erklärungen: „Also hört mal, ihr zwei, dieses Baloomba ist ein toller Ort, aber er raubt euch den Verstand. Bleibt endlich stehen! Vor allem diese Kugeln da, die verkleben euer Gehirn! Die heißen Boombas und sind viel gefährlicher, als sie auf den ersten Blick ausschauen. Ihr verblödet hier drin total. Halt jetzt!" Der alte Mann versuchte, nach Luft ringend, vergeblich Schritt zu halten. „Ich habe euch durch das Periskop gesehen und obwohl ich das normalerweise nicht so einfach kann, habe ich mir die Mühe gemacht, hierher zu switchen und euch zu retten. Jetzt stellt euch also nicht so albern an und bleibt endlich stehen! Hört ihr nicht! Ihr sollt stehen bleiben!" Der Kleine Prinz, wie so oft nicht ganz nüchtern, keuchte. Das Tempo war zu hoch, er war zu fett, zu alt und ohne Training.

Aber die Kinder tänzelten unbeirrt weiter und kicherten noch mehr, wenn ihnen eines der vielen Streicheltiere vor die Füße kam und erschrocken Reißaus nahm.

Karl blickte für eine Sekunde nach hinten und drehte dem Kleinen Prinzen eine lange Nase, als er hinterrücks über einen rosa Hasen stolperte und der Länge nach hinfiel. Alma wieherte vor Vergnügen. Der Hase, dem glücklicherweise nichts passiert war, suchte das Weite und versteckte sich hinter einem Knetmassebaum.

Karl rappelte sich auf und hüpfte von dannen.

Dort, wo er hingefallen war, lag nun ein kupfrig glänzender Gegenstand im Gras. Der flauschige Igel von zuvor watschelte herbei und schnupperte neugierig daran. Es war ein alter Schlüssel mit einer roten Lackmarkierung! Wenig interessiert an dem metallenen Gegenstand reckte der Igel sein Näschen wieder in die Luft und trollte sich.

Karl und Alma marschierten derweil in theatralischen Stechschritten um den Orangenlimonadenbrunnen und salutierten jedes Mal, wenn sie am Einhorn vorbeikamen.

Na gut, der Kleine Prinz hatte begriffen, dass er die Kinder nicht würde einholen können. Daher versuchte er es nun mit einer anderen Strategie. Er setzte sich – immer noch völlig außer Atem – auf einen überdimensionalen grellgrünen Pilz und wartete.

Als Karl und Alma merkten, dass sie nicht mehr verfolgt wurden, blieben sie lachend stehen und schnitten aus der Ferne lustige Grimassen in Richtung des alten Mannes.

Da der das nicht lustig fand, hörten sie bald damit auf und blickten sich ratlos an. Alma zuckte gleichgültig die Schultern, aber Karl meinte: „Er ist mein Freund. Komm, wir gehen ihn trösten. Vielleicht hilft Kitzeln." Und obwohl der Kleine Prinz sie keine Sekunde aus den Augen ließ, taten die beiden Albernen mit ihren wabbeligen Helmen so, als würden sie sich auf Zehenspitzen heimlich anschleichen. Die letzten paar Meter rannten sie wie auf Kommando los und stürzten sich auf den kleinen Prinzen, der rücklings von seinem Pilz rutschte und am Boden landete. Alle drei wälzten sich hin und her. Die Kinder in kicherndem Übermut, der Kleine Prinz in purer Verzweiflung. Endlich bekam er Karl so zu packen, dass der nicht mehr wegkonnte. Der Kleine Prinz setzte sich auf Karls Bauch und fixierte dessen Arme mit den Knien am Boden.

Alma lachte schallend. Karl hatte den Ernst der Lage immer noch nicht begriffen und streckte dem Kleinen Prinzen in schnellem Rhythmus die Zunge heraus.

„So, jetzt ist fertig, Jungchen. Tue ich dir weh? Das möchte ich nämlich nicht. Ich werde dich jetzt so lange ruhigstellen, bis du mir zugehört hast." Karl fuhr unbeirrt fort, dem Kleinen Prinzen die Zunge zu zeigen. „Also, noch einmal von vorn. Und du, kleines Fräulein, hörst am besten auch gleich zu!" Alma kaute an einer blassgelben Blume und schaute den kleinen Prinzen verträumt an.

„Ihr seid hier in Baloomba. Das wurde von einer subversiven Truppe gegründet, die nie so ganz damit einverstanden war, dass Magnus damals die Krone verwehrt wurde. Ob sie Kontakt zu ihm hatte, können wir nicht genau sagen. Der Verdacht besteht in der Zwischenzeit aber. Jedenfalls hat die Gruppe diesen Raum in Omnia geschaffen. Wahrscheinlich als Experiment. Was genau das Ziel des Experiments ist, weiß außer ihnen natürlich niemand. Vielleicht wollen sie damit die reale Welt in der Zukunft in Watte packen. In Zuckerwatte sozusagen. Wollen, dass da draußen alle verblöden und sich keine eigenen Gedanken mehr zu irgendwas machen. Baloomba, und das ist das Gefährliche an dieser Welt, verursacht nämlich eine absolute Kritiklosigkeit bei den Menschen. Man nimmt alles als gegeben hin, findet alles total toll, stellt nichts mehr in Frage. Das einzig Positive ist, dass man keine Schmerzen mehr spürt. Weder körperlich noch – und das ist noch perfider – geistig. Und früher oder später kommt jeder Mensch an den Punkt, wo er sich genau das wünscht. Krankheit – gibt es hier nicht. Depressionen – wie weggewischt. Trauer – geh hier spazieren und du findest alles lustig. Aber! Und das ist das Vermaledeite: Du kommst hier nie mehr wieder weg, weil du es nichts willst. Du willst die rosa Brille einfach nicht mehr absetzen und das ist dein Verderb. Versteht ihr?"

Alma grinste blöd: „Nö, nur Bahnhof. Magst du auch eine Blume?" Karl war immer noch mit dem Takt seiner Zunge beschäftigt und versuchte, sie immer schneller aus seinem Mund vorschnellen zu lassen. Er hatte dem Kleinen Prinzen gar nicht zugehört.

Der Kleine Prinz zog ein Stück saure Gurke aus seiner Manteltasche, wickelte sie aus ihrem Papier aus, und biss davon ab. „Und das hier", er deutete auf die unappetitliche, angebissene Gurke, „das hier ist komischerweise das einzige Gegenmittel. Da werdet ihr wieder klar im Kopf. Hier, Fräulein, beiß mal!"

„Sauer? Nein, danke." Bevor der Kleine Prinz ihr mit der Gurke auch nur nahe kommen konnte, war Alma aufgesprungen und hüpfte wieder davon. Der Kleine Prinz seufzte und sah ihr nach. Wie sollte er die zwei Verrückten nur zur Vernunft bringen? Nun zog dieses anstrengende Mädchen einen kleinen dunkelroten Samtbeutel aus ihrer Hosentasche und warf blauglitzernde Kristalle in den Bach. Es schien ihr großen Spaß zu machen, als es spritzte und platschte.

Der Kleine Prinz hielt Karl hoffnungsvoll die Gurke vor die Nase. Der hörte sofort mit seinem Zungenspiel auf, presste die Lippen aufeinander und drehte nun den Kopf rhythmisch von einer Seite zur anderen, wie ein Irrer. Der Kleine Prinz seufzte abermals. Er würde Karl nicht zwingen können, von der sauren Gurke abzubeißen. Wenn er ihm wenigstens diese verflixten und alles noch schlimmer machenden Boomba-Kugeln vom Kopf ziehen könnte! Wieder und wieder versuchte er, den Helm zu fassen, aber der war glitschig und klebrig und wabbelig und ließ sich einfach nicht fassen. Dem Kleinen Prinz gingen langsam die Ideen aus. Wenn er doch wenigstens einen Flachmann mit Selbstgebrautem dabei gehabt hätte. Der hätte ihm zumindest Trost in dieser ausweglosen Situation gespendet.

Plötzlich hielt der schmutzige, ungepflegte, alte Mann in seinen Bemühungen um Karls Boomba-Kugel inne, denn er hatte ein Geräusch gehört.

Ein Geräusch, das nicht in diese Gegend passte und auch nicht zu dieser schrecklichen Musik, die die ganze Landschaft überzog wie klebriger Honig. Er hörte ein Pochen.

Da, schon wieder! Der Kleine Prinz richtete sich auf und horchte. Diese Gelegenheit nutzte Karl und entwand sich dem Klammergriff seines Freundes. Triumphierend lachend folgte er seiner Schwester. Sie hatte große Marshmallows gefunden, auf denen man wie auf Trampolins famos auf und ab hüpfen konnte.

Der alte Mann ließ die Kinder tun, was sie wollten und folgte dem pochenden Geräusch. Sein Blick fiel auf die brummende Lotte, der er bis jetzt keine Beachtung geschenkt hatte. Ja, von dort drüben kam das Klopfen.

Der Kleine Prinz überlegte. Seine Gedanken überschlugen

sich. Einem Wesen von Omnia war es streng verboten, die Tür von innen zu öffnen. Niemand anderer als der mit dem Schlüssel aus dem Zimmer 315 durfte hier eintreten. Aber was blieb ihm schon für eine Wahl? Er wurde mit den Kindern nicht fertig. Sie würden hier zwangsläufig verblöden. Wenn er nun die Tür öffnete, blieben zwei Möglichkeiten: Entweder es kam jemand herein, der alles noch schlimmer machte, als es ohnehin schon war – und Schlimmeres fiel ihm im Moment nicht mehr ein – oder es kam jemand, der ihm in seiner Situation helfen konnte. Also entschloss sich der alte Mann, die Tür zu öffnen.

Beherzt trat er heran. Das Pochen war immer energischer geworden. Hier verlangte jemand vehement Einlass.

„Nun gut, wagen wir es!", dachte sich der Kleine Prinz und drückte die Türklinke vorsichtig auf. Sie wurde ihm förmlich aus der Hand gerissen und herein stürmte eine unglaublich wütende und unglaublich wilde Frau.

„Was tun Sie mit meinen Kindern?", herrschte sie den kleinen Prinzen an. „Wenn ich mit Ihnen fertig bin, dann sind Sie so klein!" Mit Daumen und Zeigefinger zeigte sie dem verdatterten alten Mann, wie klein. Und das war wirklich sehr klein! „Wo sind sie? Und was ist das überhaupt für ein unsäglich kindischer Kitsch hier?", stampfte sie bei jedem ihrer Worte auf den Boden.

Der Kleine Prinz sagte gar nichts. Er spürte instinktiv, dass die vor Wut schnaubende Mutter dieser Kinder ihm noch weniger zuhören würde als die Kinder zuvor.

Daher zeigte er einfach mit dem Finger in die Richtung, in der die Kinder gerade drauf und dran waren, einen Knetmassebaum zu ersteigen, was sich als äußerst schwierig herausstellte, weil sie nirgends festen Halt unter den Füßen finden konnten und ständig abrutschten. Die Frau marschierte wutschnaubend in Karls und Almas Richtung und erst jetzt bemerkte der Kleine Prinz, dass auch ein Herr in Concierge-Uniform draußen auf dem Gang stand und den Kopf zur Tür hereinsteckte. Neugierig und mit großen Augen blickte er sich um. „Also so schaut das hier aus. Kein Wunder, dass die Kinder das toll finden."

Die wilde Frau hatte die Kinder resolut eingesammelt und stampfte dem Kleinen Prinzen wütend entgegen. Alma und Karl hatte sie an je einer Hand gepackt und zerrte die beiden hinter sich her. Die zwei kreischten vor Vergnügen: „Juhuuuu! Mama! Mamutze!"

Fiona Schnabel stellte beide vor dem Kleinen Prinzen ab. „So, jetzt machen Sie die Helme runter, sofort! Jetzt ist Schluss mit dem Unfug!"

Der Kleine Prinz tat wie befohlen und versuchte sich wieder an Karls Helm. Als Fiona sah, dass das ein schwieriges Unterfangen für einen alleine war, hielt sie Karls Körper fest und zog in die entgegengesetzte Richtung wie der alte Mann. Mit einem glitschigen Ploppen rutschte der Helm endlich von Karls Kopf, der sich sehr verblüfft umschaute.

„So, los, raus mit dir! Jetzt kommt deine Schwester dran!" Mamas Tonfall duldete keine Widerrede und Karl trottete mit leerem Kopf, aber zum Glück weiterhin ohne Kopfschmerzen durch die brummende Lotte in den Hotelgang, in den der Finger seiner Mutter überdeutlich wies.

Herr Josef, der ihn draußen erwartete, schüttelte den Kopf: „Ich glaub, ihr kriegt Ärger, ihr zwei, eure Mutter war ganz schön rabiat, als sie vorher zu mir an die Rezeption gekommen ist. Ich musste alles sagen, was ich weiß. Und du hast ja auch mal gesagt, ich soll ihr von der Tür erzählen, wenn sie euch nicht finden kann. Also …"

Mama kam inzwischen mit der ebenfalls von ihrem glitschigen Helm befreiten Alma durch die Tür. Bevor sie sie wuchtig hinter sich zuschlug, schrie sie dem Kleinen Prinzen, der mit hängenden Schultern inmitten einiger blassvioletter Meerschweinchen stand, noch böse mitten ins Gesicht: „Der Spaß! Hat jetzt! Ein Ende!"

Damit schubste Mama die Kinder Richtung Aufzug und zischte Herrn Josef grimmig eine „Gute Nacht" zu, was eher wie ein Fluch als wie ein frommer Wunsch klang.

Bis sie in der Wohnung waren, sagte keiner ein Wort. Als jedoch die Tür hinter den dreien ins Schloss gefallen war, erging direkt im Vorzimmer ein Donnerwetter über die Kinder, wie sie es noch nie erlebt hatten.

„Wisst ihr eigentlich, wie spät es ist?", keifte Mama, nur um die Antwort gleich selbst hinterherzuschicken, „Ein Uhr! In der Nacht!"

38

Als Fiona aus der Spätschicht gekommen war und die Kinder nicht in der Wohnung gefunden hatte, war sie zunächst nur mäßig beunruhigt. Sie nahm an, dass die Kinder mit ihrem Vater etwas unternahmen und sie selbst es – wie so oft – einfach vergessen hatte. Als sie jedoch genauer darüber nachgedacht hatte, wollte ihr kein Termin zwischen den Kindern und Andreas einfallen. Es wäre auch ganz untypisch gewesen. Am nächsten Tag war schließlich ein Schultag.

Also hatte Fiona sich überwunden und ihren bald Ex-Mann angerufen, mit dem sie schon seit mehreren Wochen kein Wort mehr gewechselt hatte. Ihre aufkeimende Sorge war mit einem Schlag blanker Panik gewichen, als Andreas ihr mit Nachdruck erklärt hatte, dass nichts ausgemacht gewesen sei, die Kinder ohnehin nie anrufen würden und er den Verdacht hätte, dass sie die Kinder gegen ihn aufhetzen würde. Außerdem solle sie sich nicht so aufpudeln, die Kinder seien sicher bei irgendwelchen Freunden. Schließlich seien die Kinder ja schon groß und sie selbst keine Glucke. Oder doch?

327

Fiona hatte das Telefonat wortlos beendet und aufgelegt.

Dann hatte sie versucht, die Eltern von Luis zu erreichen. Keiner war ans Telefon gegangen. Und die Eltern von Almas bester Freundin rieten Fiona, eine Vermisstenanzeige aufzugeben. Schließlich wüsste man ja nie, was „Scheidungskindern so alles einfallen würde".

Bei der Notrufnummer der Stadt Wien war Mama abgewimmelt worden. Sie sollte zumindest noch bis zum Morgen warten. Die Wachen seien alle unterbesetzt und hätten ohnehin Besseres zu tun, als mitten in der Nacht nach pubertierenden Teenagern zu suchen.

Das war der Zeitpunkt gewesen, als Fiona ihre Jacke geschnappt hatte und höchstpersönlich auf der nächsten Polizeiwache erscheinen wollte, um dort einen ordentlichen Wirbel zu machen. Während sie sich die Schuhe anzog, hatte sie sich in Selbstgesprächen noch mehr in Rage geredet.

Als sie bei Herrn Josef vorbeirauschte, kam ihr gerade recht, dass der ihr einen schönen Abend wünschte und sie fragte, ob sie noch ein Rendezvous hätte. Nachdem Fiona also in der Lobby explodiert war und Herr Josef während ihres Redeschwalls kleinlaut anmerkte, dass er eventuell eine Idee hätte, wo die Kinder sein könnten, hatten sie gemeinsam das Hotel nach dieser ominösen Tür abgesucht. Und dann hatte Fiona begonnen, an diese Tür zu hämmern, bis der Kleine Prinz endlich geöffnet hatte.

Alma und Karl wussten, was zu tun war, wenn Mama „wütend" war: nämlich gar nichts. Und das möglichst unauffällig. Beide blickten betreten zu Boden und murmelten ab und zu in sehr devotem Tonfall: „Ja, Mama." Alles andere hätte zu weiteren unkontrollierbaren Eruptionen geführt. Beide wussten, dass jeder Wut-Monolog ihrer Mutter irgendwann auch ein Ende haben würde. Dieses warteten sie nun geduldig ab. Sie fühlten sich ohnehin nicht sehr redselig.

Den Geschwistern war peinlich, wie kindisch sie sich in Baloomba verhalten hatten. Auf Marshmallows herumzuhüpfen entsprach nun wirklich nicht mehr ihrem Alter! Und dieses idiotische Gekicher erst!

Außerdem tat Karl leid, wie unhöflich er den Kleinen Prinzen abgefertigt hatte. Besser wäre gewesen, ihn um Hilfe für Mimosa zu bitten. Bestimmt hätte der alte Mann Rat gewusst. Diese Chance war nun vertan.

Und dann war es still. Ihre Mutter war fertig. Nein! Doch noch nicht. Jetzt kam die Fragerunde: „Was habt ihr in diesem Spielzimmer überhaupt gemacht und wer war der alte Gammler?"

„Das war kein Gammler, das war der Kleine Prinz!", platzte Karl beleidigt hervor.

„Ah, jetzt auch noch frech werden! So, du gehst jetzt in die Dusche und wäschst dir das grausig klebrige Zeug vom Kopf. Du hast genau zwei Minuten dafür. Dann kommt Alma dran. Ich warte im Zimmer auf euch und dann möchte ich alles hören! Alles! Verstanden?!" Mama schritt hoheitsvoll und sehr bestimmt ins große Zimmer. Kommentare waren keine erwünscht. Alma setzte sich müde im Vorzimmer dort auf den Boden, wo sie gerade gestanden hatte, und Karl machte, dass er flott ins Bad kam.

Er war sich sicher, in exakt 120 Sekunden würde Mama vehement an die Badezimmertür poltern, wenn er bis dahin seine Haare nicht fertig gewaschen hatte. Er wusste, wenn sie erst einmal so böse auf die Kinder war wie gerade eben, dann wurde seine Mutter kleinlich. Da war eine Sekunde zu viel eine Sekunde zu viel.

Er beeilte sich also, ließ Alma wortlos nach sich ins kleine Bad schlüpfen und zog sich in seinem Zimmer seinen Pyjama an. Sodann schlich er betreten ins große Zimmer, wo seine Mutter wild und wütend auf dem Bett thronte.

Karl setzte sich in den Ohrensessel und zupfte konzentriert an seinen Zehen herum. Alma schlüpfte gleich darauf herein und setzte sich auch aufs Bett, sehr darauf bedacht, die größtmögliche Entfernung zu ihrer Mutter einzunehmen.

„Gut – ich höre!", kam die drohende Stimme vom gepolsterten Thron.

„Also", begann Karl zögerlich, „das ist jetzt eine längere Geschichte und wahrscheinlich wirst du sie nicht glauben können, aber ich wurde auserwählt, die Anderwelt zu rett–"

„Karl!" Mama explodierte in der Lautstärke eines Meteoriten, der mitten in New York einschlägt. „Verdammt nochmal! Willst du mich verarschen?!"

„Mama, das sagt man nicht", piepste Alma entgeistert.

„Das ist mir wurscht, ob man das sagt oder nicht! Ihr glaubt wohl, ich bin bescheuert! Ihr erzählt mir jetzt sofort die Wahrheit! Von wegen Retter! So ein Scheiß! Karl, wo gehst du hin? Karl?! Bleib sofort hier!"

„Ich komm gleich wieder, Mama." Karl war hinausgeeilt und kramte in seinem Zimmer nach der Hose, die er gerade ausgezogen hatte. Als er ins große Zimmer zurückkam, hielt er Mama auf der flachen Hand seine zwei Tränenkristalle entgegen. Den einen, den ihm Mimosa selbst gegeben hatte und den anderen, den sie im Verlies gefunden hatten. Mama versuchte, ruhig zu atmen. Sie war sichtlich um Contenance bemüht. Sie starrte abwechselnd von Karl zu den blassgrünen Steinen und zurück. Nun runzelte sie skeptisch die Stirn und lehnte sich zurück. Sie schwieg. Drohend.

Und dann erzählte Karl und erzählte und erzählte. An der Stelle, an der auch seine Schwester ins Abenteuer eingetaucht war, fingen sie an, sich abzuwechseln und den Bericht des jeweils anderen zu ergänzen.

Mama unterbrach sie kein einziges Mal, legte nur ein ums andere Mal den Kopf fragend zur Seite, wenn es gar zu unglaublich wurde. Dann herrschte Stille im Zimmer. Für eine ganze Weile lang. Schließlich fragte Mama: „Und das da, das sind die Tränen dieser Königin?" Karl nickte eifrig und gab seiner Mutter die zwei Kristalle, die sie nachdenklich zwischen den Fingern hin- und herdrehte.

Plötzlich schrie Alma auf: „Oh Gott! Die Tränen! Das Säckchen aus Magnus' Zimmer! Ich glaube, ich habe sie in meinem Wahn in Baloomba in den wabbelnden Bach geworfen. Alle Tränen aus dem Beutel! Scheiße! Scheiße! Scheiße!"

„Alma, das sagt man nicht", sagte Mama vorwurfsvoll. Alma warf ihr einen empörten Blick zu.

Und Karl klatschte sich an die Stirn: „Alma! Wie blöd kann man denn sein?! Spinnst du?"

„Witzig, Karl, du warst ja selber nicht ganz dicht da drin!", fauchte seine Schwester zurück.

„Hört auf zu streiten, Kinder. Das bringt jetzt nichts mehr", entgegnete Mama ruhig. „Wenn ich alles richtig verstanden habe, ist doch die Hauptsache, dass Magnus oder Frau Esterhazy die Kristalle nicht in die Finger bekommen. Wenn sie in diesem Bach liegen, tun die Tränen ja keinem weh."

„Dann glaubst du uns also?"

Ihre Mutter blies ihre Backen auf und ließ langsam die Luft wieder entströmen. „Mmh? Ich weiß nicht so recht. Aber was bleibt mir anderes übrig? Entweder ich glaube euch oder ich muss annehmen, dass ihr nicht mehr ganz dicht seid. Da ist mir Ersteres lieber, ehrlich gesagt." Sie konnte sogar wieder lächeln. Ein wenig zumindest.

„Mama!" Alma fiel ihrer Mutter um den Hals. „Du bist die Beste! Ich hab dich so lieb!"

„Ich hab euch auch lieb."

Dann sagte eine Weile lang keiner etwas. Ihre Mutter

hatte offensichtlich eine Menge zu verarbeiten. Sie räusperte sich. „Entschuldigt bitte, dass ich vorher ausgezuckt bin, aber ich habe mir wirklich Sorgen gemacht, als ihr nicht nach Hause gekommen seid."

„Und was sollen wir jetzt tun?", fragte Karl ratlos und auch ein wenig stolz, weil seine Mutter ihn nun also offiziell als Retter der Anderwelt akzeptiert hatte.

„Also ich denke, wir suchen jetzt nochmal nach der Tür und schauen nach, was in diesem Garten los ist", sagte Mama.

„Jetzt? Es ist zwei Uhr! Ich bin total müde und erledigt. Vielleicht ist die Zeit dort drüben ja stehen geblieben, als die Tür zugefallen ist. Dann würde auch nichts passieren, bis wir morgen wiederkommen", hob Alma an.

„Vielleicht. Vielleicht aber auch nicht. Die Nacht ist doch ohnehin schon gelaufen. Ich schreibe euch für morgen eine Entschuldigung. Kommt Kinder, irgendetwas sagt mir, dass wir keine Zeit verlieren dürfen. Zieht euch wieder an!"

Was war mit Mama los? Alma warf Karl einen erstaunten Blick zu. So entschlossen kannten beide Kinder ihre Mutter nicht.

Und so zogen die Geschwister ihre Pyjamas wieder aus und ihre Kleider wieder an.

Die Suche nach der brummenden Lotte begann aufs Neue. Die Tür war heute wirklich eigensinnig. Fast schien es, als würde sie sich immer schwerer auffinden lassen, je tiefer sich die Kinder in die Geschicke von Omnia einmischten. Auf welcher Seite stand sie eigentlich?

Zuerst suchten Mama, Alma und Karl gemeinsam. Als sie zum zweiten Mal durch alle Stockwerke gelaufen waren, trennten sie sich und verständigten sich mittels Pfeifen.

Als sie nach einer guten Stunde immer noch unterwegs waren und ihre Motivation erschöpft am Boden lag, schlug Mama eine kurze Pause vor. Sie setzten sich in die Wohnung und Mama machte heißen Kakao mit Zimt. Das tat zwar gut, machte die Kinder aber noch müder, als sie ohnehin schon waren.

„Wisst ihr was", schlug Mama vor, „ich suche alleine weiter und hole euch, wenn ich die Tür gefunden habe. Ihr schlaft inzwischen ein wenig."

„Aber Mama, wenn man die Tür gefunden hat, heißt das nicht, dass sie einfach stehen bleibt. Manchmal haut sie mitten unterm Aufsperren wieder ab!", machte sich Alma Sorgen.

„Naja, es ist immerhin einen Versuch wert. Ich rufe euch an. Legt euch inzwischen aufs Bett. Ich mach das schon. Husch, husch."

Kaum hatte ihre Mutter die Tür hinter sich zugezogen, da fielen den Kindern auch schon die Augen zu. Karl hielt sein Handy fest umklammert, als er in einen tiefen, traumlosen Schlaf glitt.

39

Fiona Schnabel eilte durchs Hotel. Das dämmrige Nachtlicht erleuchtete die Gänge nur spärlich. Das Ganze war unheimlich. Sie war sich nicht mehr ganz so sicher, ob sie diese Türe überhaupt finden wollte.

Kämpfe in einer Parallelwelt und der Sturz einer Königin. Omnia und seine komischen Gestalten. Das klang doch alles sehr irre. Und ihre Kinder mitten drin. Während Fiona suchte, gingen ihr all die Abenteuer von Alma und Karl durch den Kopf. Wie mutig die zwei gewesen waren. Völlig selbstlos und ganz auf sich allein gestellt. Einerseits war sie sehr stolz, andererseits wollte sie ihre Kinder auch beschützen. War die Anderwelt wirklich ein Platz für einen Vierzehnjährigen und seine zwölfjährige Schwester? Könnte man nicht einfach die Polizei einschalten? Oder – ja wen denn sonst noch?

Wahrscheinlich niemanden. Keiner würde diese wahnwitzige Geschichte glauben. Letztendlich waren diese zwei Kristalle, die von überallher kommen konnten, keine schlüssigen Beweise. Außerdem – hatte Karl nicht selbst erzählt, er wäre von Mimosa auserwählt? Diese geheimnisvolle Frau musste sich ja was dabei gedacht haben, gerade ihren Sohn auszusuchen und keinen Polizisten oder starken Mann. Apropos Mann. Wie ihr Mann wohl reagiert hätte, wenn er zuvor die Erzählung der Kinder gehört hätte? Er als Naturwissenschaftler, der nur glaubte, was mess- und wiegbar war. Oder hatten ihn die Kinder auch eingeweiht? Wohl eher nicht, sonst hätte er zuvor am Telefon nicht so reagiert. Sie wischte den Gedanken an ihren Mann – bald Exmann – beiseite. Er regte sie nur auf.

Fiona seufzte. Sie hatte gerade ihre vierte Runde beendet und immer noch keine Türe gefunden. Es war ein mühsames Unterfangen.

Langsam wurde sie ebenfalls müde. Immerhin hatte sie den ganzen Tag gearbeitet und es war mitten in der Nacht. Dann der Stress mit den verloren geglaubten Kindern. Hoffentlich konnten wenigstens die beiden ein wenig schlafen. Sie hastete weiter. Zwei Runden würde sie noch durchs Hotel drehen, dann würde auch sie ins Bett gehen. Wenn die Tür nicht wollte, dann wollte sie halt nicht.

Doch plötzlich nahm Fiona einen Geruch wahr, der zuvor eindeutig noch nicht da gewesen war. Ein Geruch nach … Rauch! Ja, eindeutig. Es brannte!

Oh Gott. Was zuerst? Die Kinder nach draußen bringen oder zuerst eruieren, woher der Rauch kam? Ogottogottogott! Die Entscheidung wurde Fiona abgenommen, denn wie aus dem Nichts materialisierte sich plötzlich die brummende Lotte vor ihr. Eine dünne Rauchfahne zog unter der Tür in den Gang. Mama stand da wie versteinert. Unfähig sich zu bewegen und eine Entscheidung zu treffen. Zehn Sekunden, zwanzig. Ihr Herz pochte wild.

Dann plötzlich kam Leben in sie. Sie begann wie wild an der Tür zu rütteln.

Plötzlich waren alle Zweifel beseitigt. Wegschauen war keine Option. Nie! Hilfe war vonnöten. Jetzt und sofort. Leider rührte sich diese Tür keinen Millimeter. Ohne Schüssel würde sie nichts, aber auch gar nichts ausrichten können. Fiona zog mit aller Kraft an der Klinke der brummenden Lotte, die nach wie vor brummelte und unter der nach wie vor der Rauch herauszog. Als sie merkte, dass sie so keine Chance hatte, zog Fiona ihr altmodisches Handy aus der Hosentasche und suchte den Namen ihres Sohnes bei ihren Kontakten.

Es hatte nur ein einziges Mal geklingelt, als Fiona Karls besorgte Stimme hörte: „Mama, hast du sie gefunden?"

„Ja, kommt schnell. Es raucht. Es brennt. Es brennt – in echt! Vierter Stock, linke Seite." Dann legte Fiona auf. Sie warf einen schnellen Blick zu den Rauchmeldern im Hotel. So alt und verstaubt wie die aussahen, waren sie schon jahrelang nicht mehr gewartet worden und Fiona war mehr als skeptisch, ob einer von ihnen anschlagen würde. Lange hatte sie nicht Zeit darüber nachzusinnen. Es dauerte nur wenige Sekunden, dann hörte sie die schnellen Schritte ihrer zwei Kinder. Alma war ein wenig verstrubelt, aber beide Kinder hellwach. Die Aufregung machte sie munter.

„Los, Karl, wir brauchen den Schlüssel, sonst kommen wir nicht hinein. Seht mal, da unten kommt der Rauch heraus. Irgendetwas brennt da drinnen."

Karl kramte in seiner Hosentasche. Seine Mutter hielt ihm in Erwartung des Schlüssels die ausgestreckte Hand entgegen. Karl kramte und kramte. Sein Gesicht wurde erst ungläubig. Dann panisch. Schließlich stülpte er seine Taschen nach außen und leerte deren Inhalt auf den Boden des Hotelganges. Es fiel allerhand Belangloses heraus. Aber – kein Schlüssel. Karl wurde blass. Mama ließ den Arm sinken. Alma blickte von einem zum anderen.

„Ich habe den Schlüssel verloren", flüsterte Karl mit heiserer Stimme. „Ich habe den Schlüssel verloren. Das kann doch nicht sein! Ich habe den Schlüssel verloren. Wir kommen nicht mehr in den Garten."

„Warte, ich renne noch einmal schnell in dein Zimmer. Vielleicht ist er dir dort aus der Tasche gefallen, als du dich umgezogen hast." Alma sauste los und Karl sah ihr skeptisch nach. Er hätte es doch merken müssen, wenn der Schlüssel zu Boden geklimpert wäre. Es dauerte nur ein paar Minuten, dann kam seine Schwester atemlos zurück. Ohne Schlüssel. Sie zog die Schultern hoch. „Und wie sollen wir jetzt je wieder da hineinkommen?"

Ihre Mutter schaute von einem zum anderen. „Klopfen, Kinder. Klopfen! Hat ja bei mir das letzte Mal auch geklappt."

„Mama, wer soll uns denn aufmachen? Da steht wahrscheinlich Magnus hinter der Tür. Ich glaub nicht, dass du möchtest, dass ausgerechnet er uns öffnet", meinte Alma leicht panisch. Karl sagte gar nichts mehr. Er ließ verzweifelt den Kopf hängen.

„Also dann wollt ihr aufgeben, ja? Echt jetzt?" Fiona schaute die Kinder herausfordernd und ungläubig an. „Nix da. Wer nicht wagt, der nicht gewinnt. Solange da Rauch rauskommt, ist da drinnen irgendetwas, wie es nicht sein soll. Und das kann nicht gut sein. Außerdem, was ist, wenn das ganze Hotel abbrennt. Wir gehen jetzt keinesfalls in irgendein Bett. Aufgeben gibt's nicht. Dieser Magnus soll mich mal kennenlernen." Und dann hämmerte sie wie eine Wilde an die brummende Lotte. Die Kinder blickten sich an und wie auf Kommando fingen auch sie an zu wummern und zu treten.

Unten in der Lobby schrak Herr Josef hoch. Er war kurz eingenickt. Was für eine Nacht! Was war denn jetzt schon wieder los? Erst die rabiat gewordene Mutter von Karl und Alma und jetzt auch noch dieses Gepolter. Er würde sich hüten, sich noch einmal einzumischen. Der böse Blick der Frau Schnabel war ihm fürs Erste genug. Wenn jemand etwas von ihm wollte, sollte er sich hier in der Lobby einfinden. Dann würde er gerne behilflich sein. Bis dahin stellte er sich taub für diesen Radau.

40

Mama holte gerade für einen kinoreifen Karateschlag aus, als sich die Tür mit einem Schwung nach außen öffnete. Karl sprang zur Seite, Alma taumelte nach hinten und Mama bekam die Tür direkt in ihre ausgestreckte Faust geschlagen. Aua, das tat weh!

Dichter Rauch schlug den dreien entgegen.

Aus der Tür trat eine alte Uniform aus der Habsburger Kaiserzeit. Die Jacke der Uniform war in abgewetztem Petrolblau gehalten, goldene Knöpfe zierten die Brust zur linken und zur rechten Seite. Der verstärkte Kragen leuchtete rot und die Ärmelaufschläge waren aufwendig bestickt. Die Füße steckten in hohen, schwarzen Stiefeln. Am Gürtel der roten Hose baumelte ein Säbel. Auf dem Kopf trug der Soldat einen schwarzen, glänzenden Helm mit goldenen Elementen. Nur – auf welchem Kopf?

Mama starrte an die Stelle, an der ein Kopf hätte sein sollen und war wie paralysiert.

Alma und Karl hatten die unheimliche Begegnung mit dem unsichtbaren Wesen ja bereits hinter sich. „Bist du die List?", flüsterte Alma ängstlich.

„Wer denn sonst? Habt ihr keinen Schlüssel? Es ist nicht gerade ratsam, dass ich hier mit euch gesehen werde! Ich muss zurück zu den anderen", herrschte die List die vor der

Tür Wartenden in rauem Ton an und verschwand wieder im nebligen Rauch.

Mama musste husten. „War das jetzt einer von diesen …, von diesen, die man nicht sehen kann?", fragte sie die Kinder.

„Ja, das war die List. Die steht auf unserer Seite", antwortete Alma eifrig, „die tut nur so streng. Eigentlich ist sie in Ordnung." Und fügte dann nicht mehr so ganz sicher hinzu: „Hoffe ich."

„Psst", flüsterte Karl, „wir sollten darauf achten, dass man uns nicht sieht und auch nicht hört. Kommt, gehen wir rein und sehen, was da drin los ist." Die drei traten ein und die Tür fiel viel zu laut hinter ihnen ins Schloss.

Fiona war aufs Äußerste angespannt. Gerade eben hatte sie ihre Kinder in eine Situation mit Uniformen und Säbeln gedrängt. Vielleicht war das doch nicht die beste Entscheidung gewesen. Von wegen „Wer nicht wagt, der nicht gewinnt". Sie könnten jetzt alle drei auch ganz entspannt in ihren Betten liegen.

Karl übernahm die Führung, duckte sich in den dichten Rauch und schlich in den Garten. Es war heiß. Der Qualm brannte ätzend in den Augen. Mama und die Kinder hielten sich die Arme vors Gesicht und atmeten in die Ellenbogenbeuge.

Plötzlich erstarrte Karl. Ein Luftstoß war durch den Garten geweht, vertrieb für einen kurzen Moment den Rauch und legte eine erschreckende Szenerie frei. Scheinbar war hier nicht allzu viel Zeit vergangen, seit sie den Garten verlassen hatten.

Mimosa stand noch immer mit gesenktem Haupt inmitten

des Chaos. Die Reiter aus den Wolken hatten begonnen, ihre Fackeln zu verwenden, um den Garten zu entzünden. Das war nicht so einfach, denn der Garten stand voller Saft und Leben und die Pflanzen fingen nicht leicht Feuer und qualmten stark. Schwarze Rauchsäulen stiegen bis hoch in den Himmel.

Magnus' Position hatte sich ebenfalls nicht verändert. Er ging in Kreisen langsam und bedrohlich um die bebende Mimosa herum. Verächtlich starrte er sie an.

Die List war nirgends mehr zu sehen.

Mimosa rann eine Träne über die Wangen, verwandelte sich in einen ihrer Tränenkristalle und klimperte zu Boden. Magnus lachte höhnisch.

Karl warf einen kurzen Blick zu seiner entsetzten Mutter und zu seiner Schwester. Almas Augen standen voller Tränen. Aber weinen nützte jetzt nichts. Die Szene war niederschmetternd und drückte Karl so tonnenschwer aufs Gemüt, dass sich seine Seele explosionsartig befreien musste. Das eruptive Gefühl war nicht zu stoppen. Ohne darüber nachzudenken, schrie Karl aus Leibeskräften: „Mimosa! Nein! Tu das nicht! Du darfst nicht aufgeben. Du musst kämpfen!" Karl schnappte nach Luft. „Omnia muss leben. Lass nicht zu, dass Grau zerstört, was du aufgebaut hast. Du hast die Kraft zu kämpfen." Und als er sah, dass Mimosa nicht reagierte, brüllte er so laut er konnte: „Jetzt versuch es doch wenigstens! Wieso willst du einfach aufgeben? Das darfst du nicht! Schau dich doch um, was du alles erschaffen hast. Lass es dir doch nicht zerstören von diesem grauen Prinzen da! Mimosa, du musst −" Karl hatte sich richtig in Rage gebrüllt und legte noch einmal seine ganze Kraft in seine Stimme. „Du musst es für die Wesen von Omnia tun. Du bist eine Königin. Könige geben nicht auf! Dein Volk glaubt an dich. Und du lebst bis in die reale Welt hinüber. Enttäusche uns doch nicht so! Wir glauben an dich! Mimosa, kämpfe! Du –"

Energisch stampfte Magnus auf: „Du verfluchte, kleine Ratte, verschwinde endlich von hier! Verschwinde dahin, woher du ge–", aber dann erstarben seine Worte. Denn Karls Worte hatten ihre Wirkung auf die Königin nicht verfehlt und rührten Mimosa. Sie tat etwas, das keiner der Anwesenden noch erwartet hatte. Sie holte zum Angriff aus.

Allein sie schwang kein Schwert gegen Magnus. Und sie übte keine rohe Gewalt aus. Mimosa begann zu tanzen. Anmutig, wie eine Primaballerina, hob sie ihre Hand, hob auch ihren Blick und folgte mit ihm ihren eigenen schlanken Fingern, wie sie einen Kreis beschrieben. Dann die andere Hand. Langsam drehte sie sich um die eigene Achse, wagte Magnus den Rücken zuzukehren und drehte eine Pirouette. Und dann noch eine. Und noch eine. Eine um die andere. Immer schneller wurde ihr Tanz. Kraftvoll und voller Grazie. Sie bebte nun vor Erregung. War erfüllt vom eigenen Tun und entfesselte kraftvoll ihre verloren geglaubte Macht. Mit ihrem Tanz öffnete Mimosa, genau wie Magnus zuvor, die Wolken des Himmels. Herab glitt aber, diesmal begleitet von strahlendem Leuchten, ein Regenbogen. So kräftig in den Farben, wie die Kinder noch nie einen gesehen hatten. Langsam, aber stetig strebte er dem Garten zu und dann begann auch er sich zu drehen und zu winden und in Mimosas Tanz einzustimmen.

Magnus blickte in den Himmel und verdrehte abschätzig

die Augen. Mit einem Regenbogen wollte seine Schwester ihn beeindrucken? Er zog den linken Mundwinkel nach oben und spuckte verächtlich aus. Dann hob er mächtig seine Stimme und brüllte in den Garten: „Soldaten der Verdammnis, ich rufe euch. Die Stunde hat geschlagen. Wir vernichten Omnia. Heute, hier und jetzt! Zeigt euch und tut euer vernichtendes Werk!"

Und jetzt marschierten sie daher. Die Uniformen, die Magnus gesammelt hatte. Sie nahmen Aufstellung. Woher sie kamen, war nicht ersichtlich. Sie erschienen aus dem Rauch. Schritt für Schritt kamen sie näher. Im Gleichmarsch. Die Uniformen, so ungleich sie in Gestalt und Farben auch waren, so einig waren sie sich doch in ihrer Bewegung. Es war eine Hundertschaft. Der Klang ihrer Stiefel ließ den Garten erzittern. Sie zertraten, was ihnen in die Quere kam: die Blumen und die kleinen Tiere, die nicht schnell genug flüchten konnten. Die Soldaten schienen es gar nicht zu bemerken. Oder es war ihnen egal.

Karl suchte ihre Reihen mit den Augen ab, um zu sehen, wo die List ging, aber er konnte sie nicht ausmachen. Schritt für Schritt kam das Unheil näher. Unaufhaltsam. Dirigiert durch Magnus' ausgestreckten Arm. Er ließ die Armee vor dem Wald Aufstellung nehmen. Einen Soldaten neben den anderen. Uniform an Uniform. Die Gesichter, die keine waren, in Richtung der Bäume gerichtet.

Mama stellte sich zwischen ihre beiden Kinder und umfasste beide schützend an den Schultern. Sie befanden sich immer noch in der Nähe der Tür, bereit, jederzeit in den Hotelgang zu flüchten. Zwischen ihnen und dem Wald standen nun die Soldaten der Armee, die ihnen den Rücken zuwandten.

Karl runzelte die Stirn. Auf was warteten die Soldaten? Gegen wen nahmen sie Aufstellung? Warum hatte Magnus sie nicht gegen Mama, Alma und ihn geschickt? Was hatte er vor? Magnus empfand ihn, den von Mimosa ausgesuchten Retter, als lästig, aber scheinbar nicht bedrohlich. Die Königin wollte Magnus offensichtlich selbst aus dem Weg räumen. Für seine Schwester brauchte er von den Soldaten keine Unterstützung. Wen aber, um Himmels willen, erwartete Grau aus dem Wald?

Dort selbst loderte das Feuer. Der Wald brannte an manchen Stellen bereits lichterloh und die Glut fraß sich weiter. Kleine glühende Teilchen stoben durch die sirrende, stickige Luft. Man konnte die Hitze des Feuers bereits deutlich spüren. Das Atmen wurde immer schwerer. Die Lungen füllten sich mit Rauch. Die schwarzen Reiter waren längst im Wald verschwunden und setzten dort die Brandschatzung fort. Die Flammen fanden langsam, aber stetig ihren Weg ins Herz von Omnia.

Und weiter tanzte Mimosa. Ihr Tanz war wunderbar. In all diesem Schrecken tanzte die Königin und um sie herum wirbelte der Regenbogen. Er bog sich und wand sich wie ein breites, leuchtendes Geschenkband um die Königin der Anderwelt. Kraftvoll teilten sich jetzt die sieben Farben des Regenbogens und jedes Band wirbelte und wand sich nun für sich und um die anderen. Ein Rausch der Farben. Und mittendrin die ätherische Gestalt Mimosas, deren lange, weiße Haare ihren Körper umwehten.

Die Uniformen hatten nun endgültig dort ihre Aufstellung genommen, wo Magnus sie hinhaben wollte, denn er wandte sich wieder seiner Schwester zu. Er hob seine Hände von Neuem und aus jedem seiner ausgestreckten Finger strömte hässliches Nichts in Form von dunklem Rauch. Der Rauch vermählte sich in der Luft mit den tanzenden Farben und dort wo er Gelb, Orange, Rot oder die anderen Bänder des Regenbogens berührte, wurden die Farben blasser und lösten sich auf. Doch sie schienen nicht klein beigeben zu wollen. Immer wieder formierten sie sich neu und versuchten, dem grauen Rauch zu widerstehen. Auch Mimosa hörte nicht auf zu tanzen und nährte den Regenbogen mit ihrer Energie, mit ihrer Anmut und mit ihrer Grazie.

Dieser Kampf war das Schönste und gleichzeitig das Schrecklichste, was die drei, die sich gegenseitig immer noch angstvoll umklammerten, jemals gesehen hatten. Bis in den Himmel stoben die Farben in ihrem wilden Wirbel, vereinten sich und fielen wieder herab, geschunden und miteinander verwunden, gaben doch nicht auf. Und der graue Rauch stieg ihnen entgegen. Weiter und immer weiter. Er fraß und zerstörte sie, wann immer er ihrer habhaft werden konnte.

Immer wilder tanzte Mimosa. Wie ein Derwisch drehte sie sich mittlerweile und ihre Energie erfüllte die Luft mit Rauschen und Vibration. Versetzte sie in Schwingung. Es war ein Kampf zweier gleich starker Kräfte. Und lange sah es nach einem unentschiedenen Gefecht aus.

Wenn der graue Rauch immer größere Löcher in die Regenbogenbänder riss, tanzte Mimosa in größeren Bewegungen und auch die Farben wurden dichter und kräftiger. Dann sank der Rauch wieder in sich zusammen. Das machte Magnus rasend und er konzentrierte all seine schaurigen

Energien in den düsteren Nebel, der stumm, aber stetig kraftvoll vor sich hinsäuselte und seinen Schaden anrichtete.

Mama, Karl und Alma litten unverändert Angst und doch hatte sie auch die Faszination für dieses Schauspiel gepackt. Stumm standen sie und staunten.

Doch plötzlich nahm dieses faszinierende Kräftemessen eine dramatische Wendung. Schreie wurden laut. Sie kamen aus dem Wald. Verzweiflung hallte Alma, Karl und Mama entgegen. Und dann sahen die drei stillen Beobachter Tiere aus dem Wald brechen. Rehe, Hasen, einen Fuchs. Und auch die seltsamen Tiere von Omnia, die anders aussahen als die, die Kinder aus dem Biologiebuch kannten: ein Hirsch mit gläsernem Geweih, ein Wesen halb Pferd, halb Stier und der schwarze Vogel mit dem schwarz-grün schillernden Gefieder.

345

Alma stupfte Mama: „Schau mal, da ist der Vogel, der bei uns im Zimmer ausgestopft steht", flüsterte sie. Mama nickte und blickte mit großen Augen auf die fliehenden Tiere. Doch diese kamen nicht weit. Die uniformierten Unsichtbaren legten ihre Waffen an – so unterschiedlich diese auch waren – und zielten.

Gewehrkugeln, Pfeile, Speere und Steine aus Schleudern knallten, pfitzten und sirrten durch die Luft. Und sie trafen. Viele Tiere sanken zu Boden oder versuchten, schwer verwundet weiterzukommen. Der Hirsch zerquetschte einen Hasen, als er fiel. Wo nötig, wurde mit Säbeln und Schwertern totgestochen, was sich noch rührte.

Die Kinder hielten den Atem an. Was für ein grausiges Schauspiel!

Aber die Tiere waren nur die Vorhut gewesen. Ihnen

folgten die, die nicht so schnell waren und deren Schreie sich vorher schon angekündigt hatten: die Menschen von Omnia. Sie flohen vor dem Feuer. Und mit einem Schlag wurde sich Karl bewusst, dass nun tatsächlich passierte, was er schon einmal in ähnlicher Form gesehen hatte: damals, als er den Helm aufgehabt hatte, im Verlies unter Lorenzos Schloss! Der Film, der ihn seither verfolgt hatte. Tag und Nacht.

41

„Karl! Karl, das Handy!", zischte Alma. Karl – in einer Schockstarre gefangen – reagierte nicht. „Karl! Das Handy! Jetzt gib schon her! Die App! Wir brauchen Hilfe! Gnorks!"

Es dauerte ein paar Sekunden, bis Almas Worte zu Karl durchdrangen. Dann riss er sein Handy aus der Hosentasche und wählte hastig die App. Am Display erschien das Mikrofon und die schriftliche Aufforderung: „Sprechen Sie Ihren Wunsch laut aus."

„Gnorks, wir brauchen deine Hilfe! Schnell!", redete Karl eindringlich in das Telefon, das er sich dicht vor den Mund hielt. Das Telefon vibrierte in seiner Hand. Ein neuer Schriftzug poppte auf und Karl erstarrte: „Geben Sie bitte Ihr Passwort ein." Passwort! Passwort? Hä? Gnorks hatte kein Passwort erwähnt. Was konnte es wohl sein? Karl zermarterte sich sein Hirn. Dann versuchte er es in seiner Verzweiflung einfach blindlings mit verschiedenen Wörtern:

„MIMOSA" – „Das Passwort wurde nicht korrekt eingegeben. Wenn Sie das Passwort vergessen haben, tut es uns leid. Wir können es Ihnen leider nicht zusenden."

„MAGNUS" – „Das Passwort wurde nicht korrekt eingegeben. Wenn Sie das Passwort vergessen haben, tut es uns leid. Wir können es Ihnen leider nicht zusenden."

„OMNIA" – „Das Passwort wurde nicht korrekt eingegeben. Wenn Sie das Passwort vergessen haben, tut es uns leid. Wir können es Ihnen leider nicht zusenden."

„GNORKS" – „Das Passwort wurde nicht korrekt eingegeben. Wenn Sie das Passwort vergessen haben, tut es uns leid. Wir können es Ihnen leider nicht zusenden."

347

„GARTEN" – „Das Passwort wurde nicht korrekt eingegeben. Wenn Sie das Passwort vergessen haben, tut es uns leid. Wir können es Ihnen leider nicht zusenden."

„KLEINER_PRINZ" – „Das Passwort wurde nicht korrekt eingegeben. Wenn Sie das Passwort vergessen haben, tut es uns leid. Wir können es Ihnen leider nicht zusenden."

Auch „ARCHNITEV" war nicht korrekt, ebenso wenig wie „KARL", „ALMA", „WIEN", „HOTEL", „ESTERHAZY" oder „HERR_JOSEF". Karl wollte gerade „MAMA" eingeben, als er Schritte direkt vor sich wahrnahm. Da sowohl Mama als auch Alma gebannt auf sein Handy gestarrt hatten, war keinem aufgefallen, dass sich einer der Uniformierten aus der Aufstellung gelöst hatte. Karl blickte auf. Im selben Augenblick sauste ein Säbelhieb an seinem Gesicht vorbei und schlug ihm mit voller Wucht das Handy aus der Hand. Karl erschrak dermaßen, dass sein Herz für einen winzigen Augenblick zu schlagen aufhörte. Mama schrie entsetzt auf und riss Karl zurück. Alma war zur Seite gesprungen.

Die Gestalt ohne Gesicht trug die Habsburger Uniform: die List! Die List hob erneut drohend ihren Säbel und fauchte böse: „Das ist nicht die Aufgabe!"

„Aber", stammelte Karl, „was können wir denn sonst tun? Wir können nicht kämpfen. Wir haben keine Waffen. Wir wollten Hilfe rufen! Außerdem, wir sind doch Kinder und unsere Mama ist auch –"

„Die Tür!", schnitt ihm die List den Satz ab. Offensichtlich war keine Zeit für viele Worte. Dann drehte sie sich um, stapfte entschlossen zurück und nahm wieder ihren Platz in der Reihe der Uniformierten ein.

Karl, Alma und Mama blickten sich an. Was war mit der Tür? Was sollten sie tun?!

Es blieb keine Zeit darüber nachzudenken, denn in diesem Moment hatten die ersten Menschen von Omnia die Armee der Uniformierten erreicht. Männer kamen zuerst. Manche trugen ebenfalls Waffen. Manche hatten Rechen oder Knüppel. Andere versuchten, mit bloßen Händen gegen die Soldaten anzukommen. Blanke Verzweiflung trieb sie an. Aber die Soldaten hieben erbarmungslos auf die Flüchtenden ein. Sie erhoben ihre Schwerter. Sie spannten die Pfeile in ihre Bogen und sie schwangen ihre Macheten. Gewehre knallten. Beißendes Tränengas erfüllte die Luft. Keiner kam durch. Die Flut der Flüchtenden schwoll immer mehr an. Sie schwappte heran wie ein Meer. Aber die erste Reihe der Gesichtslosen stand fest wie eine Mauer. Mann an Mann, fest ineinander verhakt. Und die zweite Reihe der Soldaten feuerte ihre Waffen und schwang ihre Säbel und Schwerter. Wenn einer es schaffte durchzubrechen, wurde er niedergemetzelt.

Karl sah, wie die List einem Flüchtenden, einem jungen Mann mit kurzen Haaren und einem Bart – genau wie Papa einen hatte – ihren Säbel in den Bauch trieb. Blut spritzte. Die List zog den Säbel ohne innezuhalten wieder aus dem zu Boden sinkenden Leib heraus und während der Erste tot zu Boden sank, ging die List in Stellung, um auf den nächsten, der herannahte, einzustechen. Karl wurde schlecht. Seine Knie wurden flau. Auf welcher Seite kämpfte die List eigentlich? War ihr tatsächlich zu trauen? „Ich werde dir blindlings vertrauen", hatte die Liebe damals zur List gesagt. Aber war das wirklich klug gewesen? Die List mordete hier für Magnus!

Alma begann hemmungslos zu schluchzen und sank auf die Knie. Mama war erstarrt. Karl spürte pure Angst. Angst um sein Leben, um seine Schwester und seine Mutter. Wie sollten sie aus diesem Garten wieder lebend herauskommen?

Und dann begann mit einem Mal exakt die gleiche Szene, die Karl in seiner Vision im Helm gesehen hatte: Ein kleiner Bub wurde von einem verzweifelt wirkenden Mann durch die Beine der Soldaten hindurchgeschubst. Vermutlich mit dem Ziel, ihn zwischen den vielen Stiefeln unbemerkt in die Freiheit vorauszuschicken. Aber in dem Gedränge kam der Kleine zu Fall und wurde grob von den schweren Stiefeln zertreten. Es sah nicht einmal nach Absicht aus. Es passierte einfach im Tumult. Karl sah sein schmerzverzerrtes Gesicht und sah, dass der Junge versuchte zu schreien, aber er konnte keinen Schrei im Lärm des Gefechts ausmachen. Der Moment dauerte nur den Bruchteil einer Sekunde, aber für Karl blieb die Zeit stehen.

Mama – auch sie war nun in die Knie gegangen – sah das

Unfassbare, schlug sich die Hand vor den Mund und drückte Alma fest an sich. Der kleine Junge regte sich nicht mehr. Der Schreck ging tief. Tiefer als jemals ein Schmerz gegangen war.

Karls Gedanken rasten. Ein Traum war ein Traum – was er unter dem Helm gesehen hatte, war möglicherweise nur ein Trugbild, aber jetzt war das Trugbild hier in diesem Garten böse Wirklichkeit geworden. Er sah diesen kleinen Jungen und er hatte keine Ahnung, ob er noch lebte oder gerade vor seinen Augen gestorben war. Der Mann, der ihn zwischen den Soldaten durchgeschoben hatte, war neben dem Jungen niedergestürzt und nahm ihn in den Arm. Er redete auf den Buben ein. In hastigen Worten, die Karl nicht verstehen konnte, weil das Getöse um sie alle herum so laut war. Der Mann streichelte verzweifelt über den Kopf des Jungen, tätschelte sein Gesicht und versuchte, ihn vor dem Gedränge der anderen abzuschirmen. Tränen rannen ihm über die Wangen.

Leblos hing der Arm des Kleinen nach unten. Sein Kopf war zur Seite gekippt. Karl konnte nun das Gesicht des Buben sehen. Es rührte ihn zutiefst. Er war noch so klein. So unschuldig. Was hatte er mit all den sinnlosen Grausamkeiten zu tun? Hatte die Zusammenhänge noch nicht einmal verstehen können. Und war jetzt – tot?

Wie ein Blitz streifte Karl die Erkenntnis, was zu tun war. Die Tür! Sie mussten die Tür offen halten für die Flüchtenden, damit sie in Sicherheit gelangen konnten. Raus aus dem Garten, raus aus dem Hotel, hinaus in die Stadt. Was dann passieren würde, war nicht wichtig. Ob sie jemals zurückkehren konnten, war nicht von Belang. Wie und wo sie dort leben sollten, war im Moment völlig egal. Sie mussten jetzt, jetzt, jetzt an einen Ort gelangen, an dem ihr Leben außer Gefahr war!

Karl riss sich von Mama los. „Kommt!", schrie er. Für lange Erklärungen war keine Zeit. Er musste handeln. Seine Mutter rappelte sich hoch und folgte Karl, ohne Fragen zu stellen. Sie zog Alma, die völlig entkräftet war, hinter sich her wie einen Sack Kohle. Karl rannte das kurze Stück zurück in Richtung brummende Lotte. Er riss sie weit auf. In dichten Schwaden waberte der Rauch aus dem Garten hinaus in den Hotelgang.

„Los kommt!", schrie Karl gegen das Getöse an. „Mama, bleib hier an der Tür stehen, damit sie nicht wieder zufällt! Alma, du musst Hilfe holen: Herrn Josef oder irgendwen. Wir müssen den Menschen hier helfen zu fliehen. Wir müssen sie hier rausbringen. Wenn sie drin bleiben, verbrennen sie oder die Soldaten töten sie. Los Alma, reiß dich zusammen, wir brauchen dich jetzt!"

Durch die frischere Luft, die zwar spärlich, aber doch aus dem Hotelgang hereinströmte, wurde Alma wieder ansprechbar. Sie atmete ein paar Mal tief durch und dann kam Leben in sie. Sie stolperte hustend den Hotelgang entlang. Mama postierte sich an der Tür. Als sie sah, dass Karl zurück zu den Uniformierten sausen wollte, versuchte sie panisch, ihn am Ärmel zurückzuhalten, er aber entwischte ihr.

Nun war Mama dazu verdonnert, an dieser Tür zu bleiben. Bei all dem Lärm wäre es niemals möglich gewesen, ein Klopfen von der anderen Seite der brummenden Lotte zu hören. Alma war draußen und holte Hilfe. Die Tür musste offen bleiben. Angestrengte Sorgenfalten gruben sich in Fionas Stirn. Sie sah ihrem Sohn nach – bewundernd und zugleich voller Angst, wie entschlossen und furchtlos er in Richtung der Kämpfenden lief. Einen kurzen Blick warf sie zu Mimosa und Magnus. Immer noch tanzte Mimosa. Je länger der Tanz dauerte, umso kraftvoller war er geworden. Mimosa schien inzwischen entfesselt von ihrer eigenen Energie. Magnus hingegen war durch die Anstrengung schwer gezeichnet. Es fehlte ihm nicht an Kraft und Wut. Aber sein Gesicht war rot vor unbeherrschtem Hass. Bald würde er vollends auszucken. Was das bedeuten würde, wollte Fiona sich nicht ausmalen. Entweder konnte er dann seine Kräfte besser bündeln oder aber er würde einen Fehler machen.

Fionas Atem setzte einen Moment aus. Wohin war Karl in diesem kurzen Augenblick verschwunden? Sie konnte ihn im Getümmel und Rauch plötzlich nicht mehr ausmachen. Mein Gott, Karl!

Es dauerte angstvolle Sekunden, bis Fionas Blick ihren Sohn wieder fand. Allerdings war sie nicht sicher, ob sie mochte, was sie sah. Karl war direkt an der Front, wo die Flüchtenden nach wie vor versuchten, die Sperre zu durchbrechen. Ganz nah am Boden robbte er dahin und versuchte, sich im hohen Gras Deckung zu verschaffen. Immer mehr Leichen und stöhnende Verwundete lagen im Gras. Nein, Fiona konnte ihren Sohn jetzt nicht alleine lassen! Verzweifelt suchte sie die nähere Umgebung mit ihren Augen nach einem Stein ab, den sie in die Tür klemmen konnte. Aber da waren keine Steine. Da war gar nichts Brauchbares, um die Tür offen zu halten. Fiona war zum Türstopper verdammt.

Hektisch suchte und taxierte sie Karl wieder und sah, dass

er nun dicht bei dem Mann war, der immer noch weinend im Gras saß und sein Kind in den Armen hielt und wiegte. Direkt neben ihm kämpfte die List und wirbelte über seinem Kopf hinweg mit dem Säbel hin und her, um weitere Flüchtende zurückzudrängen. Um den sitzenden Mann kümmerte die List sich nicht. Wahrscheinlich hatte sie diesen gebrochenen Menschen und sein lebloses Kind abgeschrieben.

Karl schob sich unbemerkt heran und berührte den Mann am Arm. Zuerst schien der ihn nicht zu bemerken. Erst nach dem zweiten Schubser schaute er kurz hoch. Sein Gesicht war tränennass. Aus seinen Augen sprach die Verzweiflung. Er blickte Karl an. Karl streckte seine Hände aus und bedeutete dem Mann, ihm das Kind zu geben. Der Mann drückte den Jungen noch fester an sich – wollte ihn nicht einem Fremden überlassen. Karl deutete mit dem Kopf in Richtung Mama und brummende Lotte. Der Mann folgte der Richtung mit seinen Augen. Er sah Fiona, die ihrerseits in absoluter Anspannung das Tun ihres eigenen Sohnes verfolgte. Man sah deutlich, dass auch sie Angst hatte. Ihr sorgenvoller, banger Blick aus der Weite ließ den Mann Vertrauen schöpfen zu dieser fremden Frau und diesem Jungen. Er öffnete seine Arme, streckte sie aus und drückte seinen kleinen Sohn behutsam an Karls Brust. Der umschlang den Kleinen, kroch vorsichtig einen halben Meter rückwärts, bemüht, die List nicht auf sich aufmerksam zu machen, sprang dann behände auf und spurtete los.

Die List aber – intuitiv – wirbelte herum, zückte ihren Säbel und versuchte, dem fliehenden Karl mit dem Säbel einen Schlag auszuwischen. Der Vater des Kindes reagierte jedoch schneller und umschlang die Beine des Gesichtslosen.

Der taumelte und stürzte. Die List schlug der Länge nach auf den Boden und verlor ihre Waffe.

Karl hatte gerade noch entkommen können und rannte weiter zur brummenden Lotte. Er legte Mama das leblose Kind, das schwer in seinen Armen hing, in den Schoß.

Und gleichzeitig war noch etwas anderes geschehen: Magnus hatte aus seinem Augenwinkel die hurtigen Bewegungen seines treuen Soldaten gesehen. Er drehte den Kopf und sah Karl, das Kind und Mama.

„Uahhhh!", brüllte er wie ein wild gewordenes Tier. „Neeeiiinn!" Hass blitzte aus seinen Augen. Unbändiger Hass. Schon wieder kam ihm dieser verdammte Junge in die Quere. Diese kleine Ratte verhalf den Menschen der Anderwelt zur Flucht. Magnus' Kopf drohte zu explodieren. Und dabei hatte er eine Sekunde zu lange zu Karl geblickt.

Mimosa nützte diesen kleinen Moment, um das violette Regenbogenband mit einem winzigen Fingerzeig gefährlich nahe an Magnus heranzudirigieren. Das Band näherte sich von hinten. Magnus konnte es nicht bemerken. Er wandte seine Aufmerksamkeit wieder Mimosa zu. Diesen verfluchten Jungen aus dem dritten Stock würde er sich später vorknöpfen. Aber wohin schaute seine Schwester, als sie zum Sprung anhob, um sich noch einmal um die eigene Achse zu drehen? Sie hatte einen Punkt direkt hinter seinem Kopf fixiert. Magnus wirbelte herum. Zu spät! Das violette Band schwang sich um seinen Hals. Einmal, zweimal, dreimal.

Magnus' Hand fuhr zu seiner Kehle. Er versuchte, das Band, das sich immer enger zuzog, von seinem Hals wegzureißen. Vergeblich! Schon bekam er keine Luft mehr. Sein

Kopf lief rot an. Seine Augen waren schreckgeweitet und traten hervor wie bei einem Frosch. Mit beiden Händen zerrte er am Band. Aber das Band ließ sich nicht lösen.

Mimosa tanzte weiter wie im Delirium. Auch die anderen Farben des Regenbogens wirbelten immer wilder. Ein psychodelischer Farbenrausch. Der dunkle, rauchige Nebel hingegen, der von Magnus ausgegangen war, wurde schwächer, begann sich zu verziehen. Die Luft wurde wieder klarer.

Und dann – fiel Magnus zu Boden. Leblos. Sein Kopf rollte zur Seite. Seine Augen waren immer noch weit geöffnet. Jetzt erst erwachte Mimosa aus ihrer tanzenden Trance. Ein Mal drehte sie sich noch im Kreis, dann taumelte sie und drehte langsam aus.

Sie blieb stehen und sank auf ihre Knie. Ihr Gesicht war der Erde zugeneigt, ihre Arme hingen schlaff zu Boden. Ihr Rücken war gebeugt wie bei einer alten Frau. Ihre Brust hob und senkte sich. Sie atmete schwer. Die Zeit schien still zu stehen. Nach einigen Minuten, die sich wie eine Ewigkeit hinzogen, hob sie langsam den Kopf.

Ihr Blick suchte zögernd und bange ihren Bruder und als sie ihn sah, legte sich der ganze Kummer der Welt auf ihr Antlitz. Gramerfüllt. Dann gab sie sich einen Ruck und mühte sich aufzustehen. Kraftlos waren ihre Bewegungen. Sie ging die paar Schritte auf ihren am Boden liegenden Bruder zu, beugte sich über ihn. Fassungslos.

Der Kampf war vorbei. Magnus war tot. Seine leblosen Augen starrten Mimosa an. Mit zitternden Fingern schloss die Königin der Anderwelt die Lider ihres Bruders. Ihre Hand ruhte sanft auf seiner Wange. Mimosa beugte sich zu

Magnus hinab, ihre Haare fielen auf seine Brust. Sie begann zu schluchzen. Ihr Körper zuckte und bebte.

„Magnus", flüsterte sie ein ums andere Mal. „Magnus. Warum hast du es nur so weit kommen lassen?"

Und dann weinte sie. Und ihre kristallenen Tränen kullerten auf die Brust ihres Bruders und von dort zur Erde.

42

Die Farben des Regenbogens – nun ohne Befehlsgewalt – hingen lasch und wie nasse Fetzen vom Himmel, als hätten die Götter ihre Wäsche zum Trocknen aufgehängt.

Karl stand da und wusste nicht recht, was er machen sollte. Er wagte nicht, zu Mimosa hinzugehen, um sie anzusprechen. Karl blickte ins Rund. Mama wiegte mechanisch den kleinen Jungen in ihren Armen und starrte in den Garten, in dem es immer noch loderte und brannte. Ein Bild der Verwüstung bot sich ihnen dar.

Und die Soldaten der Verdammnis wüteten weiter. Karl verstand intuitiv, dass etwas geschehen musste. Die Soldaten mussten rasch einen neuen Befehl bekommen. Jemand musste sie aufhalten. Magnus konnte sie nicht mehr zurückrufen.

Die Uniformierten schienen nicht gemerkt zu haben, dass sie keinen Anführer mehr hatten. In blindem Wahn töteten sie weiter. Das Geschrei war nach wie vor ohrenbetäubend.

Karl sah, dass der Vater des Jungen immer noch mit

der List rang. Die List, nun ohne Waffe, schlug mit den Fäusten auf ihn ein, aber wann immer er die Gelegenheit dazu bekam, nutzte der junge Mann sie und schlug zurück. Blut rann aus seiner Nase. Mit all seiner Wut drosch er auf seinen unsichtbaren Widersacher ein. Doch die List schien unerschöpfliche Kraftreserven zu besitzen.

Plötzlich durchzuckte Karl ein Gedanke. Die List war der Schlüssel zu allem – musste es sein! Durch das ambivalente Verhalten, das sie in den letzten paar Stunden an den Tag gelegt hatte, war Karl immer noch nicht klar, auf welcher Seite die List stand. War sie Soldat um des Tötens willen oder tötete sie, um nicht aus ihrer Rolle als Spion zu fallen und sich nicht zu verraten?

Beide Möglichkeiten waren denkbar. Wenn die List nur ein brutaler Mörder war, dann war jetzt alles aus. Dann würden die Soldaten ihr Werk vollenden, bis keiner mehr am Leben war. Und auch das Leben von Alma, Mama und sein eigenes wären in Gefahr.

Wenn die List jedoch nur zur Tarnung mordete, war das ethisch und moralisch mehr als fragwürdig, aber dann konnte sich das Blatt noch wenden.

Sollte Karl der List also nun vertrauen oder nicht? Er musste sich rasch entscheiden und merkte, dass er eigentlich keine Wahl hatte. Die Liebe hatte recht gehabt. Es gab nur den einen Weg: den Weg des Vertrauens!

Karl näherte sich vorsichtig den zwei Kämpfenden. Sein Herz schlug ihm bis zum Hals. „List", begann er zögerlich, aber er wurde nicht gehört. Er kam sich klein und lächerlich vor neben den zwei Ringenden. Neben diesem Kampf um

Leben oder Verderben. Also holte er tief Luft und schrie aus Leibeskräften: „List! Hey!" Jetzt hielten die beiden in ihrer Rauferei inne. Die List hob den Kopf und presste gleichzeitig den Kopf des jungen Mannes so weit nach hinten ins Genick, dass der sich nicht rühren konnte und schrecklich stöhnte.

„List. Magnus ist tot", beeilte sich Karl zu sagen und blickte erschrocken auf den gequälten Gesichtsausdruck des jungen Mannes der Anderwelt, den die List in der Mangel hatte.

Obwohl Karl das fast unsichtbare Gesicht des Uniformierten ja nur schlecht wahrnehmen konnte, bemerkte er Fassungslosigkeit in seiner Mimik.

Im selben Augenblick ließ die List den Mann los. Dieser ergriff die Gelegenheit, bückte sich blitzschnell, schnappte einen nahen Steinbrocken und wummerte der List unter größter Kraftanstrengung den Stein mit beiden Händen mitten auf den Helm. Die List sackte zusammen.

„Nein!", schrie Karl, „dieser eine hier ist auf unserer Seite." Und dann bemühte er sich schnell zu ergänzen: „Glaub' ich zumindest!"

Aber die List rührte sich nicht mehr. Der Mann stand skeptisch mit seinem Stein in der Hand da, bereit, falls nötig noch einmal zuzuschlagen. Karl packte die List am Revers und schüttelte den Gesichtslosen unsanft. Er war erstaunlich schwer an Gewicht.

Nach einigen Sekunden, die Karl wie eine Ewigkeit vorkamen, kam die List wieder zu sich. „Puh!", stöhnte Karl erleichtert. „Magnus ist tot", wiederholte er noch einmal.

So gut es ging, drehte die List − immer noch nicht ganz bei Sinnen − ihren Kopf in die Richtung, in der zuvor die zwei königlichen Geschwister gekämpft hatten und erblickte Magnus' reglosen Körper am Boden. Benommen rappelte die List sich auf, stieß Karl zur Seite und stolperte in Richtung Mimosa, die immer noch neben ihrem Bruder am Boden kauerte.

Karl hielt den Atem an. Jede Faser seines Körpers war angespannt. Was, wenn die List Mimosa nun etwas antat? Wenn sie das angefangene Werk von Magnus vollendete. Karl wagte kaum hinzusehen, als die List die Königin erreicht hatte. Der Unsichtbare kniete neben der Königin von Omnia nieder und redete schnell auf sie ein.

Karl konnte aus der Entfernung kein Wort verstehen, sah allerdings, dass Mimosa den Kopf schüttelte. Sie wandte ihren Blick Magnus zu und streichelte wieder und wieder seine Wange. Wollte sich nicht von ihrem Bruder trennen. Die List aber hörte nicht auf zu reden und deutete ein ums andere Mal zu den Uniformierten. Nach einer gefühlten Ewigkeit erst schienen die Worte der List Mimosa zu erreichen. Sie willigte mit kurzem Nicken ein, straffte ihren Körper, hob ihren Kopf und blickte zu den Kämpfenden. Dann schien es, als schüttelte sie eine unsichtbare Last von ihren Schultern und nahm nun doch die Hand, die ihr die List reichte, stand auf, hob ihre Arme. Anders als im wilden Tanz zuvor wies sie die Farben des Regenbogens nun wie eine Dirigentin an, sich wieder in Bewegung zu setzen. Das passierte in langen, gleichmäßigen Bewegungen und die Bänder wehten durch die Luft wie Seegras im Wasser, das von Wellen getragen wird. Die Farben glitten rauschend durch die Luft in die Richtung von Magnus' Soldaten.

Als Erstes erreichte das Band aus gelber Farbe einen der

Uniformierten. Dieser wollte gerade seinen Bogen spannen und einen Pfeil abfeuern. Er hatte eine Frau im Visier, die ein kleines Mädchen am Arm trug und versuchte, mit ihrem Mann, der ebenfalls ein Kind geschultert hatte, Schritt zu halten. Der Gesichtslose trug das farbenfrohe Gewand eines Indianers. Seine Bekleidung war aus gegerbtem und mit bunten Ornamenten verziertem Ziegenleder. Fransen hingen von seinen Ärmeln herab und er trug einen majestätischen Kopfschmuck aus Adlerfedern. Der Soldat visierte präzise das sich in Panik hektisch bewegende Ziel an.

Das gelbe Band berührte die bunte Uniform und in der selben Sekunde zerfiel sie zu farbigem Staub, der zu Boden

rieselte. Zurück blieb die Gestalt, die sie getragen hatte. Durchsichtig wie flimmernde Hitze. Stand einfach nur da. Als hätte sie ohne die Uniform ihren Willen und ihr Ziel verloren. Als wüsste sie nicht mehr, was ihr Auftrag gewesen war.

Das gelbe Band floss durch Mimosas Willen gelenkt und von ihren Armen dirigiert zum nächsten Gesichtslosen weiter. In schneller Folge berührte es einen Soldaten nach dem anderen. Hier zerfiel eine Uniform eines französischen Söldners zu Staub, dort eine preußische Gardeuniform. Und nur die ratlosen, durchsichtigen Gestalten blieben zurück. Blickten sich um. Nahmen wahr, was um sie herum passierte. Konnten nichts ungeschehen machen.

Nun, als wäre nichts vorgefallen, drehte sich der Erste um und verschwand im Rauch. Ging einfach, als wäre er nie da gewesen.

Die Farben des Regenbogens arbeiteten schnell, dirigiert von ihrer Königin. Die Reihen der Gesichtslosen wurden rasch lichter.

Die ersten Einwohner von Omnia sanken erschöpft zu Boden, als der Widerstand gegen sie nachließ. Der Kampf kam zu seinem Ende. Die vormals Flüchtenden begannen, sich um die Verletzten zu kümmern. Klagten und weinten um ihre Toten. Das Stimmengewirr war herzzerreißend.

Die Gefahr des Feuers allerdings, das sich nach wie vor unerbittlich durch den Garten fraß, blieb. Es flackerte und loderte. Brennende Äste knackten laut und Funken stoben von brechenden Zweigen.

„Mimosa!", brüllte ein Mädchen mit roten Haaren. „Mimosa, lösch das Feuer!"

Mimosa aber war noch damit beschäftigt, die letzten Uniformen unschädlich zu machen. Eine Handvoll hatten die fliegenden, farbigen Bänder des Regenbogens noch zu erledigen. Dann verließen die letzten Gesichtslosen den Kampfplatz.

Mimosa ließ die Arme sinken. Sie stand da und starrte mit traurigem Blick in die Weite. Kaum merklich bewegte sie die Lippen und flüsterte einen Befehl. Neuerlich hob ein gewaltiges Rauschen an und die Bänder des Regenbogens zogen sich flatternd zurück. Entwirrten sich. Ordneten sich. Glitten zurück in ihre Form des Bogens und begannen zu verblassen, als hätte es dieses mächtige Schauspiel nie gegeben. Der Regenbogen verblasste vor dem Grau des Himmels.

Noch einmal schrie das Mädchen fordernd: „Mimosa! Das Feuer!"

Die Königin aber senkte den Kopf. Das Feuer schien sie nicht im Geringsten zu verstören. Sie stand da wie eine

Statue. Eine verzweifelte Statue. Und wieder rann eine Träne über ihre Wangen und kullerte ins Gras.

Ein Raunen ging durch die Menge derer, die ihre Köpfe zur Königin gedreht hatten, als das rothaarige Mädchen es gewagt hatte, so frech und fordernd in Mimosas Richtung zu brüllen. Das Raunen wurde stärker, als Mimosa sich nun unversehens umdrehte und auf den brennenden Wald zuging. Was hatte sie nur vor? Wollte sie jetzt einfach gehen?

Das Mädchen mit den roten Haaren stampfte auf und brüllte: „Mimosa, lässt du uns im Stich?! Hallo! Es brennt! Das Feuer wird alles zerstören!" Aber Mimosa reagierte nicht auf den Vorwurf. Sie ging weiter. Nein, sie schlurfte vielmehr. Mit hängenden Schultern kam sie den züngelnden Flammen immer näher.

Fassungslos starrte Karl Mimosa nach. Er spürte, er musste sie aufhalten! Sein Körper spannte sich und er sprintete los. Er rannte hinter der Königin der Anderwelt her und erreichte sie, als sie gerade durch die flammende Wand schreiten wollte. Es war brennend heiß.

„Mimosa! Du musst das Feuer löschen! Dein Volk ist immer noch in Gefahr! Siehst du denn nicht, wie alles zerstört wird? Warum gehst du weg? Das ist doch keiner Königin würdig! Du hast deinen Bruder besiegt. Das bisschen Feuer schaffst du doch mit links. Es ist dein Land! Es sind deine Leute! Sieh, es sind ohnehin so viele gestorben und verwundet. Du kannst sie nicht im Stich lassen. Jetzt nicht. Nicht nach allem, was du durchgemacht hast, um Omnia zu retten." Die Hitze raubte Karl fast den Atem.

Mimosa war stehen geblieben. Wenigstens das! Die Königin blickte Karl an. Ihre Augen waren glasig. Sie drohten überzulaufen. Und tatsächlich tropfte eine weitere Träne an diesem grausamen Tag aus ihren Augen. Sie klimperte in Mimosas aufgehaltene Hand. Mimosa nahm sie zwischen Daumen und Zeigefinger und reichte sie Karl. Während er sie zögerlich und mit Widerwillen annahm, wandte sich Mimosa langsam wieder ab und schritt weiter auf das tobende Feuer zu. Karl traute sich nicht noch näher an die tödliche Glut heran. Mimosa aber schritt durch sie hindurch, als könnten ihr die züngelnden Flammen nichts anhaben. Und dann verschwand sie zwischen den ächzenden Bäumen im Wald.

Verdattert und zornig ließ sie Karl mit dem Tränenkristall in der Hand zurück. Was verlangte sie von ihm? Wieso nahm sie ihre Verantwortung nicht selbst wahr? Es war doch ihr Land – und nicht seines. Einen Moment noch blieb er stehen, dann wurde es ihm endgültig zu heiß. Schweiß rann ihm in die Augen. Sein vom Ruß geschwärztes Gesicht wurde ganz verschmiert, als er sich mit dem Ärmel darüberwischte. Ratlos und verzweifelt stampfte er auf den Boden. Konnte Mimosa denn nicht verstehen, was hier vor sich ging? Wieso ging sie einfach? Hatte sie keine Kraft mehr? War sie zu traurig über den Tod ihres Bruders? Oder war ihr alles egal? Was war sie nur für eine Herrscherin? Zu schwach, zu gleichgültig oder beides?

Es blieb keine Zeit für Fragen, auf die Karl ohnehin keine Antworten bekam. Mimosa hatte ihm wohl wieder einen Auftrag erteilt. Etwas anderes, als zu versuchen ihn zu erfüllen, blieb ihm nicht übrig. Es war keine Hilfe von Mimosa zu erwarten. Sie war gegangen. Achtlos und enttäuscht warf Karl den Kristall ins Gras und spurtete davon.

43

Wasser! Sie brauchten nun Wasser und zwar viel davon. Und schnell. Sein erster Weg führte Karl zu dem lustigen Bächlein, das früher durch die Wiese geflossen war, aber das Wasser des Bächleins tat ihm nicht den Gefallen, üppig dahinzufließen. Vielmehr war es zu einem Rinnsal verkommen. Und sonst? Kein Wasser weit und breit.

Die Menschen der Anderwelt drängten sich auf der Wiese zusammen. Sie schienen wie gelähmt. Der Vater des ohnmächtigen Jungen hatte Fiona das Kind wieder abgenommen und wiegte es in seinen Armen. Mama streichelte den Kopf des Kindes.

Eine alte Frau löste sich aus der Gruppe der Menschen der Anderwelt und humpelte zu ihnen. Als der Vater sie kommen sah, blickte er hoffnungsvoll auf und hielt ihr den Jungen entgegen.

Die alte Frau begann, vor sich hinzumurmeln und machte mit beiden Händen seltsame Bewegungen über dem kleinen Körper. Vermutlich war sie eine Heilerin. Karl hoffte es jedenfalls inständig.

Besorgt und ratlos wandte er sich wieder der Feuersbrunst zu.

„Karl!" Ein lauter Ruf hallte über die Wiese und übertönte das Knacken und Fauchen des Feuers. Karl fuhr herum und hätte vor Erleichterung fast angefangen zu weinen.

„Papa? Papa! Was machst du hier?" Karl vergaß für einen Moment alle seine Sorgen.

Sein Vater stürmte durch die brummende Lotte auf ihn zu. Hinter ihm sauste Alma herein, blieb stehen und versuchte einzuordnen, was sie sah. Dann kam Herr Josef. Ungläubig blickte er sich um. Hatte die Welt hinter der Tür letztens nicht völlig anders ausgeschaut? Seine Augen weiteten sich vor Schreck.

Fest packte Papa Karl an den Schultern und schüttelte seinen Sohn. Seine Augen waren vor Schreck geweitet und Angst sprach aus seinem Gesicht: „Karl! Geht es dir gut, Junge?"

„Ja, schon, aber wir brauchen Wasser!"

„Wasser?" Papa war zu verwirrt, um klar denken zu können.

„Papa, das Feuer! Wir brauchen Wasser!", stöhnte Karl.

„Ja, klar, Feuer! Wasser!", stotterte Papa. Dann erst sah er sich um und langsam schien zu sickern, was hier vor sich ging. Zumindest in Fragmenten. Diese Lichtung, dieser Wald, die vielen Menschen, die Verletzten, das Stöhnen, das die Luft erfüllte, die Hitze. Er war Wissenschaftler. Dieses Szenario hier überstieg seinen Horizont. Was war das hier für eine surreale Welt in den Mauern eines schäbigen Hotels mitten im Herzen von Wien? Warum brannte es hier eigentlich? Alles, was er eindeutig verstehen konnte war, dass seinen rußverschmierten Sohn im Moment nur die Sorge nach Wasser plagte.

Andreas Schnabel hatte seit dem hysterischen Anruf

seiner Exfrau gestern Abend ein ungutes Gefühl gehabt, welches sich noch verstärkte, als in der Früh immer noch keine Entwarnung gekommen war – und so hatte er sich aufgemacht, um selbst nach dem Rechten zu sehen. Nun war er hier und da momentan mit keinen Erklärungen zu rechnen war, verschob er den Gedanken nach einer Analyse der Gesamtsituation zugunsten der Suche nach Wasser.

Andreas schaltete sein an pragmatische Lösungsorientiertheit gewohntes Gehirn ein und begann zu überlegen, wie und woher nun Wasser zu diesem riesigen Feuer zu transportieren sei. Dann klatschte er zwei Mal in die Hände – seine energische Gehen-wir-es-an-Geste, die er hatte, seit Karl denken konnte – und kommandierte im Stakkato:

„Karl, du hältst dich von der Feuerwand weg. Und auch die anderen sollen nicht zu nahe hintreten. Da können jederzeit Bäume umknicken wie Blütenstängel. Und das würde wohl keiner überleben. So, Alma und Sie, Herr Äh, wie war noch mal Ihr Name?" Papa blickte zu Herrn Josef.

Herr Josef drückte seinen Rücken straff durch und antwortete, wie aus der Pistole geschossen, auf Papas Frage.

„Okay, Herr Josef! Sie und Alma holen jeden verfügbaren Eimer oder anderen Behälter aus diesem Hotel und stapeln ihn im Gang vor der Tür. Aber immer schön den Durchgang freihalten. Karl! Du machst mit den Menschen hier eine Kette. Einer soll sich neben dem anderen aufstellen. Fiona, du kommst mit mir mit, wir kümmern uns um Wasser!"

Alle taten, wie ihnen geheißen war – ohne zu fragen und froh, nun einen zu haben, der die Leitung übernommen hatte. Während Papa, gefolgt von Mama, mit Alma und Herrn Josef durch die brummende Lotte ins Hotel verschwanden, lief Karl auf die Bewohner von Omnia zu. Sie kauerten immer noch verschreckt und eng beieinander.

Das Mädchen mit den roten Haaren, das etwa in Karls Alter war, sah Karl neugierig entgegen.

„Äh, Leute von Omnia", begann Karl unsicher. „Mein Vater hat gesagt, ihr sollt euch alle in einer Reihe aufstellen. Er organisiert irgendwie Wasser und meine Schwester Gefäße und dann machen wir eine Kette und beginnen, den Brand zu löschen."

„Mmh, das ist ja ein toller Plan", ätzte die Rothaarige. „Da brennt die ganze Anderwelt und wir sollen eimerweise dieses Inferno löschen?" Sie machte eine ausholende Bewegung und zeigte in die Ferne, in der man sehen konnte, dass schon weite Hügel und Berge der sichtbaren Umgebung in Flammen standen. Die Reiter mit ihren Fackeln hatten ihren Auftrag gut erfüllt. Sie waren tief nach Omnia vorgedrungen.

„Äh, ja. Hast du eine bessere Idee?", fragte Karl.

Das Mädchen zuckte mit den Schultern. Zornig sagte sie: „Na gut, versuchen wir es. Immerhin noch besser als abhauen, so wie unsere tolle Königin."

„Sei nicht unfair. Sie musste gerade ihren Bruder töten, um sich selbst und auch euch zu retten. Wie würde es dir da gehen? Aber ehrlich gesagt, verstehe ich sie auch nicht", entgegnete Karl forsch. „Vielleicht besinnt sie sich und kommt doch noch zurück."

Das rothaarige Mädchen schaute Karl skeptisch an und schüttelte unwillig den Kopf.

Karl berührte sie am Arm: „Komm, jetzt stell dich halt in die Reihe. Irgendwo müssen wir ja anfangen zu löschen.

Weißt du was, du könntest dich zur Türe stellen. Die darf nämlich unter keinen Umständen zufallen. Das ist ganz wichtig." Und dann an die anderen gewandt: „Hey Leute! Wer hält es aus, näher ans Feuer zu gehen? Du da, du schaust kräftig aus. Dich haut so schnell nichts um. Magst du der Vorderste sein?" Karl zeigte auf einen robusten Riesenkerl mit einer bäuerlichen Kutte. Der nickte und stellte sich nur wenige Meter vor der Feuermauer als Erster in die Kette der Menschen.

Vom Eingang der brummenden Lotte war Geschirrgeklapper zu vernehmen. Alma häufte die erste Ladung von Gefäßen an, drehte sich auf ihrem Absatz um und verschwand auch schon wieder im Hotelgang.

Herr Josef, im zweiten Stock unterwegs, hielt seinen Zentralschlüssel fest umklammert und beging, ganz gegen seine sonstigen korrekten Prinzipien, Hausfriedensbruch bei seinen Gästen und holte Zimmer für Zimmer aus sämtlichen Küchen, was nicht niet- und nagelfest war: Schüsseln, Töpfe, Schirmständer und Blumenvasen.

Was Herr Josef auf die Schnelle in die Finger bekam, wurde an Alma weitergereicht und von ihr eilig in Richtung brummender Lotte getragen, wo bald ein immer größer werdender Haufen an Hausrat lag.

Das Mädchen mit den roten Haaren, das Karls Aufforderung gefolgt war, achtete sorgsam darauf, mit einem Fuß die brummende Lotte aufzuhalten.

Die Menschen aus Omnia, die nicht verletzt waren, hatten mittlerweile Aufstellung genommen. Die Schlange führte an der brummenden Lotte vorbei bis ins Stiegenhaus. Plötzlich waren laute Stimmen von unten zu hören.

„Hallo! Wir sollen hier helfen. Seid ihr die Letzten in der Schlange? Wo sind die Gefäße?"

Karl sauste nach draußen um nachzusehen, wer da gekommen war und traute seinen Augen nicht. Fremde Menschen, die Papa offensichtlich auf der Straße angesprochen hatte, reihten sich in die Schlange ein. Auf jeder zweiten Stufe einer: Alte, Junge, Männer, Frauen. Bunt gemischt. Und als sein Blick nach unten wanderte, sah er, dass immer mehr kamen.

Das Mädchen mit den roten Haaren bückte sich, ohne den Fuß als Türstopper von seinem sicheren Platz wegzubewegen und reichte eine große Vase an den, der ihr am nächsten stand.

Wie selbstverständlich gab er die Vase weiter nach draußen im Gang. Und der gab sie dem nächsten. Und so weiter. Und so wanderte die Vase die Stiegen hinunter. Und dann ein Krug. Und dann eine Gießkanne. Und ein Schirmständer. Und gleich hintereinander mehrere Töpfe. Es bedurfte keiner Worte. Es passierte einfach.

Karls Augen füllten sich mit Tränen. Rührung übermannte ihn. Er stellte sich genau an die Schnittstelle zwischen den Menschen der Anderwelt und den Fremden von draußen und half die Gefäße weiterzureichen.

Alma und Herr Josef indessen eilten weiter von Wohnung zu Wohnung und häuften immer mehr Gefäße bei der brummenden Lotte an.

Nach einer Weile kamen die Gefäße von unten zurück. Bis zum Rand gefüllt mit Wasser. Ab und zu schwappte es bedenklich, aber die Hauptsache war, dass das Wasser überhaupt kam. Die vollen Gefäße wanderten an Karl vorbei hinein in die Anderwelt. Geleert kamen sie wieder retour. Weil die Kette nun komplett war und nicht noch mehr Gefäße gebraucht wurden, reihten auch Alma und Herr Josef sich in die Reihe der Menschen ein.

Die Arbeit war anstrengend und man musste höllisch aufpassen, denn gerade dort, wo sich geleerte mit den randvollen Gefäßen kreuzten, musste man geschickt balancieren und brauchte viel Kraft, um möglichst wenig zu verschütten.

Alle waren konzentriert und wiegten sich von links nach rechts und wieder zurück, wie in einem schweigsamen Tanz.

Karl war sehr überrascht, dass die Fremden keine Fragen stellten. Keiner wollte wissen, was hier vor sich ging. Warum es im Hotel brannte. Wem sie hier halfen. Wie lange es dauern würde. Wann sie wieder gehen könnten. Vielleicht waren sie zu beschäftigt. Vielleicht aber war es auch nicht wichtig, nach dem Warum zu fragen. Sie halfen einfach, weil sie darum gebeten worden waren. Ohne Wenn und ohne Aber. Ein ums andere Mal musste Karl seine Tränen der Rührung hinunterwürgen. Er wollte jetzt nicht weinen.

Wie lange die Menschenkette arbeitete, war keinem der Helfer so recht bewusst. Die Zeit verging wie im Flug. Jeder war beschäftigt, jeder war konzentriert. Der Rhythmus wurde durch nichts unterbrochen. Von links nach rechts, von rechts nach links. Aufpassen beim Überkreuzen der Gefäße. Keiner beschwerte sich. Keiner stöhnte. Alle machten einfach. Minute um Minute, Stunde um Stunde.

Plötzlich zerriss ein gellender Schrei das geschäftige Treiben und übertönte das Geklapper der Gefäße.

Ausgestoßen vom Mädchen mit den roten Haaren: „Hey

du, Anführerjunge! Sie kommt zurück. Mimosa kommt zurück!"

Wie ein Blitz durchfuhren Karl ihre Worte.

Rasch gab er einen randvollen Blumentopf an den Mann zu seiner Rechten und trat aus der Schlange. Als würde dort keiner fehlen, schloss sich die Menschenkette hinter seinem Rücken.

Mit vor Aufregung zitternden Knien trat Karl der brummenden Lotte entgegen und äugte ums Eck in den Garten. Er nahm wahr, dass die Löscharbeiten fortgeschritten waren. Die blaue Stunde war angebrochen. Die ersten Reihen der Baumriesen waren befreit vom Feuer. Traurig und schwarz stachen ihre verkohlten Äste in den dunklen Himmel. Dahinter züngelte immer noch das Feuer bis tief in den Wald hinein. Glutnester glosten. Es war noch ein weiter Weg, bis das Feuer gelöscht sein würde. Kalter Rauch hing in der Luft. Und mitten auf der Wiese stand Mimosa.

Ja, tatsächlich, sie war zurückgekommen. Vorsichtig, um sie nicht zu erschrecken, trat Karl auf sie zu. Mimosas Lippen bebten. Mit hängenden Armen beobachtete sie ihr Volk. Ihr Kopf war nachdenklich zur Seite geneigt. Sie schien gar nicht zu bemerken, dass Karl neben ihr stand. Sanft berührte er sie am Arm.

Langsam wandte sie ihm ihren Kopf zu. Ihr Blick war gezeichnet von unendlicher Hoffnungslosigkeit und Trauer. Karls Herz zog sich zusammen. Sie tat ihm leid. Aber Karl wusste, wenn einer wirklich effizient helfen konnte, dieses brüllende Feuer zum Schweigen zu bringen, dann war es die Königin von Omnia. Die Menschenkette allein würde noch ewig weiterarbeiten müssen.

Er nahm allen Mut zusammen, um seine Ehrfurcht vor der Königin zu überwinden. „Mimosa", flüsterte er leise. „Mimosa, bitte hilf uns, das Feuer zu löschen. Wir können es nicht alleine. Es sind so viele gekommen. Auch Leute von draußen. Menschen aus meiner Welt. Sie bilden eine Kette. Sie helfen alle mit. Und keiner fragt, warum er helfen soll. Sie machen es einfach. Aber in den Gefäßen hat zu wenig Wasser Platz, um dieses große Feuer zu bezwingen. Es geht zu langsam. Während wir hier löschen, frisst sich das Feuer auf der anderen Seite weiter nach Omnia. Es wird alles zerstören. Alles, was dir wichtig ist. Es wird deine Städte überrennen und deine Leute töten. Mimosa, bitte hilf uns", wiederholte Karl flehentlich. „Deine Macht ist so groß, du könntest dem allen Einhalt gebieten. Ich weiß, du trauerst um Magnus. Aber du musstest ihn doch töten. Es hat keinen anderen Weg gegeben. Es konnte nur einer von euch zwei überleben. Entweder er oder du. Mimosa, bitte!"

Mimosa schaute Karl nun direkt an. Ihr Blick war unergründlich. Die Emotionen waren aus ihrem Gesicht gewichen. Karls Kehle wurde trocken. Aus irgendeinem unerfindlichen Grund bekam er plötzlich Angst vor ihr. Sie war so mächtig. Und sie war emotional völlig aus der Bahn geworfen. Karl schluckte hörbar. Er begann zu schwitzen. Seine Knie waren butterweich und er wusste nicht so recht, wie er den nächsten Satz formulieren sollte.

Stotternd fuhr er fort: „Aber − aber wenn du jetzt nichts tust, dann war der Tod von Magnus umsonst. Dann hast du ihn umsonst besiegt und umsonst getötet. Denn dein Reich geht gerade zugrunde. Es verbrennt. Siehst du es denn nicht? Am Ende ist dein Bruder tot und dein Land auch. Rette wenigstens dein Land. Und deine Untertanen. Du bist doch eine Köni–"

Weiter kam Karl nicht. Mimosas Gesicht hatte sich während seiner letzten Worte zu einer grässlichen Fratze verzogen. Ihre ebenmäßigen Züge hatten sich verwandelt. Dick schwollen die Adern an ihrem Hals an und drohten fast zu platzen. Mimosa hob ihre eben noch so kraftlos wirkenden Arme gegen den Himmel und gleich würden sie niederfahren, um Karl zu töten. Dessen war sich Karl sicher.

Er duckte sich weg. Als er einen Schritt nach hinten tun wollte, stolperte er ungeschickt und fiel hinterrücks über einen Stein. Sein Handgelenk gab ein knacksendes Geräusch von sich und brannte wie Feuer.

Ein krächzender Laut entfuhr Mimosas schmerzverzerrtem Mund und verwandelte sich in ein hässliches Kreischen. Karl – in Panik – versuchte, nach hinten wegzukrabbeln, verhedderte sich jedoch in einer Wurzel und kam nicht vom Fleck. Mimosa hob ihren glühenden Blick und die Schleusen des Himmels öffneten sich.

Zuerst fielen nur ein paar dicke Tropfen aus dem immer dunkler werdenden Himmel, der keinerlei Wolken zeigte. Tropfen, wie die ersten Vorboten eines erlösenden Sommergewitters nach einem heißen Tag. Dann wurden es immer mehr und schließlich prasselte eine ganze Flut von oben herab.

In nur wenigen Sekunden klebte Karls Kleidung an seinem Körper. Das Wasser war eiskalt und er begann zu zittern. Ganze Bäche flossen ihm in den Kragen und über den Rücken. Karl traute sich nicht zu atmen, zu unheimlich war Mimosas grimmiges Schauspiel. Aber immerhin – es regnete. Um ihn herum zischte und rauchte es. Flammen erloschen und Glutnester hörten auf zu glühen. Der heftige Regen tat ganze Arbeit.

Die Menschen aus Omnia hatten aufgehört, die vollen Gefäße weiterzureichen. Scheppernd fielen einige zu Boden, weil nicht mehr nach ihnen gegriffen wurde.

Alle sahen zum Wald. Blickten zum Himmel. Blickten zu ihrer Königin. Und dann fingen einige an erleichtert zu lachen, fielen sich in die Arme, hüpften in die rasch entstandenen matschigen Pfützen.

„Hurra-Rufe" ertönten. Schwollen an, wurden weitergetragen. „Hurra, hurra, hurra!" – aus Dutzenden Kehlen. Karl ließ sich anstecken und lächelte.

Als er jedoch den Blick des rothaarigen Mädchens bei der Tür auffing, verging ihm das Lachen. Sie blickte an ihm vorbei zu Mimosa. Ihre Miene spiegelte Mitleid wider. Karl drehte sich um. Mimosa war zu Boden gesunken. Sie lag auf der Wiese und ihre weißen Haare bedeckten ihr Gesicht. Ihr Schreien war in ein Schluchzen übergegangen. Sie strahlte mehr Traurigkeit und Verzweiflung aus als je zuvor. Ihr Körper wurde von Gram geschüttelt.

44

Es dauerte eine ganze Weile, bis sich Mimosas Atem wieder normalisierte und ihr Körper nicht mehr so stark zitterte. Dann blieb sie ruhig liegen. Seufzte ab und zu. Ein

Ruf hallte über die Wiese. Wiederum kam er von dem rothaarigen Mädchen.

„Mimosa! Mimosa! Danke!" Auch die Leute der Anderwelt, deren Jubelrufe verhaltener geworden waren, als sie gesehen hatten, wie sehr ihre Königin in ihrem Schmerz litt, stimmten nun ein. Ein vielfacher Dank flog Mimosa entgegen.

Mimosas Haltung straffte sich ein wenig. Dann richtete sie sich auf, blickte zu ihren Leuten und beugte kaum merklich das Haupt. Ihr Kleid hing nass und schwer herab.

Karl, der sich ebenfalls aufgerappelt hatte, wusste nicht, was er sagen sollte. Mimosa beugte sich ein wenig vor und ihre Hand berührte für den Bruchteil einer Sekunde sanft und leise Karls Wange. Dann drehte sie sich um. Ein weiteres Mal schritt Mimosa heute auf den Wald zu, glitt durch die erste Baumreihe und verschwand hinter weiteren.

Zurück blieben die Leute aus Omnia. Erschöpft, froh über die Rettung, nass, verwundet vom Kampf, geschunden und müde.

Und Karl? War völlig erledigt. Er fühlte sich, als hätte er den Tag in einer Autowaschanlage verbracht. Durchgeschüttelt, nass, alles tat weh. Ganz besonders sein rechtes Handgelenk, dass wohl angeknackst oder aber zumindest verstaucht war. Es regnete immer noch in Strömen.

Gerade als Karl sich aufmachen wollte, um noch einmal einen Blick in den Hotelflur zu werfen und nach den Helfern im Stiegenhaus zu sehen, steckte Alma den Kopf durch die brummende Lotte. „Karl! Ist das Feuer aus? Ganz?" Als Karl bestätigend nickte und mit dem Kopf in Richtung des verkohlten Waldes wies, fuhr Alma fort: „Die Helfer sind alle gegangen, als keine Gefäße mehr nach draußen gereicht wurden. Keiner ist mehr im Hotel. Papa steht noch unten auf der Straße und redet mit ein paar. Karl?! Karl, geht es dir gut? Du schaust wie ein Omnibus. Was für ein Glück, dass es so stark geregnet hat. Ich dachte schon, das Feuer zerstört hier alles!"

„Karl!" Mama kam völlig außer Atem ums Eck geschossen. „Geht es dir gut? Mein Gott, du bist ja pitschnass!" Mama blickte in die Runde. „Komm, Karl, das Feuer ist aus. Komm, wir gehen in unsere Wohnung. Ziehen erst mal deine Sachen aus, ich mache …"

„Heißen Kakao mit Zimt!", rief Alma dazwischen, die den Türsteherdienst des rothaarigen Mädchens übernommen hatte.

„Genau!" Mama lächelte und legte Karl den Arm um die Schultern.

Der schüttelte den Kopf. „Aber was ist mit den Menschen der Anderwelt?" Er konnte doch jetzt nicht so einfach gehen!

„Karl, es ist vorbei. Schau doch." Mama blickte sich um und rief zu dem Mädchen mit den roten Haaren hinüber: „Alles in Ordnung bei euch?"

Das Mädchen, das gerade neben einem Verletzten kniete, der mit Kräutern und Blättern und allerlei Hokuspokus verbunden wurde, sprang auf die Füße und eilte herbei.

„Ja, ich glaube wir kommen zurecht. Es sind vier Heiler unter unseren Leuten. Die binden aus Heilkräutern Verbände, die wirklich gut wirken." Sie senkte die Augen. „Die Toten nehmen wir mit uns. Wir werden sie in ihren Dörfern begraben. Die Männer bauen Bahren. Es ist ja genug Holz hier." Sie blickte sich um. „Magnus werden wir nach

Regnia, in die Hauptstadt bringen. Dort wird er aufgebahrt und bekommt ein Staatsbegräbnis."

Als Karl verächtlich das Gesicht verzog, beeilte sich das Mädchen trotzig hinzuzufügen: „Ja, trotz allem! Da brauchst du gar nicht so zu schauen. Er war der Bruder der Königin. So machen wir das nun mal in Omnia!" Sie schwieg eine Weile: „Was hast du eigentlich zu Mimosa gesagt? Warum hat sie uns nun doch geholfen und wo ist sie hingegangen? Kommt sie wieder?"

Karl zuckte mit den Schultern. „Ich habe gar nichts Besonderes zu ihr gesagt. Aber ich glaube, sie hat plötzlich verstanden, dass sie die einzige ist, die Omnia retten kann." Und nach kurzem Schweigen fügte er hinzu: „Keine Ahnung, ob sie wiederkommt. Sie hat nichts gesagt. Sie scheint ziemlich neben der Spur zu sein."

Mama fiel Karl ins Wort: „Ach, Kinder, wisst ihr, das muss für Mimosa ganz schwer sein. Sie musste ihren Bruder töten. Man sagt doch, dass Blut dicker ist als alles andere. Auch wenn man einen so bösen Menschen als Bruder hat, dann kann man den nicht emotionslos umbringen und dann tun, als wäre nichts geschehen. Sie wird wohl eine Zeit lang brauchen, bis sie das verarbeitet hat. Vielleicht wird sie auch nie mehr so, wie sie früher war. Das, was heute geschehen ist, hat uns alle verändert. Wir haben Dinge gesehen, die keiner in seinem Leben sehen sollte. So viel Schreckliches, so viel Leid. Aber entscheidend ist doch, dass das alles ein gutes Ende genommen hat. Wie heißt du eigentlich, meine Kleine?"

„Ena, heiße ich", antwortete das Mädchen und machte einen kleinen Knicks. Alma kicherte. Ena schaute empört zu

Alma und dann verwirrt wieder zu Karl. „Ihr seid Zwillinge, oder?"

Alma stampfte empört auf den Boden: „Pfff, jetzt ist es wirklich Zeit zu gehen!" Sie drehte sich um, schritt hoheitsvoll durch die Tür und ließ sie hinter sich ins Schloss schnappen.

Der Regen ließ langsam nach. Mama sah, dass Karl erschöpft und müde war und zog ihn näher zu sich. Streichelte seinen Oberarm. „Komm, mein Großer, genug erlebt für heute. Wir gehen jetzt. Alles Gute, Ena." Sie wollte sich zum Gehen wenden.

„Madame!" Der Vater des kleinen Jungen, der im Kampf niedergetrampelt worden war, löste sich aus der Gruppe der Menschen der Anderwelt und humpelte Mama und Karl entgegen.

„Madame, warten Sie kurz." Der junge Mann lächelte und nahm Mamas Hand in seine zwei großen Pranken. „Danke!"

„Geht es Ihrem Buben wieder besser?", fragte Mama besorgt.

Der Mann nickte: „Ja, die Heilerin sagt, er braucht noch seine Zeit, aber mit viel Ruhe kann er wieder ganz gesund werden. Ich danke Ihnen von Herzen!"

Mama lächelte erleichtert: „Sie müssen mir nicht danken. Ich habe wirklich nichts Besonderes getan. Ich bin in diese Geschichte nur hineingestolpert. Danken Sie meinen Kindern. Ich glaube, die zwei haben einen großen Anteil daran, dass die Anderwelt noch steht."

Der junge Mann blickte zu Karl und nickte ihm zu. Dann ließ er Mamas Hand los und nahm stattdessen Karls Hände in die seinen. Er schüttelte sie und Karls Handgelenk schmerzte von Neuem so sehr, dass er das Gesicht verzog. Der Mann bemerkte es nicht. Er drückte Karls Hand an sein eigenes Herz und Karl konnte spüren, wie es schlug. Er blickte dem Mann in die Augen. Noch nie hatte er eine so starke Bindung zu einem völlig Fremden gespürt. Ja, es stimmte, er hatte hier eine Menge geschafft. Tiefer Stolz durchdrang seine Seele.

Ohne ein weiteres Wort ließ der Mann Karls Hand wieder sinken, drehte sich um und ging zurück zu seinem Jungen. Karl und Mama sahen ihm nach.

Die rothaarige Ena hob noch einmal die Hand zum Gruß, dann drehte auch sie sich um und folgte dem Mann.

„So, komm jetzt, Karl. Lass uns auch gehen." Sanft drehte Mama ihren Sohn Richtung Ausgang. Karl ließ sich ohne Widerstand von ihr führen. Er war sehr erschöpft. Mama hielt ihm die Tür auf, Karl ging durch, ohne sich noch einmal umzudrehen, dann fiel die brummende Lotte krachend ins Schloss. Karl blieb wie angewurzelt stehen. „Mama! Ich habe keinen Schlüssel mehr! Wir können nie mehr zurückkehren nach Omnia!" Entsetzt blickte er seiner Mutter in die Augen.

Sie stutzte für einen Moment, dann sagte sie leise: „Morgen, Karl, morgen ist auch noch ein Tag. Mach dir darüber morgen Gedanken." Dankbar fügte sich Karl und schlurfte neben seiner Mutter in den dritten Stock.

Seltsam ruhig und vor allem friedlich mutete der Hotelgang nach all der Hektik der letzten Stunden an. Karl fühlte sich erschlagen. Auf nichts freute er sich mehr als auf sein Bett. Als sie in der Wohnung ankamen, huschte Alma frisch geduscht in ihrem Pyjama an ihnen vorbei ins große Zimmer.

Mama schob Karl ins Bad: „Husch, ab unter die Dusche. Das wärmt dich auf."

Karl gehorchte kommentarlos. Und während das Wasser in der Dusche rauschte, stellte Mama einen Topf mit Milch auf die Herdplatte, schlug sie zu einem festen Schaum und rührte Kakao samt der Extraportion Zimt unter. Als Karl aus dem Bad kam, balancierte sie gerade die dampfenden Tassen ins große Zimmer und reichte beiden Kindern ihre heißen Getränke. Keiner sagte ein Wort, während sie den süßen Kakao schlürften. Jeder hing seinen Gedanken nach, als es plötzlich laut an der Tür klopfte.

Alle drei erstarrten. Was war denn nun schon wieder los? Wer konnte das sein? Es klopfte noch einmal. Um einiges fordernder. Mama rutschte vom Bett, wo sie sehr bequem gesessen hatte, und ging zur Tür. Sie öffnete sie nur einen Spalt breit. „Ach, so, du bist es!", sagte sie erleichtert. „Auf dich hatten wir ganz vergessen!"

„Vielen Dank auch!", empörte sich Papa halb im Scherz, halb im Ernst.

„Naja, wir sind deine Anwesenheit nicht mehr gewohnt", stichelte Mama.

Papa überging die Spitze großzügig und setzte sich auf die Lehne des großen Armstuhls, in den Karl sich gekuschelt hatte.

„Na, Kinder, alles in Ordnung?"

„Mmh, mehr oder weniger. Mein Handgelenk tut weh!", murmelte Karl.

„Zeig mal." Andreas Schnabel drehte und kippte das Gelenk vorsichtig nach allen Seiten, während Karl das Gesicht vor Schmerz verzog. „Ich glaub nicht, dass es gebrochen ist, aber zumindest ordentlich verstaucht", meinte Papa mit fachmännischer Miene.

Mama hielt ihm ihre Tasse hin. „Magst du auch?"

„Gern!" Papa nahm die Tasse und trank in kleinen Schlucken, bevor er Mama die Tasse zurückgab. Alma wechselte einen bedeutungsvollen Blick mit Karl.

Dann meinte Papa: „Also ehrlich, ich verstehe hier einiges nicht. Wie war das nochmal mit der Welt hinter der Tür?"

„Oh nein, Andreas, die Geschichte ist zu lange! Lass uns das ein andermal besprechen. Schau, wie müde die Kinder sind. Die gehören dringend ins Bett."

Papa schaute von Alma zu Karl und nickte. „Also gut, aber ich möchte alles wissen. Und zwar ganz genau. Das hier ist ein einziges Fragezeichen für mich. Lasst uns morgen telefonieren, dann machen wir was aus. Chinese zur Abwechslung vielleicht?" Er stand auf und wandte sich zum Gehen.

„Papa, sag mal, woher waren eigentlich all die Menschen, die mitgeholfen haben?", wollte Alma noch wissen.

Papa drehte sich wieder zu den Kindern um. „Das hat mich selbst gewundert. Ich musste auf der Straße nur einen einzigen Passanten ansprechen und der hat, ohne viel zu fragen, geholfen. Und als dann ein zweiter und ein dritter sahen, was wir taten, sind immer mehr stehen geblieben und haben ebenfalls das ihre getan. Irgendwie war es, als hätte jeder nur darauf gewartet, endlich mal nützlich und hilfreich zu sein." Papa machte eine Pause und strich sich durch den dichten Bart wie immer, wenn er nachdenklich war. „Vielleicht sollte man doch an das Gute im Menschen glauben. Tief drinnen scheint das nicht verloren gegangen zu sein. Nicht mal in so einer großen Stadt wie Wien." Papa wiegte den Kopf hin und her. „Gerade in so einer Stadt wie Wien, von der man doch sagt, dass hier das Grantigsein erfunden wurde. Lustig eigentlich. Und als dann alles vorbei war, sind die Menschen wieder gegangen. Ich konnte mich nicht einmal bei allen bedanken."

„Und das Wasser?"

„Das Wasser war aus dem Brunnen, der in dem kleinen Park gegenüber vom Hotel steht. Der ist randvoll. Ich weiß gar nicht, wie tief der ist. Erscheint mir fast leichtsinnig, so ein Brunnen mitten in der Stadt, ohne Sicherung und Abdeckung. Ist aber so."

Karl gähnte laut, ohne sich die Mühe zu machen, seine Hand vor den Mund zu halten.

„Karl, ab ins Bett jetzt!", ermahnte ihn seine Mutter und warf ihrem Exmann einen vorwurfsvollen Blick zu.

„Schon gut, ich gehe." Papa sah sich noch einmal im Zimmer um. „Lauschig habt ihr es hier übrigens! Also, Servus." Er hob die Hand zum Gruß und verließ die Wohnung. Die Tür klackte ins Schloss.

Karl stellte seine Füße probehalber auf den Boden. Eigentlich war er viel zu müde, in sein Bett zu gehen. Konnte er nicht zwischen Alma und Mama im Bett schlafen?

„Mama, sag mal", begann Alma vorsichtig, „glaubst du, das mit dir und Papa wird wieder, irgendwann?"

Mama seufzte tief und starrte vor sich hin. Dann schüttelte sie langsam den Kopf und sagte leise: „Nein, Almamädchen, wir haben zu viel Porzellan zerschlagen. Das kriegen wir nicht mehr hin. Tut mir leid."

„Aber –"

„Schscht, Liebes, lass uns jetzt ins Bett gehen. Wir sind alle müde. Versucht ihr zwei, schon mal einzuschlafen, ich gehe auch noch schnell unter die Dusche. Morgen schlafen wir aus. Es ist ohnehin Samstag. Vielleicht gehen wir dann irgendwohin brunchen, und am Abend könnt ihr euch mit eurem Vater beim Chinesen treffen, wenn ihr mögt, und ihm alles erzählen. Zähneputzen könnt ihr heute ausnahmsweise auslassen." Sie drückte Alma und Karl einen Kuss auf die Stirn und verschwand mit ihrem Pyjama unter dem Arm im Bad.

Alma blickte ihren Bruder an: „Ich glaub, das haben wir gut gemacht. Und ich glaube, du bist jetzt ein echter Held!"

Karl hob ratlos die Schultern: „Mmh. Wenn, dann sind wir beide Helden. Ohne dich hätte ich das nie geschafft. Gute Nacht, Alma."

Alma lächelte Karl an, legte sich nieder und zog sich die Decke zum Kinn. Karl tapste in sein Zimmer, schlüpfte in sein Bett und war innerhalb weniger Sekunden fest eingeschlafen.

45

Als Karl am nächsten Tag erwachte, war er sich zunächst nicht sicher, wo er eigentlich war. Er hatte intensiv geträumt. Es hatte gebrannt. Und Mimosa hatte geweint. Ein unbestimmbares Gefühl, das nicht zu fassen war, quälte ihn in seiner Brust, ohne dass er sagen konnte warum. Es war etwas ganz Schreckliches passiert. Jemand war gestorben. Karl wagte nicht sich zu bewegen. Er äugte aus seiner warmen

Decke hinaus in den Hof, wo er nur die Krone der großen Kastanie wahrnehmen konnte.

Was war nur passiert? Während der Traum sich immer mehr in Bildern manifestierte, wurde Karl immer mehr gewahr, dass er gar nicht geträumt hatte. All das war wirklich passiert. Magnus war tot. Mimosa hatte ihn vor ihrer aller Augen umgebracht. Zwar im Kampf und in Notwehr, aber trotzdem – ein Mann war gestorben. Auch andere Menschen von Omnia waren tot. Zertrampelt, erschossen, erschlagen, erstochen. Karl glaubte plötzlich, den Rauch noch zu riechen, die Schreie noch zu hören. Wahrscheinlich würde er diese Eindrücke bis an sein Lebensende abrufen können. Ihn schauderte.

Obwohl es draußen schon hell war, wagte er nicht, sein Bett zu verlassen oder auch nur einen Fuß auf den Boden zu setzen. Das Grauen hielt ihn gepackt. Also zog er sich die Decke bis zur Nase und glarte weiter zu den Ästen des großen Baumes. Vor seinem geistigen Auge zogen die Bilder des gestrigen Tages vorbei.

Nach einer ganzen Weile hörte er die Schritte von Alma, die aufs Klo ging. Als sie ins große Zimmer zurücktapste, hörte er Mamas Stimme. Es waren also beide schon wach. Dann konnte er es ja jetzt wagen! Schnell schlug er die warme Decke zurück, sprang aus dem Bett, riss die Türe auf und eilte zu Mama und Alma. Mama ließ ihn schnell unter ihre Decke schlüpfen.

„Na, ausgeschlafen?", wollte sie wissen.

„Mmh", grunzte Karl.

„Bleiben wir noch ein wenig liegen. Es ist grad so gemütlich. Dann gehen wir frühstücken."

Eine Weile lang lagen alle schweigend nebeneinander. Mama hatte links und rechts ein Kind im Arm. Jeder hing seinen Gedanken nach. „Es kommt mir so unwirklich vor. Könnt ihr euch vorstellen, dass das gestern tatsächlich alles passiert ist? Die Geschichte ist so unglaublich." Mama schüttelte den Kopf.

„Ja, voll krass! Und zum Glück war Papa dabei, weil der würde uns sonst ja sowieso nichts glauben", meinte Alma. Und nach einer Weile fügte sie hinzu: „Wenn wir nicht noch die zwei Kristalle hätten, könnte man meinen, es wäre gar nicht passiert."

„Doch, ich weiß genau, dass es passiert ist. Mein Handgelenk tut immer noch höllisch weh!", murrte Karl.

„Mama, wenn wir die zwei Kristalle verkaufen würden, die Karl von Mimosa bekommen hat, dann hätten wir doch bestimmt ein paar Monate genug Geld, um die Miete in einer ordentlichen Wohnung zu bezahlen, oder?" Nachdem Alma ihre spontane Idee laut ausgesprochen hatte, war es plötzlich ganz still im Zimmer.

Dann sagte Mama: „Ja, Alma, das wäre wahrscheinlich möglich. Aber die Kristalle gehören Karl und in gewisser Weise auch dir, denn ohne dich hätte Karl das ganze Abenteuer wohl nicht heil überstanden. Und ich bin der Meinung, dass wir die Kristalle nicht für Brot, Butter und Miete verschleudern sollten. Was ihr erlebt habt, das ist etwas ganz Besonderes. Daran solltet ihr euch euer ganzes Leben lang erinnern. Die Kristalle sind ein wichtiger Teil der Geschichte, die sollten wir nicht zu Geld machen. Vielleicht kannst du dir mal einen Anhänger für eine Kette anfertigen lassen. Und Karl macht irgendwann seiner großen Liebe ein besonderes Geschenk." Karl schnaubte entrüstet.

Mama aber fuhr unbeirrt weiter fort. „Wisst ihr, Kinder, diese Steine sollen euch immer daran erinnern, dass es im Leben mehr gibt als das, was man sehen kann. Sie sollen euch daran erinnern, dass man alles schaffen kann, was man will. Auch das, was einem zunächst völlig utopisch scheint. Sie sollen euch daran erinnern, dass man helfen sollte, auch wenn es keinen Ausweg gibt. Und dass am Ende doch das Gute siegt. Das hoffe ich zumindest. Diese Erinnerung ist viel wichtiger, als ein paar Monate früher in einem modernen Neubau zu wohnen. Und wisst ihr – so schlimm finde ich es hier gar nicht mehr. Bis wir genug Geld für eine Wohnung zusammen haben, halten wir es hier noch ganz gut aus, oder was meint ihr?"

Karl kuschelte sich als Zustimmung noch näher an seine Mutter und Alma meinte: „Stimmt. Eigentlich hast du recht, Mama. Hauptsache, wir bleiben nicht für immer hier. Sollen wir aufstehen? Ich habe jetzt schon ordentlichen Hunger."

„Gut, gehen wir. Wer geht als Erstes ins Bad?" Alma hüpfte aus dem Bett und verschwand mit ihren Kleidern unter dem Arm im Flur. Mama drehte sich zu Karl und untersuchte noch einmal sein Handgelenk. Dann strich sie ihm übers Haar und flüsterte: „Ich bin stolz auf dich, mein Großer. Das hast du toll gemacht." Während die zwei auf Almas Rückkehr warteten, genossen beide die angenehme Bettwärme und die Anwesenheit des anderen. Karls Laune hob sich allmählich.

Kurze Zeit später standen Alma und Karl im Lift Richtung Lobby. Mama bügelte noch schnell ihre Lieblingsbluse auf, weil sie befand, heute wäre der richtige Tag, um sie wieder einmal anzuziehen.

Unten empfing Herr Josef die Kinder mit großen Augen: „Na, alles in Ordnung? Ich glaube, wir müssen uns heute nochmal zusammensetzen, ihr zwei. Ich habe da eine Menge noch nicht so ganz verstanden."

Karl grinste: „Ja, Herr Josef, ich glaube, wir müssen Sie noch über das eine oder das andere aufklären. Aber Mama kommt gleich, sie lädt uns zum Frühstück ein. Aber am Nachmittag …" Weiter kam er nicht, denn mit großem Schwung öffnete sich die Drehtür. Sofort nahm Herr Josef eine steife, offizielle Haltung an.

Herein rauschte Frau Esterhazy. Im Schlepptau hatte sie einen Mann in dunklem Anzug mit Krawatte und Aktenkoffer. Als die Direktorin des Mimosa die Kinder erblickte, wurde ihr Gesicht finster und nahm einen bösartigen Zug an. Ihre stark geschminkten Augen wurden schmal. Wie ein Pfeil zischte sie auf Karl zu und bohrte ihm ihren spitz manikürten Zeigefinger in die Brust.

Karl erstarrte und wagte nicht sich zu bewegen. Er atmete auch nicht mehr.

„Du, Bürschchen! Du kommst mir ja gerade recht! Was habt ihr gestern hier in meinem Hotel angerichtet? Mir wurde von einer großen Menschenmeute erzählt, die hier ein und aus ging, und von jeder Menge Wasser, das hier durchgeschleppt wurde. Damit hast du doch sicher etwas zu tun!?"

Karl warf einen verzweifelten Blick zu Herrn Josef, der

aber nur hilflos die Schultern hob. Nein, er hatte nichts verraten. Frau Esterhazy musste andere Spione in der Umgebung haben.

„Schau mich an, wenn ich mit dir rede, Bürschchen! Also, was hast du mir zu sagen?"

Hoffentlich kam Mama bald! Frau Esterhazy beugte sich weiter nach vor und Karl spürte ihren warmen Atem unangenehm in seinem Gesicht. Die Direktorin des Mimosa roch stark nach Lavendel und einem süßen Parfum, nach dem alle älteren Frauen dufteten – zumindest die, an denen Karl bisher einen Duft wahrgenommen hatte.

Er wusste nicht recht, was er tun sollte. Unmöglich konnte er Frau Esterhazy die Wahrheit im Ganzen oder auch nur in Teilen erzählen. Sie würde hier und jetzt in unglaubliche Rage geraten. Man merkte deutlich, dass sie keinerlei Geduld hatte, denn sie funkelte Karl immer böser an und schien vergessen zu haben, dass sie mit einem Begleiter gekommen war.

Dieser stand pikiert neben ihr und beobachtete befremdet die Szene, die sich vor seinen Augen abspielte.

„Na, wird's bald, du frecher Bengel?"

„Äh, also, es war so …" Karl räusperte sich, um Zeit zu gewinnen. In seinem Kopf rasten die Gedanken.

„Ja, ich höre?" Die Stimme der Frau Esterhazy wurde lauter und schriller.

Wo war denn Mama nur? Alma stand stumm und steif wie ein Laternenpfahl neben Karl und versuchte, keinen Mucks zu machen, um Frau Esterhazys Aufmerksamkeit nicht auf sich selbst zu lenken. Wie Alma ihrem Bruder aus der Patsche helfen sollte, wusste sie im Moment wirklich nicht.

Karl versuchte es noch einmal mit vagen Andeutungen:

„Also, wir haben gespielt und so, und … es ist ja so, dass … äh … es ist auch gar nichts passiert … hm … wir also, alle die dabei waren, … äh … wir haben alles wieder aufgeräumt … und … alles … alles ist wieder sauber. Sie müssen sich gar keine Sorgen machen. Ähm."

„Was! War! Hier! Los!?" Frau Esterhazys Stimme überschlug sich.

„Ähm, also … wie gesagt …", versuchte Karl von Neuem sich herauszuwinden.

Frau Esterhazy verlor bei dem Gestotter nun endgültig die Fassung, entfernte ihren bohrenden Finger aus Karls Brust, packte ihn grob bei den Schultern und schüttelte ihn mit aller Vehemenz. Alma stieß einen Schrei der Empörung aus und Herr Josef schlug sich die Hand vor den Mund.

„Frau Esterhazy!", rief der Mann im Anzug. „Frau Esterhazy, was tun Sie denn da mit dem Kind?! Ich muss doch sehr bitten! Was ist denn in Sie gefahren? Lassen Sie um Himmels willen den Jungen los!"

Aber Frau Esterhazy war nicht nur blind vor Wut, sondern offensichtlich auch taub. Sie beutelte Karl so stark, dass ihre eigene, aufgetürmte Frisur bedenklich ins Wanken geriet und ihr Fuchsschwanz, den sie um den Hals gewunden hatte, zu Boden glitt.

„Frau Direktor Esterhazy!" Der Mann im Anzug schritt nun mit einer außerordentlich lauten Stimme ein, ließ seinen Aktenkoffer fallen, stürmte auf die wild gewordene Direktorin zu, riss sie an der Schulter herum und trennte sie von Karl. „Frau Esterhazy, ich weiß nicht, was hier vor sich geht, aber Ihr Verhalten ist völlig ungebührlich und Ihrer nicht würdig. Was tun Sie mit dem Kind? Ich schlage vor, Sie bekommen sich wieder unter Kontrolle! Ich werde jetzt auf der Stelle gehen. Die Investition unserer Firma können Sie vergessen. Mit Menschen Ihres Schlages wollen wir nichts zu tun haben! Auf Wiedersehen, Frau Esterhazy, oder besser: Auf nie mehr Wiedersehen!" Damit machte er auf seinem Absatz kehrt, schnappte sich im Hinausgehen seinen Koffer und stapfte energisch durch die verstaubte Drehtür.

Frau Esterhazy wirbelte wieder zu Karl herum. Wie angewurzelt stand er immer noch an der gleichen Stelle.

Frau Esterhazys Augen schienen zu glühen und sie keuchte laut, als sie Karl an die Kehle fuhr und ihn würgte.

Das war zu viel für Alma. Sie sprang die Direktorin an wie eine Katze und hängte sich an ihre Arme. Die robuste Dame aber hatte erstaunliche Kräfte und ließ nicht von Karls Hals ab. Herr Josef – unfähig irgend etwas zu tun – fing hinter seiner Rezeption an zu wimmern.

Wo war nur Mama? Karl wurde schon langsam schummrig vor Augen.

Mit beiden Händen versuchte er, sich aus der Umklammerung zu befreien, während Frau Esterhazy nicht nur zudrückte, sondern ihn auch aufs Heftigste beschimpfte: „Ich lasse mir von dir nicht meine Geschäfte kaputt machen. Du wirst mir niemals mehr in die Quere kommen, wenn ich mit dir fertig bin. Das hier ist mein Hotel und ich werde es mir vergolden lassen. Daran kann mich keiner hindern, auch du nicht, du, du nutzloser Bursche! Du nicht, deine völlig unnötige Schwester nicht und deine unfähige Mutter, die ihr Leben nicht auf die Reihe bekommt, sowieso nicht."

Karl fühlte, wie seine Beine langsam den Geist aufgaben. Zu gerne wäre er zu Boden gesunken, aber die rasende Direktorin hielt ihn quasi am Hals aufrecht. Vor seinen Augen flimmerte es. Er sah in schneller Abfolge Mimosa, Mama, Alma, Papa, Herrn Josef, den Kleinen Prinzen, wieder Alma und sogar Smitty. Und dann – blitzte ein kurzer Gedanke in ihm auf, bevor er drohte bewusstlos zu werden. Mit letzter Kraft fasste Karl in seine Hosentasche, riss sein Taschentuch heraus und drückte es Frau Esterhazy auf die Nase. Sie schnappte in der gleichen Sekunde nach Luft. Wurde plötzlich schneeweiß im Gesicht. Ihr Griff lockerte sich. Ihre Augäpfel rollten nach oben, sie sank zuerst mit einem hässlichen Knacksen auf die Knie und kippte schlussendlich zur Seite weg.

Karl ging erschöpft in die Knie, hielt vornübergebeugt seine Kehle und rang nach Luft.

Frau Esterhazy aber lag da wie tot. Alma beugte sich skeptisch über sie und beobachtete wortlos die eigenartige Verwandlung, die mit ihr vorging. Über ihren Hals breiteten sich große rote Flecken aus, ihre Lippen schwollen an, als wären sie mit einer Fahrradpumpe aufgepumpt worden. Auch ihre Wangen wurden immer dicker. Sie ähnelte immer mehr einem rotgesichtigen Weihnachtskarpfen. Alma hasste Karpfen. Zu Weihnachten sowieso. Sonst auch.

„Karl! Karl, was ist mit ihr?", flüsterte Alma erschrocken. „Was hast du mit ihr gemacht?"

„Katzenhaare!", keuchte Karl immer noch atemlos.

„Was? Katzenhaare? In Gegenwart der Frau Direktor? Aber sie hat doch eine starke Allergie gegen Katzen!" Herr Josef war außer sich und kiekste aufgeregt im Falsett. „Da muss ich sofort die Rettung anrufen!"

„Von mir aus." Schwer atmend ließ sich Karl in einen der Fauteuils fallen.

Alma setzte sich nervös neben ihn. Sie zitterte. Der Anblick der am Boden liegenden, verquollenen Frau verursachte ihr Übelkeit. Sie fürchtete, sich übergeben zu müssen.

Herr Josef stammelte mittlerweile die Adresse des Mimosa in den Telefonhörer und wiederholte: „Zwei Minuten! Ja gut, beeilen Sie sich." Dann legte er auf und eilte zu seiner Chefin, der er pflichtbewusst die Hand tätschelte. Besorgt blickte er auch immer wieder zu Karl hinüber: „Wieder alles in Ordnung bei dir, Jungchen? Die Frau Direktor war ein wenig rabiat. Sicher hat sie es nicht so gemeint."

Karl nickte schwach und umklammerte immer noch das Taschentuch, in das er vor ein paar Wochen Smittys Haare gewickelt hatte. Es kam ihm vor, als wäre seither eine kleine Ewigkeit vergangen. In diesem Augenblick vermisste Karl seinen felligen Freund mehr als je zuvor.

Schneller als erwartet parkte der Rettungswagen mit Blaulicht am Gehsteig. Alma, froh etwas tun zu können, sprang auf und hielt den Sanitätern die Notausgangstüre neben der Drehtür auf, als diese mit der Trage hereinstürmten.

„Sie ist gegen Katzenhaare allergisch!", schrie ihnen Herr Josef in höchsten Tönen entgegen, aber der Notarzt, der mit fliegendem Kittel hereineilte, hatte ohnehin schon eine entsprechende Spritze im Anschlag und jagte deren Inhalt in Frau Esterhazys Oberarm, den er rasch entblößt hatte. Genau so schnell, wie sie gekommen waren, verschwanden die Sanitäter mit dem Notarzt wieder, Frau Esterhazy auf der schmalen Trage hinausbalancierend. Es wurde ruhig in der Lobby.

Mit einem „Bling" kam der Fahrstuhl im Erdgeschoss zum Stehen und Mama trat vergnügt in die Hotelhalle. „Was macht ihr denn für Gesichter? War was? Kommt, wir gehen endlich frühstücken!" Fröhlich winkte sie Herrn Josef zu, der gerade anheben wollte etwas zu sagen, und verschwand beschwingt durch die Drehtür.

Karl nahm all seine Kraft zusammen, stand auf und folgte Mama. Alma aber schüttelte den Kopf und bedeutete Herrn Josef, dass Mama nicht alles zu wissen brauchte. Zumindest nicht sofort. Dann setzte auch sie den Drehmechanismus der verstaubten Tür in Bewegung und trat auf die Achtquellengasse hinaus.

Wieder einmal regnete es in Wien.

HERZLICHEN DANK
AN ALLE,
DIE MICH UNTERSTÜTZT HABEN

...UND BESONDERS
AN MEINEN MANN PETER,
DER MICH BEI DIESEM MARATHON
ÜBER DIE ZIELLINIE GESCHUBST HAT.
ICH WÄRE SONST 200 METER DAVOR
STEHEN GEBLIEBEN.
ODER GAR NIE GESTARTET.

Martina Strolz, geboren 1971, lebt in Vorarlberg und legt mit „Hotel Mimosa" ihren ersten All-Age-Roman vor. Als Grafikerin zeichnet sie auch für die Gestaltung des Covers und den Satz des Buches verantwortlich.

Bisher erschienen: „delikat*essen*" – ein Buch als Anleitung für den perfekten Abend mit Gästen und „aufgedeckt" – ein Kochbuch mit unterhaltsamen Kurzgeschichten über den rasanten Saison-Alltag im mondänen Wintersportort Lech am Arlberg.